旋轉門

蘇偉貞

目錄

【推薦序】

十年校準，歸零前刻

童偉格

張德模，也許正是你「就那麼精確地移了一下」，最巨大的時差出現了，（如果你活得夠久，他六十三歲之死那刻算起，十年後你六十一歲，你還有機會與他人生記憶重疊兩年，再過去，就沒了。之後，你將獨自走向只有你的時光區，沒得對照。）如今，任何地方任何時間對我都一樣，生命中心線漸漸抹掉，那條看不見的軌道，不斷向下移。

——〈時差〉，《時光隊伍》代序

如果你活得夠久，他死後那刻算起，明年五十一歲、後年五十二歲，十年後六十一歲，跨過重疊區，六十歲那年你還有機會與他六十歲重疊並進，再過去，就沒了。之後，你將獨自走向只有你的時光記憶區，沒得對照。兩兒子會來問你關於父親、親奶奶、爺爺家族血脈（或恩怨）演化樹嗎？沒有可能。

——〈偽家人〉，《時光隊伍》第二章

《旋轉門》是貴重而艱難的獨語，獨屬於作者蘇偉貞。這麼說，並非因為小說再次展現一種經年錘鍊的語言風格，字字句句，均銘印作者簽名，而是因為也許，整部小說是在以其繁複的專注，解答整整十年前（2006），作者在《時光隊伍》裡，以徘徊纏繞的話語，反覆為自己設下的同一考題。這考題最易解的面貌是「時差」：事關比往者年輕整整一輪的「我」，在「謎題終於揭曉」（《時光隊伍》這樣開始敘事）、親者之死坐實了特定時點，正式啟動那必然就是十二年的生命「重疊區」後，「我」獨行其中的感知。死亡確證一種悖論：同行兩人間，年歲的永恆差距，自年長那人亡故起，對年輕這人，落定為遺贈時光的寬幅；而矛盾的是，年歲差距明確有多大，遺贈的時光也就具體有多寬。或者，對獨自記掛著「你」的「我」來說，某種意義，死亡是自行其是地，以其永恆終結永恆，而年輕生者動支的，是只能由己獨身包容，去複寫一次的盡頭。由此，「我」親校期程，並企求時光的許允。

「我」：人們通俗指稱的悼亡者。在這「重疊區」內，一切陪伴或追隨當然無非假擬，而「我」對個人生命的重新格式化工程，則可能是最龐然易視、但他者最無權置喙的一種虛構。悼亡者感知的「時差」：初始，生硬的隔斷由「我」轉譯為柔緩的贈與，事關已不在場的「你」，對「我」一人，所形成的在場性參照；事關理性說來，亦僅有一次生命機會的

「我」，如此不可抑止去倒數未來，祈望著，要以個人生命全景，去極盡可能、絕無遺漏地涵納，且盼望著去同步新歷「你」的已歷性死亡：如此的，一種衷懷無法理性的訴願。只因或許，環顧這整個人世，除「我」以外，再無人願意、敢於這般珍視「你」，或有能為「你」這麼做了。

於是，矛盾的更是：死亡，在確證一種等量於年歲差距的贈與伊時，亦已為如「我」這般的記掛者，預示了如此獨自一年一歲，執著地與記憶對時，有朝一日將成就的，可能是對記憶寬幅的全盤侵蝕。「我」倖存，一天比一天，更逼近一個特定時點，直到越過它，「沒得對照」了，那時「我」，不免將（重）問自己一個遲延多年的問題：那之後呢？或許，這才是所謂「時差」的嚴峻全貌：「你」看，只會有一瞬，那樣短暫、卻初始即以命去鐫刻定了的一瞬，生者有可能，無比「精確地」校準自己於死者，等同他，去再一同無時差同歷。那之後呢？好問題。事實是這樣的：穿出遺贈時光的寬幅，「我」所有的，將又是年年隔遠的差距。這事不值一哂，是初始即已遂的實況，「我」早就明瞭了，只是悼亡者，「我」一人，以全生命的虛構意志，龐然地延遲了它。

人盡皆知：這首先是一個事關生命倫理的問題。但「你」看，獨有如此艱難：深刻記掛成就深切壞毀（記憶，以及餘生）；全生命（「我」不能回贈更多了）的校對與絮語，竟爾僅能短瞬複視一次，那永遠無比沉默的精確。此外，一切無非盡是隔閡。此即《旋轉門》以一切話語逼近的對時：終究，自二〇〇四年彼日一刻起，一輪年光漫漫，（只可能是）獨屬於「我」的「倒數計時」將要完成；（再次的）「歸零」，這短瞬卻徵集生命甚劇甚烈的精確，即將成真（「倒數計時，歸零。」從前從前，《時光隊伍》這樣帶起最後一個艱難的句子）。從前已歷的，即將對此時的「我」成真。

於是，或許能這麼說：接續《時光隊伍》語境，《旋轉門》以更考驗小說家書寫意志的方式，去艱難實踐的，表面上，是這樣一種對「我」而言，更為真確的告別。「真確」，因為《時光隊伍》的迢遙預感，在記述（或蘇偉貞用詞：「實寫」）往者不在場時光的《旋轉門》中，由小說家複視為緩步前來的此曾在，並進一步洞視與叩問。於是兩者互文。〈遠方：漫長的告別〉，「我」定期回返，見證更多「你」未及見證的病況老態；車行中，被困在莫拉克暴風圈中的「我」，彷彿直接與《時光隊伍》的〈偽紀錄者〉篇章取得聯繫：彼時，敏督利颱風臨境，未來者張遠樵在張皇中，首次開口指認往者名姓，而「我」預感，且問「你」：「未來的孫子有意義嗎？」（是的，「偽家人」，「我」早就知道了：深刻記憶的傳達，「沒有可能」）。於是〈活口：同命〉，多年以後，「我」領著樵，這雙親見過往者的年輕眼瞳，尋訪甘家屋基「唯一的活口」，少女映；然而，這樣的探訪，卻帶給「我」惘惘的徬徨。再一次，事關情感記憶的嫁接，是否真有意義（或合於義）。

如此，存在於《旋轉門》的更多篇章，乃以更簡略指名的方式，以書寫漫遊旅途（「動」）及日常生活（「靜」）的二元結構，伸延《時光隊伍》預設的時空畛域：時間裡，一個更實然的「族性的撤離」（蘇偉貞）前刻；空間中，一個更確切的傷停人世。於是，似乎必然：所有這些實寫，將再一次深深指向意義之辯證。關於「意義」：生命進程有無意義；書寫自身有無意義。或許亦是人盡皆知（或當然，羅蘭 巴特，《明室》）：當「我」拒絕，不能夠（「沒有可能」），或終究無法全然放心地，將個體生命歷程普遍化，將「你」信託給普遍意義時，意謂著以「你」為準心的書寫，對「我」而言，不免終將撞上意義之牆。

普遍化工程。對反於這個我們通常認知的所謂「療程」，《時光隊伍》書寫的獨特，在於表面上，它宣告了上述雙重意義的一體終結，然而，在深層結構裡，它卻是以重層造「偽」（「偽星球」、「偽故鄉」與「偽家庭」；「偽紀錄者」，「我」），在一個對流浪族群之普遍性的時光書寫裡，恆遠圈定它的準心，往者「你」，成為一位生命意義不容普遍化的獨特離群者（《時光隊伍》因此預言：「答案只有一個：你不屬於遠遠看著的這支流浪族群」）。於是，對作者而言，書寫與其說是「悼亡」，毋寧該說是風格者「你」，已由「我」動員一切妄「偽」與書寫之能，在「若有來生，別再找來了」，在所有關於告別的宣告中，給預先深切護藏了。是在這裡，十年校準的作者，《旋轉門》書寫，迎向一個比「時差」更深邃的考題。

於是《旋轉門》的「實寫」：如何可能，真確地告別（前提：是否必要）。於是，真確仍是關於「我們」：緩步逼近，獨力撤去一切動支妄「偽」去撐延的護藏，「我」將以我的更實然在場，確證「你」的永不在場。這是事實。然而，與此同時，以抗逆深層事實去創造的小說家書寫意志，《旋轉門》裡的「我」，悍然留駐自己，就擋在歸零前刻。十年：預畫與謀想，成為所有推「我」踽踽向前的現實。是因為如此，「那之後呢」對「我」而言，不單純是一個越過歸零瞬間之後的提問。實情是：每一天，每一天，「我」都在細瑣地穿越時區。「我」亦好奇（不是對未來。某種意義，擋在一切之前的、一切造就成的未來者「我」，沒有所謂「未來」），反覆想驗算：如何可能，倘若生命僅是一個維度，那麼會否，死亡也只是另一個維度。也許，基本上，是前一個維度的某種鏡像。

這麼說來，有一種書寫，人們通識地，將它指稱為「悼亡書寫」，然而，這指稱法只說明了最表面可見的維度混淆。事實上，這種書寫所追求的深切混淆，是層層再製的再製，鏡像的鏡像，直到終究，已不存在的，被以獨特的形式，重新寫入已不在場的存有中。也因此，悼亡的目的論外，這種書寫規範了自己的本體論，它當然可能，還是在追求一個事關「我們」的，接近不可能達成的理想敘事（在這個理想的同歷裡，人們一般指稱的所謂「生命倫理」，有什麼要緊呢）。

此即《旋轉門》：以小說家的書寫意志，留駐並超越悼亡。一種接近不可能的實證，以及創造。

俄羅斯
丹東
內蒙古
西藏
湖南
湘西
四川
成都
黃山
台南
愛荷華

「奶奶，妳夢過爺爺嗎？」

「很少。」

第一章

前言

旋轉門：動靜之間

擬想不同通道，逐漸明白，
自己最想待著的地方就是那些像轉運站般的地方。

告別已經來到尾聲，我不知道該說些什麼，這人生最後的放恣，我如何能忘記？

「我要走了。」大疤遠行如微醺，臨終，竟可以是小醉。「這次，往哪個方向呢？」啟程時刻，他面容潤澤瑩亮似汝窯出土卵白細瓷，含蓄蘊藉，只能默問。他不止一次說：「我老的時候要回東港，一個人。」是告別句嗎？兒時跟隨父母四川抵台灣，島上最早的家。而此人回家，往往最愛繞道。哪些道呢？一次次許諾：「你身體養實了，我們上西藏。」「找個長假，我們搭西伯利亞紅色列車從海參崴到莫斯科轉悠轉悠。」「真該訪訪沈從文湘西鳳凰。」「啥時摸去黃山屯溪煩煩整連人去也住得下的鄧師父師母。」「多久沒上丹東鴨綠江邊邱三哥老家探探了？」「起碼每年回趟大足石馬孝弟娃那兒，不定哪天被整死都不知道。」……旋轉門條款，所以，死後還在發生。一張追蹤地圖，終極望野，視為人生的實踐與裂變，一條平行路線搭建出來了：一是存活者旅程，返復出生地台南及台北婆家之家族時間（日後，你將是一次次目睹衰敗與再生）；另一是接續大疤之前之後旅程，且稱為，大疤時間。現實生活與記憶虛線，動靜之間。

「我老的時候要回東港，一個人。」通關密語啟動。

剛開始，面對旅程地圖，其實木然。回台南之初尤其行屍走肉狀，及至莫名依序走上如他生前簽下永遠有效只認契約不認人的旅行保單路線，好巧的先就莫斯科（雖然不是搭西伯利亞大鐵路），緊接西藏。（京藏線通車，火車是最保險的穿越器。）去他所去，遠方。時間，以空間的方式標記，不久我將知道，我的島上南北返復，嫁接追蹤他的足跡，並時，卻是漸行漸遠。

這才理出頭緒。

因此，這裡說的行旅不是里程概念，說的是契約路線的自動生成：俄羅斯、西藏、黃山、鳳凰、貴陽、漠河、重慶、內蒙古大草原……（之於我的島內南北移動，放在此契約路線中，便像定點來去！）算來，大疤走後第二年，契約路線的懸念俄羅斯，忽地九月同學餐聚迎遠來的駐俄團好友：「要來快來，我們說不好年底調職。」當即定下日期，班機、簽證極順利，兩周後便成行。

冥冥之中，說是什麼就是什麼的觸動了路線樞機。契約路線高難度的拉薩跟在俄羅斯之後完成。（直接略去「你身體養好了，我們去西藏」那套。）

但我明白，契約本身的無情，所以並不享受旅行內容，反而豎緊神經徑賽項目跨欄選手，盯著起跑線、欄架、終點，朝聖般奮力前奔，整個的，完成與拒斥。（走完這些路線，一切就結束了？）莫斯科、聖彼得堡、拉薩、日喀則一路行旅若是。

西藏行，一個少數文化團，（所以很容易就落單）青藏線世紀全線通車，（你看，不搭成都海拔五〇〇米或西寧二一〇〇米驟升拉薩三六〇〇米飛機，而是乘你最愛的火車北京出發穿北京、河北、山西、陝西、寧夏、甘肅、青海、西藏，逐漸爬高抵拉薩四十七小時二十五分鐘。）車次 T27 專業旅程精算之亥時發車候車室，巨大流量像熱泉不斷冒泡，這天結束前，少說還有五萬人次待消化。二〇〇四年，北京西站（年旅客運輸量四九〇六萬，每天約十三萬四千人次）人擠人的剪票進站、買報紙雜誌、張羅食物、收車票、觀察……像火線後勤部隊開拔，其實大夥兒早兩天已經在北京集合，為赴拉薩準備，「吃藥囉！弟兄們。」集體嗑紅景天，增加血氧度，（下山還得再吃兩天，免得暈氧。）最好斷酒，防高山症，誰這麼乖？臨上火車站大暑八月吃涮羊肉，異口同聲：「喝暈了，就不暈了！」進站往裡走，不止一處販賣站，皆生氣勃勃忙和吆喝，都幾點了日報晚報八卦雜誌成綑大落沒斷過補貨摔地上，堆疊老高亂置的礦泉水、盒飯、方便麵、肉腸、油桃、杏子、龍眼……火車站是離別者的故鄉，旅人性格習慣心理配備出了這裡自動轉換完成。大疤旅人心理防衛機制十足抽象派，不字訣：不耍名士派、不照相、不亂套關係、不進特產店、不往家裡打電話、不成天換裝……的不養成習慣、不戀物。我呢，具象，不喝大陸烈酒。「入鄉不隨俗。可誰沒有點毛病呢！」大疤調侃但尊重。眼下看久了，依目的地自成系統候車室，怎麼看都像靈骨塔骨灰罈龕位的成排成列成一格格平面世界，無比喧囂的寂靜，等待去他方，往生或往死。對看不見的行旅的注視，布紐爾《青樓怨婦》白天妓女晚上貴婦的女主角丹妮芙（所有影幕上飾演角色之異名者），茫然的注視並非偶然，「時時凝望銀幕景框外邊，……某些實際上並不存在的東西，而這些東西或許正是他雙重生活之間的聯繫。」也像劇照，一目了然的乏善可陳。然後，歸檔。

日後路線數據多了，便明白，動靜之間，契約彼此參照。譬如，檔案卷裡，南方眷村窄巷，小學放學路隊裡，村尾走到村頭，每天每天的小旅程。小人們走著走著岔出去，沿途每家大人都是糾察：「咦！豆豆！小小年紀不學好！插隊，還打人！看我告你爸有一頓毒打！」或者：「阿弟！阿雄！小忠！你們幾個扭來扭去蟒蛇啊！好好排隊！」每天都像農民造反不成，野人隊伍。其中最「恰」，珍珠，媽媽波浪金髮高鼻深目像外國人，其實少數民族，人稱，黃毛。女兒珍珠從小高同齡半個頭，老挑小個兒的刺撺攛我們脫隊被糾察隊記名，有天我豁出去了：「你黃頭髮洋鬼子哪來的！誰怕你！」潛台詞，雜種。回去告狀，媽媽黃毛即時找上門來罵街，沒家教沒大沒小，家長死了嗎？目中有長輩嗎？我被喚到院子問罵沒罵黃毛媽媽，瘋小孩一聽又豁出去了，跳腳回嗆：「你哪個長輩啊？跟我什麼關係？我又沒黃頭髮！」黃毛箭步向前，瘋小孩迎上，倆手腳亂揮扭打成一團！只聽見圍觀的鄰居笑岔了氣：「真看不出來，帶種！有出息！不怕咧！」

二〇〇五年大疤過世，隔年，我重返舊家，一天搭原地眷村改建的大樓電梯下樓，七樓停住，門扇分開，繼續當鄰居的黃毛媽媽腰桿背肌立挺進來，恣肆無忌上下打量，我回看，很想叫他一聲，但他似想起什麼，眼光急閃，轉身朝外。其實最怕每回電梯門打開，無論我在裡頭還是要進去，都很憂恐迎上王媽媽李媽媽許伯伯趙叔叔劉阿姨……彼此相視，彼此相忘。時光轉運站，因此，黃毛媽媽仍然蓬鬆淡金髮，挺怪誕的。我悄悄站在角落，外邊，遙記起倆大小瘋子扭打畫面，一股遲來的恐懼感油然升起。預知南回之路，將親眼目睹自身世界一步步崩壞與重建。這是得以重返台南的意義嗎？

這也許就是，視線的意義。在一切的外邊，車站、機場、巷道、馬路、河堤、電梯……通道。那刻，尚未抵達目的地，已經感覺去過了。擬想不同通道，逐漸明白，自己最想待著的地方就是那些像轉運站般的地方。

之後再到北京，是另一個行程，和大疤的旅行契約裡之經典行程，沈從文的湘西。所以，「我老的時候去北京，一個人。」

金秋呢，多好的季節。費好大勁才將自己拖出機場迎客大廳，（可別說，這也是一種久待機場的辦法。最長紀錄，紐約甘迺迪機場，十七小時，哪裡也沒去的看完台灣還未播出的《實習醫生》第七季。）沸水開鍋似各色人形餃子溢出機場航廈。買票登上四線公主墳巴士等發車，「瞧你這孩子穿這老多！也不怕熱！可不！瞧你成身都汗濕了！」我好訝異的掉頭循聲後望，多年前和大疤嚴冬北京遊，車廂內大合唱七嘴八舌交流，完全一樣的段子！當下見識了北京人的自來熟。可別再來句：「你這箱擱前頭行李區嘛！放過道全都擋住了！」說著說著就來了，路人甲：「嘿！這箱子挺沉的！你幹嘛費事兒往後提！放前頭吧！」鄰人乙插話：「前頭滿了！」乘客丙接龍：「能放！」（巴士比我想像無阻礙的進了城）整個北京與我們生活不相干，卻與記憶有關，我們在這老城坐過人力車，吃過五毛錢炒肝、包子早餐，進過剛興起的私房餐廳，逛過尚未成為 Pub 一條街的什剎海，住過黃昏後便進入時光隊道讓人昏昏欲睡的老四合院客棧，中軸線五進四合院，屋頂花脊仰合瓦自屋簷鋪序而下，院子立著梨樹桂花樹蘋果樹。民主婦聯會舊址。

我獨自台北先發，住進團體預訂的酒店，等候其他成員。三星級酒店一股老舊，搭電梯往十二樓房間，暗長走道，有些房間敞開門，串門子，傳出大聲量電視聲，購物頻道或者轉台中一台台掠過，我開始後悔早到了，他們會到吧？「現在走人來不來得及？」進房，拉實窗簾，合衣躺平，像嵌入四合院的昏冥時間暗流裡，「你在幹嘛？」起身，美國網球公開賽剛開打，（不會吧？突覺悟到，依著暑假周期規畫旅行，長達二周的美網賽，是近二十年不同城市的共同記憶。）這次賽事重點是前世界球王俄羅斯火爆名將薩芬的告別之役，（薩芬：退休後我會做跟網球無關的事情。）首輪第一盤，快手快腳六：一解決奧地利梅爾澤，然後趕著離開球場似快打，最好的時候他打球總是熱情如火，此人酒精過敏，可他耽迷沉湎模樣，根本微醺狀不暴躁狂吼摔拍怒責裁判的薩芬，面容線條深奧置外，像被拋擲在世人目光下最喧囂的賽事孤獨核心，失語。唯一陪著他的，頸脖老騰晃有點聳的金項鍊，後來知道了，尚未摘下球后桂冠的粉絲妹妹薩芬娜送的。）場上，他和自己練球似默默發出十五記 Ace 的告別大滿貫，用球說明自己的球場定律：「不是不會打，只是不打了。」（不是不會說，只是不說了。）短髮落腮鬍臉面能容納的表情就不多了，頹靡，晚期的山普拉斯亦這款廢人德性，不耐。無可避免的，步上同條路程。第二盤關鍵第七局，人不在場神情出現了，放任原力身體，網拍拉長，急速凝凍為希臘雕刻家米隆雕像「擲鐵餅者」，形神俱真，右手抓握鐵餅鐘擺到最高張力，不可逆時間。空間中凝固的永恆。在薩芬卻是反挫的延伸，單單展現天才手感。之後三盤，4:6、3:6、4:6，落敗，「結束了！」索然無味往往如暴發力，都在瞬間啟動，滿場座無虛席但裂縫出現了，桀驁難馴薩芬不發一語眼神平視不接觸的離開球場，「對，就這樣，別撐了。」我起立鼓掌為廢人送行。（不久，中新社消息，年底上海 ATP1000 大師賽大會正式宣告，將發給薩芬一張外卡，好讓「沙皇」與他的球迷正式告別。薩芬會去嗎？我電視邊吶喊：「拜託！千萬別去啊！時時刻刻的纖毫間變化，你會受不了的！」記得嗎？山普拉斯的最後時光，站在底線左右晃動身體，發球、接球，站回底線，幾乎不救球，詮釋一切。之後，我們都知道了，薩芬去了，台灣欒樹單色系鸚哥綠點化法印象派畫作登場之際，大師賽開打，寬鬆白衣黑褲闖過首輪，第二輪，鈞窯月白釉瓶出土，胎重釉厚，藏起五彩滲化窯變本事，線條明淨，自若飽滿，極富層次，他一個人的窯燒。6:3拿下首盤，第二盤輸得莫名其妙，第三盤0:4對手領先，薩芬振作連趕四局追成四比四平手，卻是下手輕重之間的，終場6-3、4-6、4-6止步。可怪者，密度如此高的創燒，就在眾人面前施展，沒有一件作品相同，每一拍球也是。）我其實從來不是薩芬迷。

扳著指頭算，柏格、藍道、艾柏格、康諾斯、馬克安諾、貝克、阿格西……火爆浪子、健康寶寶、嬉皮掛，而在這隊伍裡，能把球場站成廢墟的，山普拉斯、薩芬。就這樣，我今年的大滿貫賽事結束了。沒有過程，只有開始和結束。

上半夜，成員陸續抵達。自動分成兩組，酒組、話組。酒組默契安靜的去了什剎海酒吧街，好好的Pub，復刻文革串聯之彈性疲乏沙發榫頭歪斜木桌椅，透出股尿騷味。縮回八〇年代台北剛有Pub小酒館記憶一角。沒想到，倒在這兒有了Pub逆旅。旅人常有一種廢墟衝動，亦即非把好地方變成廢墟。（多年這種去他所去，如環形廢墟，舉行著過時的儀式，每在重演失去了時間感的浮現幻影。你其實知道。友人亦勸，適可而止。）

現在北京都喝什麼酒？管他，我反正只喝啤酒。

次日，趕早北京飛常德。接下來，一條乏內容的點與點之間抵達與離開。我們北進北出。

邊城概念：常德—鳳凰—保靖（酉水北上）—里耶—花垣（湘西土家族苗族自治州花垣縣邊城鎮）—吉首—沅水船行赴沅陵—常德。其實有所本，一條進入歷史的出走路線，沈從文《邊城》即由此寫成：這次旅行與任何一次旅行一樣，……我們先從湖南邊境的茶峒到貴州邊境的松桃，又到四川邊境的秀山一共走了六天，六天之內，我們走過三個省分的接壤處，……這次路上增加了我經驗不少，……極其鮮明占據了一個位置。——《沈從文自傳》）

「這次旅行與任何一次旅行一樣」，有天，希望能以這條引文，寫本遊記。湘行「回走」，我的路程是這樣的：第四天，我們由鳳凰古城翻山越嶺到保靖，過矮寨坡，山腳實施交通管制，築路炸山，天際煙硝四冒，車行緣山爬去，幾個九十度彎路陡直毛路，臨窗不及手臂長幾乎貼著崖邊走，騰浮望遠，吉（首）茶（峒）高速公路工程段，疊山峻嶺山頭與山頭炸平了作為橫空懸索吊橋塔架地基，車體怎麼努力爬升，都像在孫悟空翻不出的五指山腳到此一遊的望地基興嘆。這趟行程的意義，懸索吊橋塔架成形了。我們如果早來，看不見。

前車窗貼著「沈從文文學之旅訪問團」字牌的終於下到保靖，腳踏實地後居然有些暈路，正是小城黃昏，晚飯前有個把小時自由「打流」（沈氏話語，無所事事的閒逛）時間，方圓百來公尺，趕集場，按摩去乏桑拿屋，米粉攤，土匪鴨土家酸菜苗家窖酒土產店，解散了各自活動，一圓臉細梢眼小姑娘樂天不認生的緊跟腳步打聽道：「打你們一下車，我就在找哪一個是沈從文？」我們也是啊！沈從文二十歲在保靖做了兩年司書傳令秘書。來此，就為朝聖縣政府收藏的沈從文公文小楷，說不出來的逸秀蒼健，每個字都意想不到一撇一豎一捺那麼自我風格，可，這只是官僚系統每日每日的文書作業哪！該感激什麼？而哪一樣更珍貴？

第二天，宿醉，頭痛極。晚上露天華麗山寨高規格牛頭宴，地方上有點名頭的文化政治角色都到了，幾百人塞滿四排長條桌，桌邊架起十數口營火大鍋，鍋內牛骨湯燉煮牛頭，樹皮大號聲中，專人持刀庖丁解牛端上桌，真長見識，我沒動筷子破例喝了好幾碗甜膩的苗家自釀糯米酒。

集體趕屍狀保靖瞎走。日頭下，水邊小城無有想像中舊昔的古拙安逸，喇叭、單車鈴、吆喝、洗牌、重機具拆撞屋牆喧囂匯流，大夥觀光客騷擾狀老宅探頭探腦、竹編蠟染手工藝品就地還價、不聽指揮嚷嚷落隊又離奇接上，省級縣級領導也自成亂源的各有私人路線歧途岔走。不耐選擇題，便自顧自朝城邊走去，忽然就跟在一年輕男子背後，他西裝皮鞋不稱頭的肩竹扁擔兩頭挑著不知裝啥的布袋重垂，趕時間似快步奔堤邊，不一會兒人矮下去不見人影，我尾隨跟上，岸邊順堤防而下琴鍵粗礪石階，中間踩凹了，酉水流域倏地出現眼前，果然岸邊停了擺渡交通小船。

對岸崖壁石刻「天開文運」大字，每字寬二．四長一．八七米，顏體，渾厚遒勁，船隻來往水路碼頭，肩扁擔男子已不見身影，小船蕩出堤邊，就此切進一無座標之古城入口似，還會出現嗎？

而我們在此搭船沿酉水北上里耶品賞出土秦簡，（二〇〇二年里耶古井出土了三萬六千餘枚秦朝竹簡。記錄了秦人生活，有枚簡牘上「遷陵以郵行洞庭」隸文，中國最早的書信實物；「酉陽丞印」，郵戳，「快行」，快遞。多麼層次分明的書信通路。）途中無岸可靠的搭一手四腳爬上大王廟順風順水，沈從文團大叔們脫了上衣，白白胖胖雕像船頭吹風。三個多小時水程，又是黃昏的，里耶碼頭下船，高於河面兩三尺堤岸立滿看熱鬧人群，其實沿河有村莊處，總能見三兩人影，佇河邊啥也不做的看船。終於浮出堤岸，赫然撲面而來敲鑼打鼓和大片仿古建築，鑼鼓聲是由緊鄰岸邊也仿古的樓閣造型旅舍傳出。旅舍空地擺置講話隊形高矮椅凳，我們空遊覽車走陸路先到了。一老太太蝦腰弓腳坐椅內朝我們笑說：「這麼大的車，肯定是台灣帶來的。」又來了。哪一個是沈從文？

半小時就走遍小鎮。（再來的時候，小鎮小學將遷移淨空為秦簡遺址博物館。）經過一具金屬材質領款機四周鑲嵌木框，秦簡造型，我插入大疤舊金融卡，摁下功能鍵，依語音指示輸入密碼，一二三四次。（密碼錯誤五次，請以開戶證件直接與銀行接洽）。算了，（出土的九九乘法口訣木簡，篆文體清楚完整述寫「一一而二二二而四……四六廿四……九九八十一……」最早的十進位元計演算法）不會真有什麼時光入口的。

晃進鎮上古玩店，瞄見一對拳頭大小白胎圓肚四耳瓷藥罐，罐面一邊素燒「三知堂置」，一邊是「源康出品」墨字，晉人筆意，收的老藥房舊物。（真有人信？）買了，包實了放背包貼脊樑骨，（有那麼瞬間，錯覺背著骨灰罈）提醒著大疤的話：「把身體養實了，我們走水路遊一趟沈從文湘行路線。」（那時候，都不信，這輩子會去不了湘西鳳凰。）重登上堤防，日正當頭，卻佇著不少看水人，悠悠酉水，湘行路線支流。下到堤邊仿古石礎柱子撐起木構樓閣斗拱挑簷平坐陽台，不秦不漢建築群組商店街，這裡真像一座精心打造的影城。

北進北出，仍從常德飛北京離開。機場蛇形轉盤領行李，習慣站角落，眼見一件件行李被提走，空了，這才想起常德機場我們最後一班離境，後頭沒旅客了，不知道被什麼耽擱了，飛機延飛，廣播反覆播音：「哪位旅客把一件行李遺失在候機室！」無人行李怕有危險，再三檢查後才放行起飛。再想不到，原來是我的行李！暗地掂算背包，瓷罐在。（無解的西裝男扁擔挑的究竟是啥？）

一切看在眼裡的同團好友問道：「可以選擇的話，你丟哪件？」

「都可以。」

第二章

家族時間I　這一年二〇〇六

套房

當記憶定格，就像時間的孤兒，永遠被留在封閉套房，無有出口。

不知道為什麼？總停在無法喝完整杯咖啡狀態。百分之二、三十墨晶液體如生命液化倒影，默息，而掣肘刻度早早設定好了，只等時間腳程抵達。夢之變形，啟動佛洛伊德自我檢查機制，瞬間進到意識層。一個反專注點出現了。

在這之前，你以大疤名義作為電腦設定密碼、購書者、捐款人、所得稅合併申報戶、緊急聯絡對象……打開平行世界的鑰匙。（台南久別重逢導演老友，恬淡堅韌同志伴侶病逝近一年。肺癌復發，醫生宣判剩約兩個月時間，狂斥：「你老兄玩這套！胡說八道！不可能！誰說都不算！弄清楚！去他媽的王八蛋！」仍打入地獄。友伴身分辦喪事再沒浮出地表，底層穿越，保持「東西壞了我們就修復，就像修片一樣」習慣，三餐帶宵夜戒不掉無阻礙鍵進伴侶手機信箱：「文化部冗長官僚拍片合約討論失焦中，會晚到家。」「園裡的梔子花深夜怒放，甜香。狂歡節。生日快樂。」「你一手規劃主導的表演教室開班了，報名秒殺。念中。」記憶絲路。卻在睽違多年看到我那刻，來不及回防地卡住了，黑水沉澱物，不希望被任何時空吸收，強行遺留下來。開車送他去搭高鐵，並肩前座，（又是一個封閉如咖啡杯容器），他直視前方怔忡放空低泣道：「想起來還好痛。」看向他所望大片黑夜：「我早放棄抵抗死亡了。」他轉而大笑：「就是這話！」所以餘生不相信不商量不討價還價的自行固己，無可逆。（會不會，其實號碼主人生前預設了，在未來某個特定日子，回復鍵自動開啟傳出信息：「寶貝，生日快樂。你不會以為我忘了吧？（¯(¯)）」

結識在沒有手機的年代的他問了我號碼，然後鍵出，頻率共振我手機介面同步顯示一組號碼，面對我拒絕進化的恐龍 NOKIA 按鍵機種，他復往昔脾性大樂：「好屌！真有你的。」我也笑：「管他媽媽嫁給誰，我永遠都要用按鍵手機。」是啊，時間暫停，大疤哪懂滑式。所以，自以為山人自有妙法的橫掃淘寶網、露天拍賣、YAHoo 奇摩、PChome……購物網站，按鍵型二手新機皆行，可是，沒有，停產還是什麼的過時就過時的絕種全面沉寂。

如斯響應。回復鍵啟動。突然收到年前以大疤名義捐款山地育幼院實體回信，咦，老創辦人楊牧師的兒子具名，老創辦人年後遽逝。偏遠南部山間育幼院，大疤藝工總隊拍紀錄片任務現場。老楊牧師夫婦忘了時間，全神定格於孤兒時間，溫煦熱腸。信裡娓娓述說，無悲情。牧師夫婦相距十六天先後安詳辭世回天家，妻子先走，八十三歲，牧師不知情地隨後寂沒，一〇三歲。（怎麼可以讓人活那麼老，做盡辛苦工作，總看見牧師夫婦抱這牽那幼兒且臥房裡長年睡住體弱的小孩。人們說這是善行天意，真的這樣？夫妻間一輩子信仰共修不悖反人性嗎？）

（非事業產業大愛繼承者）牧師次子好家常的手信述說父親最後時光，喜悅熱鬧十七桌圍爐辭歲，楊牧師帶領全院家人禱告感恩，除夕下午，神蹟顯現，不具名千隻活蝦如五餅二魚放於院門口，年夜飯，就有了豐盛的海鮮。另外訴說孩子近況，院內實作「小額創業計畫方案」，設攤位賣麵飯、抓餅、關東煮、雞排、QQ蛋、臭豆腐、飲料、石板烤肉……好讓孩子們操作合夥之道、攤位設計、人事處理、食材烹調、倉儲、財務管理……技能，絮長如環繞音效偈語，不卑不亢。「在祈禱中記念您，支持我們繼續走下去。」多奇怪的透過大疤之名，持續為他拍攝對象作為感動。

不起眼的信紙角落較小手跡周到有序註明捐款現代化方式，線上刷卡、ATM 轉帳……像極難適應的新式銀行學雜費匯款，長串數字帳號和金額簡直不人性的抽象空洞，倒是 Ps. 式交抹布、繡學號、宿舍分配等規定之瑣碎細節，成為正題，離線，有種真實感。讓人放心莞爾，「啊！真的有活人在管理呢！」但我會線上刷卡、ATM 轉帳嗎？不，大疤在現世的信用現金卡帳戶皆失效。所以，不必證件的以他之名郵局臨櫃劃撥，成為最佳穿透虛空之科技幻術。逆時差方式躲在沙塵暴颳起漫天懸浮微粒屏蔽時空。

返台南，類躲死。（南都日治痕跡忒深，某些老傳統的聯想難免。深澤七郎〈楢山節考〉，貧窮小村莊惡俗，老人七十歲就得由後人背到山裡深處等死，不僅於此還有條禁忌，遺棄老人後得立刻回走不准惜別說話，老婦阿林交代完家務，主動要求兒子辰平背他上山，母子一路緘默無語，辰平棄母後天緩緩降下大雪，不顧禁忌，大聲回報母親：「母親，下雪了！」幸福象徵，老人不必受苦於漫長的餓死過程快速凍死。母親堅不開口，雙手合十，如禪坐，示意兒子離開，有了最後的對話。）順利進入大學教書，固著於上、下學期制（下學期總晚於年曆制的落在上個年度）校園節奏，忘掉自己的時間。如早發性阿茲海默症，每天皆是獨立當下時間，和之前之後無聯繫。我們有時候喜歡陌生化所見所感沾沾自喜人為力量操作新鮮感，我們刻意讓自己記得什麼，忽略有時記憶帶來的創傷甚至就來自選擇性。重返出生小城，卻讓自己像阿茲海默症失憶者。和真患者差別在於，我一點都不在乎。

開學前兩周，搭車南下，仔細隱藏逃避主義自憐者心態。大量書籍先一步裝箱託運，最堅固的偽裝形式。人事室先報到，（無師門無故舊無派系，你不在這個學術系統運作裡，軍校出身，你落單，換言之，孤兒。情感脆弱，這個時候誰和你打招呼，都像一種襲擊。）填表格交證書領教師證，隨後去系館選研究室，跟著承辦人一樓到三樓逐層逐間看，系館與馬路一牆之隔，暑假放空的闃寂長廊上鑰匙圈群挑出一只開鎖，站門口內往外望，間間六扇木窗櫺。選了北幢最邊間，直面文學院大樓走道。（日後你知道，教書生涯最大的選擇權在你選了一間後便結束了。）最後的暑假之魔術時刻，你佇立淡黃空心磚牆盡頭，另一盡頭境外蜿蜒插進來儼然百媚光影撲在粗墨橫直格柵鐵窗一塊倒映棉紙似轉角梯口，偶至的雲影、疏落的樹椏杈，與快慢駛過的車聲絡合成市俗聲光效果。樓座背靠背掛著一排生鏽鐵窗與滴水冷氣機，好可惜的對南北樓座傳統書院氣質的建築體的一種無視。

北樓研究室獨立成幢，與南樓以中庭間隔，有走廊連接。單一類型體系：軍人、犯人、女校、教友、養老院……學校是另一種形式的單一空間如汽車旅館、民宿、戲院……，隱藏排他性，且是一個強制進入的異質空間，如軍營、監獄、教養院、精神病院、勒戒所……，而大學，在你是一個逆返的異質遊樂場、度假村。你沒讀過一般大學、研究所。而後半生，這是你安身立命之所在。

要怎麼訴說和這幢建築物的關係呢？這樣吧，（我玩笑借用茨威格語式：我不在研究室，就在往研究室的路上。）我只有兩段式作息表，一是家居，一是在學校、嗯——研究室。

所以，簡直浸染似泡在系館。樓內牆面刷粉白、淡黃漆。外型主體結構由粉白山牆垂視哈佛紅磚、樑柱檐口皆泥作組成。掛軸式雙扉對開木門，入口起翹仰看天際如正在等畫面的攝影機鏡頭，門外枝條繁茂鳳凰花、濃蔭土芒果，南方八月季節搖曳，咔嚓咔嚓，時間的手指，把一切摁進記憶。建築線條、概念，一眼就明白了，王大閎作品。而之後會在這座建築物裡行走多久，不確定。反正，類等死，不是嗎？

唯一確定的，（楢山深處）你的研究室，推門即見檐沿挑空突出與六面雙格窗櫺成倒L，每至雨季水流由廡頂掠過懸凸於三樓的落水槽無視地面接水槽，直接墜洩，擺明了不與四周對話。若遇上暴雨由三樓或噴濺或狂瀉倒下，感覺每間研究室都是一被隔絕的小方舟。

於是出去探個究竟。出門幾步階梯即是榫接南北樓走道，站在走道中間位置照看左右，系館兩樓各擁不對稱北小南大中庭，北樓全部是研究室隔著中庭與南樓窗對窗平行，南樓四合院圍抱中庭，教室研究室辦公室繞續流動。

看懂了。此銜環通道，像極虹吸U形管，經此北樓匯往地形上較低的南樓，如一條看不見的動線將（不論是何種）物質密封加壓流向另一處。簡單的物理原理，最常見的虹吸現象，虹吸式咖啡壺。若是隱喻，你生命的密封點出現了，是研究室嗎？

緩慢的時間切割術，精密琢磨出土寶石空間刻面。你的後虹吸時期。

之前，無出口容器。好長一段歲月，一成不變的起床、理家、烹飪、（極厭倦而離開的）報社工作、幼稚園接樵孫、交友、待客……，如堵在坑道車禍現場，動彈不得。漠然地枯坐車中，不撥手機，不在等疏導交通，不在等時間過去通道口就會自動打開，且不置疑記憶會演化，哀傷會消退定律的不在任何狀態裡。甚至不接收任何開放訊息。

所以，大疤死後，那些壓差物質曾以何樣面貌出現呢？最早是大疤做七前夕，我靜劇姿勢小死般文風不動平躺床墊，右側鋪面不再出現身形凹痕，沒有對照重量，無法切割出我是誰那樣的晶體。

垂閉雙目，玩著壓迫視網膜生出各式幻影遊戲，這次出現蝙蝠張大雙翼如曼陀羅喇叭花倒吊鐘擺似畫面，且因單枝存目形式而無任何異味。大花曼陀羅群聚性，當花海漫漶往往釋放明顯的阿托品焦苦味，此能抑制副交感神經血壓下降呼吸放緩心跳變慢……抽空消癟人體如瀕死，同時激活了中樞神經你活了過來，感覺到光線進入角膜，通過虹膜光圈咔嚓咔嚓映於視網膜。有活物在房間裡。你驚異地睜開眼瞼。在這個遊戲裡根本不該看見、嗅聞、聽見什麼。逡巡房間，窗帘闔攏、門葉扣死，地板牆面天花板床架沙發電視屏幕光點似一直是此中有人的穩定象徵。此刻，深夜過三點，再真實沒有的，有活物攪擾著這靜劇似時間之流，短暫暗適應，眼前落地書櫃玻璃如碳元素被切割成八心八箭鑽石刻面吸進光再折射濃、淡、乾、濕、黑、白五色六彩，復幻化為流暢歡愉的光展演影幕。但你知道頻率不會改變光影顏色，是有一個主體在操作，誰呢？答案自動出現。一隻張翅晶墨蝙蝠吸附在天花板稜角，然後，貼近天際線般繞室緩行，如試飛，因此皮膜雙翼，亦靜戲演出克制動作，一圈後，敏捷迅速完成馬戲團空中飛人瞬間拋接又像幽浮出沒隨心念挪移動作，脫胎換骨般銀翼皮膜熠熠生光，此時的你如擁有不屬於人世的某種尚未發明的罪。目睹這無法歸檔的演出之罪。

但世俗的我，仍好好奇。「你是誰？」我問。無話，不同軌語言。是啊，醫院時光皺褶另一種生活，大疤不譫語不囉嗦假性失語症，已經暗中開始學習另一種語言的必須先忘掉熟悉的語言，甚至，逐漸放棄（近偏執值）張氏風格物語：「伸頭一刀，縮頭一刀」、「朝死裡整」

「這菜打死賣油的」、「天要下雨娘要改嫁由他去吧」……。看不見的進度仍有失去的可能。那辰光，聲波探路模式，如如啟動。不待言語。已暗中完成。

這會兒，蝙蝠忽然停車在你顏臉上方平行俯瞰，如你們同類同大小，你們之間有條中軸線，一個正反拍鏡頭的眉目互凝，蝙蝠（大疤也有一雙這樣）不成比例黑琥珀瞳仁吊梢杏眼，此影像誇張成神經喜劇等待機鋒對白你只好開口：「是你對不對？大疤！」

達文西最著名的插圖，維特魯威人，比照古羅馬建築師維特魯威美學概念，繪製四肢伸展成大字形及立姿男性裸體前後交疊比例圖，（人就是那麼舒展切中的生活著）並置天圓地方宇宙正方形和圓形框架內，劃分長寬八乘八格六十四等分，維特魯威人頭部是身高的八分之一比例最美，上下手臂、腳掌（與前臂等長）也是，寓意最美的比例，人體。達文西以此推算出長寬黃金比例，一比一．六一八。

伸展的巨大銀翼包覆如水，我睡如立姿。靜置如隔世一夢最美黃金比例。還有佛洛伊德梨形子宮、方形水箱複象重疊的母親子宮比喻，夢到者皆如是強調：「我以前到過這裡。」那雙眼睛，靜定直白：「我以前到過這裡。」是啊，我也是。

接著牠緩緩上漩，自若閒適，如臨別，繞室巡游，符節合拍，非誤撞某夢者空間，來的時候，就清楚何時離開。人世正常的會見，不該是半夜三點，那麼，「你要走了嗎？」大疤，這不是我第一次問你了，但還是很痛，不可能會好。唯一我不確定你離開的通道。

但你總要出去，於是我起身下床，打開和客廳相通的我們房間門，另一個告別通道，牆上掛著爸爸、全家合照相片，夢之幻影攀登大峽谷於抵達之境停駐相片前近觀，室內光線幽深，即將黎明，逝水時間，打開玄關走廊門窗，回過頭送牠出去，卻如沒入時間光影縫隙，不見蹤影。窗外有隱隱青薄光如一雙手接過了黑暗胎身。呆站半晌，確定牠已不在。（就算春天是蝙蝠活動繁殖的季節，為什麼是現在？為什麼是這裡？）

臥房的活物氣息亦消失，大花曼陀羅含神經性毒劑成分阿托品焦苦味卻氳氤仍在，定點傳播作為「此曾在」明證。（《靈異第六感》兒童心理醫師麥爾康不知道自己死了，鎮日心理輔導陰陽眼體質男童柯爾，柯爾白天也見鬼，麥爾康總漏失與妻相處時光，有天又晚歸，麥爾康愧疚靠近沙發上看電視睡著的妻子，此時妻子鼻息吐露寒氣，才惶惑想起飽受鬼魂驚駭的柯爾向他提示，亡者現身如寒流過境導致氣溫遽降，活者即使睡夢中也會感應到。）但在我的影像裡，蝙蝠和曼陀羅氣味及形象為何相同？

之前常闇夜晚歸，山腳盆地社區上行斜坡U形腹地總有空位，停好車往下走回家，轉角處佇著幢未完工二層別墅型空屋，傳聞某教會預訂，不知怎麼半途毀約，數十年來任其廢置，粗糲的泥作板模屋壁大花曼陀羅逐漸攀爬擴展成大片簇擁向聖壇祭獻永夜璨潔花海。白天，奄奄垂頭如不鳴響吊鐘，即使冬季綿長的雨夜，亦不防礙花們抬頭渴極似張大了口接水愈發生氣勃勃。空氣裡洗涮不掉的或遠或近交疊濃郁間雜腥沖味，層次複雜到上升為一種感覺上而不是嗅覺上的阿托品意象，登堂入室，一場集體昏迷的儀式。（阿托品10 mg以上即會出現幻覺，嚴重時則出現昏迷。）

所以，蝙蝠是一種幻覺？而有一天，幻覺，會再度以其他形式出現嗎？

「好可惜，那時的你不明白像死亡那種移動，就像血液單行道似流向筋脈賁張的手背，肢體末梢僵硬。清清楚楚，最普遍性的偈語啊！」你不時想起開在未完工荒廢房子的曼陀羅花，頻頻回顧究竟哪裡哪時錯過了導引大疤生命回流的河床。（強行移動新聞，青年深夜回國，托運行李裡全是布景裝置似鋪排上千株多肉植物夾帶闖關，好美的白花小松、薄雪萬年草、錦上珠、露娜蓮、櫻水晶、神想曲、雪蓮、凝脂菊、八千代……瘋狂變態的戀名者多肉植物幻想症？一三三四株、三十二·一公斤，沒有任何氣味嗎？不怕植物們死掉嗎？）一種心理上而不是真實上的阿托品意象，除罪。

重回南方，出生之城。你讓自己習慣移動，開始每周定點南北往返，直到下一次改變時間到來。

轉眼十年，清明節祭拜，照例二樓先找桌位放祭品，然後回家進門似先到二樓大疤骨灰罈龕位打招呼，再上三樓各稱各的爸媽爺爺奶奶祖祖我們來了。擺好祭品點酒點香天地人三禮拜，與亡者對話，我和樵總一道，先到大疤哪兒，就在積累數十載骨灰罈疊床架屋死亡陰影龕架轉角，指幅大小灰黑幼鳥似蔫蔫縮蜷成團：「這什麼？」說完即迴避視線，樵興奮地湊近嚷道：「奶奶，是小蝙蝠吔！」交代樵：「小蝙蝠應該才出生，還不會飛，眼睛也沒睜開，白天蝙蝠媽媽看不見沒辦法找牠。」移位法？大疤龕位下：「是你嗎？」

「那牠怎麼會在這兒？」「蔭涼吧？」樵仔細檢查四周無螞蟻，才如每回儀式推來鋁梯爬高跟爺爺說話，爺爺住六樓。無法預知但肯定會發生的某次，他將可站著平視爺爺。

氤氳陳香與烏暗暝空間交織，這是座國軍忠靈塔，生大死小納骨室便如天然迴路，乒乒乓乓一股兵氣，從生命的沙場上退下，循遁前人集合路徑入列位，過程多半迴繞趑趄，闖陰走陽，打破時差，心慌過嗎？大疱食道癌最後，幾次神色異樣，有次他淡淡試著說明白：「一下午整個人心慌慌的。」現在知道了，前奏曲。若非經驗太陌生，他不會說出來。

心慌是被夢魇符咒置於雷鋒塔底那種無重力漂浮感嗎？病房異質空間，生命快速流逝但時間卻相對變慢，太空船駛向一個時空扭曲的事件視界邊緣，無論如何都無法逃離了，重力傾斜，他所在之處，時間凝凍，生命的黑洞，他之外，皆極遠旁觀不受重力影響者。科學理論告訴我們，空間重力存在越大，時空結構扭曲越厲害，時間也就過得越慢。好比一樓距離地心比頂樓近，重力較大，時間因此比頂樓慢。所以要活得比別人久，記得住一樓。而一輩子住下來可以多活多久？愛因斯坦廣義相對論推估，可以多活一微秒！多久呢？一微秒=1/1000000秒。死亡的界線甚至來不及跨越就完成了。多活，是沒指望的事。（一則新聞報導。父老子弱智妻中風，丈夫長年照護妻子，為此花光積蓄，自己也終病倒，教兒子把病妻送到停屍間等死，他泣說，「已經沒有其他辦法」。警方調查家人是否涉遺棄罪。其實多餘，活著的人全都是遺棄者。）

所以心慌是什麼呢？一個黑洞，死亡時間流逝進入人體，有那麼一微秒，停滯空洞，無以捉摸，死亡的前奏太陌生，十年後，我好像有些明白了。

於是與大疱對話：「我知道你最後的心理時間是什麼狀態了，好有一比像人活著那種孤獨和心慌，孤獨我不怕，可心慌真是不知所措的伊于胡底。」如每次站在龕位前，只有那一微秒值得把握。

所以，蝙蝠是一種幻覺，和樵與大疤道別，再去找那隻蝙蝠寶寶，已不見蹤影。

這樣的動物寓示，一再撞上。

初啟的南方時間，系館唯一進出咖啡漆色木門生鏽咬合不正的地插鎖把關，下課時間開關門插鎖吱戈刮地後碰地闔上回復沉寂。開學後一周，深夜離開時，晦暗門腳處，盤著圈熟成榴槤色什麼東西，像等門埋頭縮蜷四肢小狗，物我，如迎接僧人從失去時間感的洞穴出關，直覺告訴我這是什麼，情感上卻很難相信。黃褐混雜不規則黑斑紋，像極右旋膛線螺殼面影像，視覺遠近之立體動漫效果，彼此吸引，趨前，更清楚的吻端圓鈍扁頭，陀螺三角錐形拓印倒W章紋，是蛇。（後來才知道是傳說中的系館鈍頭蛇。）寧願相信牠曾被馴養，溫馴苦候主人的寵物。初次見面，不知道該不該說：「別等了，不會回來了。」由牠去吧，你懂的，等待，就是一種及見、復返。（那時並不知道，只有一次見牠的機會，總之，再沒見面。）

開門走出暗夜系館，吱戈刮地聲，門在身後闔上。想像牠睜開橙霧眼球漠然直視送我，自由無聲斗折弓行往光影明暗處移動，消失在視線不及的清水模板牆與洗石子灰色地板構築的碉堡異境邊界。

等待者不必答案，我漸行漸遠。

校園裡總是沉鬱。之前教書的大學坐落台北盆地國家公園山裡，師生因此某種程度上像觀光旅遊團，天黑前得結束行程下山，於是黃昏逐次疏散旅客下山班車幾乎班班超載。入夜後的校園空蕩陰森，潑墨畫暈染手法，人成為微物寫意，建築失去了自己的線條。當下就想，這是大疤從來沒有的生活，以後，只有你自己的生活了。他死我生，虹吸現象挹注他不在後的生活訊息流向他。只是，通路在哪裡呢？一直和他時間交流比照：十二年後我將到他死時年齡、二十三年後失去他的時間將超越認識他的時間、三十年後樵會到他爸爸失父年齡……繼續流向他。我們將在一個失去重力感的時間點會合。

所以，保持流動成為證明自己還有感覺。即使看似無夫無羈，卻不能讓我更自由。而且，這其實很無趣。重回出生地，微細規模的移動若是，真像給自己拔出不存在的石中劍好讓自己耗盡力氣。還不夠的第一天報到整理拆箱上架快遞運送來的大量書、資料，不知不覺過半夜三點。當步出系館，呆佇仍陌生缺乏生活細節包括交通資訊校園，這裡就是最遠了，遂放任想像行走沖淡幽靜（開學後，學生回來，輪番上陣青春喧囂、身影與隨目可見擺曳老榕氣根皆成為狂歡節背景。噢，而我多麼想念雨夜中脈脈生姿大花曼陀羅牽引回家的畫面。）如此江山卷軸裡，我卻像畫家筆下迷津不辨方位異鄉人。

正耽溺著呢！邊走邊眺見墨天黑地裡駛來一摩托車，午夜騎士警服配警棒，是校警，海豚尾鰭直立水面芭蕾舞姿繞池朝我旋近，這不是烏何有之鄉，是真實世界。

「請問你是——」詞意簡直像等待果陀。（行走久了，終摸清校園運作，說起這次經歷，誰也沒聽過校警夜巡還問詢。）

心虛答道：「是剛報到的老師。」

「噢！注意安全。這麼晚了，去哪裡？」

「回家。」

正式拉開流動生活序幕。（日日夜夜的濃密樹影草地裡傳出伸長扭動紅棕色脖子短黑尖喙鼓脹胸腔共振效應站在樹枝上發出粗糲洪亮求偶的「咕——兀——咕——兀——」黑冠麻鷺，想像任何時間牠緩慢大剌剌走一條類候鳥同點路線似由暗處現身，停住，如擬態雕像。那樣的生命群，以及開學不久就知道的系館旁湖邊單腳直立固定姿勢在矮枝常青樹叢營巢紅眼白腹頂冠一抹藍黑到尾翼留鳥夜鷺，季節性單音緊促嘎—嘎—嘎—響徹長夜，定點聲納。）

校警不遠不近距離一路送我出（以為我知道的）大門。時間之槌擊發撞針，給出警示，我卻沒養成正常時間離開系館的好習慣。根本是，宅在研究室裡。

一個封櫃的狀態。大疤龕位封櫃時間啟動。每次去，你皆問：「住在這裡還好嗎？」大體火化，骨骼形骸分解成白色粉末鉀和鈣，透過神秘的四度空間物理石墨轉換工程，然後在龕位骨灰罈裡還原為原來那個人。卻是一個封櫃隔世的過程。（瑞士一家公司接受委託將人體骨灰製成鑽石。五千四百度高溫高壓淨化加工，十二至十六周便能完成。一克拉需花費一．七五萬美元，五百公克骨灰能製成一克拉鑽石。）

公公也在這兒，早大疤五年安厝。從沒想到，軍人公墓忠靈祠，將會是一個家。大疤走後六年，婆婆在新一年元旦初二病逝，與公公合櫃。

婆婆走的那天上午，由校園地下停車層往上駛進亮晃晃冬陽裡，神思不屬自由落體在弄巷梭繞，避災似就是不出幹道，事後想起來，這是延遲接收死亡消息。新一年，陰陽界線，都說老人最怕換季換年，婆婆臥床每況愈下。

終回到研究室，落在桌上手機閃爍曖昧藍光，媳婦十餘通未接電話和簡訊：「——媽，楷送奶奶去急診，他呼吸脈搏很弱。」即回撥，楷電話裡：「奶奶剛走了。你慢慢來。」再上車，有目的地了往高速公路北返，一路與大疤對話：沒想到，這次媽媽去世我不在現場。總以為，不在的，一定是你。

送婆婆入厝，真覺得與家裡另倆位我公公、大疤見證了軍人公墓「與時俱進」三階段之可開櫃——封櫃——全面禁燒紙錢：

為免騷擾逝者安寧，提供潔淨之祭祀空間，民國九十六年元旦後停止開櫃。

（與死者又一次明暗兩隔）

為維護空氣清新，減少環境污染，確保自然生態。本場所預訂民國一〇一元月一日起全面禁燒紙錢。

死後入籍，管理處開妥戶口（龕位位置）證明、交私人鑰匙，活者全拿。和家裡鑰匙大疤（回收）鑰匙併放玄關櫃上。剛開始，誰想上山，備好菸酒菜，取鑰匙開櫃捧出公公和大疤骨灰罈，倒酒布菜置罈前，大香爐裡敬香也敬菸，陪著喝、抽兩口，多半一炷香時間，收了祭品，回家，鑰匙歸還原處。進出望到所有鑰匙，常異想，大疤喝酒怕忘事落東西，養成兩手頂個腦袋出門，皮夾、鑰匙、菸、打火機一概裝口袋。現在，他遷新居，要不要多打一副擺他櫃內？出門有得帶。以後不能幫他開門了。也有過衝動，「乾脆攻其不備，來個月下偷桃，偷偷開櫃運他出去兜兜風。也許再放回去，也許，不放。」不是異想天開。

封櫃那天，設為出擊偷運戰術戰略 D-Day。遲疑著，龕位封櫃中。

肯定有家屬訾議抵制，同時爭取時間調適心理，後人們一遍遍清理龕櫃什物取出又放入地一次次延挨告別。此前後對正左右標齊之格櫃前總有幾組小型祭禮，或者龕面標誌極個人代表相片、念珠、聖經、字條、信件、維他命、助聽器、假牙、香菸……形成地景，還有每櫃內必置乾燥劑。異中有同，同中有異。

也有我行我素失去現時感幾乎天天報到老太太，丈夫櫃位在大疤前五排，比大疤早約一年入籍，老太太還像新亡人，過膝素面旗袍，每來仍可拱成蝦米挽身以頭抵櫃門完全放空嘟唸叨絮哭啜，地上兩碟小菜，手捏葫蘆小酒杯，如誦經：「怎麼留我一人怎麼我還不死孩子都好可惜眷村改建你沒趕上大陸老家不聯絡了時代不同了回去也是坐著不想動……」像等待被葫蘆酒杯吸納壓在塔下白娘娘。微型世界寫生。有時候人死了還能告訴你，他是怎麼樣的人。

也常見到一家大小五口圍跪狹仄通道，一幅「夫妻可以同櫃，全家人可不可以同櫃？」畫面。兒子帶著妻小，叫爸爸的叫爺爺的輪流說話，龕位前小菜饅頭水果，櫃面黏貼六吋家庭照，門沿固定小巧玻璃花瓶插鈴蘭，這樣的愛，讓人敬畏。還有年輕母親抱嬰兒祭祖，兒子帶新婦祭拜亡父，甚至巧遇老友遷葬父靈……走陰闖陽，在此地同流。

一路以來，最常陪上山的，是樵。最常的對話：「奶奶，我問你噢，等下我可不可以對爺爺說我有女朋友的事。」樵，小學二年級生。「你是有女同學不是女朋友。這有差別。」「他電話只給我一個人。」「他送你電話？」「奶奶你真搞笑，是號碼啦！」「暑假後開學你們又不同班，事情會有變化的。別忘了告訴爺爺後天去新加坡姑姑那裡！」大疤生前唯一認的乾女兒，移民新加坡，父母雙亡，視他為父親。大疤走，移情我們，是他遺留下來無形的禮物。「那我回家可不可以玩賽爾號，我快要得到最強的精靈王凱撒嘔！」「你五秒鐘前才要交女朋友，現在又改變主意玩幼稚的電玩？」「嗯！」刻意忽略「幼稚」詞。

人生怎麼可能沒有衝突？如是悲欣交集。

最難的祭祀是婆婆重度中風年前去那回，先至龕位報到，請出骨灰罈、（啊，真不真實，那時不知道日後無法懷抱大疤了。）擺祭品，倒酒、點菸，和樵各持三炷香遠望高低疊映山巒橫跨五根石柱橋墩北二高公路，近景草坪、毬果結纍五葉松、油杉、紫竹、樟樹以及景深效果滿山坡樵喜歡開一年四季舌狀大花咸豐草，朝天地深深三鞠躬。還是難以開口。

祭拜來到下半場，補斟酒，然後，也給自己倒上：「爸，大疤陪你們喝一杯。」這才有勇氣開口：「爸，你把媽媽帶走吧！太苦了。不是我們要遺棄他，他孤單太久了，和你們同在那邊日子會好過得多。這杯敬您。」乾盡了：「爸，春節年前就帶媽媽走吧！少受罪。」又向大疤：「你幫忙勸勸，爸聽你的。樵，來跟祖爺爺說話。」祖爺爺如果生前看到曾孫，該多高興。

「祖祖，我是樵，您的曾孫，我聽爸爸說過您，我們很想您。我跟奶奶燒紙錢給您，要拿去用噢！我會再來看您。」

「我們會出國一段時間，回來再來看你們。」

臨關門前，送歸骨灰罈。已到封櫃最後時間，早晚的事，除非遷離。取出書、照片，眼鏡與時光行者錶留下。錶面時間，停在他死亡那刻。那刻，暗想該寫一本已沒有他的其後發生之書，用他最喜歡的形式，擬真。這一年，樵從幼幼班開始跟上山，轉眼六年過去。是該告訴他。

於是，婆婆走那天，雖然已經知道結果，仍飛車趕路，深夜進門，樵上前抱住：「奶奶，好靈。祖爺爺聽見你的話了。」

葬禮後送婆婆進塔，死後仍有團聚。「大疤，交給你了。」

事實上，看似鬆散無時間表之南旋，多少在經營，陸續注入帶有家庭生活的書、沙發、茶几、書架（四五排書上架到加裝書架）、訂製書桌、地毯、木雕瓷器擺件、飾物、立燈小型冰箱鍋爐碗盤……元素就定位，研究室逐漸像個套房的在裡頭過日子，習慣性隨手關燈省水省電煮簡單食物散步看書寫作備課日常作息，一個活人的龕位。亦皆沒有已知、特定時間表，一間套房。任性的最晚離開大樓。搭發光透明玻璃瓶電梯高處下望紅磚圍牆外明暗感應柱式 LED 路燈，路樹葉面吃光如一雙雙複眼，從偶爾劃過的車行流水敘事，目送你離開。

不脫報到當夜身世。校警送你出校門，（不知狀況的）變葉灌木叢路邊等（以為揮手即來，其實早施行叫車制）計程車，頭頂傘形小葉欖仁指甲蓋葉片如小雨飄落，不由哼起以為早不記得的「南都更深，歌聲滿街頂……啊，啊，孤單，孤單，無伴風愈寒」之〈南都夜曲〉。往西盡頭T字形路口台南後火車站，日後才知的末班零時十八分上行莒光號駛離月台後即收班的排班計程車隊。不遠轉角眼鏡店白袍醫師人形立牌笑容可掬，自信地望著前方多隻機械手臂，近、遠視散光腹腔鏡手術廣告，配雲朵狀對話窗廣告詞：「神之手術，請考慮傷口小復元快失血量少第三代達文西手臂。」二〇〇四年二月，大疤，劇終。等待，就像他常說的，無非是「起個大早趕個晚朝」。不甘心啊！同年底，台灣引進首台第一代達文西手臂，擬真人手，打造最完美比例手之延長——四支電子槍手指手腕手臂更精準旋轉彎曲捏夾穿引灼燒……，手所到處，多角度高觸控感之三D立體視野影像展現在螢屏上。黃金手術。而死亡，使一切事物，失去了等待的意義。

為什麼大疤也沒有等到《實習醫生》每部影集都會出現的、任何突發時間送進急診室被槍擊、重撞、穿刺、電鋸、碾壓、崩潰的血肉模糊支離破碎開腸破肚……器官，等著這些器官的是大小粗細長短真人手指手掌手臂，或摁或壓或按摩、觸摸、捧接器官進而送進手術房動刀。難道這才是我移動來此的簡單答案？他被停止了。

達文西黃金比例發想自維特魯威《建築十書》，西方古代唯一一部建築著作，書中為建築設計訂下三項標準：持久、有用、美觀。經考證他唯一親手建造的建築是古羅馬法諾鎮的會堂，如羚羊掛角，無跡可求，書內插圖亦佚失殆盡。所以，我知道，我們沒有最舒適的屋子。

此時此刻，真的可有可無計程車，我毫不在乎也不意外。我徒步。往目的地走去。

那之後，就是南北樓之間移動的過程了。

不同季節，有課的日子，固定由北樓研究室步下階梯，穿越通道到南樓教室，右手邊老鳳凰樹的枯褐枝椏會突然抽長搭臂泥作廊欄上，濃簇珍珠細貝薄紙羽葉杈條雞毛撣子似一遍遍掃著廊道自己的屍體，再經過，已被吹到角落癱瘓蒼黃，像一種病。曾經試圖折斷豔紅繖房鳳凰花插瓶，但就像離水即死亡的野生黃魚，離枝即枯萎。怎麼會？難解的同步。

於是，司空見慣，同而不同時間，在這邊間遺跡似研究室，我不僅和大疤不同步，也和任何人事不同步，如放野把自己晾在裡頭直到此處真正成為另一個獨立時空。維特魯威認為建築是對自然的模仿，如蜂鳥唧草築巢，而世人再模仿，築室道謀，一事無成。或如《犯罪心理》影集裡連續殺手模仿者，遲早露出馬腳。也就是說，在離開原來生活座標三百公里的南方另闢時空，即使我仍定期駛上高速公路把自己傳輸回台北舊址，一種搭乘時光機或虹吸原理實驗。但，無法真正還原從前。

我注意到時下流行的分子料理，把食材質地樣貌味道……分解打散，再重組為新的食物，（真有點八〇年代坊間流行的滿漢全席素食，仿真，雞鴨魚蝦，非廚藝，騙術的）無限上綱分子料理菜單：馬鈴薯冰淇淋、豆腐生魚片、蔬菜魚子醬、奶油起司雞蛋、果凍壽司……，主打不受地理、氣候、產量……局限，解決彌補某些地方食物短缺、高價問題，大家都可以吃到分子食物模仿的同名食物，打破形式。好自我催眠。最簡單的分子概念，棉花糖：蔗糖晶體分子排列整齊，進入棉花糖製作機，機器高速旋轉，使晶體變成糖漿，加熱腔有比蔗糖顆粒更小的孔，高速旋轉離心力將糖漿噴甩為糖絲狀，以支棍黏連便蓬鬆如球。這恐怕才是事實的癥結，人無法分解重組；但虹吸管、分子化幻術之超物理轉移，提供了也許生活可以重組的想像可能。

所以，轉換完成。維特魯威人六十四格容器，分子化，虹吸現象樓座研究室。最美觀、持久、有用的存在。

生活改變了生活。

日復一日鳴叫的黑冠麻鷺、成人禮被甩進成功湖的新鮮人、深宵雨夜孔隆匝落車頂的土芒果，（換季出現之琉球青斑蝶、樺斑蝶、孔雀蛺蝶、赤星椿象、非洲大蝸牛、蟋蟀、攀木蜥蜴、灰頭紅尾伯勞、五色鳥……）匯聚為一場移動風暴的集結號。十字路口（工作服、格子檯布、父母搭手幫忙創業不久被取締轉移七年後附近店面另起爐灶開張，生意火紅平均四十分鐘翻桌）關東煮攤不久消失後會在別處再開。沒有別的生活，別的時空。一切如舊。只是有些東西會消失再來，以及研究室闖入者。這使你不耐煩。

之前南、北樓頻傳失竊，南樓次數較多，北樓研究室至多偷到二樓。監視器裡竊賊身手輕盈順中樑通氣口天花板騰空下到研究室，文物字畫器皿電腦書一律不碰，亦不翻箱倒篋大動作，僅取酒、零錢、外幣，天亮前大剌剌走出去，個兒小，鬼祟猥瑣，卻曾經挺沉整箱高粱酒搬了去，倒識貨，也好脫手，「說不定是個酒鬼。」酒主人無奈，苦笑。

於是加強監視器、安全燈、門禁管理電子鎖、鐵門鐵窗，終像其他樓座自成國中之國。我呢，不動如山，偏安邊陲研究室，每深夜離開，走廊等電梯，圍牆外的天光、路燈掃描器似來回掃描南北樓研究室玻璃窗，幻化一種科技培養皿效果，而一己存身，「人若在裡頭就好像試管胚胎，在等待著床。」一去看大疤，現在只能隔著小小龕門，敘述給他聽。想像，他八成會輕斥：「跟誰學的，這麼貧。」

所餘時間，能做的不多。偶爾散步，黃昏，「嗶」一聲出系門，大學地標老榕樹為軸心逆時鐘快走，一圈七分鐘，四圈，半小時，上樓，老姿勢坐靠窗書桌，就桌面電腦書論文紙張或讀寫或打字或同時進行。無視對過閩式建築大樓走廊晃動人影、挑空停車場進出單車喧譁、排練、市聲。有些音效，初聽到時像戰爭片深水炸彈，高速竄升，噓——噓——噓——崩赤，水遇熱油爆破聲，隨即玻璃窗櫺嘭咯嘭咯共振搖晃好一陣，坐久了，就知道，祈神，煙火華麗的攀高在天際炸開，鞭炮、蜂炮、沖天炮、仙女棒、火箭、變色龍、飛龍吐珠、俄羅斯轉盤……祭神場，靜坐無為，不好奇，依自我生理時鐘作息，哪裡也沒去，什麼事也沒有發生，「我知道，大疤，我完全沒有能力替代你在人世興頭的活著。」但我想，他離開久了，總有什麼可以告訴他的，好比，在這個越待越晚的研究室裡的發生。

剛來時，南北樓固定有五、六間研究室子夜了還亮著燈光，吸引著你好放心的待更晚。學期結束，光點漸次遞減，其他安定取代了這裡的安定，彷彿一個世代生活形式過去了。終於，剩下你，我告訴自己，「你會習慣的。」唯一不習慣的是總等不到像台北那樣長長的雨季，綿長濕漉望不遠絮絮叨叨寂寥老天替你說著什麼。日日天高雲遠，世界亮晃晃無層次展示著，單調平織布紋如每晚最後一個咔嚓闔上長條卷軸大門後，一切死寂下來。

又一次，小偷又來闖空門。這次監視器真捕捉到的灰濛人形知道避開攝影鏡頭，熟門熟路，也避開我還在研究室的北樓，像老建築物裡多少有的傳說子夜幽魂。我那時知道了，除了我，樓座裡還有人。

所以，諜不見諜，每次離開，反手拉門聽見輕輕咔嗞響，直走上車，並不回頭尋搜。猜想角落暗處，有雙飄忽閃爍等你離開倦極的眼睛，不怕看見什麼，怕迎上了得假裝演戲沒看見。

但日子一久，也就鬆防了。卸下心防，開門開燈、停留、看並回應任何有用沒用的書、email、電子報、電視影集，（甚至迎來爆炸性《實習醫生》第十一季演了十一年最受歡迎的男主角德瑞克車禍送醫誤診死亡退出劇集，憤怒的粉絲大量彈幕：「我把自己反鎖在門裡，除非『白馬醫生』回來。不然我就不出來。」「沒得看了。」「史上最帥男主居然寫死了，編劇大嬸跟戲有仇？」第十二季遺孀格蕾獨活依舊，播到第六集，正興頭上，撤版：「因版權申訴，已移除所有影片。」一傢伙，十二季，從螢幕消聲匿跡。）關燈關門，核算過我退休時間，若無意外，這將是一場持續十五年的生活行動劇。

然後那天，半夜快三點鎖門走人，樓座靜默如昔，摁鍵，召喚電梯上來步入方形虹吸玻璃槽，電梯說：「關門中。」這聲音半夜時像沒人性的恐怖片配音。圍牆外雲影掠過樹梢老覺得有無數雙眼睛在窺覷，中庭內錯落光影瞥見挨倚地下層氣窗天堂鳥，植栽十數年一直被誤認為不長芭蕉的芭蕉樹，前陣子整理庭院待要砍除，撥開兩人高側生平行葉脈，見到葉腋抽生出來暗紫色蠍尾形花，原來是天堂鳥，又留了下來。下眺花緣張開一季也不凋，塑膠花似的，總想起形容賴活：「活著唄。」電梯依次下降，樹影眼睛不見了，擋在牆外。步出電梯，背後又是恐怖片配音：「關門中。」這些年來一直希望彎過照壁軸門地插鎖邊再見鈍頭蛇，又一次落空。行駛報到那天老路線由二十四小時開放的校區正門離開。那之後，我開車。不再站在欖仁樹底等計程車，葉片飄落像假下雨。

不到十小時，拒絕累積記憶之阿茲海默症每天都是獨立一天的第二天早上進研究室，鑰匙開啟喇叭鎖，毫無異狀的大量書、紙頁、筆記擺渡之舟，台胞證加簽中長條護照夾斜擺在臨窗桌邊資料櫃上，已經好幾天了。下午走廊一陣騷動，助教、幾位老師正逐間詢問有無被闖進損失財物，這回南北樓無一倖免。「怎麼會？」室內桌椅電腦書筆記檯燈音響皆像未移位，護照夾在原位置，美金、人民幣都在，抽屜、置物架、櫃子、瓷碟、老木盒、仿古陶俑……全未翻動，靠窗書桌擺放大疤、樵照片凝目房間六年了，蔡曉芳仿寶石紅釉圓碟內，不見了大疤無名指摘下的黃金光面結婚戒。系辦電話問有無失竊要不要報警，「不必了。」我說。

系辦全面（審查制度啟動）調看監視器錄影帶，監視畫面，闖入者等我三點深夜離開後才活動，真有耐性。館內遊走，無畏電子鏡頭，自在移動，最後進入我研究室，奇怪的天亮前沒見到出來的且在裡頭做什麼？錄影帶近兩小時空白。沒有樣本可比對，有此人清楚樣貌也沒用，何況沒有。一一好意提醒：「別待太晚，早點回家。」疑神疑鬼是一種病，我已經痊癒了，我還知道陰影最容易隱藏什麼。兩天後就又故態復萌，越待越晚。

如是，直到二月情人節那天過午夜，天際仍瀰漫狂歡煙火薄霧，出系館不回頭發動引擎倒車駛離。露水順著榕樹氣根噴霧效果拂拭車窗，再晚也會遇到走路或騎車的夜遊者，腦袋放空，接近住處大樓車道找遍了不見遙控鑰匙，才覺到恐怕落在研究室了。（大疤每回出門提醒：「鑰匙手機眼鏡錢包腦袋瓜子。」）

暫停路邊，嘆口氣，從可疑的闖入事件回過神來面對一個事實，回家找過戒指，也沒找著，消失了。半夜停路邊挺可疑，邊開車邊想對策，這時間真有勇氣返系館取鑰匙，萬一又是等我走了才活動的撞上了呢？闖入者是誰呢？不報案，是在等待真相嗎？千頭萬緒，投宿校友會館，但快四點了還住？找間通宵營業的Pub？或者撥電話給正在KTV情人節拼歌熱唱的研究生或隨機徵求偶遇的校園夜遊學生、校警……落底的百分之二、三十生活容量，一直以來百分之七、八十是研究室時空，剩下的空間選擇原來這麼少啊！倏地想到那（海豚尾鰭直立水面芭蕾繞池向我旋近的）校警，原來他是刻度浮標，……岔口再岔口，台南還真小，車子已經停在系館前。頂多撞見了，就說：「對不起，你忙，我只是拿鑰匙。」這鼓舞了某個部分無厘頭的我如中蠱亦不信邪相同的事會發生二次的下了車，如常地刷卡推門扇進系館，「是個瘋子！」偶爾忍不住從車窗內偷偷窺覷館內暗影蜃結可疑處動靜，一想到大疤傳神的形容，不禁落淚失笑。這一笑，猝不及防台南六年了。

最深的深夜，上南北樓座虹吸落差階梯，拉開紗門，吱呀一聲，扭動喇叭鎖，背水一戰似緩緩推開門，面北長排木窗櫺貼印暈淡魔術時間，聚集電影畫面影素穿透光年立體投影坐於桌前展開的書頁如閱讀中，如一向背坐窗前姿態視覺暫留，人間時間，流向他，被光影層次深深吸引無法動彈，鋪架看不見的生命管路，虹吸現象依賴大氣壓驅動，我們呢？眼前，記憶無用論死了就是死了的逆返明證。如我，唯戀戀注視擬假幻真，「原來是這樣的。」哪來什麼偷兒，即使晚樓整夜你一人也賣力啟動馬達抽水聲像全部人都在的運作功能換氣般發出呼嚕呼嚕呼嚕振幅，滲漏午夜曖昧時段，驅動見與不見倆空間內部狀態最大高度氣壓一致，他，流向你。一切如見。於是微笑問道：「覺得這房間怎麼樣？」再大的事，早不措手不及，沒有比死亡劈開身體那樣的大爿曝光後無法拼回讓人驚慌。何況，擬神擬鬼。

「一直都是我啊！」通體淨透溫潤無瑕黃玉，一塊淡淡的記憶符號，身後六格玻璃窗迷離失焦散景光點，以每秒慢於二十四格的速度倒帶，記憶的全景幻燈屋。空氣裡依稀飄送的大花曼陀羅濃馥香氣，阿托品，總是能幻象渴望，這次，透過一格格小視窗，垂直搖拍鏡頭下攝寶藍月光挑空底樓沙盤零散被留下的單車，遺落夢境，凍土世界。

當記憶定格，存活者，就像時間的孤兒，永遠被留在封閉套房，無有出口。

大疤時間I　這一年二〇一一

薩摩亞時間：同步

文字能否偷偷轉化對神的渴望，亦即，
從昨天寄出的信能否挪移換日線以西送到大疤手上？

九月初秋二萬五千呎的高空，午夜台北啟航，朝西方昨日飛去。美國I大訪問學者，三個月。

這時候的機腹，看起來，像一座時間橋，牽引遠方。而你，也沒有別的地方可去。（突然，喜歡一切移動的封閉空間，巴士、船艙、火車、隧道、纜車……尤其航行中的飛機，且好希望永遠永遠不抵達目的地的迷航中。）

有一則媒體當趣聞的報導「薩摩亞沒有明天」。南太平洋島國薩摩亞，位於夏威夷、紐西蘭間，百年前，曾為與美國同步而移位國際換日線以東。二〇一一年十二月二十九日，薩摩亞時區重劃換日線以西，於是直接跳空到三十一日接二〇一二年。（三十日憑空消失外，還什麼都改，度量衡、行路方向、標準時間……）島國期與澳洲、紐西蘭同時區，消彌差一天商業地理障礙。是的，你正飛向這條即將挪移之換日線，如果趕晚了，不定可跟隨變線同步回返台北。

所以，「我老的時候去訪問，一個人。」時間橋通關密語啟動。

稍早，晚九點，隻身走進從來覺得擬仿禽鳥公園設計的機場，鳥人們四處啾鳴撲跳，或覓食或互啄道別或購物、買保險、劃位……包含在套票遊園行程裡。這回，開放性公園，午夜啟程，CI001。城垛口報到櫃檯，護照、電子機票、行李過秤，數字碼快跑，地勤紅灰滾邊旗袍淺紫眼影棕髮細腿，暗光鳥夜鷺，辨識系統自動跳出：稀有鳥類。「二十九公斤，過重。」夜鷺請旅客將行李均攤，每件限重二十三公斤，可託運兩件總量三十公斤。低頭打量腳邊墨綠背包，大疤生前專用，這回出遠門搜行李櫃才發現：「居然把你給忘了！」瞧著不起眼，能塞進大疤每回單人行程物件。遂問，這背包能隨身？老鳥無有喜怒：「當然。」

皮箱敞開，分攤行李。書散一地，誰呢？卡佛、契弗、馮內果、卜洛克……多半酒鬼，或其中有酒鬼。塞不進背包的，裝手提帶。「好了。」一起身還真巧的捕捉到夜光鳥來不及收起的「神經病竟然帶最壓秤的書」神情，我微笑：「請再秤秤，不行只好丟衣服囉！」老鳥不接話專注秤重：「剛好。可以了。」

十三小時後，（CI001航行日記，不完全東西向飛越北南一百八十度經線紐西蘭海峽日界線，回捲昨天，進入不同時區，與昨天漸行漸遠。）夜間九點（哎，還是落地了）洛杉磯機場，等待午夜飛達拉斯、清晨轉機I城航段。脫水狀態，厭於細節，穿過拐角步道洗手間席地而坐一排年輕旅人、迴視平價商店冰櫃強光、避掉城市生活Starbucks Coffee之蜂巢序列甬道，走進機場酒吧，外場買沙拉，吧檯坐下，單點啤酒，（看多了各色人種各年齡層）服務生例行性：「ID！」（美國聯邦規定滿二十一歲才可合法買酒飲酒）拿出黃永玉《比我老的老頭》，單人旅途，需要有生氣的傢伙陪著。抗戰時期，他小子浪跡江西贛州遇上也在那兒的偶像漫畫家張樂平，不囉嗦不搶話不搶酒，得以陪張樂平去街市小飲，小碟辣味牛肚下酒菜，張樂平手握白酒，黃永玉：「他說我聽，呷一口酒，舒一口氣，然後舉起筷子夾一小塊牛肚送進嘴裡，我跟著也來這麼一筷子。表面我按著節拍，心裡我按著性子。他一邊喝一邊說，我不喝酒，空手道似的對著這一小碟東西默哀。」第一杯酒喝完，張樂平打酒回桌，發現碟如滿月明光，沒下酒菜了，愴然道：「儂要慢慢嚼嘛，呵！」再撂句口頭禪：「這物事邪氣嶄格！」這事真箇邪門。來，敬儂，我飲一大口，你說我聽。

（同樣他說我聽，卜洛克筆下的前酒鬼私家偵探馬修戒酒聚會上：「我不想報姓名。只聽不說。」周而復始戒酒聚會，強迫症似的，進入城市各處不同時的戒酒聚會場，簡直 7-11。大疤，你若活著，有可能參加這型戒酒聚會嗎？可是，戒酒怎麼會成為你的事呢？）

黎明中的達拉斯機場，還是那話，厭於細節。精密科技自動環線電車搭載疲倦零星旅客去不同登機口，因為跨時區，機場幾乎不夜，便整不明白的商店剛開還是正打烊。找到飛 I 城候機室，一名女學生狀亞洲臉似久坐聽見腳步聲抬頭看了看又低下。不久，廣播傳出催促旅客登機，可不是我！（女學生如如不動，我也不動，不移動換日線。）六點五十分起飛這會兒六點不到啊！不同時區差一小時。急登機，五十人座巴西航空生產渦輪引擎專飛支線 ERJ145（無聲時光）機腹就三名旅客，商務打扮體面中年白人坐前排，我窩最後。（空服員餐巾紙寫乘客點的飲料，送來時自動加碼，雙份。）艙門迅速關攏，機艙外，海平線橘色分光鏡一道道霞光懸空與窗口平行，晨曦尚未降落地面。

攆著夏季末梢，上空俯瞰 I 城近郊，土地樹冠收耕的玉米殘梗，散布深淺黃，駝黃蒼黃枯黃。降落後，逕由空橋鑽出依提領行李箭頭迷宮繞走，（倆同機乘客一個轉彎不見了蹤影）出境大廳先緩口氣，（亞洲瘦長男孩沙發上興高采烈講手機，這樣早，能跟誰說話？）睇見派不上用場的運輸轉盤腳底躺著幾件行李，（綠背包，輾轉四個機場真送到了。）拉一肩一，到齊，朝透光大門走去。四郊野望，眼前怎麼瞧都眼熟極的童年台南軍用機場四周坐落有致一律煙囪花園紅屋頂土石牆建築，簡直反複製美軍駐守的一九五、六〇年代畫面的回到昨日之日。

深呼吸漂浮不明農作物（台南機場四周早期則是濃甜甘蔗與牛糞）空氣，回頭看淨空的大廳男孩仍在講手機，等人來接？才不呢！剛送走大陸探親團，年輕品牌 DKNY 黑球鞋、灰白棉上衣、淺藍復古刷洗牛仔褲，有型有款，學經濟，大陸畢業美國重讀大四，算大五。

說好的接機單位沒現身，所以，沒別人，就你倆了！我過去請教如何進城，大五生挺機靈提議不乘排班計程車叫機場穿梭轎車，安全。我邀他一道，剩下工作就歸他了，那麼穿梭轎車有預約嗎？我雙手一攤，意思是，「小貓兩三隻，難不成沒預約就不給載？誰事先會料到接機者沒來呢？」車行白人瘦熟女對著電話筒嘰哩呱啦，先報給一邊高個兒白人老頭，再轉問大五生二十分鐘等不等？當然等。大五生忙著灌手機，我再大門口透氣。（後來才知道這是側門，側門方位，使這機場又由五〇年代過渡九〇年代台南軍用機場分牌共用的民航航站。正門軍方專用。）正惑於怎麼如此容易就回到從前，白老頭過來告之車提早回來了。

穿越農業州遼闊糧倉（這季節最後的）玉米田，各類高速州府市鎮鄉村公路環扣相連如某種象徵，現代人於是在網際網絡丟掉了相見時難別易難感傷的人與人最大誠意，留手機號碼，而這一代換號碼跟拋棄式隱形眼鏡使用沒兩樣，大五生很小字寫紙頭上：沈同學。沈陽的沈，他強調。我很雞婆的，瀋陽的瀋？不，沈陽。簡體字之後瀋陽消失了。我：「全中國沒人姓瀋陽的瀋。」沈同學：「怎麼沒有，二人轉小沈陽不是嗎？」算了。我有個老師姓沈，他給我說古，沈是夏禹子孫封的國名，被蔡國消滅，後代子孫逃離異鄉從此以國為姓，永遠記住族人出身。漢字簡化，是另一次逃離，很多東西自動消失。我：「你姓沈名同學？」大五生笑笑迴避，「嗯，就這樣吧！」（幾天後小城街上沈同學專心走路，太陽眼鏡遮滿臉，我喊：「沈同學。」沒反應，不是沒聽見，就他根本不姓沈。城是小，但三萬多學生這樣容易又遇見？毫無邏輯的事最透著奇異。）

早上九點，（四十小時以上沒睡的）站在市中心黃褐牆面幾何線條國際學人旅舍大廳。（一九七三年秋季I大寫作班教過書的瑞蒙・卡佛。亦住I大校園內旅館。「……或多或少我放棄了，舉起白旗，把喝酒當成正經事，乏味得不想再說。」整個期間，和同業約翰・契弗除了喝酒啥事也不幹，「我不覺得我們倆有誰曾把打字機罩子取下。」失樂園，大學城Pub密度全美排行第四。所以，卡弗、契弗住的是這兒嗎？）

衣服雜物分門別類衣櫥（居然有直立式燙衣板）抽屜置物櫃，盥洗用具擺浴室，書、稿紙、電腦上桌。久違的白平床單，星巴克沖泡式咖啡，網路……熟悉中透著陌生讓人安定下來的過程縮短。我既接受亦拒斥。不求平衡，永遠的時差之警醒。

於是，下樓逛進旅館隔鄰雜貨鋪，熟食區、水果、咖啡、麵包、沙拉、飲料、微波食品、雞冠雛菊鼠尾草玫瑰花束……，咦，有泡麵！哇，不愧Pub之城的酒類真齊全。（卡佛他們囤積酒：「有一次我們打算大清早十點鐘去買酒，約好在旅店大堂碰面，我為了買菸下來早了點，約翰已在大堂裡來回踱步了。」老天，多有看頭的畫面！大作家吔！買啥酒呢？半加倫蘇格蘭威士忌，近兩公升。真酒鬼！大疤，你會喜歡這裡嗎？「我只喝高度白酒。忘了嗎？」怎麼可能忘了要了你的命的東西。乏味得不想再說的前酒鬼卡佛，戒酒中心、匿名戒酒會數進數出，一真實一虛構的與馬修同時，卻不偕行，各走各的。戒酒和飲酒，同樣孤獨吧？亦似溺水，而溺水者往往善泳。大疤啊大疤，也善泳，可之前之後都沒有戒酒的可能，直接死亡。酒人記事，撥格快轉拍攝、慢速放映之影像，揮之不去。我們不囤酒，但買上兩瓶好酒放著，如同時。）

美西之西，下午陽光日照特長。開學前有三天時間建立小城感。（未來，太陽偏光鏡旋轉角度折射浮游、塵粒、雲彩……更藍更透明更如夢飽和的似水流年日影，直射在及腰窗前的他，而遠眺行人畫素及樹的變化，將是很重要的記憶。）於是，以旅舍為據點棋盤路線走棋，馬走日象走田車走直路炮翻山，無障礙直闖校園地標鐘樓、巴士站、養老院、小型銀行、社區圖書館、家居服飾藝品店、超市、各國美日義大利中式餐廳……對手陣營，路口或佇足或順紅綠燈指引前行及左右，舉棋皆亂迷又無所事事的讓自己忘掉時差。

最後回到原點，旅舍前透明可見酒館林立及遊樂園共用一座廣場，突變種鏤空放大樂高積木堆砌成溜滑梯恐龍骨幹城堡塔樓鞦韆架，忙不迭爬上滑下鑽進蹬出天生的馬戲團雜耍高手幼童們，挺自在旁邊聊天或看書的年輕父母，撞上秋天最後的陽光周末景象，又如是等閒過，小城歲月。彷彿幸福即日常生活瑣碎時間倒影，明明地廣偏偏遊樂場選擇鑲嵌在 Pub 群聚市區，醉鬼觀光客流浪漢穿梭路線，一條既單純又複雜之秘道。

仰看圓頂似蔚藍天空，喧鬧在這裡總是很容易四處消散找到出口。曾經在小城待過的卡佛：「現在的天氣晴朗些了，而沉默是對的。」八成醉了。

沉默如何是對的？立秋立冬季節中線，生活格子遺址。大疤不在後的新生事物與旅途，以比例尺微米推進尚未命名的卡佛要忘掉之地圖集。

所以沉默是對的絕棄網路手機遁入時差中，拉窗簾躺平假寐，遂有幾十小時，和昨日，失聯。螢幕是重播或現場的美式足球季。（咦！眼花還真的？硬線條白髮披肩中年女子不正是I大寫作工作坊美國重要女作家瑪麗蓮•羅賓遜？他說啥來著？）還有軍校組咧！西點軍校！啦啦隊員人家女生超短裙雙腿蹦老高，他家小學弟場邊表演伏地挺身。緊身褲球員肌肉暴脹根本充氣男娃娃隨時可能裂炸，每十碼一刻度畫線的一百二十碼場地像長形烤肉盤，來回劇烈撞擊玩薛西佛斯推巨石上不了山的徒勞戲碼，一次擒抱攔阻失效裁判哨音吹得震響，終於把累垮的我自由落體踢進光影晦暗的夢徑甬道。半夢半醒無重力時光膠囊不時傳來遙遠單音「叮噔—叮噔—叮噔」電磁波門鈴聲，「是誰的門鈴呢？」夢中的我問現實的我：「我房間為何沒有門鈴？」（鈴響後，隨之而起啄木鳥咮、咮、咮敲門，打暗號似的。幹嘛雙重叫門？）如是幾趟，猛地，「咮」一聲，喚醒催眠中我，打開房門，門框邊找夢中答案，真沒門鈴。闃靜廊道，不見任何人蹤，但前一刻分明有頻繁的造訪。（酒吧不夜城，旅客進進出出。如消解時差任意門。後來知道了，不是門鈴，是電梯上下樓層開闔提示聲。）

不知多久過去，拉開淺藍窗簾，暗夜大地三處燈火人字紋飾機織圖案，巷裡 The Wheeler Pub，（周末音樂夜，長條建築 The Wheeler，前屋 Pub 餐廳區，後棟暗藏玄機封閉舞台區，瘋狂樂團與水洩不通酒客膠著對飆歌舞，吧檯買酒寸步難行穿過舞台區，瓶裝也能灑掉兩成。黃色手腕圈套進場券，同個隘口進出，認券不認人。始終沒弄懂，擠成這樣管制啥？）半人高玻璃窗面下方旅舍大門停著亮頂燈計程車，光點組成一支星球艦隊，The Wheeler 導航。（無重力時差期，我異地自我養成，半夜清醒，第一事，窗前觀望計程車在不在，The Wheeler 是否熄燈打烊？嘿！燈亮著。全美大學足球賽季超級周末，計程車收班更晚，市中心湧進球迷人潮，塞爆 Pub，The Wheeler、George Bar、The Java House、The Motley Shea、Martini……呼朋引伴進去。）以及日後終有答案的百公尺十字路口無論多晚熒熒微光抵達與出發之長途灰狗巴士站排班計程車頂燈。

一種符號學，既睡不著也不睡不著，兩頭皆落空，我決定往已莫熟的場景去。換衣服，下樓，步出旅舍，靠邊走穿過停車場，推開 The Wheeler 咖啡色木門。吧檯陽光女孩熱情問候，「你好嗎？你一人？」「好，是的，我一人。」仨男客據一桌，吧檯底落單倆男子，我吧檯另頭坐下，要了杯 Martini，兩顆橄欖碎冰乳白色，小口小口滑進舌喉通道，大疤，你沒在這裡喝酒呢！飲酒文化發展到成熟程度，會容許一個人獨自喝酒。窗口望出去很容易找到亮著檯燈的六〇五房。契弗說過，「他總能從一個作家的作品裡辨別出酒精的線索。」從生活呢？（幾乎每天我都走進 The Wheeler 或別間 Pub，酒到某個程度，時差消失，我就會看見大疤。酒精的線索。）

六〇五房

不完全薩摩亞交換時間，台灣美國大疤三方換日線。小城半夜，我潛進電腦，工作區不斷更新的數字下午01:46、02:57、03:39……，好像某種五局三勝運動比數，進出換日線算式一定哪裡出了岔，我總在小城半夜醒來，為未移動時間操控，佇立窗前久了，玻璃面倒映身形剪影，遠方微光彷彿地理指針，我因此幻覺，這間坐落在經度一百八十度換日線邊緣的六〇五房，薩摩亞島，來年交換時區進入倒數，下床，直接抹掉一天的進入明年。上床，昨天。

薛西佛斯巨石，偽裝神秘尋找經線的探險家以旅舍為家，日日推動巨石模式，老派地櫃檯留言，不用金融卡現金付帳，偶爾參加學人聚會，現身深夜Pub、長坐圖書館，行囊簡單，寡言，路線固定，不操作語音留言系統，門把幾乎天天掛不用整理房間告示之Peace quiet牌子，走二十分鐘路程去農夫市集，逛舊貨店，三天買二加侖半飲用礦泉水，日式料理店戶外區生魚片、清酒配書……我發現自己並不討厭推移這塊巨石。

但久了，什麼時間移動薩摩亞島換日線成了最大問題。小小房內有三個向度五個時間，手錶、手機、電腦、房間時鐘及微波爐介面。「現在幾點鐘呢？」我老自言自語，時間焦慮症。非我所在時間不明，是對應他方以及大疤時間，混亂不明。

樓下大廳該有全球主要城市時間表，至少午夜了，我下到大廳，故作無事狀，環繞一圈，不見任何數字或傳統鐘面，前臺女服務人員狐疑微笑望來。我快快地上樓，重回有五個時間仍不知他方現在幾點鐘房間。

（童年夢幻白漆美式洋樓，門廊橫樑上籐椅鞦韆架吊具，木質階梯銜接草坪鑲嵌水泥單車道，屋邊兩棵巨傘狀雲杉及散立橡樹。）一周後人文學院歡迎酒會上，歷年最多元各國學人塞爆室內，幸好香港學者謝邀我一道席，單幢別墅型辦公室，謝和中國學人張和新加坡田，屋外門廊一角聊開了。（同樣華人的還有西藏學人如曲揚・尼瑪。未注明居住地，張也不熟。另有不同訪問項目馬來西亞作家唐。）

數步之遙高大常綠橡樹蔭影裙邊，三五聚落抽菸場。我抬頭捕捉日暈，強烈的時差延異效果，一直沒恢復過來。（歡迎酒會結束，如曲揚始終未現身。這秘藏什麼時候到呢？）

會後四人偕行，四人四邊，中國、香港、星洲、台灣，如曲揚哪邊呢？他來的時候也許這是個好問題。

人文學院大樓鄰近學人旅舍，謝和張興致地往超市搜羅價位年分產地皆合宜的紅酒，（哎呀！果然留下酒精的線索。）田清教徒微笑只去添點日常用品，我獨自回旅舍。近七點，小城仍浸泡在蛋清暮色中，高遠天幕有種視野的疲乏。得多複雜，才能演繹杜甫〈旅夜書懷〉的風景：杜甫說，細草微風岸，危檣獨夜舟……終於睡著，所以當電話鈴聲作響，至少有兩個鐘面顯示已過子夜，睡那麼久了？迷茫遲疑拿起話筒：喂。那頭他鄉遇故知般立即轟起連珠炮：「你皮夾掉了你知道嗎？有人送到了學校警察局，你來認領，立刻，可以嗎？」我僵呆：「好。謝謝。」清楚聽見那頭捏掉電話哆一聲。現在是在薩摩亞以東呢還是以西？下床皮包行李翻找，真的不見皮夾。慘了，老華僑三個月生活費現金各種證照都放一個籃子裡，癡過去數秒，鈴聲再度響起，是飯店櫃檯，確定我收到訊息。我鼓起勇氣去敲謝的門，請他陪我去警察局。謝問皮包內容，「護照和現金都在裡頭。」「多少？」全部。值班櫃檯打電話請員警來接，深夜大門外，排班計程車亮著頂燈，近距離看，一切真實起來，車腹內有真人駕駛。

石墨黑休旅警車駛近旅舍車道，赫！好帥的美國警車！駕駛前座跨出《阿凡達》小號山姆・沃辛頓，勁裝配備內線對講機腳踝收口短靴警棍，體貼有禮安頓我倆上車，謝先上，車內不知啥用的網狀編織活物般纏繞上來，好容易掙脫，謝乾脆坐中間。我照辦。小沃辛頓後視鏡裡光微笑，真箇省話一哥！兩個轉角就停在燈火通明M型校警基地上，車門從裡頭開不了，押送犯人用車嘛！小沃辛頓外頭拉開門，臉上仍一逕難解的笑，推開深褐色蟲洞大門，領我們穿過數輛車迷見了可能會興奮失聲的坊間難見的各型警車進到訊問室，土色牆壁、鐵灰地面、不鏽鋼管護欄，打造對抗壞人敗類城堡。一串男子清脆笑聲先到，然後大沃辛頓出現，也平頭，也禮貌整潔帥，「這些員警不當明星太可惜了」，我異想。大小沃辛頓加上非沃辛頓型員警，由大沃辛頓主持，黃色明細單，洋洋灑灑二十二項物件，逐一排列不同幣值美鈔、台幣、人民幣、港幣，護照、信用卡……，全在。當奇蹟發生時，不僅像陷在不明時區愈發昏沉還感覺好假。

大沃辛頓一張張鈔票點數後轉小沃辛頓雙重確定，再讓我檢查。（那難解的笑：「失物招領會不會太浪費我們這體型這臉啊？」一定是這樣。）我嘆口氣：「全部都在，一毛沒少。」大沃辛頓方型珍珠貝指甲停在紅色簽收單鉛筆畫X處讓我簽名，一式三份，一張交我，其他歸檔，結束。大沃辛頓調侃眼神收拾得很好：「這樣可以了。請小心點。」城堡原出口離去，反路線小沃辛頓載我們返旅舍，外頭開車門，頷首低聲道晚安，走人。哎！（可以請你去喝一杯嗎？）

夜之陰影小城，全數家當在身朝暗街透光處走去，感覺好餓，鎮定下來後：「走，吃宵夜喝啤酒去。」謝噴笑以粵語口音國語：「這麼大的事後，你的反應是去吃宵夜！」音節聽來真異國情調浪漫，是啊！「就這麼回事」。

選了 Pizza 專賣店，薄皮蔬菜選項，現烤得等，謝另店買啤酒，回來說有 Pub 允許帶外食，二十分鐘，Pizza 出爐去 Pub，哎，打烊了，裡頭打掃中，抱歉剛打烊。沒在怕，不知道這城那城啥時間，亞洲女子邊走邊吃，東方主義。（錯身街角計程車，白男孩司機分明學子知性氣質燃亮頂燈放舒緩肢體看書待客，這會兒收攏書準備收工。也許有天會忘掉小城重氣味飲水口感，但一定記得或穿梭或停駐深夜不同街道擎著頂燈的計程車內有人夜讀。）步過與兒童遊樂區T字形商店街道，小公園暗處石椅窩著包裹緊密流浪漢，聽見腳步聲沙沙蜷縮身子，沒睡死，別想搶我椅腳塑膠袋的主意。

樹影搖晃的天空這時飄起毛毛雨，搓揉出植物清新氣味與涼意，一雨知秋，立秋後出門，這會兒近中秋，有點像台北天候。回房後，打開台北電子報，率先跳出「北市文山區大樂透一人獨得四點五億」標題，連九槓大樂透開獎，「單注最高獎金獎落哪裡？台北市喜年年投注站。」真的假的？電腦旁躺著臨上飛機買的這家彩券行大樂透，（可不可以由未移動的薩摩亞時區潛回台灣重新選號？）鄰近多年，臨上機場，繞去店裡買個好兆頭帶上路，簡直神諭。不會吧？果然，一個字都沒對上。也已經是離中獎最近的一期了。「這物事邪氣嶄格！」

漫長的一天，（薩摩亞時區移回換日線以西消失了一天那日，是不是也這樣感覺漫長？）闔閉電腦，窗簾緊貼翻白肚天光。重新躺回床上，搭著黎明夢徑，通過一條私人時間線，熟悉的噔—噔—噔—門鈴聲傳來。但這次，有個溫暖清晰畫外音小聲說：「仔細聽了噢，是電梯門開闔提示，不是門鈴！」然後，十數秒後對面房門傳出叩—叩—叩，敲門聲。這裡頭肯定有故事。原來如此。放了心的我，對自己說，好好睡吧！人生旅次，誰沒有點時差呢！

候鳥時間

會注意樓下這塊空間，先是因為兩棵樹，六〇五居高臨下房間，隔壁紅磚主建築體延伸出來的後院，植有兩株葉子深綠高些及淡綠矮些的樹，都姿態秀逸，莫非北方樹種？像這裡常見的橡樹。來時沒帆布遮陽棚，角落疊放幾張桌椅。下幾天雨後，很有點秋意了，一大早幾個工人出現在院子，我立窗前觀察他們七手八腳開工，搭一會兒，支架豎起，人不見了，三二小時後，又來，簡單工事弄一整天，帆布棚覆蓋了露天庭院，以為紅磚屋是誰家倉庫有人借來辦婚宴。原來不長眼，竟是 Martini Pub 後院，黃金地段王。（之後，樓上往下望，每能窺到學人們排排坐，多半持啤酒。我取來相機特寫他們，有次景框內原本靜態表情突然張口，衝我邊笑邊舉杯，嚇人一大跳。）

棚子紮在兩棵樹中間，隨著陽光日漸向南移，矮樹間接冒出金黃與橘色，無疑，楓樹，我以景框特寫，長鏡頭逐日紀錄，不可思議變化，只一夜轉明，天光雲影下整棵樹轉紅啦！確定矮的是楓，高的是不變色槭。我背窗坐，電腦液晶螢幕不時掠過飛行中鳥群身姿，大部分是鴿子，也有少數候鳥。一日由遠天濃密枝葉樹林傳來「嘎——嘎——嘎——」敞亮嗓音鳴叫，螢幕掠過比平日鳥們身影大多的飛行物，我轉身，捕捉到黑頭白腹鳥影，真驚豔，趕忙電話請教多識動植物友人，「那是大雁，你還沒見過美洲白鵜鶘呢！」像鶴似的借助上升暖氣流，向上翱翔盤旋，體羽白色，翅膀外緣鑲黑色，長喙長腿黃橙色，白鵜鶘成群飛翔的時候，就像表演空中芭蕾。皆大型遷徙候鳥。

應該秋季前飛越寒冷棲息地往暖和地方生育，「現在氣候越來越糟，九月中還見著幾隻。」友人特別喜歡鵜鶘，「終身一夫一妻，雄的死掉雌的一定跟著傷心死掉。」大雁也是，人字隊伍飛行，一隻跟一隻，才不會掉隊。

（真正的冬季即將來到，落單候鳥要獨自離去，靠什麼定航呢？找得到同伴嗎？是怎麼落單的？這下更忙了，除了記錄樓下楓與槭，鏡頭到處紅磚屋頂煙囪邊搜尋，沒有。美西的秋天分明，氣溫逐日下降，樹葉迅速轉黃，風起時下降或上升亦氣旋飛舞，量大時像一條黃葉空中走廊。不斷移動啄食或乍然飛翔鴿群裡，有隻顏色和體型非同類混充其中，我立刻整調遠焦鏡頭裡，褐黑白尾巴知更鳥，少數而自覺或被排擠的經常孤立。）

不遠繞行I城河岸都說美，也許雁鳥去那裡棲息地。房間太安靜，宛如一點一點往冬季挪移。（可不又碰上了）今年度最後一場大滿貫美網賽紐約開打，雨季，時斷時續來到第九天，候鳥選手們最不想面對的狀況，轉播畫面亦像雨線似刷洗螢幕的讓人跟著煩躁。（到底要不要打啊！）舉凡還留在賽事的年輕好手，沒有不急性子的，看他們打球就知道，急的極致，休伊特、納達爾、瓦卡林，戴錶打球。（您老人家趕著上哪兒呢？）

就看到小金人英國莫瑞，（好多年前，我和大疤叫一頭金髮球打很好但較沒變化的瑞典名將諾曼小金人，後來，他頭禿了。成了瓦卡林的教練。）上場十分鐘，連綿雨水暫停，不進休息室了，免得來來回回（看，又一個急性子）直接坐在場邊傘下等重新開賽，莫瑞伸手接水，好長好大一雙手，終於宣布延期，就又等了兩天。還有羅迪克，號稱極具競爭力耐磨性環保維護保養便利減震性能好（有效吸附九十％垂直衝擊力）安全的中速硬地球場上，瀝青混凝土基礎、黏合層、紋理層、表面層丙烯酸塗漆，連連移動滿場打滑，場地有水，不被採信，他自己喊停，沒有人比（我蠻喜歡小鬥雞眼）世界發球最快羅迪克在這個場地更有代表性，二〇〇四年出賽，發球一百五十二英里時速家常便飯，最快發到一百五十五英里，賽事中，更新自己發球紀錄三次。他以單腳壓踩丙烯酸材質細縫，看吧，潺潺滲出水，什麼都騙不了這些大滿貫冠軍的身體。工作人員半蹲用毛巾擠與拭擦青春痘膿包水，爭執半天，羅迪克背上球袋，換場地。步出場外，大夥兒跟著他走。摩西。

女單那邊，好看的等。球后瓦芝妮雅琪多重白衣料材質抽紗中空露腰短裙球服混搭豔橘色指甲油，（晉級四強。輸給他真沒道理，看不出這丹麥甜心球路，但他就是停在賽事裡了）將迎戰同樣愛美到作怪的前球后沙琳娜・威廉絲，我有點好奇，誰較占上風？說的是女生穿衣學啦！但真論服裝，莎拉波娃這回球衣專屬打造，日場鴿灰藍拼貼腰際滾桃紅邊公主線剪裁搭同系桃紅肩帶堪稱史上最美女網球服，夜場球衣深灰滾V字領寬黑邊搭明黃背部肩帶，典雅有型。

雨季結束的時候，選手們離開賽事，等待來年一月澳洲公開賽，如候鳥般南北半球回返球場。只有少數球員可以停留場上直到賽事結束。

我持續留在我的六〇五。旅舍臨路，消防車、救護車不時「嗚啊——嗚啊——」呼嘯來去。這天，周末凌晨四點出頭，小城在消防車警車救護車鳴笛中全醒了，二點半打烊才離開的Pub咖，這會兒沒得睡了。火警現場市中心L型紅磚古蹟建築。疏散規模之大，緊鄰的國際學生旅館（人數最眾中國小權貴出門在外守則第一條：不表明我是誰。可館外，法拉利、藍寶堅尼、保時捷……跑車大展京腔呼群引伴戲碼不時上演，充分說明他是誰。）學校銀行、養老公寓皆一級災區。老人們紛紛從管理良好收費昂貴時光公寓疏散，同類型穿扮年齡臉孔神情且百分八十以上女性白人坐輪椅被推出。（他們進去的時候怎樣的臉容？社區報紙刊登老人集體撤退的畫面挺讓人黯然。）將明未明寒霜天色逐漸下降，旅舍也往下撤人，原來老房子電線走火小冒煙迅速撲滅，小城無大事，驚動萬方的電視新聞記者、警局局長都到了現場。「窮折騰！」一張網路上抱怨，全世界怎麼有這麼危險的地方？我回，比Pub危險？

（永遠會記住下午背窗西照進屋的秋天陽光，白紗波浪紋路窗簾篩過一條條躺在橘色土色褐色交織的複雜樹影圖案地毯，爬在腳面隨著時間朝左手移到血紅高背布沙發及白桂冠花形被單素面棉布枕頭，再過去，就是隔壁。）深夜時分，輕輕一個翻身，帶動動力系統，醒了，下床，隔音玻璃窗方形鐘面以軸心定點凝視季節此刻小城，深深淺淺黑白畫面之市，彩色光點是店招和經緯象限紅綠燈，極處白天看不見的地方此時閃爍著點狀大規模燈火，州第二大城Cedar Rapids，近處兩幢高塔避雷紅燈二十四小時規律明滅，偶然路過羅馬數字人型秒針一格一格緩慢移動，窗內鑲鑽機芯齒輪轉軸，寫作、泡茶、起床、睡覺、洗澡、微波、接打電話、吃胃藥、看電視……異地之日常生活精準操作。我不全然明白何以何時長成換地方同樣生活慣性動物，那麼答應來此地何目的？窗前站久了，唯一確定，必須離開鐘面，重回床上，動也不動平躺，擱淺在座標不明的時間陰影裡，永遠的前一天，昨日之島。

幾天後散步經過，豔陽下封鎖線拉得誇張，兩層樓紅磚老屋外觀還好，僅幾扇窗戶玻璃碎片，廓簷塌陷，聽說內部劫毀淨空。幸好及時撲救，一邊連著銀行、加油站，一邊毗鄰泰緬佛器店，諸神庇佑吧！橫樑柱裸露好木頭獨有的年輪深紋理，玫瑰紅漆人字型屋頂懸浮烈陽氤氳蒸騰，不像遭祝融火吻，像香火鼎盛老廟，釋出一股上好薰香，如此熟悉記憶，佇足對街，努力嗅聞，是橡木，葡萄酒釀製色澤、氣味、口感都有巨大的影響的橡木桶。結晶體老屋，陳酒、木年輪。記憶起火似的。

閃避者

進入大學美式足球賽，這天I大主場迎戰田納西，雨中鵝黃雨衣塞爆半邊天，另半邊黑衣。喧天鑼鼓瘋狂吶喊傳進六〇五房間，球賽重兵推進，黃隊大勝，三十四比零。不久，黃黑身影移進市區，到處移晃，主要集結 Pub 街。空氣中瀰漫著酒精、燒烤、菸草味。狂歡節。噪音爬升，我日常記錄楓楲變化照相，不意鏡頭裡望到 Martini 後院一夫當關黑衣男和眾黃衣男叫陣，彼此言語交鋒並不真打的偶爾出手推擠，不一會兒大批黑衣男女兵分多路竄出喊揍，多名且有備而來的抄著球棒，巷戰似高頭大馬雙方在底線對峙。（鏡頭裡，幾名坐院裡的黃衣男抄起球棒外奔，咦？這是美式足球賽還是棒球賽？）小雨開始轉大，幾組壓不住的零星捉對廝殺。

圍觀者，青少年男女，不勸架，只顧手機狂拍上傳。更快的，三輛警車模仿電影情節或電影情節模仿他們，俐落現場交叉隊形停住，每車下來兩名員警，嘿！久違的大、小沃辛頓！我粉絲單眼相機拚命按快門。大小沃辛頓果然超強，有力地勸退雙方，沒逮捕行動，沒人受傷，大夥疏散比球賽結束還快。好吧！

狂歡節鬧到凌晨，謝跟著亢奮，趕掉去小城二十四公里遠艾米什人村落學校專車，敲門邀我共搭計程車去。艾米什，激進改革再洗禮派，十七世紀末境外移民，客場異鄉，操古老高地日耳曼語，嚴格實踐聖經教義，族人活化石。古老樸拙村落停著長長大型遊覽車隊。門票五元，手掌大小單味豬排八元，手繪石頭三十、二十、兩元不等，人臉彩繪三分鐘十元，全部現金交易，拒絕現代生活系統，信用卡、足球、大學、異教通婚、選舉、蘋果公司與任何科技產品。

假日市集，生活博物館、教室，教堂，診所，糧倉、織布坊、印刷室……摩肩接踵，謝一會兒隨波失去人影，中央一條泥地畫出參觀路線，我四處張望，加入烤豬排隊伍。

艾米什人和愛笑樂觀的美國佬很不一樣，他們仔細收拾起情緒和拒絕現代客服點飲料模式的「大杯中杯小杯低卡代糖奶球黑咖啡」。排隊者一一報上要的買肉及飲料數量。沒點餐機，默記法，不一會兒遞上然後結帳。不進入政府教育體系，不來老美找錢加法算式，初中程度（艾米什孩子只讀到十四歲）知識夠用就好。商品簡單，很有效率的長排人龍迅速消化。我佇在路邊吃肉排，沒其他路，謝遲早會經過。（不進化食物、不進化服飾、不進化日常用品……艾米什的文化從「不」開始。「原和不信的不相配，不要同負一軛」、「從他們中間出來，與他們有別，不沾不潔之物」、「不要依法這個世界」。）

半點鐘，手托數位相機，信步張望的謝現身中央泥路，視線對上我驚喜道：「嘿！你去哪裡了？」搭專車來的張則呆站在老糧倉改造的賣場角落，手工人的手工製品，缺乏現代感複雜精緻美感，「真失望」，張連說兩次。簡樸生活缺乏豐富元素以至難有創意嗎？不如說心不在焉。所以玻璃油燈、鉛字印刷、手抄本聖經、鋁澡盆馬桶嬰兒學步車、木桶葡萄酒堆肥器械、農耕具……，不像生活，像自我懲罰，全部力氣用在「變成」艾米什人。手工書玻璃器皿紡紗棉布集體刺繡百衲被木作陶燒畜牧乳酪……永遠留在時間一點上，博物館裡前機械複製手工藝術品，老者坐鎮櫃檯，櫃內櫃上擺放艾米什教義印刷聖經，可買賣。有人詢問，老者服飾和語氣都很嚴肅，正容鏗鏘語氣居然像傳道。這樣的生命態度使得艾米什毫無天真的成分。衣飾且成為外顯信仰標記，單色系藍、黑、白，帽子僅止於傳達身分區別。而精神上是對同族異類進行驅離的「閃避」。於是，他們避秦，唯一差別桃花源晉人找不到回現實的路，他們逆向。（如曲揚不會是「閃避」者吧？）

《I 城人》刊物有一篇艾米什老師恩諾斯（Enos）日記體創作，記載農事之於艾米什人生活：

當清晨伴隨日出而醒，空氣裡充滿新耕作泥土的清新味道。於是我們出門，趕著兩匹馬，去玉米田灌溉。

好簡單的把細節隱藏起來。恩諾斯教《聖經》、算術、音樂，有五個小孩。最小的兒子保羅四歲時在母親協助下，菜園裡種下了人生第一行豌豆和洋芋。再大點，保羅就得跟哥哥姊姊負責餵養家裡的羊、兔子、豬、乳牛，如果沒被「閃避」，他從四歲就注定先是永遠的信仰者其次是農民。

最幻滅的是，小城裡不時看見形單影隻艾米什打扮年輕女子，獨自穿越街道或小公園靜坐讀《聖經》，孤單沉默吃三明治，抽菸。臉色異於白人的白，近乎藍。遭族人性侵，執意告上法庭，被終身閃避，漂流無引力無重力無界線外太空，但他是不徹底的艾米什村落繞行者，並不遠離族人太遠，藍印記。（好後悔買了艾米什手繪石頭）我與女子錯身必點頭招呼，有時幾天不見便街道搜尋他的身影，如果可能，我願意愛這枚藍印記。（有人問卡佛對地域的感受，卡佛與特定的地域無關。「不管在哪裡，我的大多數故事的場景都在室內！」）

進入深秋後，空氣裡逐日增強的節日氣氛，小城失去了女子身影，感覺他不會走太遠，也許，更糟，他近趨村落。（契弗離開I城不久戒了酒，直到一九八二年死前都沒再碰酒。卡佛亦戒酒，「我是個會痊癒的酗酒者。」不再每天都戒酒的酒鬼。契弗酗酒時期的話：「很可能，我寫的所有東西都是自傳性的。」他們都這麼說。人們在小城酗酒亦戒酒。）這天，小城書店裡，田有場朗讀會，和謝、張去捧場，人多，站在樓梯口。轉頭，兩男一女亞洲臉孔進來，七拐八彎又見沈同學。沈同學認出我，訕笑道，「是我。」現下時興的碎片語式，又說：「老見著，跟蹤犯似的。」一旁同伴喳呼：「你就那台灣學人？有中國學人嗎？」「樓上。」「真的！」喳呼男帶頭衝上樓，女生不樂意，仍追上，沈同學殿後。（見面，怎麼可能有意義呢？光這啥名字都不知道的沈同學遇到五次以上。而該來的如曲揚，不見。）人行道艾米什女子常待著的木椅坐下，深幽長街僅書店落地櫥窗之知識光年，褪色古老如撕不開的風景貼紙。空氣裡有股濃郁的酸味，初來就聞到，時遠時近，先猜是起士，又以為農業大州農藥汙染硝酸鹽氟鹽河水或鴿糞。想到什麼，抬望細碎墨藍天光穿透金黃色扇形鴨掌紋理葉脈的樹影，一遍遍清掃這座由街衢 Pub 與文化織編之都，用力嗅聞餿奶油分解組胺酸、氫氰酸、蛋白質果漿氣味，猛憶起，可不是小城遍植居民強烈抗議砍掉之惡名昭彰銀杏樹。多年前，初見銀杏樹，活化石孑遺植物搖曳於秋天江南小鎮，驚豔螺旋散生樹葉的美感和諧。「原來你在這裡」，原來這樣不和諧。

朗讀結束，張、謝、田跨出書店。光影夾層裡沒仨同學。

約好了我給他們送行，他們離開十天，先去鄰州校際支援，接著一道去舊金山。西班牙女性主義學者插花，中國大陸即將推出其中譯本，漢學家說他極有名，有個中性化名字 Danno 丹洛，學人網頁上雙眼逼視什麼的沙龍照，真人如背後安裝耳朵扭力立體玩偶，旋緊放開了便會傳出聲軌磨損沙啞嗓音，額頭飽滿肉鼻豐唇突眼髮髻挽高露出性感頸項雙圈大耳環，以異腔美語說私事，非常歌劇，我私下戲稱他 Madonna。其實他更像同國大導演阿莫多瓦影片裡女主角，淚眼汪汪情緒起伏，怨訴女兒、前夫、男友，不是阿莫多瓦女主角是誰？豔紅指甲油以四十五度角端高杯底，開胃菜沒上完，已解決一瓶紅酒。（丹洛也去舊金山，經紀人建議他去出版社拜碼頭。）丹洛停不下來，繼續掌控全場，贊助，性別，情欲，女權……華人學者發言權盡失。（哎，藏秘學人如曲揚能插幾句話吧？）

餐廳暗如停電權宜之計每桌置小燭台，兩瓶紅酒後，田才找到缺口切入點菜話題。我這裡早早退第二線而見馬修 Pub 退場路線：

繞過轉角，……來到第十大道一家小店，望之即知那裡不知產生過多少酒。我沒注意店名，也許本來就沒有名字，不過如果取名「戒酒前一站」，倒挺適合。

戒酒前一站。就是 I 城嗎？在 Pub 之城，酒並不是戒酒的理由。看著丹洛，我們現在正停在戒酒前一站，而他並不想停止。失去了戒酒的可能。

他們轉戰別處，失去了同伴，我暫時失去了時間意識的小城相對騰空。（頂著學人頭銜，如曲揚這時若跑來，面對學人把整座小城讓出來，會鬆一口氣嗎？日後若有主題座談、專題演講，會提到遲到的理由嗎？）

我也虛擬旅行，謝房間。謝留了鑰匙給我，幫忙 GreenChoice 集點，半夜二點前把牌子掛出去，第二天開門地毯上撿了優惠券，關門，第二天照演練一遍。第一天潛進超現實房間，謝走得匆忙，燈仍亮著，磁鐵指套玩偶墨西哥女權主義超現實主義畫家芙烈達造型明亮熱帶色彩，吸附在現代造型電視框邊，家裡帶來的毛絨玩具貓，一雙長腿垂掛桌沿線索操作的手工木作雄獅，九死一生車禍鬼門關撿回小命狂愛丈夫墨西哥畫家迪亞哥的芙烈達自畫像，這房間的滿滿的「我仍在」，感覺好擠。我熄燈拉上門，關緊滿屋子符號。之後白天半夜，我疑神疑鬼總聽見隔壁掀關電燈咯啦一響，還有扭水龍頭、按馬桶，桌子衣櫃木作不時隱隱啵啵膨脹，好像很痛苦。整層清空遺忘了這間。如回到初抵小城，學人們尚未現身那時區。

他們出門第二天一場風雨過後，我出門城西尋訪聽聞中的老車站。雖然拼不出火車經過時刻表，夜裡要鳴笛拉響，嗚——嗚——嗚的老遠來去才算完整的一夜，以為已經適應小城各種聲音的深夜仍不時在穿越小城笛音中驚醒：「這是哪裡？」最被預期的半寐半寤聽到火車來，確定火車走遠了，才轉身再睡去。這時的我在一種物質時間裡，火車正穿越長夜朝黎明駛去。

這是一座河與鐵路界限之城。車站結束運客，停擺多年，已打造為博物館。深褐泥磚牆座蒼黃磚面潔白木造拱形廊柱窗框格子門魚鱗瓦屋頂，兩個字，清新。長長道釘固定橫枕木與直鐵軌一格格蜿蜒遠方與對面，都是樹林。車站四周張望，有點像台南日據時期火車南站，廢置多年後 BOT 打造復古爵士文創風 Pub，鐵路西線運轉中，當然必經南站，成了最動人的流動的風景，鐵道邊點煤油燈火把似燃燒荒疏庭園不時掠過車腹通體白亮燈光像放大鏡下的旅人疲睏表情。我是好觀眾，每回皆好盡責的和旅人揮手再見。有回大陸小說家看了幾趟車行，捧場的開玩笑：「這哪個蹩腳單位給動員的表演？車廂都空的，真寒磣，也不捨得多放幾個演員！」魔幻寫實手法。哎！心底明白，是想看火車，不是坐 Pub。

此刻我牢牢記著這距離，不中不台愛荷華市老車站流連，腳踝高疏落野草鐵紅色磚塊隙縫中冒出，環繞車站母體，酡紅磚面烙印老窯燒秀逸印刷體英文字 Des:Moines，I 州首府，也是河名。好美的磚，嵌進泥土地，人人踏著 Des:Moines 的印記出門回來，華麗的旅程。車站在市區主要道路盡頭，現在旅人不搭火車出門了，真可惜，如此漂亮古樸木作建築，原本很可以下了車，不遠小酒館喝兩杯，閒聊或僅為解乏，再回家。

站前拐角開了間三明治專賣餐廳，Her Soup Kitchen，營業時間有時 11-2，有時 11-3。遇上了就進去吧！八張大小方或圓桌，提供三樣食物，三明治、沙拉、湯，香瓜味冰水免費無限暢飲。聲音低啞雙頰高聳紅灰褐間雜髮滿臉深紋大嗓門有點嚴肅就叫 Her 吧，負責點餐，全部有機。點好餐發一個動物造型桌牌，認動物不認人。

送上來了，烤得焦黃全麥麵包，搭配沙拉或熱湯。然後，貨櫃火車來了，車頭對準已不用的小站如迤邐之水慢吞吞入庫，窗口望出有人長立陽光下平交道等火車過。（一個正反鏡頭，我在京藏線車廂裡與現在的我對視，再穿越俄羅斯、中國口岸邊境滿州里一百多節的火車。你後來看見了。這是同一列火車嗎？）

我打開書，邊吃邊讀邊偶爾視看車廂與車廂間道另一頭忽隱忽現秋天橡樹黃葉。老長的車隊運載何物？啥都有，蔽空漏斗型長條型裝沙石、車台躺鋼筋，封閉者有桶型、長櫃及貨櫃的話列印南德 SÜD HAMBURG、日本 K LINE 標誌。灰、白、黑、紅、橘、瑩光藍彩虹色系雜牌軍，轟隆轟隆掛了六十節以上，平交道一連串噹噹噹單音音符組成長樂譜，只有節奏無音樂感，車群不慌不忙好樣地在獨有的伸展台款擺十數分鐘。我動作快點都下餐桌了。

午餐後往回漫步橡樹下，路上突颳起大風，吹風吸葉機似的把落葉吹到路兩邊，大片鋸齒心形橡樹黃葉紛紛翻飛落下，感覺路樹樹冠較去時又整個色譜瞬間由淡綠轉黃，一幕時間戲法，吹得我頻頻停步。長程灰狗巴士站，周末前離城潮，行李擱一邊或蹲站或席地而坐乘客，皆學生氣質，滑手機垂掛MP3。（不久前，數位象徵大師，蘋果神品締造者Steve Jobs病逝。有個蘋果迷寫道：現在天堂真的會知道真正的「蘋果」是什麼。可以告訴我嗎？夏娃牛頓賈伯斯的蘋果？創世紀，地心引力，虛擬無阻礙空間？天堂象徵？上帝回收聖經符號解構者，幾世紀之後，我們將在0與1之間，尋找開啟神諭缺口之鑰。有名香港科技大學生創意的把賈伯斯側臉視覺精確嵌入蘋果，賈伯斯自己即缺口，最像蘋果公司設計，但不是，人人皆可以是蘋果想像的共同體。）一如近在咫尺神穩極品火車站，告示牌緘默著。人們不再需要遺跡了。

書店成了離去者最後離開之地，各類賈伯斯放在書店最顯眼的位置，還有賈桂琳接受歷史學家史列辛格八又二分之一小時訪談錄音帶整理而成的《賈桂琳•甘迺迪：與甘迺迪生活之歷史性對話》。（這女人，於他人無情，聲音是最感性的記憶、歷史、對話。文字訪談可推諉造假，聲音則是，如活著，仍在。）書店裡到處是死亡，而我重拾習慣，每天進入翻閱而不買的看幾頁試讀本，即使煽情，看到仍動容的賈桂琳的話：不要把我送到別處去，有事情發生，我寧可跟你一起死，也不願獨活。（愛荷華時間十二點四十五分，世界標準時間下午六點四十五分，台北時間凌晨一點四十五分。此時火車鳴笛，多遙遠都聽得見。）

書店同時是隱藏情節最佳的地方。歷史、文學、非文學、旅遊、戲劇、藝術……各種故事的發生。（有天熟食店室外用餐區一名女學生，專注低頭閱讀磚頭書西方藝術史，書封是文藝復興時期畫家 Botticelli 的〈維納斯的誕生〉，他是藝術系學生嗎？他最喜歡哪位畫家？這書買的還是借的？他對文藝復興時期的看法？他愛哪種建築？……）書店亦販售主題明信片。我陸續寄回，收信人張遠橋小豬，有這人嗎？沒有。張小豬，幼童期最愛的動物是豬，不僅如此，喜歡學豬叫嘟豬嘴，於是以台語諧音暱稱：豬（音滴）小弟、滴寶寶。（「滴奶奶！」滴小弟笑瞇瞇回嗆。）

三張明信片，Saul Steinberg 的 Cat Garden 貓花園，（滅絕生物花園魔指守護貓，隱於藝術家指間並在畫中現形。平凡人的信仰可以轉化為任何藝術素材索隱。譬如史蒂芬・史匹柏、喬治・盧卡斯聯手打造神蹟顯現於考古學家印地安那・瓊斯身上，讓這位永遠的童子軍展示不可思議蠻荒求生術找回《聖經》記載各款消失的神祇：坦尼斯古城之鑰拉雅之桿、《十誡》法櫃天啟神力、水晶骷髏消失馬雅文明或外星人 DNA 懸缺的一塊拼圖、最後的晚餐木匠之子耶穌使用之聖杯或古廟黃金神像符號……信仰者的瘋狂視覺與想像。）三角踞形虎背紋尖腳側臉貓手握灑水壺灌溉一株鐵質雕花，林園之內，皇族圖騰、花冠鳥、概念式中國傳統南方常見懸山頂、鏤空瓦簷、粉白牆面打橫迴紋針窗戶、直立背靠背芭蕉扇剪紙門框，原住民圖案編織，劍葉鳳尾蕨散打葉尖一隻隻始祖鳥，各種縮圖小兔子、小水鳥、小鳳凰鳥、小魚、黑蛇、小鴨子、小鸚鵡、小眼鏡猴、金錢紋蟾蜍、始祖鳥多管閒事牽引小戰馬閒閒伴行的小馬車……及花邊紋飾啼唱的一顆心或以尖啄耕耘怪怪鳥，凡動物皆側面，慢點，幹嘛眼鏡猴、蟾蜍是正面？無意義組成的世界最傳神，微物之神。這張要寫什麼呢？

滴小弟：你知道嗎？這花園裡有你將來想起來時會喜歡的一切。睡眠迷離怪怪貓持水壺去灌溉非生物雕花燈具，道具門窗、聖經紙手工書、可愛花園右上角一條懸空的黑蛇，三條小魚不知危險正降臨，游向小海膽、劍葉鳳尾蕨……總有一天，當你逐漸長大，雕花燈具、始祖鳥、恐龍、眼鏡猴、緊閉門窗……都會各自歸位原來世界，你將再也看不見他們？這是我們的秘密。

不，這樣的明信片是想寫的話，能寫的話是這樣的，樵，送給你一直想養的紙上三角貓，還有與這個世界不成比例的小馬車、小兔子、小海膽……以及早滅絕的鳳凰、史祖鳥還有失蹤近百年的侏儒眼鏡猴，希望你喜歡。

信仰者的瘋狂視覺與想像。另兩張，一張是 Marcel Dzama 二〇〇一年的城市主題 We Love New York，四十三種生物，雙頭蝙蝠、章魚頭人、山羊人、鱷魚人、獅子人、馬人、木頭人、吸血鬼人、雙胞胎裸女鹿鼓手號手、蜂窩頭人、骷髏頭鷹人、騎車小女孩男孩、鴨頭狗身、三K黨女人、直立青蛙、大頭症者、貓人……芥末、粉紅、栗子三色構圖。疆界抹掉，一個無法被定義之城。

另一張較簡單，三隻實體粉紅豬日光浴，豆子眼望著你，三岔蹄子撐住豬頭豬腦豬身體下有三道豬身影。hog heaven，豬天堂。

不要把我送到別處去。

十天後，謝、張、田旅行中旅行回防I城，丹洛沒跟上隊伍，八點檔劇情，前夫爭監護權控訴他棄女兒於不顧，丹洛由舊金山直飛西班牙。還回I城嗎？不知道。行李呢？不知道。丹洛原就個體戶，獨來獨往搭住民宅。三兩天由市區超市提一加侖純水回住處，乍看梅維爾畫布上美麗的提水女子。如久違的被「閃避」的艾米什女子藍印記幽靈。他們之間有什麼差別呢？（無法肉眼辨識的薩摩亞島國移動。如曲揚延宕著，也許因為這裡不是他閃避的地方吧？）

也許自我閃避的時間該結束了。

一周後張的「作家法則：自然律則」座談，丹洛回來了偕行者哈雷重機男，兩人高調坐第一排，幾綹黑髮珠簾似搖擺。張揮手示意。結束後我和謝室外冬陽下等張。丹洛和哈雷男攔下張，丹洛根本沒回馬德里，舊金山遇上捲髮白牙西班牙員警胡安，火花亂射，胡安休假美國千里單騎，為征服歷史遺產66號公路而來。騎士的夢想之路。（史坦貝克《憤怒的葡萄》裡的話：「司機把6號公路和和66號公路的交會點指給我看，告訴我，這兩條公路在交會後再分開，直直馳向無限遠的西部。）丹洛和胡安，公路電影太過煽情的男女主角，I大失去了他的消息，發函給他學校。兩人一周橫跨八大州、三個時區、五千公里回到小城。我和謝相視苦笑。丹洛的遇人不淑還真非偶然。（當天晚上，胡安根本沒在躲的舊金山老情人循電話追來，和丹洛捉對廝殺，刀刀見骨的情人：「他否認是你男朋友。他沒想定下來，更不想結婚，你逼他選擇。承認吧！你失去他了。」丹洛紅指甲手掌抄起水壺怒吼：「臭婊子！」整壺水朝濃妝金髮情人潑去，接著短兵相接扭打起來，玩真的。員警先生見狀，起身，以為拉架，不，轉身，走人。真恐怖。我們太息辭窮。）我們亦難以招架走避。初冬的風，枯葉漫天飛颺，黑夜星光餘燼中，我們像小學生放學故意繞道。（轉角 Pub 幾人成堆站著抽菸不知爭辯什麼，短髭濃眉長髮結辮斗篷，網頁人物走下來，我低聲：「嘿，如曲揚，你這時出現幹嘛？」張神經緊張：「在哪裡？他在做什麼？」田：「很關心嗎？我去問他？」張咬牙切聲，你真壞。同種不同國。一個在小城徘徊的幽靈。）

如曲揚來了，（像一切遲到者，總有不同理由）時間已近尾聲，我想離去了。（同個網頁列名，但沒有任何交集，人生果然可能是平面的。）初見小城是清晨。這天「戒酒前一站」之深宵時分，我下到旅舍無時間大廳，踱到外間商業遊樂場區，站著站著，內心時間坐標咔達一聲，果然，打烊時間到了，半夜二點半，人群由不同 Pub 溢出，三兩結伴往黑暗走去，或門口道別擁抱吻別，也有路邊停下哈菸。不久，天地復歸沉寂。被黑夜凍結的遊樂場溜滑梯蜂巢迷宮，旁邊圖書館牆面五分鐘為一跨度的分針鐘面暫時靜止。平日進出旅舍總愛在此停聽看，如自我架設之時區換日線，年輕的父母、過度跑動勇於表演的孩童以及穿走的各國青年，在這個時區裡，遊樂場、圖書館、Pub、旅舍元素挺反差卻很適合並置在一幅畫裡。果然是個在此酗酒，也在離開後戒酒的好時區。

遠去的酒客跫音，時鐘喀嗒一聲，移了一格，倏忽彷彿這一掣肘觸控了某條軸線，於是骨牌效應音樂秀之街道露天鋼琴演奏序幕接開。這條街兩頭各置放了一架鋼琴，誰都可以坐下彈奏，琴音第一小節，聽出來了，舒曼組曲《童年情景》首部〈異國和異國的人們〉回憶童年煙火彩虹在黑夜緩緩綻放，四分音符後不安分附點節奏，修飾孩子們睜大稚氣雙眼聆聽異國故事的天真好玩模樣，恬美不帶感傷。《童年情景》舒曼為妻子克拉拉譜寫童年記憶組曲。（電影情節，《戀戀克拉拉》，舒曼光喝酒不吃飯，被唸：「我是廚娘，卻被你搞得像酒瓶回收商。」最偉大的作曲家，乏味得不想再說。大家都不想說什麼，真巧。）十三首單曲，如幼兒學步，橫左豎右不依循任何大師的個人華麗秀，詮釋自我童年溫暖記憶藍色調，淺藍紫藍灰藍溪水藍湛藍天空藍孔雀藍土耳其藍銀藍，高度情感趨於一致性，就是對愛人擁有童年最好的祝禱。鍵音於異象天空跳躍，單曲長不超過三分鐘，最短三十秒，不來八度音階和高技巧，行雲流水，（一九八七年霍洛維茨在維也納演奏，大手掌平鋪鍵盤上，「雷神」指法，左手幾乎不見移動輕撫低音，右手指節按鍵，平行觸鍵霍洛維茨完全風格，老去的霍洛維茨此刻最接近自己童年吧？十三首，讓人落淚的十七分三十七秒。）時光這頭，淚水如雨，站立不動聆聽第七首〈夢幻曲〉，就近盪上兒童七彩鞦韆，輕盈擺盪，如與尾聲〈詩人的話〉高低唱和，賦調旋律輕快喜悅，這時就聽出樂手的不識愁滋味了，倒讓我破涕為笑，沒幾分千絲萬縷還復來彈不了這組曲，但他試過了。我起身踱到琴旁，深灰背包黑T恤標誌大學印記灰栗及耳直髮俊秀學子，抬眼見有聽眾並不訝異，繼續側臉垂閉眼簾線條柔和收最後似有若無音符。（淚水盈眶滿臉若不知身在何處的霍洛維茨，巨掌拿出手帕拭淚，故事還在音樂之外。）男孩琴鍵停三秒，方慢慢收手起身闔上琴蓋，仔細覆妥防水布，俏皮地朝我微笑倒裝句：「嘿！你好嗎？今天。」我盡唯一在場的觀眾角色奮力鼓掌，男孩欠身鞠躬伸手與我擊掌，清脆謝幕。兩人互道早安，男孩朝建築物傾倒的陰影沒去。

故事以最好的形式存在。我繼續這天未完行程，趕在天亮前，繞過轉角直走兩個區塊的路邊郵筒，投入幾封信，收信人，明滴小弟暗大疤。就當試個手氣，（嘿，彩券行頭獎我之前還我之後賣出的啊？）文字能否偷偷轉化對神的渴望，亦即，從昨天寄出的信能否挪移換日線以西到大疤手上？

（艾可《昨日之島》兩艘船分從荷蘭出發尋找子午線。年輕貴族羅貝托被密派上阿瑪利里斯號，另一艘達妮芙號耶穌會神父天文學家卡斯帕領航，兩船先後在塔渥尼島觸礁翻覆，唯羅貝托和卡斯帕倖存，親眼視見傳說中的子午線神奇的通過船和島之間，劃分今日和昨日。神父：「創造萬物的第一天就是從子午線上的午夜開始的。」在此之前，時間並不存在。不久神父死去，羅貝托感傷不因別的，是時間，「卡斯帕神父死去那刻，已經越來越遙遠了。」）

於是，逆返。

魚肚天色回到家，鑰匙找到鎖洞，喀拉一聲，輕啟大門進房間，全屋沉睡中。開箱整理行李。天透亮，樵聽到動靜推門探身童稚驚呼：「奶奶！你回來了！好棒！」娟明燦和婉站在後頭。我彎腰摟抱樵，抬視娟：「你怎麼看上去不太一樣？」娟笑臉盈盈：「媽，我懷孕了。」（自我換日線挪移重返另一房間，得到一個謁語般的回答。）原來，《童年情景》不是追憶，是序曲。此時，不知怎麼覺得離開好久了。大疤死去那刻已經越來越遠，家裡將有他未見的新生成員。

樵起勁地幫著將物件一一歸位，輪到墨綠背包，他沒來由的突然問：「奶奶，你夢過爺爺嗎？」呆了會兒的奶奶故作無事狀：「很少。」「我夢到爺爺噢！」「然後呢？」「爺爺坐在床邊，看著我。」「爺爺病好了？」「嗯，他很好。他回來看我。」（大疤，這是你離開的理由嗎？回來？）

也許，有那麼一條線，已經移動了。念念不忘閃避者，因此總徘徊死亡時間附近。

第三章

家族時間II　這一年二〇〇七

影三醮房

財神，暗中加持村民他種信仰，不過他們的廟，不在無名廟。在哪兒呢？醮房（醮，請以台語發音，同賭。），打麻將抽頭的家庭賭場啦！

台地洄游，路線有點長。這裡指的是砲兵學校眷舍、南都小東路底影劇三村，民四十六年建造丙種七・三坪、丁種五・三坪兩種房產，只聞樓梯響漫長十五年改建，舊址上動用部分基地」形樓座民九十六年底終於建造完成，更名影三華廈、影三新城（分居復國路左右，不成比例的影三華廈七座，影三新城一座。老影三人抽籤決定住哪邊。「形之外老影三遺址地基裸露如阡陌，軍方圍上鐵絲網掛牌：國軍財產請勿進入。鐵絲網外北角有座孤零零水泥建築，正面高出屋簷的牌樓沿邊環繞梅花泥作雕飾，居間十二道光芒國徽。朝天聳立的拱頂，長年插著國旗，如洄游路上落單，夜夜微亮廊燈發出信號：我在這兒。老自治會長童飛任上蓋的，正和國防部打地上權官司。不防礙卸任三十多年了仍每天進辦公室熱心斡旋改建，兒子當選里長，服務處亦設在此，儼然老影三小王朝。）二度交屋之移居生民史。

洄游最早結盟者，五百戶，一九四九年後屬世新鄉人。插旗台南高地網寮遺址新故鄉。一九五〇年代台南市二十萬人，影三全盛時期三千人，南之都。就地與四周台語住民拉出一條封鎖線，語言、生活、工作、教育……皆不同調，國中之國小兩岸。卻是在邊界，信仰交流。

是的，那時候叫村尾巴，在村腳掉頭急朝西北彎進去有間小廟，無名，供奉單一神祇關帝君，關老爺武聖人，也是財神。那廟，原本無名堂，當兵的說神，都有點訕訕含混籠統，稱之「下坡那間破廟」。廟破但有靈韻，武聖包庇砲校砲指部軍人，財神，暗中加持村民他種信仰，不過他們的廟，不在無名廟。在哪兒呢？醮房（醮，請以台語發音ㄎㄧˋㄠ，同賭。），打麻將抽頭的家庭賭場啦！

六期土地重劃，復國路段南北直切向影三，剖面打開的影三，變成左右兩邊不均等，拖拖拉拉十多年老人逐漸凋萎，好容易有了進度，說拆就拆東邊全部及西邊一部分，留下比較完整大片地盤，以後再說。可怪了，村子晚近三大「醮房」，老廣醮房、宗媽媽醮房、小豆醮房！都在西邊，也就磨磨挨挨繼續影三的醮房歲月。

影三醮房史，得先建構一張地緣圖。老影三基地覆蓋網寮遺址一角，坐落橄欖山台地東側，突出於四周低地，尤其右崖沿與大灣低地銜接，造成較大的地勢落差，褐黃色沖積土砂質細濕鬆軟，成了孩童跳高練膽炕窯地瓜花生甘蔗樂園。大灣低地種少汁難折斷煉糖甘蔗，蔗田隔著圳溝是各式木造石造鐵皮外銷日本食品工廠區，東北季節風吹往台地一陣一陣撲鼻辛酸及煙薰焦甜味。酸味是食品工廠醃漬青梅糖蒜的成年老味；焦薰是甘蔗割畢放火燒田，一聞到那味道，「偷甘蔗去！」甘蔗已經裝上牛車拖拉車，蔗葉剛毛刺手，這會兒輕鬆尾隨，邊抽邊啃。

大灣低地我們很少去，但偷拔甘蔗是孩子們的全民運動以及小學一年級後走進其中一間食品工廠暑假童工時光道場。切蕎頭，一斤四毛錢，才知春夏交是醃漬物的產季，破布子、青梅、嫩薑、蕎頭、蒜，填進兩百公分見方水泥池鹽漬逼出髒水適趕上季節風尾小童工暑假頭。切蕎頭以近村子這家為主，價錢高，我們成群結隊木桶池子裡打蕎頭，帶著自家磨製蛇頭三角形刀片，非常利，過分利了，武器似的，左手按住蕎頭蕎尾右手飛刀一劃，節奏沒配上不定切在那裡深深淺淺傷口，指肉和著血繼續浸泡鹽水裡，脹得和漬物一般軟白，手指蕎頭。往往暑假都結束大半年了，仍不由自主捏刀虛擬比劃，對前身的記憶殘存，忍不住湊近鼻尖嗅聞，酸腐氣息已經好安全的植烙進窘困童年期，跑不掉了。（所以，放任我們愛幹什麼幹什麼，那些年，大人都忙什麼去了？）

老影三北邊低地隔著一道天然壕溝，再過去老百姓玄武岩沙質農田，種不上值錢作物，老是地瓜花生西瓜，如果有果樹，長不大的楊桃、芭樂、木瓜、枇杷、芒果樹，我的亞熱帶植物史。西邊是砲校砲指部榮民安養院之封閉世界。南邊小東路幹道，高地、壕溝、崖壁、軍事單位、馬路，影三洄流路線形成。

多年後，新造地運動，部隊他遷、營區縮編、老兵凋零、都市計畫，全指向兩條新幹線的形成，一條是全新的復國路，一條是老小東路延長拓寬命名復興路。十字交叉。不禁冥想「下坡那間破廟」還在嗎？必有回響的無意讀到報紙地方版，北極星玄天武帝入火安座平安遶境，迎請駐駕休息，復興宮。安醮再造之廟，財神啊默默。遺址的遺址。地層演化史。

此醮與彼醮。影三醮房與復興宮，民國六〇年代至八〇年代末，各有各的香火。遍地開花的影三醮房，村頭村尾魚鱗黑瓦魚骨架大樑貫穿一排十戶，如此，縱橫阡陌複式魚骨架矩陣。背靠背一溜八十戶，起碼四家醮房。醮房氣勢比的是菜飯菸茶、周轉本事、人緣、調動牌搭子手腕。繞著村子幾年打下來，誰剋誰不同桌、誰非誰不打、抽的菸愛的茶、撐持的圈數、手頭寬鬆、脾性冷熱、親近關係……醮房摸得熟透。在那個薪水袋的年頭，醮房同時是地下錢莊、廣播站、社交圈、標會地點、外遇場所……，啊！真是醮房的黃金年代！而那時，麻將聲到處嘩啦嘩啦響，花樣也多，十三張、十六張甚至十二張心裡寶各有所愛，也有啥都能打的。於是，醮房擠個三、四桌外帶後頭插花，吃飯得輪班。哪來如此閒散情致？不知道。同階層，處境相似，進醮房上牌桌同局，嘴裡哼著「那南風吹來清涼那夜鶯啼聲細唱」、「小白菜喲地裡黃喲兩三歲呀沒了娘呀」、「左三年右三年這一生見面有幾天」小曲，一唱百應。沒錢？醮房借，都有薪水單位，跑不掉。（多年後銀行貸款軍公教，成數高利息低，可不同樣概念。）

於是，來到九〇年代，老輩牌搭子還在，下一代已經趕著上桌了。先是十三張慢慢湊不成局。十三張得算牌作牌鬥心機，黃莊常有的事；年輕輩懶得動腦筋，圖個一番兩瞪眼。隨著老牌腳遽減，十三張退位，少了兩數、缺五、短么、老少、兩槓、四歸一、清四碰、渾帶么、五門齊……古典精算作到一百四十番到底的炫技時代結束了。嗅到了嗎？拇指食指這裡用來摸牌，曾經驀頭味如今生繭痲將風。

那時候，七大醮房的醮房，石家、汪家、叢家、張家、卓家、傅家、余家。七大醮房命運各異，有的無時無日牌腳進出孩子照樣順順當當市中市女大學；有的踵武前人沾上賭一輩子戒斷不了。（復興宮包容諸神，醮房也可以。）

世紀末改建落實，兩種選擇，折現還是要房子。各種產權爭奪戰不堪上演時有耳聞，醮房仍是消息媒介中心。留下來的大部分是老人還在，領著盼望就此塵埃落定重返老影三生活。沒料到像打開的罐頭，影三基地快速頹壞敗落，未拆的老市場，仍招徠村民每天回來買菜，洗個頭，吃華家麵攤、朱家燒餅、成家煎餃，但一切變奏了，人少了，菜貴了差了，變化最大的，是醮房。影三醮房大不如前，倒是遷住附近的影三人開枝散葉複製醮房範式，其中何家醮房最有成績。影三手腳快的新生代醮手大多移到那兒續攤。老一輩的，像我娘，村裡村外都打。

（沒多久何家少去了，我嫂我妹都在那兒打，上了桌得坐對門，綁手綁腳，我娘還不喜歡家人知道他輸了贏了。何家打得大，這倒是他喜歡的。）

還是那句，此醮非彼醮，但信得不真誠，還真進不了醮房。此醮非彼醮，皆祈有神。醮房賺的辛苦錢，對家人的影響力也直接。有復興宮就有的七大醮房手下訓練出不少第二代高手，也打垮了不少婚姻、志向、健康。第二波醮房版塊運動隆起，只花了二十年時間。後醮房時代崛起：老廣醮房、宗媽媽醮房、小豆醮房。

老廣廣西人，十幾歲隻身隨軍到臺灣。影三初建老廣那時未成家所以分房無份，後來雖娶了越南老婆阿香，也沒掌握頂房時機。倒是認定了影三，等改建那些年，先拆掉一半留半邊沒拆，沒斷水電，提供條生路給仍住著的住戶，領房租補貼戶都搬了，老廣沒津貼可領，死守四行倉庫繼續過二千元月租帶院子、養癩痢狗、抽頭舊日子。老廣粵語當國語說，幾乎沒人懂，不妨礙電話叫人打牌。我娘是少數以粵語交談的老鄉，但也不懂他怎麼總被親戚坑。先是兩岸開放二十幾年，柳州老家飛來了個堂哥，強力推銷家鄉發展多好，攛掇老廣投資房產，二線城市崛起，再晚沒機會了。聽著就是訓練有素的推銷手段，老廣真回了趟老家，如常的興起「衣錦榮歸」的衝動，想起自己台灣沒半片瓦，東拼西湊依言聽計陸續匯去百八十萬，堂哥倒又說：「睇睇呀！母踮簡單呀。」看看，沒這樣簡單。牌局沒散，但一直黃莊。老廣醮房主，怎會不懂，上了桌就得打下去。除非輸光。輸光了還可以借。

再是阿香越南娘家重男輕女，寶貝弟弟來台投靠，好吃懶做，年齡到了被叫回去結婚，接著花樣多了，買地開餐廳投資小買賣阿香一肩挑。半夜電話那頭嚷嚷弟弟喝酒出車禍，阿香榮民醫院福利社店員，悶聲不吭老廣都沒說即返越南，福利社大門鎖上沒請假，上頭興師問罪，回來就丟了工作。之前之後老廣包辦一切家事，燒飯洗衣服餵狗，外帶邀牌搭子、周轉頭寸、計帳，人瘦得走起路來七爺八爺左右甩手，怪道！「那阿香管啥？」「帶女兒上學啊！」倆女兒書讀得跌跌撞撞，沒法要求，「我們不懂啊！由他們去囉！」醮房傳奇，一代不如一代。

就那時候，也都還好，老廣瘦歸瘦，早上和宗媽媽競打電話約牌搭子，如搶頭香，活著其實興頭。小豆不興打電話，他家裡也是和他同代的醮手多，年輕人忠誠度低換來換去，但若上了桌大戰百來圈稀鬆平常，戰線拉長省掉不少叫腳工夫，有人下桌頂多臨時補腳費點事。偏偏能打上三天兩夜多半混吃混喝老鬧窮，前債未清後債又起，鬧得小豆經常焦頭爛額跑三點半似的調頭寸。

至於宗媽媽胖乎乎大嗓門東北土腔，能燒各色北方菜，醮房攢了些錢，傍市場西崖角順著高低地勢買地蓋屋，二進室內如樓中樓上下，後門打開就是復興宮。背靠背，皆有信眾。這當口復興宮香火鼎盛，宗媽媽醮房也不差，本省外省老少雜處，檳榔咖啡加黑豆乾大衛杜夫，香煙瀰漫。此香非彼香。

尤其當我聽聞風聲突擊檢查，當場睇見老娘和仨皆精瘦蒼白抽菸年輕男子同桌，真的想去收驚。三管菸槍肆無忌憚朝他噴，這名肺結核老病號，上了年紀日日習慣性夜咳，時時疑神疑鬼舊創復發，不上牌桌的日子輪流造訪各家醫院，南部醫院林立，照X光驗尿驗痰抽血家常便飯。才說不舒服咳痰有血結核病醫院檢查，醫生老話重提，肺纖維化導致支氣管擴張受損引發咳嗽出血，沒別的辦法，三大注意，營養均衡，喝足夠的水利排痰，避抽菸或刺激呼吸道場所。自投羅網！我深呼吸悄悄捺下我爹當年掀桌一役之衝動。

「叫人啊！宗媽媽啊！我大女兒！」老娘不知所措，倒還面面俱到拿長輩堵我嘴巴。我站他背後看，上家連莊，三巡後，他開始拆對子，跟下家，果然說話了：「嘿！盯我幹嘛！」是安張囉！再拆，盯下家，坐大上家，還沒拆完呢！莊家自摸。

我娘賭氣：「宗媽媽你看，我哪張打錯了？莊家運氣就這麼好！擋都擋不住！上家一張牌都不給吃！」下家瞟我一眼：「沒這樣打牌的。你不想胡我還想胡咧！」

宗媽媽笑呵呵打圓場：「下圈輪你。」那我娘呢！奇怪我娘醮房交的學費跑哪兒去了？越打越回頭。

宗媽媽不會生，抱了個男孩臺生，像很多眷村女命，丈夫早逝，死心守著兒子。宗媽媽勤勞發家，兒子結婚生子住眷村老宅，等到領租屋津貼裝兜裡，全家投靠宗媽媽。臺生瘦黑矮個兒內向，高工畢業託人進了砲校收發處當雇員，太太成衣廠作業員，陽春白雪小日子過著，即使手頭拮据有宗媽媽。這時代什麼都能成問題，省籍、性別、信仰……他是不小心撞上提倡親子議題，孫子作業問三代，臺生「吃飽了發撐」（大家評語）執意要去尋根找親生父母，想知道為什麼不要他。宗媽媽大方正派：「你爸媽肯定有說不出來的苦衷。要找就去找吧！」一屋子叫他媽、奶奶，夠本了。「咋辦呢？臺生從來是個糊塗人！」東北老家已沒人，丈夫死了，宗媽媽不多想，積極寄託醮房，復興宮後壁，儼然各立山頭一派鼎盛之家。

可早年抱孩不興留資料，抱來的人好像提到不遠左鎮鄉下，臺生辭了工作專心找，沒走多遠便斷了線索。臺生悶氣鍋炸開，成天中邪咒恨親生父母，整個人轉了性情沉迷大家樂、六合彩、賽馬、賽鴿……任何有賠率的簽賭。加上失眠、酗酒、濫交，原本就瘦黑，終於把自己攪到乾癟如陰屍的鬧離婚。宗媽媽一句話沒有，婚離了，不趕媳婦，臺生急速墜底成天往外跑，要錢不給就吵就偷，打前妻罵孩子宣示主權，都沒轍就窩家裡看電視打小牌，抽菸年輕男腳，就這樣來的。沒兩年臺生腦癌走人，宗媽媽深深嘆口氣：「怪道咋折騰！趕腳程嘛！」生而有命！

媳婦沒身分出面辦喪事，宗媽媽攬下一切，憩息那幾天沒他電話的早晨有些空蕩蕩。誰都沒宗媽媽人生一場空，但醮房再開張，他仍大嗓門說話玩笑熱烈招呼。那天下午四點多了，他下鍋煮餃子力攢我塞進嘴裡：「有大伯菜和韭菜哈米，愛食哪塊夾哪塊！瘦巴巴的，沒吃的嘎？」有大白菜韭菜蝦米愛吃那種夾哪種瘦巴巴沒吃的啊！

宗媽媽手沒閒過，蒸包子饅頭、裹粽子、薰臘肉、醃泡菜、曬豆角蘿蔔白菜、做梅干扣肉滿碗塞實先蒸好擱冷凍庫備用。趕每天一大早和老廣競打第一通電話。若沒接通，連環扣可以到十點甚至下午。了解這些行程，我就不太接我娘家裡電話了，但電話這樣響法，也怕萬一真有急事，忍不住接了，有時宗媽媽，有時老廣。不變的是拿起電話那頭便連珠炮：「喂！喂！輸婆！費滴來囉！踮樣啊！等內ㄚ箇！」快點來，怎麼樣啊！等你一個。我娘在家，老習慣，無線電話筒隨身帶，若接到，按鍵便回吼：「誰啊！說話啊！你是誰啊！老廣！哦！宗太太啊！」不是他們，還能是誰呢？噢，還有附近的何家醮房偶爾插花。

小豆家他不去：「豆豆家都是年輕人，我打不來。」宗媽媽家不也有年輕人？「那不同，熟人我不打，長輩嘛！」毛病。我懶得理解：「不管生人熟人，有人抽菸你就別去。我要聽說就去掀桌子。」「噯，怎麼這樣，總是長輩嘛！」「命都不要了，還要禮數？」「知道了啦！我話早都講明了，宗媽媽、老廣他們都知道了，有人抽菸別叫我。」「進都不准進。」他點頭踱出門。他知道，我隨後會攆去查；他也知道，現在是高峰期，過了就沒事了。誰那麼閒。

他的早課驚天擾地，一套一套毛病，出門如打謎語：「我去菜市場洗頭！」我失笑：「昨天才洗的頭。又洗？」老娘貴州蠻子橫得很：「今天染髮。幹嘛！管我？」「好好洗，能洗多久洗多久。」常輸老娘醮房史，渾號「輸婆」，非職業眷村賭場也能弄到敗家。老鄰居老同袍債主擠滿小小客廳，話講得難聽，我爹臉色青白僵直站著像立正不動姿勢，怎麼整出來的？我娘沒事人：「又不是我一個人這樣！」（順便廢了我妹青梅竹馬姻緣，多年後我妹說起，他無意間聽到男友娘訓兒子：「你瘋了！他家欠多少債啊！能放過你！偷偷拿回娘家！有多少都不夠，你防得了！」我妹二話不說，不嫁。沒理由，要問理由，問你娘！）

中年老娘荒唐史，上了牌桌就不下來，誰叫七大醮房之首叢家就在隔壁，那時候醮房多近啊！院子裡喊：「輸婆，三缺一，等你一個！摸摸叨叨最近的最晚到！」要不用力拍打中間共用灰泥牆，「啪啪啪！」輸婆就去了。叢伯伯叢森砲校老同事，我爹外島休假顛一天一夜船回到家，深夜了，院門大開，屋內通暗，孩子橫七豎八睡床上。聽見隔壁洗牌喧鬧聲，上門二話不說掀掉桌子，我娘：「我天聽啦！」氣炸了我爹作勢要打，手被攔下：「老蘇，打個小牌嘛！沒誤事！」哪是輸婆，原來同音假借，「蘇」「輸」同家。惹得我娘一輩子唸叨：「啐！什麼不好姓！蘇！早知道不嫁了！」也是，嫁到蘇家才學會打十三張，我娘的人情世故都在牌裡世界學來，新媳婦伺候公婆局養成了自我矛盾的習性，好做大牌沒膽，謹小慎微卻放衝有事，喜怒哀樂形於色兼勾勾彎彎隱藏。牌中天地放不下，總差一步迴旋自如。所以他優柔寡斷聽小話自暴自棄，愛討好人又喜歡支配人。

都說打牌的愛吹牛，喝酒的愛說謊。一牌在手：「別放砲噢！我聽牌了！」其實滿手爛張；一杯在握：「我沒醉！等著咧！乾！」還沒喝就醉倒不醒人事。

所以我娘從此再沒輸過，每回都贏，八圈十二圈二十四圈下了桌，一律標準答案，「小贏一點」、「小輸不算輸」、「輸了叢家頭錢」……真相大白，債主們三頭對六面，謎底揭曉，老娘挖東牆補西牆，什麼會都搶標還偷標會腳的會。咦！跑馬燈轉不過來了，邊流淚邊嘴硬：「為什麼不問別人倒我的會！」天問啊！老「輸」家灰暗時期，諸神退位，那些年，我真忘了那間破廟。

再回影三，已經是我爹過世第二年，同時開啟影三華廈元年。我家抽到十樓，看屋子時，低處傳來天邊啟示錄般連番傳來炮仗炸開或碰碰碰重音鼓或衝天炮咻咻咻甩尾，伴隨鼓吹隊嗩吶、鈸、大鼓、大金、鐘、鑼……諸音奏鳴與神溝通遙遠火藥煙硝傳音入密，神明遶境或生日或建醮。「哪這麼多廟？」倏地想起曾經有間破廟。時空移位，村裡村外變了不少，愈發不太確定廟的位置。

那天黃昏開始下起大雨，慢車向前，雨水加上車行風阻聲隔開世界，夢遊般的晚歸，小東路連到復興路，車子停在復國路口等紅燈右轉，後視鏡反照著隱蔽巷口半人高立型活動看板，白底紅字，復興宮。按下車窗，深宵雨夜，仍有股爐火氣暗巷竄出。突覺時間光影流轉亦如這夜車程，好像哪裡都沒去。記得最後一次去破廟，叢媽媽五歲雙生小兒子復興、復國跟屁蟲黏大孩子東崖山腳玩沙，不太高的岩壁土質鬆軟瞬間塌陷劈頭劈腦掩埋雙胞胎，活口跑回村通報，那時候沒有復國路，還只是條泥徑，個頭矮胖叢媽媽光腳踩踏毛地如野馬狂馳長聲嘶鳴的竄進現場徒手急剷，幾十個大人先通力幫挖，怕人多踩實泥堆再淨空撤離半數，來不及了，雙胞胎四肢癱軟如沙雕出土。「哎！慘啊！都說超過半小時就沒救。差幾分鐘。老叢部隊回來怕要殺人！」∩形崖角壅塞無意迴避之竊竊私語和啜泣，如大火抽掉空氣簡直教人這刻以及未來皆窒息。叢媽媽牙關緊繃：「天殺的老天爺你沒長眼！我跟你沒完啊！」有人拿來根細擀麵棍撬開嘴讓他咬著。

雙胞胎下葬，叢媽媽躺了幾個月。那時候各家自立規矩，但舊俗擺在那裡，晚輩死父母不能送葬，可沒明文不許去廟裡，叢媽媽帶著雙生子照片每天到破廟燒紙錢上香，我們小孩必定尾隨偷窺。還記得小雙胞胎真俊秀，黑豆眼，窄鼻、長臉，毛髮豐茂。那時候還沒有叢家醮房。

「原來你在這裡。」從外頭望去，巷道曲裡拐彎，看不見廟況，應當鎮在台地西崖腳，好巧的現在東崖腳是天主教聖彌厄爾堂。沒想到，這老村落有不同宗教左右護法似守著影三出口。和老村口（照片裡靈光消逝的年代頭臉乾淨短裙洋裝胸口別條手帕皺眉注視前方不明物件聖誕節總被分配扮聖母的我幼稚園母校改了堂名的）基督教信義會靈糧堂，三腳鼎立。

叢媽媽還有仨兒子，收拾心事一擔裝，束之高閣。叢家醮房開張。叢媽媽說自己不乾淨，從此不進廟，但每天差遣兒子送飯到廟裡祭關老爺，供養活著的兒子們亦如祀奉神祇，請上神壇，啥都不讓做。叢大哥復民，老二哥復安，小三叢復順。死去的雙生子命名弔詭的寓言了新影三地理位置，不過這是後話。雙胞胎出事叢伯伯趕回來沒殺人，但之後有了怪習慣，參加喪禮回到家，必在院子全身脫光包上叢媽媽送上的大圍巾疊聲道：「穢氣！穢氣！不潔的東西不能帶進門！」直衝後邊浴室仔細盥洗換套乾淨衣服才完事。院子那身衣服就地放火燒了。

叢家醮房從此如取得保庇，攻上七大醮房之首，歷久不衰。叢媽媽一筆寫不出兩個活字，他死了心的以此營生，日日是圍裙夾層掏疊錢數了遞給牌腳或收了往裡放，牌腳走不開在他家標會都叢媽媽一家家通知，要不趁空往市場採買，院裡地上躺著待摘的青菜……滴水不漏，插不進半秒閒空時間。

叢家陸續修大門、添電視，更搶先購置民宅。七〇年代煉糖成本高不如向外國買划算，台糖停止種甘蔗釋出高地北端，邊陲的邊陲，民營建商雨後春筍一批批推出兩層夢幻透天厝建案，一以概之全稱北屋。沒見廣告什麼的，但敏感的影三人近水樓台默默進行島上第一次置產行動。（唉啊！九二一大地震，震出台南台地東崖南北走向虎尾寮到永康段北屋群聚，斷層帶。）我娘嘀咕：「起碼兩面牆我送的。」再補上一句：「老叢家走了幾十年運勢！真怪！」啥怪呢？天機難測。復民小時候高燒命保住，人傻了，小名小保；復安，桃花眼，膚白，清逸，愛玩不讀書，小名大業；復順小名小順子，端正沉默，家裡牌聲喧天，沒半句怨言，躲後頭房間專心苦讀，吃喝叢媽媽送進去，大學聯考進入倒數計時，終年無休的叢家醮房停戰三個月。氣勢差點被其他醮房拉下馬來。

其實叢伯伯上校退伍金加上醮房那幾年攢的，應該過得很寬裕。難的是大業遊手好閒任性浪蕩，當完兵女朋友換莊似輪流往家裡帶到後來成癮成性，女友夥著大業向老娘伸手，贏了全裝口袋，輸了半文不還。可叢媽媽不講話誰能有意見？

其實村子裡都有數，不怕大業賭，怕的是酒和毒品。當兵前被朋友帶壞了，（我哥說，誰比大業狠啊！寵得無法無天，人都敢殺！）強力膠、迷幻藥、大麻、白粉節節升級，不爽就揍女朋友出氣。當兵回來短暫戒毒，阿麗就那時交上的，外貌跟大業挺般配的，長身巴掌臉翹鼻薄唇啞嗓子，老菸槍，家裡種田，小學畢業就在保齡球館當計分小姐。進了叢家醮房開始走一趟公式，由不會打麻將、不熟外省人、乖巧老實坐大業後頭看，大業打了兩天兩夜沒下桌，阿麗無聊忍不住叨唸，大業煩了：「都讓你吵背了！滾遠點！」這戲碼叢媽媽看爛了，暗中拽阿麗，「跟他硬碰硬你自找倒楣。你想清楚了。」果然阿麗乾脆自己上桌下不來，初初誰都搶著跟他打，生手嘛！不宰以後沒機會了，我娘相反，那時候就不喜歡跟阿麗同桌，「不知哪來的壞牌品！那樣見不得輸。」阿麗不同其他女友，天不怕地不怕，火了就跟大業三刀六眼的對幹，誰都拉攏不開，練了一口流利的台式國語：「我操你叢大業，什麼人我沒見過啊！我怕你！」大業胎裡帶癮，沒法抗拒強烈的東西，兩人彷彿戒毒分分合合，最後阿麗肚子大了，大業哪要當爹，叢媽媽說他養，阿麗沒吭氣，上門提親才知道阿麗父母早亡，祖父母種田老實人，根本管不了孫女。「沒娘家沒人沒嫁妝，他賴上我們了？」叢媽媽抱怨道。孩子下地，女娃，菜市場名，小玲；再生，又女娃，小真。叢媽媽先聲奪人：「我叢家要在你手上絕後了是不是！隔壁老輸婆媳婦進門就給他添個孫子！」叢媽媽五個兒子，腦門裡沒女孩。

終於，第三胎生了兒子，學名「興國」，小名雙雙。截組死去的叔叔復興復國字尾。

生了兒子攔不住阿麗的爆烈個性，大業吸毒瘦得像隻鬼，阿麗則嗜賭如命，小孩也不帶，大業不斷看上其他女人，拿刀逼壓要離婚，阿麗不知怎麼想的簽了字頭也不回丟下仨兒女，大的才上小學，興國幼稚園小班。阿麗很快再婚、三婚，各生兩個女兒，不合就離，也老遇人不淑，一個比一個暴力。大業則數進數出監獄戒毒所。只有小順子擺脫醮房輸贏無常陰影光明正當成家就業，多次希望接父母北上享清福，但叢媽媽孫子第一，「也不能讓小順子負擔這些，是不是？」張羅兒孫二輩吃喝，叢家醮房只得繼續開張，不同的是，叢媽媽這輪孫子當兒子養。仍請上神壇。

直到上個世紀九〇年末叢伯伯去世，大業隔年吸毒過量也走了。那段日子小順子南北跑幾乎每周回來，母子倆合力平靜處理丈夫父親兒子哥哥喪事，不知怎麼叢媽媽並沒有想像那麼悲痛，倒像上半局結束才好專心養孫子似，有意將房產全過戶叢興國名下，小順子再溫良恭儉讓，深知得保護母親，違逆母意堅持共同擁有，他不曉得影三五年期滿便可自由買賣，叢媽媽打算過戶給雙雙誰都知道的事。大業過世幾年後，叢媽媽才收了醮房，是七大醮房裡最早開也最早收的。有戲的是，轉過來調過去，阿麗又出現了，無路可走，帶了瘀傷和仍吃奶的小女兒投奔前婆家，他不怕，他有兒子做靠山，雙雙出面跟奶奶說情，叢媽媽顏面無光也都捺下。雙雙背後站著雙生叔叔、爸爸的幽靈。

我娘跟著移轉陣地老廣、宗媽媽、小豆家輪流轉，他說：「好像仨兒子家輪流住，不踏實，真累。」但時間能磨去一切，漸漸習慣沒叢媽媽諱莫如深的周轉魔法，沒叢媽媽一手好菜和那股說不上來的刀子口功力。影三沒落史，何止衰頹破爛不適合居住的有形物質。那些年經常一道的牌搭子，有鄉代表做到縣代表的章君逸、婦女會朱惠中會長、林媽媽、韓媽媽、反組頭為客的叢媽媽及汪家、石家倆口子，加上早早便投入戰局第二代、蠢蠢欲動第三代，打造了一個另一輪醮房盛世景象，那時候，處處聞牌聲。

等阿麗在「兒子」家進進出出成了常態，初起仍在三婚狀態，開幹就帶著孩子踅回叢媽媽家。事前連個電話都不打。大業總在監獄，小順子那兒叢媽媽瞞著，小玲小真受夠爺爺奶奶重男輕女，十七、八歲逮到機會就嫁出門。叢媽媽始無前例找小玲小真商量，倆姊妹說：「奶奶，就給媽媽一次機會吧。」一次機會的周而復始，讓好不容易接納母親的兩人，卻見識親娘惡狀百出，伸手要奶粉錢牌錢還勾三搭四檳榔吃到滿嘴爛牙，皆極驚駭，叢媽媽搖頭：「真招待不起啊！但怎麼辦呢？他是雙雙親娘！他走，雙雙也要走！」老鄰居們齊聲斥罵：「雙雙能哪兒去？你讓他走試試看！」叢媽媽不比從前：「老叢不在了，我賭不起！我只有這麼個孫子，再有個閃失，老叢肯定活過來咒死我。」其實小順子不也生了兒子，沒聽叢媽媽提過，小順子向來省心，順勢就給擱在邊上。「難不成小順子抱來的？」「怎麼會，沒看跟叢婆一個模子刻出來的。你叢媽媽眼睛最勢利，喜歡漂亮的！大業、叢伯伯又帥皮膚又白！」我娘的醮房眼界。

阿麗三婚離得拖拖拉拉，待下來的時間越拉越長離開的時間越隔越短，若合符節影三改建打擺子般病理學，拖到影三交屋同步，他婚離定，不走了。一夥曾經牌桌同國的牌腳們，皆忙著抓緊第二輪盛世尾巴，再是歹戲拖棚，可他撐到最後一圈，贏家通吃。叢媽媽畢竟老經世道，捏指頭一算，便把牌局拉回家，眼皮下盯著免得外頭搞鬼，三千元一鍋，十二圈，輸贏到底，如今不抽頭了，誰餓誰自己叫便當，約我娘好多次，我娘沒說理由，一句話：「我才不去。」

也許叢媽媽不抽頭是對的。後起的三大醮房當家都有點背。小豆離了婚，鐵娘子章君逸臨老進醮房，常在小豆那兒和年輕牌腳打，知識女性風格，理智明快，不想小豆運背，章代表也跟著牌桌上心臟病發送進加護病房三天後走了。開弔那天成百花圈排開復國路邊，不知道的以為誰當選立法委員。村子裡老一輩對他沒得說，直爽大方，經年一身素色旗袍，漆皮鱷魚六角框黑包，細長菸桿抽菸，一席話說下來緩疾有致音韻清脆，終了暢笑結論道：「天要下雨娘要嫁人，我們就這麼辦吧！」

終於影三交屋，宗媽媽醮房搬進華廈，和我娘同座上下層，電話都不打了，直接上樓敲門接人。宗媽媽的影三密道。復興宮背靠背那幢透天厝讓前媳婦獨住，孫子孫女跟宗媽媽。叢媽媽、宗媽媽滿手牌缺一門斷幺，生兒子不生兒子都一樣下場。

挨到挨不下去，留下的西南角這才拆除，裸露巨大基地平面圖騰，未剷淨的牆根小方塊地磚組構纖維粗紋編織遺忘世界初稿。老廣繼續伴影三而居喬遷北角隔條馬路黑瓦連幢老平房中段，緊鄰永康公園，未命名前那裡依都市計畫編號叫「公三」公園，挺逗的。地文意識抬頭，公園徵求命名，活動表印上一六九六年《臺灣府志》古地圖，標記影三華厦所屬復國里高地龍脈水系鯽魚潭遺址西側，（風水之謎，考古題：中山高、復國路會不會是聯手開腸破肚殺了鯽魚破壞影三原凶？）公園裡有經國行館、網寮遺址、二王崙天然湧泉、溼地。真是塊寶地呢！

老廣醮房雖近，相較宗媽媽攔劫有數只能常撲空，不死心勤快天沒亮開始早點名，終於逮到我娘：「有賓箇啊！」有誰啊？有朱惠中，大家都不跟他打，次次贏錢，「送錢都沒這麼齊心！」我娘偏喜歡跟他打，「人家就是牌運佳！沾點運氣有什麼不好！」我妹告狀：「媽十打十輸！誰都搶著跟媽媽打！只有他搶著跟朱惠中打！」我娘照例蠻脾氣：「輸什麼輸！我還沒有靠你呢！你操哪門子心！」

我看過幾次朱惠中打牌，一貫懶洋洋說話卻玄妙的命令句：「咦！這張也能打？那就打吧！打了別後悔！」漫不經心處處風雨不漏。他且不像那些媽媽熱衷扮演長輩，譬如我突擊進門牌桌頓時亂了套，他眼角挑起素描般不著色，淡漠到如忘我。另兩方正忙著錦上添花說場面話，這邊我娘驚呼：「糟糕！光顧著說話，這下打錯張了！」朱惠中那裡一派輕鬆推倒胡：「見光死，對對、湊一色、連莊，八番。」全桌苦瓜臉，我娘懊惱不已：「朱惠中，今天不會被你端鍋吧！這種贏法！」朱惠中慢條斯理：「誰又贏得過誰噢！最後還不是老廣贏！」話裡帶刺，牌桌上誰接得了他的話。我閒散丟下一句：「我走了，記得，打牌不是跟自己打，是跟三家打。」打牌不怕輸，就怕輸不起。也許朱會長沒有那一天，絕不是他多厲害，是沒人。

老廣更瘦了，送我出院子，主要攔住那些癩皮狗亂吠。走出巷子，回望那掉漆斑駁歪倒大門，我娘天天趕路似的赴局，日子該閒裡忙他偏愛過成忙裡閒，真不知算不算一種境界。

沒意外，估計我娘今天得輸個三、五千，而他仍會說，小贏。可誰也沒料到，這樣的局面已經走到盡頭。都說人老是一瞬間，散局何嘗不是。

復興宮和永康寶地都沒能保住宗媽媽、老廣，半年裡，兩人相繼癌症走掉，宗媽媽走前暴瘦，但他一定受了復興宮包庇，人很透澈看得開，真是個好人，有種天生的快樂本質。趕在最後時間收了媳婦做女兒，未滿五年交屋期，影三華廈無法買賣，但可以繼承產權。前媳婦成了女兒、孫子孫女成了外孫外孫女，輸贏他看多了，有人送終他走得很平靜。那半年我娘、朱惠中、林媽媽、韓媽媽……幾個年輕一輩，老廣家每天開得出兩、三桌。朱惠中仍一吃三，怎麼聯手打都不垮，打不起總躲得起。只我娘不信邪，是死忠的牌搭子，湊不成局，老廣自己也上桌。

老廣發病到死，個把月的事。末期大腸癌，插管，彌留狀態，失語。還比不上宗媽媽，什麼後事都沒交代，阿香這才發現家裡山窮水盡，代墊的錢、上的會，潦草簡單幾筆符號，帳本全在老廣腦裡。看病要錢，弟弟那裡催討寄點錢救急，虛應幾次再找不到人。電話給堂哥老廣病情嚴重有事相託，倒趕上老廣葬禮，加護病房看了老廣兩次，每次老廣費力比畫仍如七爺八爺甩動左右手，堂哥連聲道：「好了再講。」阿香逼他承諾還老廣的買房錢，但數目多少阿香也不清楚，堂哥拿定阿香沒轍，滿口答應，回去後徹底失聯。根本來探底，看老廣有沒有證據。牌腳紛紛給阿香出主意，要他走一趟柳州，能拿多少是多少，我提醒我娘，「別亂出主意，出了事誰負責！」

阿香那兒有一搭沒一搭，我娘洩氣無奈：「大家都不想跟朱惠中打，以前老廣在勉強成得了局。好可憐，阿香現在買菜錢都成問題，有頭錢對付著買菜，但周轉不是小錢，他哪來！」遺眷們每半年領俸，手頭多半緊，以前為了拉攏牌腳，醮房隨借隨有，算利息。後來有些欠老廣錢的主動還給阿香，暫時救急。但朱惠中還是沒人跟他打，韓媽媽說以前有老廣盯朱惠中，小輸為贏，現在沒人盯得住。即使朱惠中、我娘加林媽媽，也還三缺一。朱惠中轉去了小豆醮房。不像以前餐餐贏，醮房消息：「演戲啦！贏多輸少，怕沒人跟他打。」

我娘安分待在家裡時間越來越多，經常到底樓中庭散步，老鄰居婆婆媽媽們聚在那兒聊天，那年我娘迅速老去，頭髮都懶得染，露出後腦杓髮根開白花似的，不知怎麼，老想到阿麗路越走越回頭的日子怎麼越過越窄，不去叢媽媽那兒打牌，總可以去找老鄰居串門子。到處一個「老」字。

找了天我開車載我娘找去北屋叢媽媽那兒，透天形制坐在馬路邊間，院子加蓋外推給雙雙賣茶葉蛋飲料，沒生意，剛收掉。叢媽媽正在桌上，和阿麗坐對門，叢媽媽讓給我娘打，拉著我逛房間，阿麗、雙雙和女友住二樓，堆滿衣服雜物凌亂不堪，叢媽媽嘆氣拉我上一樓他屋裡，牆面掛滿壯年叢伯伯、大業、小順子相片。大業小時候是真清俊，可惜了。「好看有什麼用！你一定聽說阿麗回來住這兒吧！」叢家醮房的大掌櫃，此刻老態畢露欲言又止。我摟緊叢媽媽：「你是為了孫子，可阿麗會不會太過分！」半晌無言，叢媽媽開口道：「你知道的，叢媽媽以前失去過一對雙胞胎，那種痛……」他靜靜呆望門外空無處，稍轉角度對著阿麗的背影：「我經不起。」雙雙活脫最好時光的大業，帥極同樣到處留情不安分，阿麗數進數出吃定兒子是人質。叢媽媽咬緊牙根：「沒媳婦就沒孫子。」

我娘打到夜裡十點，不負輸婆名號，無例外被端鍋。開了頭，應該會去叢媽媽家打牌了吧？他簡潔力道：「我不要！」「為什麼？你以前不在叢媽媽家打了幾十年。」我娘搖頭：「不一樣。」我忍不住情緒上來：「是嫌打太小？不過癮？」他狠狠回瞪，又若有所思呆望車窗玻璃倒影著零星住家燈光，喃喃地：「那裡沒有朱惠中！」

不久以前的曾經一個畫面，車前方十公尺遠，強光豔陽炫目，上行坡道往老廣醮房方向，趕考似的，林媽媽亍亍獨行，光圈放大再放大，氤氳蒸騰奇幻效果，影子小犬般伏在腳跟。我娘眼尖：「咦！那不是林媽媽嗎？」車緩緩停在林媽媽身邊，林媽媽下意識縮讓兩步，我娘後座開窗大叫：「老林婆！快上來！曬死了！」林媽媽瞇細眼皮看清了：「輸婆，是你！兩步遠也不走！」「噯呀！女兒要載嘛！」

車下坡，順永康公園標誌牌左彎，望見網寮遺址、經國行館立刻右轉進小巷，連幢魚鱗瓦平房中段，老廣壓住顛顛倒倒癩皮狗們，已經等在門口。「到了！到了！」我娘嚷嚷，快樂小學生結伴上學。

此刻，二〇〇七年底，距離老廣發病收了醮房不到一個月時間。

大疤時間II　這一年二〇一二

同遊

——十年一別

未竟之旅，我們前後腳，相隔十年，來這兒，就因為他不在了。

沒有一點懷抱，恐怕走不到這裡。（此時新安江攝氏零度，溪水南北縱向，兩岸狹仄長條土地依傍，右側山稜疊影，倒映江面前塵往事縐紋，因此，前景是記憶。四季如儀，此刻深冬節氣，灰綠河面雲霧伏流，盆地現象，巳時一過，太陽打山背攀升如圓形火把，人車小獸得了信號起步出閘，迎上老城四面八方喧聲。）

再來的時候，（僅僅一個月前，屯溪還是個遲到的約定。）泥地一層薄膜灰霜加重了嚴寒感，畫家已經回台北了，眼前，一個新的屯溪。畫家移居此地已多年，候鳥返復，飄邈異境，可歲月日老，遲鈍於感知，移位長坐，見慣竟若家常。畫家者，大疤和我軍校藝術系教官、四川鄉長；此地，黃山南麓小城屯溪。

台北住家也在高地上。

沒聽聞大疤說起稍早路過的屯溪，那時老師畫家和師母尚未在此落腳。大疤遊山玩水既老掉牙「那時世界還新一切尚未命名」的闖去，又現代行旅先鋒派，野店、民宿、鄉居、慢遊、晃蕩、隨意、鄙棄速度和直線抵達的田野調查路數，站站下車抽菸逛月台花點錢買土產聽小販扯閒篇。（傳說中的南迴火車佳屏通學線：佳冬↓林邊↓東港↓萬丹↓屏東。原本他讀東港家門口至公中學，非讓他出人頭地插班屏東中學，居然真給他考取了，家裡一手把他送進這條本省掛外省掛少年子弟逞強私鬥的江湖道。開學第一天，頭班車枋寮發出，黎明青灰天露水草地小徑串走有所不知的父母孩子進月台後並不散去閒聊兼盯場：「惹禍試試看！」根本只管上半場，蒸汽鳴笛，口氣長足漆——地嘶叫離了月台，啃嗤啃嗤聲還沒落地便已開戰，各校值星教官押車，好幾節車廂遊走維安順道檢查服裝儀容，值星官過處風生水起，一陣騷動。誰都知道的各校有各校地盤，各掛有各掛小圈子。大疤刻意避開村落好學生群體落了單，被本省林邊掛仗勢暗暗K了頓。第二天便長出血肉膽子來，自己送上門去一把抓住林邊掛老大朝死裡打，每天上演一場，兩禮拜下來，什麼老大，十幾歲孩子，沒得世故息氣，從此認了哥兒們。上學難，逃學更沒處可去，火車是一個最初上路的微型江湖。從此隻身四處閒晃沒在怕。）窮鄉僻壤驛店經常上演哥倆下廚各展手藝，就地取材，大疤拌蘿蔔皮、拍黃瓜，邱豆干絲、羊雜湯。（「沒羊？嗨！那能叫農村？」邱嚷嚷。）所以，登黃山，雙肩掛背包兩腳挪動一步步攻頂，我只能遙控唸叨，不乘纜車好歹養精蓄銳住星級旅店吧！至少得把基本配備登山柺杖吧！

事後靜下來，這才把你引向盲域難以視見之微小細節。二〇〇三年擬定計畫再往黃山，老師已經安宅落戶，這次可老實不客氣老師家紮營，距離出發僅一步之遙，猝不及防遠端復發膀胱癌變身之食道癌襲擊：「難怪那回登黃山老感覺累。」一切清楚起來：「可以重新來一次嗎？」好想丟掉這張手氣忒背沒道理凶籤！徵兆就是徵兆，皆事後之明。（更早的小旅途，強渡關山通學，性格使然站錯車廂，又性格使然負負扭逆為正，可這回，沒力氣再打上二周。真冤。力氣那時耗掉了。）真可惜，那時沒老師屯溪的家喘息。緩慢，卻快速地錯過了。

大疤走了，黃山成為殘局，師母年年催促動身，一來一往對話鋪染成另一幅暗花錦織行旅棋路，對手倏地被喚走前還說：「別偷步，我都記著，等我回來下完它。」奇妙的迴避了結束，發展出更多可能。遲遲延捱著不赴約，於是那心願被包裝成「這世界有個地方等著去」之虛幻物。何必急呢？

於是，弟子們不時追逐並傳遞著消息：老師和師母去黃山了，回來了……但要去過後，才知是屯溪，黃山是敘事之和。

而老師明明川人，老家也還有姊姊親人，怎麼就落戶屯溪？說來，一九四九之前之後，這代人大半生都在路上，哪裡安身養老，差異不大。（歷經各種形式的返鄉，才明白是一場搶位子大風吹遊戲！有人趕上有人沒趕上。）是偶然走到這兒，萬壑天地，水墨世界，能入畫處即家的決定置產待下？等我到屯溪，答案揭曉，果然大弟子備齊登山行裝，簇擁著老師師母黃山散心，一見如故，那時老師都上七十了，落腳黃山腳下小城，竟如避靜。

「我先生究竟怎麼了？」那年師母黃山回台北約我和同為學生的捷餐敘，師母神情怔忡凝重：「你們老師不太對。」曩昔愛熱鬧好朋友喜歡學生兜繞身邊爽朗好脾性倏忽快速流失。

跡象初顯在夫妻倆連袂赴同業好友畫展，行事如儀畫家瀟灑揮毫簽好自己名字，要代妻子簽名，筆尖簽名簿上空懸，小船擱淺似滯延不進，持槳人喃喃自語：「怎麼就想不起你名字？」做了一輩子夫妻師母以為鬧著玩：「嘿！嫁給你超過四十年，竟然說忘就忘。」旋即覺察神經內科教材阿茲海默症患者面具掛在丈夫臉上，於是收住句子，不露聲色接過筆，「沒事兒，看到你名字難道還會不知道我們一道。」牽住老師鎮靜進場，迎面一壁中國山水畫。在傳統繪畫光譜另一頭，夢似的他們直接走進比利時超現實畫家馬格利特「單詞的使用」世界：木質長條地板、灰黃扶手梯面到頂無出口、淺褐無物牆面，畫左下側地板平躺著古典手寫單詞Sirene，字母I由豎著幾與樓梯等高的食指與指尖飄浮的圓球形象所置換。組構一視覺潔淨單純空間。Sirene，傳說中的希臘神話賽蓮女妖，人身鳥足，晝夜盤踞河道岩崖頂峰，啼唱絕美魔音迴旋谷間魅惑船員迷航撞礁而亡。賽蓮擋在英雄奧德修斯十年回鄉路上，奧德修斯闖關航道全身而退，是唯一聆聽賽蓮之歌能破解魔咒者，I，我。光天化日，神話驟臨。

當時外圍皆狀況外，紛紛天真粗率歸為可能暫時失神、年老的一部分云云，及至交談老師露出（早年根本不可能的）不耐煩神情，雖自以為貼心忙不迭岔開話題，內心亦知不對勁了。畫家失智病況愈益具體確定，回頭想起師母那天黯沉神色如在眼前，其實已近兩年前，只是一旦走進綿延山脈隧道，不見光源出口，會失去時間感的以為沒多久前啊！師母頻頻自責：「早知道……」（作為個案，醫師陳亮恭失智症病患案例書《西出陽關》，對理智科學的檢測數據並不真的說了什麼表示無奈：當年老師來就診，「簡易心智功能評估」〔Mini Mental State Examination〕約二十六分，定義上並沒有失智，「臨床失智評分」〔Clinical Dementia Rating Scale〕落在〇．五，也指向並未罹患失智症，但可能已處在一個失智的高風險狀態。所以，並沒有「早知道」。）皆數字迷障，一開始已經是事實了的每況愈下。

幸好倆人黃山居可集中心力照護，於是，由一年停三個月到五個月到大半年，僅避嚴冬雪季才返台北。老師辨識能力快速流失，屯溪認得不多的人，票務、司機、保母、軍委、門房……剛好撐起一個小而完整世界。不時想起師母那天戴的銀頸圈配景德鎮繪圖奇妍鬥彩蓮蓬垂飾，屯溪老街手工裁縫的深藍短披風，墨綠羊絨法蘭帽，有著最好年代之從容雅致，「跟你們老師幾十年了，不會畫，眼光至少磨練出來，得跟上，不塌他的台。」這台，卻是有點傾斜了。

此時天色漸層昏闇，圍屯溪四周山稜線退藏興建中的無光巨樓背後，未竣工豪宅打著風水寶地宣傳廣告，突兀但又似乎必然會如此走向的成為寫實派。自問：「哪天蓋好了你會再來這裡嗎？」不知道。只知道大疤生前最後要出發抵達之地即此小城。多年來想像照他規畫路線走一遭，去圓抵達並結束此旅行，但他並沒留下行程表，應該在他腦裡，或者根本沒有，邊走邊玩。所以，當你抵達，其實，「你失去他的蹤跡了。」新安江北岸墨影山痕，如遊山玩水歸來後入畫，假假的。

師母屯溪回來一定給電話，免得沒通知去了撲空，老提醒道：「你有責任為大疤走一趟，旅行社那裡我留了票。決定了，提前給他們個時間就行。」猶豫著要不要去完成大疤未竟之旅，我更怕而一直迴避去黃山，其實是恐懼目睹老師失智中。而時針快轉撥格，八十歲的老師忙著閃躲與失智碰撞，我逆時針倒走拉出時差，不斷延期被死亡推翻的跨海期會，延緩了組接情節。

怎麼也想不起是如何開啟的探望，如光纖通路岔道，我們瞬間潛進老師台北畫室，訝異極站立整牆圓形磁鐵固定前失智期畫作前，居然史前岩畫風格悄悄變革完成，如此寂靜無聲於眾人面前展開，一幅幅具有聯繫意義之創作，失智症者用畫作進行病症指引，他的腦子，被看見。於是之前的懷疑憂悒與現在比，反而像不存在了，非遺漏了什麼，非失手，是被夜襲整個滅營。（「怎麼就完全想不起來你的名字」的無量擴大）那些畫，病理學答案，神經元纖維纏結腦葉皮質海綿化皺褶疊層顱顳葉失智症，畫家用現在的畫風建立同時失去一輩子的風格。彷佛流離失所。

於是畫裡是平面視覺世界，創世紀之二元空間豔黃油菜田、徽式青磚黛瓦馬頭牆房舍、灰白不流動新安江、抽長變形樹幹朝天空展開褐紫一葉成形槭楓、西向東直飛鳥影、河岸棋盤人行路磚，垂直帽形船，要不菱形梯形三角形不等邊四方形無止盡分裂單細胞體萬花筒。那個腦葉，不再透露立體秘密，意符意旨被塗銷。Sirene，馬格利特還有個字。這裡，事物打回原形，一切未命名。失智的最底線是什麼？幼童極難跨越的圓形時期。且如執念，學會一件事，要忘掉並不容易的每天畫個不停，可眼前明擺著的人生倒流，海綿化區域移位，咫尺天涯。

畫家歷久珍藏的字畫兩年前悉數被偷，內行避開了他的畫，人還在世銷贓不易，張大千、齊白石、溥心畬、于右任、啟功……往中國找買家，沒門路賣不掉，大陸出境時被海關查扣，有些二十萬元一綑台北脫手，收畫藝廊不知不罪未被起訴，自認倒楣將還在的畫歸還。失畫之痛，畫家與畫家之間，以畫定位，失畫，模糊了自我座標，想來，竟寓言了失智現象。

一個月前來屯溪，時序去年歲末，有了個全新觀看老師畫與人之視線，小城位處黃山南麓，山形翠黛萬竹風聲，「程朱闕里」程頤、程顥、朱熹祖居地。移步不換形，定居屯溪於畫家應該不是一個沒有名目的動念。移步，是想翻轉還在的繪畫動能，把心中的山水意境，還原到畫布。不意，最後以直線，失語成畫。留下了掙扎的痕跡，譬如那幅繁花當樹，無構圖之構圖，豐盛物質時期代表作，童化字題於仄迫空間，已不會布局，且寫的無關的格言：無道人之短無道己之長施人慎勿念受施慎勿忘。人寫成仁，念是「人六心」拼字，字的遺忘。覺得有異訂正錯字時小孩塗鴉手法：

還有幾幅，譬如這張，孢子細胞，熠熠生光如花繖，無根星空漂浮。或者這張感覺未完成的絳紅、澄黃、孔雀藍、晶白、赤青線條，橢圓疊架橢圓形成肌理運動效果，寶石切割菊花鑲藍蕊迷醉眼睛，放縱流走於黑底之奔牛意象，真實是人被困住了。（那眼睛，真像馬格利特一九五〇晚期作品 Le Faux Miroir 虛假之鏡，梳齒般睫毛屏障圍住眼眶，藍天白雲眼球有著紺黑蝌蚪瞳仁，看見本身就存在誤差啊！）僅僅兩年前寫的妍麗嫵媚篆書「親善龢穆」，四角磁吸置於病襲後所繪宛若小型畫展邊緣，孤獨得像耶穌被釘在人世的十字架的釘在牆面，暫時以孢子、萬花筒、奔牛、童化字的永劫回歸。且反覆基本道德教化存在形式，譬如白居易〈續座右銘〉截句：「勿慕富與貴。勿憂貧與賤。自問道何如。貴賤安足未。聞毀勿戚戚。聞譽勿欣欣。自顧行何如。毀譽安足論。無以意傲物。以遠辱於人。無以色求事。以自重其身。」嫁接聖嚴法師偈語「慈悲無敵。智慧不煩。」失控斗大樸拙字體，勉力嵌進巨樹寬豔白堊牆面徽宅群落側邊空間。

造字，新生筆畫、字元概念，賤是「日」「戔」，「顧」字則難辨認大致為「雇」「耳」「六」畫家的私人合體象形字；「其」是沒有完成的形似「隹」，「如」的「口」部被塗黑，增損其筆劃以狀寫其物，變體象形字。眼中之象。許慎說文解字象形：「畫成其物，隨體詰詘。」用簡單的筆畫描摹物體的外形。一幅原形純直獨體象形畫家之病貌。

字元主角的最後練習曲。無論垂直替代或橫向置換。過此再沒有真實世界。很多畫家求之不可得的虛擬空間，這就是了。以往恣意轉化的文字意符急速失落，勉強守住感官意指概念，山、樹、花、田埂、江水、座右銘、規訓……視覺強烈的顏色在海馬迴皺褶停留最久，不知道何年春天時看到的遍野無處不在的田黃油菜花海，無賞味期的連日複製，下筆深怕連結不上的蛛網路徑使用明亮燦麗的顏色編織迷宮，米羅手法。但米羅符號充滿神秘隱喻，畫家呢？提煉世故，剔除雜質，留下純淨真道。

當然我早就知道失去是什麼，失智症者如影子無重力離開，卻以童騃面貌短暫重現，一種記憶的隱喻。看見事實並無法使此充滿玄機畫面重返，如逝者打看不見之處回來。所以我們總是拖一天是一天。

「記得嗎？老學生啊！」師母明示暗示，老師循聲抬頭逡巡目標，瞳仁不反光，閃過一抹難以察覺的受傷神情，倔將地收束眼神。實情是有時靈光一瞬會記得不多的一、二位大弟子。師母仍努力：「大疤啊！」老師再度鼓起興致直直勾望，不到十秒即注意力渙散。時間並不站在失智症這邊。

自老師確診失智，師母即匆匆撤守住了四十年的市區老屋，重新安頓在郊區高地社區，庭園主樹大王椰，搭配不同季節喬灌木，雲松、棕櫚、小葉欖仁、台灣欒樹、玉蘭、白樺、桂花……環形路徑圍繞大樓基座，井然生序，專業保全管理，老師樓下散步不虞走失，儼然小規模監視王國，管理室系統螢幕隨時捕捉得到畫家身影。

營巢於這座現代風格住家庭園，卻是失智症者魔幻寫實環墟迷宮，路線交叉再交叉，一個空轉的重力場，所有事物皆無牽引作用，無開頭無止境。（未竟之途。想像如果有張「到此一遊」風景明信片，署名大疤，從黃山寄到他生前地址，正面「蓬萊三島」風景，背面，寫著給收信者的話：「遲來的，同遊黃山。」投郵之際即注定這是一次失敗的通信，永遠的到不了，永遠的可望而不可即。蓬萊三島，過「一線天」，登數十級，回首可見三參差不齊小石峰相擁而立。峰上奇松挺拔，形態各異。每當雲霧繚繞，峰尖微露，似海中島嶼，人們又喻為神話中的蓬萊仙境，故名「蓬萊三島」。蓬萊，對我，台灣。一張風畫明信片上的簡介說的比大疤遊黃山還多。）

那日離開了高地，仰望星空一盤局，「難怪那回登黃山感覺累」記憶猶新，居然十年過去了，看來終得走到屯溪這一步。

不久，接到捷電話，眾弟子組織寫生團趕在年底下雪前聚合屯溪黃山，師母交代我倆一定搭團。好像沒理由不去。

我們前後腳出發，捷隨團白天跟行程夜宿師母家，我自由行，上海先晃了圈再轉屯溪。師母讓搭建完成的生活網路隨叫隨到司機老孫機場來接。班機早到，我慢吞吞踅進廁所挨蹭著最後才出關，倒轉沙漏的接機大廳盡頭淨空，時間甬道底，逆光佇候著專注張望師母，多年後終於等到落單的我走到他跟前：「來了就好。看不到人，以為你錯過班機。」長版霧灰瘦腰羽絨衣、鐵青毛線帽、黑鱷魚皮柏金包，什麼都當回事的維持風格。走起路來像顛腳起跳的老孫，精短矮瘦，將行李上車，掉頭往家奔，老師暫託給保母小珍，晚上有場歡迎寫生團酒宴，早時到的團員逛老街去了。明天開始以屯溪為軸心的多處當日往返景點，譬如歙縣古城挑樑飛檐太白樓隋末磚木結構紫牆青瓦排柵柱南譙樓、李安《臥虎藏龍》現場黟縣宏村、最美鄉村婺源……，總之，非大疤當年路線。我隨身帶著簡易記事本，內夾大疤歷年路線地圖、便條紙、各種票根……，其中有最早黃山行速記。就算在家，也常拿出來摹想，那些隨手寫在連鎖旅店錦江之星便條紙上「在福建的書？田小姐來電問 Email 事」內容，不知道細節是什麼。

車上，師母簡單背景介紹，如是小城安家落戶史，車程一路郊區駛進壅塞嘈切新舊建築錯落共生市區，古徽人出皖，他們逆向。小城既傍山亦依水市容坡斜長狹，既水墨亦壁畫效果。新安江東西流向與城蜿蜒平行，沖積河床上現代涼亭步道，無山水翕聚從容風情。到處高樓工程，遙見江邊二十層樓座頂大型起重機如巨秤上下運物，山阻效應，嗡翳迴盪的市廛聲結合河面蒸騰灰濛空氣網，穿刺耳膜。車行如舟，依河岸裙裾上行，顛簸回到所住小區，這裡的家臥在江岸盡頭。（記住這河就不怕迷路，怎麼打轉都能回來，十塊錢。老孫提醒。）

接風酒餐廳設於新式徽派大樓，中軸線劃開左右對稱，大堂水晶吊燈瀑布似注下足足三層樓高，光燦亮閃如戲劇舞台，異鄉同學會，擬態（已認不得學生的）老師、（語言身材走調的）男女學生輩、眷屬坐滿六桌，師母舉杯：「怎麼說呢？這條路其實好多年前就開始的，今天各位千里不辭仍追隨老師身邊，老師被困住了，今天雖出席了，但失語面無表情，醫學說那是面具臉，老師年輕時教過你們人物，入畫，他肯定批評這張臉不及格，所以，你們懂老師，就當以前他什麼樣，現在還什麼樣。我們如常，老師不能喝酒了，我代他敬大家！」（棲棲者孔子，率眾弟子周遊四方，弟子冉求將行，子曰：「歸乎歸乎！吾黨之小子狂簡，斐然成章，吾不知所以裁之。」子貢知孔子思歸。）簡單數句注解了老師的流變人生，說的是無限期的移動，我畫外音對大疤埋怨：「你看，本來我不需要單獨聽講論語新解的！」酒是也在座的在地畫家提供，珍藏十年應酒廠邀約圖繪窯燒瓷瓶一公升精裝茅台。大夥兒面向老師舉杯，「敬老師師母！」走菜，重油重色冷盤、燉菜、紅燒肉、太白魚頭、燉鴿、燒鵝……徽菜且走湯走飯走甜點水果的快節奏傾巢而出，不一會兒便擺滿桌的大小盤疊床架屋，師母蹙眉，如言：「簡直亂了套。」怕塌台別人卻跟不上，所幸好酒果然裨人助興，師母起身逐桌敬酒暖場，留在位子上的老師鐘面指針定點鎖住師母，不時浮顯憂悒神情，若遺忘得還不夠徹底。老師所在之外氣氛熱烈，桌桌傳出清越敬酒碰杯聲，盪出單獨分離出的水紋聲音。（救過王子的人魚公主，為使王子能愛他，叭叭叭，擊拍水紋密碼，交換聲音，尾巴裂變為人腿，沖上月光沙灘，王子若不認他，失去魚身且無聲的他當陽光出現將化為泡沫漂逝海面。）人間漁隱，畫家認不出眼前面孔，此時此刻，席間飲酒求遠離現實，老師這裡回不到現實。改變不了病，那麼用不斷移位翻轉台北與屯溪。何為棲棲者？「疾固也。」

酒過三巡，我陪師母去結帳，挽著他，老遠走到大廳另一頭，晶亮大廳似誰放了把火隨即逃走的人去樓空。師母手絹拭淚：「哎！怎麼都不像台北。真累。」我無言摟緊沉甸肩頭，師徒倆相視一笑，對付荒腔走板，唯一能做的是，讓事情結束。異地團聚，難免想重演當年，只是，有時候我們會太投入的假戲真作。

所以，經驗老到的導演疏離法。進門前師母已交代：「不要強跟老師招呼講話，他會驚慌。我們該做什麼就做什麼，當過家常日子。」畫家獨幕劇，我們另一齣。的確家常，譬如機場接到我，老孫一心多用龜速前進，黴言黴音大聲忙和接寫生團電話，當劇務用，舉凡購泡菜甕、葵瓜子、醃菜、山核桃、豆干、藥材、貓歎氣（當地一種有蓋竹篾手編容器，用來防貓偷食）、籮籃、手機加值……無事不與，車體貫走老城區橋洞、商家、市場、老街、露天牌局，對著手機蹦出幾句土話：麼仂（ㄌㄜˋ）、物事、印，什麼、東西、我。

拐進小區，警衛門禁森嚴雙重確認，光有門卡不夠，得對臉點名，認出師母，又朝我深睇，人不對：「咦！爺爺沒出去？」農村性。幾天來我屢進屢出，他不嫌煩瑣必問：「去哪家？」我答：「上爺爺家。」心裡犯嘀咕：「你煩不煩，明明認得我。」深冬院落裡，人工草皮植栽了幾株家常叫得出樹種的櫻花、鮮紅漿果冬青、槐樹、珊瑚藤……。寓所臨江坐北朝南，老師禪坐東西向沙發角落嗑瓜子，陽光餘暉漫進客廳，戒斷酒、菸、牌、老友、辣椒，甚至潑墨工筆山水花鳥，餘暉流逝般之練抓力感，嗑瓜子勉力留住。（師母嘗買各色瓜子，主要葵瓜子。）老師成了繪畫新素人。小珍來開門，多年固定的倆保母之一，上午小林切洗食材收垃圾，下午小珍拖地洗衣物，非專業，要的熟面孔機動性；老孫亦熟面孔。師母說：「剛到黃山他踏三輪車載客，台灣移民來的幾家都坐他車，我們經歷過現代轉型，勸他抓緊時機買輛二手車，別開市區計程，靠行旅行社專載散客旅遊，平常還接送我們。就這樣趕上了。」師母有事便叫他，月底結帳，只多不少。咦！怎麼好熟悉的人情路數，大疤會喜歡這故事，他走到哪兒也這樣做人。反覆在心的「在福建的書？田小姐來電問 Email 事」及黃山之約，原來這都需要時間通過狹窄的囟門長好後才能密封記憶。其中有人，我們得以一再看見，譬如上個世紀末，我倆遊長江，遇見新鮮志氣研究生夫婦邱與斐，「大哥，我們在長春等你。」真赴約，從此結成莫逆，先前漫遊黃山一帶，便哥倆兒結伴長征，才激發了和師母黃山一遊。簡單的理由，最耐人尋味。而現在，離密封，我走到哪階段呢？

推門進屋，老師目不轉睛掃描師母，彷彿啟動隱形的「辨識臉孔梭形區」開關，一般人比對只需〇．一秒，老師畫家呢？聲納測距，海底不回應沉船。我微小動作走到跟前躬身道：「老師，我來了。」無聲，繼續嗑瓜子，兩眼勾住螢幕，其實電視未開，也許電視即一張臉，西洋棋高手蘇珊普爾，從小背棋譜，每局棋視為一張人臉，辨識臉孔的梭形臉部區，儲存無數棋賽。來得其時的失憶，也許不是壞事。忘我，為何不可以是禪師公案，「見山是山，見水是水；見山不是山，見水不是水。」及至休歇處，「依然見山只是山，見水只是水。」這時候見老師，還原為單純畫家。

小珍沙嗓子方臉嘴角上掀有道笑紋，深藍粗葛布襖配長筒膠鞋。農家出身，二婚，第一次婚姻生兒子才十六歲，男人年長得多，孩子上學後，他說：「你給我生了兒子，夠了。我們離了你另外找個歲數匹配的嫁。」他到城市找活路，「啥都幹！能掙錢就行。」說媒個公務員，他老實不隱瞞，公務員全家接納了他，又生了個兒子，大兒子結婚時，現在的婆婆帶全家去鄉下吃喜酒，我問大兒子「和你親不親？」「親！麼仂事，媽媽的喊我。」加重語氣：「添了個孫子。」做了奶奶的小珍瞇眼沒心事完結篇似定格滿足笑著。手上總在忙，習慣了做多份工作，果菜市場邊開了間「珍姐菜館」，媒球爐燉雞湯，「小珍燉的雞湯無敵。」師母一手好廚藝，用心，多年採集各路菜式摻揉變造，台北、屯溪，固定每天爐上蹲泥壺參鬚、麥冬、五味子、黃耆、甘草、枸杞、紅棗湯，上班上學當水喝，預防感冒。冰箱裡隨時凍著手擀皮牛豬時蔬餃子，櫥櫃裡四川老家寄來當季大個兒核桃、花椒、八角、辣椒、乾貨，西安朋友寄來火燒，廚房角落皮蛋缸醃漬大白菜、泡菜，「簡直鼎食之家！」我笑他。

小珍趕去開店，師母聯絡事情，客廳留下分據三一座沙發師徒倆如地陷東南捲入時間沉沙，兩台暖爐呼呼送出熱氣，定睛電視節目的灰翳眼球面有種隔膜效果，畫家仍不認得我，大疤是更早消失的影像，我心裡偷偷問畫家：「有沒有一絲感覺梭形臉部區餘燼復燃呢？」螢火蟲拖著珠閃尾巴，這樣的盈動灼爍是沒有溫度的，無法感光。只有一桌面瓜子殼，微物證據。

旅行團正式出發了，捷開始跟團早出晚歸。我和老師師母也出發。老孫依時來接，先去小珍飯館。日照破山靄而出，整座城到處亮晃晃。仍沿溪走，空地公園橋孔四處是露天賭場，打四色紙牌，人車雜沓，幾名加入戰局的中年婦女田野抽樣自動跳出畫面，一致膚黑、短髮、西式褲裝、抽菸、膠料肩包壓腋下、面無表情、出手麻利神快，最後皆他們亮牌收錢，擺明賺家用錢。屯溪模式台灣股市菜籃族、日本賺匯差渡邊太太？我問老孫：「打牌是消遣，幹嘛一臉肅殺氣？」老孫：「哦！哪是消遣！這抽頭的。」光天化日經營賭場？「地方小嘛！拘在這兒不鬧事。」

老師安頓在店內，小珍、老孫陪爺爺曬太陽嗑瓜子，我陪師母買各類堅果伴手禮，乾貨鋪麻布袋裝著，逐袋試吃。掃到當地野生山核桃，暗褐彈珠大，以在地研發的專用指甲蓋大月牙形鐵片撬開，茶色核仁，包膜蜂房組織內，模擬大腦皮質結構。（每攤皆挑大顆山核桃剝開展示核仁，真像一排腦組織。）師母也發現：「難怪說吃啥補啥，都講堅果抗衰老。」成為一種街頭運動似三步一店五步一攤，就連街邊巷弄亦挑擔負籮筐叫賣者眾，「哪兒來這麼多野生？」店家理直氣壯：「我們山多。」不信？伸手往袋裡瓜子核桃堅果家族隨便哪樣舌尖撐開殼衣挑出果實，求籤似動作，事無大小皆心願，從此戒都戒不掉。

新安江流淌而過，冬陽微塵掃灑著小城，如每日一次新生。

「珍姐菜館」這天休息，店裡夥計被支去做另份清洗打掃活，人人辛勤的兼好幾份工。買妥瓜果我們去吃小館，主要品嘗大疤提過的餛飩老鴨湯。師母不手軟的徽菜基本點齊了，臭鱖魚、燉雞、筍乾燜肉、積溪胡適一品鍋、醬鴨，還叫了酒：「今天正式給你接風。陪你喝一杯。」又學大疤語氣：「使勁兒吃！使勁兒喝！」老師面前也擺上一杯。老孫滿臉疑惑喝汽水埋頭吃飯。我滿杯：「替大疤敬老師師母。」這句式，如冥冥牽動無名神經，老師連續動作右手飛快酒杯桌面一摜，接著再朝我怒目直視，我反應不及驚愕呆住，師母一逕鎮靜：「沒事，他有時也會這樣對我發脾氣。」腦皮質罅縫，語言記憶一點點流失，但某瞬間衝撞，老師或者反應失準，我卻看見他眼裡晶體球面光亮閃爍復滅。大疤，難道即通關密語？我像他人附體不由我控制地喃喃發話：「老師，對不起。」

我們都是物質清單裡一員，不在的事物是對我們活得節節敗退最好的注腳與諷刺。為什麼對不起，失約嗎？還是為沒有早點發現大疤（或老師）病了？為什麼失憶好痛？為什麼記憶亦好痛？如此種種，究竟何時伊于胡底？讓人餓到頂點的屯溪橘子豆干鴨翅雞爪毛豆腐酒釀……我和師母每談每吃不夠似往嘴裡放，如代替，與物質世界道別。

早晚，新安江水質灰綠清澈無一絲泥腥味，我安靜下來，不再好奇，大疤走過這裡嗎？未竟之旅，我們前後腳，相隔十年，來這兒，就因為他不在了。讓人無語的是，他是一個不能問的卦，他不信神。從不嗑瓜子。

河道散步，我決定了，上黃山。

小區內大門崗亭警衛又攔下我，回令：「去哪家？」回以：「上爺爺家。」想想收步回身欺近道：「我進進出出幾次了，你明明認得還老問，不嫌煩？」他面容嚴肅：「不煩。怎麼不知道也許這次上別家。」我失笑：「你繼續問吧！反正不會有新答案的。」

鑰匙啟開樓底大門，逐層跺腳啟動聲控廊燈，拾級而上，背後隨即光影闔上。推門進屋，意外地畫家沒沙發角落坐老，家居首頁，亦恆常頁面。師母聞聲出來，換了老街手工鋪面厚棉睡袍：「老師累了，用了晚飯就先睡了。」正說著，捷亦開門遊鄰近村落回來，寫生團明天上黃山，師母泡菜、豆干、花生擺上，捷剝橘子，我呢，倒杯茅台，師徒仨圍桌閒聊，我調侃：「就倆老人還窮講究，用那麼大餐桌，說起話多費勁兒。」「那不行，過日子非得有家的味道，你老師四川脾胃，每回來頭件大事就是把泡菜醃進罈裡，家就安定下來了。反正台北怎麼過，這裡就怎麼過。」且頓頓四菜一湯。說來，師母更傾向住此，人際單純，時間相對完整，「可以比較用心在你老師身上。」台北不時老友過世，驚心。老師四川還有個老姊姊常走動，「上個月才送走他們一家，住了大半個月，每天大眼瞪小眼，你老師偷偷問我這誰，怎麼天天都住著，嘿！人剛走，他早上一覺醒來，問我怎麼不叫姊姊來玩。我拿出核桃，說姊姊特別帶來給弟娃吃的，他居然笑了。」

初來屯溪，沒幾幢洋建築，更別說高樓，一江對岸峰巒雲霞望得清清楚楚，新安江活水。整座城只三戶台灣人。定居下來請了半工小林，小師母一歲，圓臉扁頰矮個兒，張口屯溪土腔，丈夫早逝，兒子另外接了親，他單獨過，每天早上來洗洗切切，師母逗他：「十幾年了！該叫老林囉！」小林嚴肅正容說道：「我比你小，咋能叫老林，那不禮貌。」就算回台灣每月仍發半工工資，圖個再來時不斷層，「何況小林摸熟了我的習慣，省力。其他馬馬虎虎，沒事就好。」小林笑呵呵：「你是好人嘛！」

我邀捷同遊，像大疤和邱那樣。之前我和大疤小旅行，浮萍似觸邊便止，後來邱角色發揮得極徹底，倆人一拍即合無邊際任性吃喝睡逛一道打赤膊。大疤的手記摘要，簡要寫在蛋清再製紙簿子：（19）九九年遊黃山，九月二十九日長春，十月十二日長春往上海火車，十五日到南京，中山陵、莫愁湖；十七日登黃山，十九日往夜宿文獻記載古徽州歙縣黃山古民宿。（他回到家，敘述黃山裡閒走忘了時辰，過河摸黑下到山窪，望見竹林村莊裡星末燈火，這才安實，人心道途尖險，邱刻意挑間破舊農戶投宿，大門楹聯：「得山水情其人多壽，饒詩書氣有子必賢」，「赫！真是山居歲月藏道於民啊！」果然有古風，老實款待如上賓，倆人盡興洗了柴燒滾燙熱水澡，原味農村菜配二鍋頭，五十元人民幣。大疤邊講邊搖頭。如今揣臆這山居偶遇，也只能是寫意，畢竟沒太多細節，遂成了一張當事人才了然的夢中速寫。）之後行程，無任何規則模式，倒是老以退為進，行旅充滿猜想。接著，二十日景德鎮中餐，夜宿九江，二十一日登廬山，下南京乘長江輪往重慶，（巧遇邱吉大學妹汪等五人，活潑，幾天船上作伴，下船，留了電話，長春聚。）二十六日抵重慶，二十八日大足石刻，石馬見孝弟，邱陪著進川三趟，比我多。二十九日石馬弟娃岳家，三十日由石馬踅返大足往成都，住火車站附近建興賓館。（難以算清的人情帳本，每次去很難留三天以上便逃難般速溜。）三十一日都江堰、青城山、杜甫草堂。東南切向西部，探親結束，接著橫向西南雲滇段，十一月二日去昆明，見段勁敏，（段勁敏是和大疤倆一九九三年遊雲之南找的地陪，白皙高䠷毫無嬌氣，萍水相逢，卻是換匯純服務。不做導遊後，進了學校研究所。精極的邱都誇他真少見，生錯時代，可惜了。）參訪雲南大學，四日走麗江、大理，（段勁敏同行嗎？沒問。）六日賞瀘沽湖，七日返麗江，中途車壞，住寧蒗（這哪裡？行旅猜想的另一道豁裂？哪天找去。）九日從麗江返轉昆明（難道段同行？專程送他回昆明？）……皺褶夾縫地理人名，這段記事，不只路過，還是生活。他死了，我仍跟不上。

大疤若還活著，把曾經走過的地方再走一遭的機率高不高？長江輪、大足、昆明、麗江、大理，陳表叔、段勁敏……故人舊事，黃山其實是九九年漫遊的重點，那天離開古民宿，目的地已到尾聲，進入等待重臨倒數。打開其他記事，最後幾年，都在重複這樣的旅程，如收線，去與走過的地方一一道別。沒有意義的意義，那難以明白的足跡，即某種人生圖騰。對我尤其是，極其個人非物質文化遺跡，不窄化不具體描述只走向前去，看一眼了然於心返身，厚度已增生。他走後，大足是過期食品唯有拋棄，長春人散拔營成了友情遺址。哎！我和師母、捷，浮一小杯。

捷決定跟團，先出發一天，夜宿黃山頂，「錢都交了。去住一晚體會一下。」我若打算上山，可在那裡會合。他大早出門到旅館乘車。我們學生時期般客房同榻，他如常頭沾枕即呼呼熟睡，我呢，老習慣，失眠。

酒喝得有點醉了，望出去，夜露浮升，落地窗腳霧面效果，客房對著小區內院住戶，家居早睡，過子夜，氣溫驟降，遲來的冬雨淅瀝落在塑膠假草皮及江面，雨網阻隔了囂鳴喇叭聲，微雨魂魄，總覺得江畔九重葛花棚陰暗處有人，在等雨停。

天沒亮，六點，捷準時醒來，如軍校站夜間第四班衛兵，摸黑著裝輕手輕腳開房門獨自往崗哨酒店去。三十年前復興崗木蘭村四合院，洗石子灰牆面，大屯山脈腳底，萬家墨面，嚴冬季節風沒日沒夜山頭滾下來，沒頂前畢業離開了學校。軍校生涯啥都拒斥，但拿身體記憶沒轍，永遠的六點鐘叫醒你。

隔天，我們先後腳上山。纜車將黃山整合為一條雙向上下空中絲路，我們很可能在景點山道上遇見。自動化系統，降低了錯過的可能。

老孫亦旅遊團概念，催促一早八點出發，（感覺他也將時間規畫成幾班衛兵時段，不停交接。）纜車四點收班，晚了來不及下山。（知道也有像大疤他們那樣摸黑下山嗎？）討價還價九點出門，雨已停，晴光照射河兩邊首當其衝一股泥鑊氣。甬道上畫室門敞著，暖陽漫漶進屋，到哪兒皆光線最好房間作畫室，層疊墊著粗棉布藏綠軍毯棉紙，畫家早起又好專心凝神運筆，已不寫字了，進入圓形時期，圓花朵、圓蝌蚪、圓魚卵、圓木瓜子、圓藕……圓中有圓，有小如毫芒，自身皮質結構。單色，亦已不套色了，常不分棉紙墊布延伸彊土黑墨畫在藏綠軍毯上，色中有色。早畫告一段落，自己會停筆用吸鐵將畫固定牆面，有時會牆上取下畫，再加工，主要補滿空白，現在的畫家不喜歡留白。我踅回睡房取相機錄影。鏡頭裡，畫家好專注安靜創作世界，鏡頭推近畫家手部特寫，他微側臉漠然視看一眼，繼續畫，鏡頭告訴我，那手法，在圓與圓間尋找待補充的細節，無多更多的圓形殘影傾倒平面畫紙，失去了立體的可能，哀矜至極。畫家已經結束他的自足空間幾何圖形時期，那有如世人不知所終的桃花源地圖想像，無法與圓形自足空間相通。

為什麼要記錄？我其實一點不知道。師母進來讓我秀給他看，小孩般發現了新玩具的流動連續功能：「我要換一個這樣的相機。」師母定格攝影，每天拍幾張存檔，並不消沉度日，想方設法抓住即將成為過去式的當下，「一天一天過，當作帶孩子。」也像怕孩子偷跑出去，門窗皆反鎖。

上車，老孫順路接位地質研究員去黃山市開會，研究員公事包、藍夾克、白襯衫打領帶、黑西裝褲，有點像早期美國電影裡穿州走郡的推銷員，敬謹的話氣也像。齊雲大道接 G3 京台高速公路，（京台？北京—台灣，真的假的？）共和國國土想像，北起北京南抵台灣，估計全長一九二二公里，目前止於福州，差的福州到台灣，得建海底隧道，最近距離平潭到新竹一二二公里，帝國心，有時，想像代表一種欠缺。地質學者怎麼說呢？「不好說，連路名都取上了。」老孫不理這些，忙著接撥手機作生意，移動的基地台。峰巒稜線仰望，邊坡陡峭，披皴手法，再上推，可不是俯視子民的天之臉。

比以為的近，老孫很快先在黃山湯口交流道放下研究員，我們不進市區，老孫表弟已經等著接人，流暢倒貨，我近乎呱噪：「真有辦法，地盤挺大的。」我們繼續往黃山底東嶺總站去，老孫訥訥地：「表弟嘛！他那車子原來是我的。」山裡迴轉：「到了。」領我進遊客換乘中心，非黃山旅遊集團車輛一概管制禁入山，遊客由中心搭區間車進山，不對號先上先坐。這條路線終站是雲谷新纜站，可選索道或步行上山。老孫一頭霧水只聽我無重點反覆強調：「我上去逛兩步就下山。」（門票淡季一百伍，入山票價十九元，哪能逛兩步就下山？大疤，你和邱怎麼就能摸黑下山？）老孫根本不信：「你下山電話再聯絡，我在這兒等。」便離開。大疤的黃山現場。我一個人的旅程。接駁巴士還有十分鐘發車，候車室僅稀落七、八名結伴但各自低頭玩手機或掛耳機聽MP3年輕男女，即使身體蹩蹙歪斜沉溺虛擬世界仍不時回到現實，好動兒似胡蹦亂跳，自動發條般發出嗡鳴：「還要等多久！煩死了！」旺季的邊緣，又非周末假日，發車間隔長，灰水泥不鏽鋼色系建築體外沙土廣場空車橫七豎八，青漆鐵柱欄杆、塑料椅、泡麵茶葉蛋販賣亭……浮游生物，無根莖，隨時待拆除消失，竟生出一種引渡之感意境。

此遊意義上的黃山，大疤一步步登頂，想像他十月十七日上山，深秋季節，幻繡五色楓，雖不在黃山雲海奇松怪石冬雪明星奇景之列，大疤肯定平常心，那次來，前山上，後山下，迎客松、飛來石……皆此條路線精華景點，步行三小時。而現在我等著的這班公車往後山雲谷新纜站，有張老地圖標記著之前舊雲谷纜車抵北海東端白鵝嶺步行五百公尺觀十五米黑虎松，步行四小時有仙人指路、雙貓撲鼠……據形容，俯瞰谷壑間竹海松濤足以忘憂，但四季繁衍，舊索道已封閉，鋼索還在哪兒，如掛劍，卻留下了座標，新世道，不講行過無痕那套。總總是，新索道大跨度二八〇三米，凌空落差七七二米。數字驅離數字，大疤當年要麼搭了老索道把足跡留在天空索道，要麼一步步被後來者覆沒，似乎走哪條路線都無差別，其實有的。人的記憶九彎十八拐，鬼打牆搭不了纜索找不回遺失事件的來回繞，見怪不怪。長眺狂草寫意山脈疊峰，我真的要搭新索上山嗎？不追隨他走上去？「難怪那回登黃山感覺累」，什麼東西不見了，每想起還像有人在我身上鑿洞引光，緩慢至極。能抵抗者，好像只剩補綴，用書，主詞，我。是的，我，「執筆行文之間之所以引一『我』字，如劍之柄，似槍之扣，得力便可。」木心的話。

所以，與眾人同行，假裝到此一遊重現他生前，會不會太懦弱？呆坐不動近十年，我其實還沒有準備好開始這趟未竟之旅，他生前最後一趟行程。太匆促了，被拱著來的，這幾天，鬧哄哄的。永遠六點鐘叫醒你的身體時差，不會背叛你。所以，臨進山，反覆逼視如逃反情怯。如果大疤人亡，竟成一輩子的鬥爭？那是怎麼發生的？所以，現在的我丁點皆不想移動。

廣播催促乘客上車，光纖世代急吼吼爭上搶位子，淨空僅剩我的候車大廳，收票員見我沒反應，皺眉眼光飄來高分貝提醒：「往雲谷寺的快上車！走囉！」又蹭了會兒，才不甘願拍門走車，動力油壓引擎長長汽——地一聲，倒車九十度駛出集散中心。

究竟沒趕上車。

另一輛公車迅速由廣場進來補位。時序早冬，淡季近了，節奏轉慢，但此時，陸續有人進站。我取出手機，鍵撥邱號碼，想告訴他，我在黃山。線那頭傳統電話鈴聲空響著，叮——叮——，「電話無人接聽，請稍後再撥。」

進進出出區間車，獨剩我無參照對象落單者。不進不退。我只是不知道大疤怎麼想的出發這檔事。（蘇東坡六十五歲，海南北往，途中得邸報，派任四川成都玉局觀提舉，趕南，作詩〈徐元用使君與其子端常邀僕與小兒過同遊東山〉，有「松如遷客老」之慨。謫居竄流七年，就是不斷出發，被永遠的困在行旅動線上？）大眾運輸現代化等車之北市捷運月台，也像這樣的離峰時間，深夜倒數收班計時，寥寥無幾乘客呆站各車廂入口動線處，玻璃安全門倒影複製月台動靜，小聲講手機、低頭瞌睡、倦怠、無目的呆視……遲鈍疲憊每孤單者，連續反覆播放的無聲環繞都市情境影片。隔著高架軌道望穿對岸反向月台一具具剪影般身軀，相同的前景，誤以為鏡像效果幻象時空，驀地發現畫面裡頭根本沒有自己，才凝神從「那裡」抽離回到這裡。原來只是對岸。尖峰時間，車流屏幕不僅阻斷月台聯繫並且遮蔽天際，於是一切擬真，這就是真實世界，哪裡會施展這樣的魔術時刻手法。眼前，雨線墜落平行軌道水泥地面，暈開一組一組漣漪群聚，竟有種黑白片懷舊情境。月台三十、二十、十公尺對向班車緩緩進站，乘客循序而入，車門機械規律無聲闔上，承載最晚厭世表情旅客慢慢加速反向朝西駛離。

起身，我邊走邊撥電話給老孫，他在附近。上車，他故作無事：「沒上山頂？」「回去吧。」我答非所問。他愣住：「不是約好寫生團這兒會和，不等他們？」不等。回到家當即改航班第二天一早飛台北。師母稍沉思：「也好。反正你知道路了。這次當打底，什麼時候再來你決定。房間總有得住。」

什麼時候再來呢？一個月。（追蹤大疤行跡不成，師母電話中說，歲末天寒他將帶老師回台北，淡季，沒遊客，寫生團、當地台胞皆返台，此時整座城空了出來。所以，把旅程走完吧。）

這次重來，由台北直航屯溪。（大疤你看，直飛咧！）

僅隔一個月，卻已是來年。一月夜晚，知道沒人等我的自在步出屯溪機場。是冷。四周皆幽暗。如果冬夜一個旅人。一計程車司機熟門熟路上來問：「要車麼？往市區？」「往市區。」一開拔。我知道路、我知道地址，我有鑰匙，我知道此行目的。司機後視鏡打量：「你可來的是時候嘍，今天剛放晴。前兩天下了場初雪，那凍的。」路旁草皮一層淡綠寒霜，夜色駛往市區，過老大橋，天際灰濛，河徑蒿萊暗處斷續歇響簌簌悶雷聲，鞭炮嗎？卻無任何節慶喜氣感，一個多月前，也常這樣，光天化日燃放鞭炮。砰砰砰單音頻率撞山似四處亂竄，戰火零落，有種威脅之感。

沿新安江，不久，車體來到師母居住小區外圍道路，應該還那喜歡問口令警衛，謹守著崗哨。（老孫的話：記住這河就不怕迷路，繞多遠都回得來，每天每天，小規模旅行。）上眺臨河窗口幽深漆黑，那些畫在棉紙軍毯大小圓形，圓沒有意義，真的有「完成心願」的可能嗎？

畫家畫了一輩子，最後，無跡可追，隨之銷歇，一切消長，無所謂完成不完成。我們能做的，就是放輕鬆。

於是，想起之前和警衛對話：「你繼續問吧！不會有新答案的。」老師師母回台北了，我沒有住這裡的必要。可，那堅持一個答案的警衛會問些啥？喚住司機路邊臨停，寒風中步出車腹穿越馬路朝警衛室走去，果然，警衛出來攔人：「去哪家？咦——你——」我萬年答案：「上爺爺家。」警衛遲疑：「沒告訴你嗎？他們回台灣了。怎麼辦？」你看，你根本認定我只上爺爺家，還裝模作樣每次問。我握著鑰匙，但已有了新答案：「那，我就不去爺爺家了。」轉身離開。警衛丈二金剛摸不著頭緒，「為啥不去呢？」不告訴你。

我上車深呼口氣，真爽：「師傅，對不住，我們往農村古民居去！」後視鏡司機狐疑眼神投來嘀咕土話唸叨：「咋地不早說伆！都繞了大半城圈子。嗳呀！你真要往那塊鄉下地方走？少說五、六十公里路！你第一次來旅遊！」旅遊之城，諱莫如深，我也是：「是剛問了小區警衛，才知道我先生留話，要我去會合。原本打算明天去，但明天趕早，不如今晚去，勞駕師傅跑一趟，能行，我給你說地址，要嫌遠，我請一個開計程的朋友來接。」這老孫的同業志氣上身：「麼仂物事，卬就說，你不怕，卬還怕仂！」啥事啊！我說，你不怕，我還怕啥！侉聲嘎氣接腔：「走啊！開車哪有怕遠的！」架式麻利大動作迴轉，腳下使勁兒催油門快速駛上326縣道。

現在，十年一別，大疤，我們開始，同遊。

第四章

家族時間Ⅲ　這一年二〇〇八

此曾在

那時候，還不知道，死亡以骨牌效應啟動。
之前，大夥兒都在被收集。

事實上，這樣一張張的相片……至少不能馬上區分。——羅蘭・巴特《明室》

江叔叔臨終前，叫聲如嘯鳴出鞘穿過喉管峽谷，聲門閉合，擠壓氣漩，一個勁兒的單音縱波「啊——嗥——哦——喔——」一波波密集傳遠，竟似藍鯨以五十二赫茲高頻搜尋同類，那種人類難以察覺的音叉振動，訴說最純粹的官能吸引。當無回音，並不立刻絕望收束，朝向漸歇發出擬人化滴達或嗒拉或喀得……頻率。背水一戰，江叔叔肉身彈簧不斷作峰巒起伏狀，強使因腦中風而無知覺半癱身體復原為正常四肢為他工作，不理，狠極地上下左右鼓譟搖晃床架，孤注一擲，掀了世界的底。無家無靠者的夙怨爆發，任性囂張如孩童仍被庇護。

這段聽來的終極畫面總猝然閃過眼前，喀得喀得，幻燈片轉盤空耗著投射不出任何影像，鼻空腔素音淡出留下一抹煙焦味。那些照片兀自在不知名的地方燃燒起來了。（黛安・阿布絲：照片是關於秘密的秘密。它揭示得越多，你知道的越少。）

那是榮民療養中心，長期重症榮民的終極病房，形制統一抵抗著時間的灰綠鐵漆床小矩陣組合靠牆靠窗癱躺著病患，江叔叔一個月前直接由島之東南枋寮榮民醫院送此，中風進榮民醫院前半租半看房子棲身舊識民宅。江叔叔隨興慣了，過不來榮家固定作息表。病院極邊陲遠郊，像誰遺落的影子。

如果光線斜照進來的角度對了，某個時刻雲層平行俯瞰籠罩在床們上空，忽悠明暗瞬息照映一張或睜眼望向空無或閉眼入夢皆木然萎縮彷彿痲瘋病特徵之臉，動彈不得，如入了框，出不來，已絕對逝去。無法被觀看的盲域。那時，這些病床看起來就像月光下灰濛霧霾海面上引擎熄火被流放自生自滅的瘋人船，三界漂移，無法登一岸。

那年代，死亡之音尚未從他們來自的故鄉發端找來，我輩天真蒙昧退至第二線避秦過日子，上一代前頭挺著，事實上已進入前老年期。比較日後接力棒死亡事件，江叔叔的死真有點領頭羊味道。他若知道，肯定重力拍胸脯：「格老子搶贏了！」他是一個稍不稱心就紅臉鼓脹雙頰瞪牛鈴眼目中無人自了漢，所以一窮二白不儲蓄，假鑽K金戒指和沉甸甸不鏽鋼三折式機械腕錶，最接近展演看過世面現代科技產品。鈦合金陶瓷玫瑰金鱷魚皮錶帶、弧形蝴蝶扇形針孔扣、藍寶石水晶貝殼錶面……生前死後從未寐求之物質，就這樣了，僅有的時間感是夏冬兩季：一月一日、七月一日，終身俸關餉月。半年一俸，讓他輾轉於部隊退員宿舍、榮員單身宿舍、朋友合租民屋、閒置眷舍、朋友舊宅、榮民醫院、療養院、林口、台南、岡山、屏東、東港、林邊，將自己甩盪到太平洋邊小鎮。

那時候，還不知道，死亡以骨牌效應啟動。之前，大夥兒都在被收集。偶然遙遠模糊聽聞誰誰傷了病了死了像不小心碰倒了牌，那一天，因身後修養不同，鬧熱、哀怨、淡漠、心平氣和、爆怒表現不一，但猜想，面臨死亡，怕要唏哩嘩啦一塌糊塗的無差。這麼想，也就越發理直氣壯無賴安心庸俗地活著啦！沒想，骨牌就是死亡本身。前頭的倒下了，後頭的無法倖存。錯失了捕捉當時在我們面前的即將成為過去的事件，所以，被懲罰將逆返而行補悟且目睹，領頭羊骨牌也將成為壓向自身最後的一張骨牌。是的，有一天，我也將翻轉注視這最早來臨的近身死亡臨終樣本，步向生活之初之地，如舒曼死前所寫最後樂曲，黎明頌。

現在，我一一都看見了。

江叔叔創造了一條溢洪道大水奔來死亡之流。在他之後的死，簡單多了，無非挨延。對我，生死，是一種洄游，老家影三眷村。這裡，擋在前頭的我父母在台灣第一個自己作主撐起來的家，黎明天啟般在破曉前無有時光。新同事新鄰居和一直來一直來的新生代。左鄰金家右舍叢家，對門汪家，後巷斜對個兒卓家，村正中賈家、韓家，那排排頭陳家小店，小店左鄰我妹同學許家，村邊緣靠公廁有朱家、黃毛、盛太太、成了科技小教父的宋家，村底撞成植物人的鍾家平平、老自治會章會長，……魚鱗黑瓦簷千家百戶，像江叔叔的不鏽鋼錶交疊，一遍遍上色，成為遺物取下時，環手腕一道曬痕，奇怪的時間有烙印本事似的考古影三拆除後此曾在磚痕牆垣。

然後，當我洄游，我娘開始以傳播消息語氣和我對話，預言句，好惡分明：「咳！鍾平平怎麼搞的，大樓門口過馬路莫名衝出輛摩托車撞到，他還能爬起來凶人，撞人的大學生嚇死了一直哭，人才放走，他站不隱了，警衛以為他耍賴，發現不對叫救護車送醫院，看起來就表皮挫傷嘛！現在成了植物人。撞他的人好運氣！不用負責。」「當時沒報警？」「幹嘛報警？都是命！慢個二三秒過馬路就沒事了！」小聲嘀咕怕誰聽到：「這下不凶了。」

鍾平平村子第二代，活絡潑辣大嗓門，村子改建交屋他火力全開帶頭抵制國防部交屋程序，霸住場子揚聲沸然和不同意見鄰居對罵，是有點刺眼。但「這就是命」？

平平仄平平，鍾平平繼續頑抗，那時候並不知道的無休止的不住聲不示弱不離婚。鍾平平胖，開始他使勁嘶喊啐咒，身體像灌飽氮氣即將撐破的鯨魚擱淺在岸邊，沒法處死還有口氣，唯一得等，等慢慢泄氣，瘦了，柔軟地癱伏在床河道，啞嗓子，叫聲嗚咽。傳不遠。

咔嗒咔嗒。不相干的幻燈片，平行歷時，置換互文，複現者。

複現者不一定同性別。江叔叔快多了。幾個住附近退伍老光棍同袍不成文默契日日中晚兩餐合開伙，嚴格算是早午餐下午茶，十一點、下午五點開吃，不成套桌椅緊鄰三不管地帶樹底鐵皮木板混搭小廚房附近，落腳時就植入的違建風格 DNA。半天不見江叔叔，掌廚的老賀北方人豪爽性格，江叔叔能和所有人抬槓就不惹賀中央，大家七嘴八舌八成出門了「別理他」，老賀叨唸「等著關終身俸呢，出啥門！」騎了單車去叫，江叔叔那會兒住在幾乎淨空的老空軍眷舍最外間，人還能講話，頭暈手抖腳軟下不了床。救護車頂沿路長笛車廂內是更激烈旋的高音，「老子這樣生不如死，別救老子！乾脆痛快斃了我！」他顯然缺乏求生意願，醫院最怕這種氣氛傳染病，大通鋪病房空床多，調度到最角落，兩衛生兵按著施打鎮定劑強制平靜下來，鬥牛似，如是對陣三天三夜，持續應當又發生了幾次小中風。

人工交叉報信網通到空軍後指部從小看著長大的上校主任木條那兒，大疤得到消息急忙南下，見了人，江叔叔失語，滾出長串咒罵黏住了只兩個字突出，「老子」。江老子瀕臨崩潰，不利病情，「作死」，才是他要的吧！大疤安撫道：「江老子好起，我陪著你再轉一趟廣安。」「格老子的！要不要老命，跟鄧小平同志小老鄉。」江老子總掛在嘴邊：「早知道哪個倒楣到台灣啊！跟著老鄧吃香喝辣多好耍！」從此醫院上下都稱一床「江老子」，江老子狂扭硬蹭倒沒掉半滴眼淚，「大概早忘了哭是什麼。」防止江老子自殘，布條綑綁手腳木乃伊似的。真不想活江瘋子咬舌自盡誰攔得住！大疤了解江叔叔，苦笑調侃。

夜裡難熬，江老子還見不得光，天一亮更犯狂犬病，床單磨鐵稀爛，難得夜晚乏靜下來，「一個勁兒無聲哀懇地朝我鼓瞪著牛鈴眼。好像我們約定什麼似的。」事實上什麼都做不了，好不了也不能安樂死，就算能安樂死，非親屬簽不了同意書。真不可能好轉了，不選邊醫療系統判為不會進步重症病患，更邊緣化送往長期療養中心而終夜狂叫，「等於送他去死。」大疤電話裡說。再度大面積腦中風，第二天江叔叔就走了。就地伏法。

達利《記憶的堅持》孤絕的海灘峭壁躺倒一隻似馬非馬物體上披蓋著一個癱瘓的時鐘，周圍軟蠟似的鐘錶，搭拉在樹枝或鎖片狀扣木箱，旁邊磚紅懷錶面聚滿螞蟻，彷彿正啃蝕著時間導向死亡。那些天，面對一具被條封的身體，記憶不再是不可見而是抽取時間後成為固態。

江叔叔安葬前一天，我跟大疤一道南下。江叔叔沒親人沒單位，南北跑請領死亡證明、安葬、註銷戶籍、退休俸……瑣碎繁雜，「從沒被問過那麼多次，你是誰？」大疤跑斷腳，才弄清楚「我是誰」！這問題他早時面對多年在家裡進進出出眾單身自了漢未來就想過，但凡起了話頭：「你們該寫好遺囑人家才好辦事。」便接來齊發萬箭，無一例外：「呸！你個渾球龜兒子！看著你長大，你游泳還是我教的咧！咒你老子死！」不過江叔叔更鴕鳥：「溝死溝埋路死路埋，了不得啊！江老子怕個鳥！」有一天會調換鏡頭的，大疤搖頭，「不聽勸，還以為貪他們什麼，死了當然不怕，怕的是累死活人！」不被連接確立的關係坑坑洞洞，辦啥事都跌跌撞撞。

在時間裡，自了漢容易類聚一起，面紅耳赤爆青筋掄胳臂比腕力大嗓門掀牌桌喝酒划拳酸長官，就無法罵對方老婆孩子，都沒有！常到哪家報到，那裡的男人稱曰：老大共主。老大的兒子大疤成了眾自了漢集體兒子，罵罵咧咧左耳進右耳出，生於四代單傳之家長於眾多自了漢之手，還真改變了大疤獨子家族樹系譜的單行道命運，家裡人來人往，想到就領大疤出門理所當然半句招呼不打，也因為去不了哪裡，無非部隊、朋友家，大人們皆自在，大疤異類似的拘謹著，倒像他是個小自了漢。離開了童年，留下了路線痕跡，後來的大疤，極愛時時獨處但也養成候鳥跨季節返復於途的習性，自成一代自了漢，也從不談別人老婆孩子。

也如他所料，時間到了，他開始為自了漢們辦後事，全沒遺囑。江叔叔的死，揭示了「你是誰」元年。他沒親眼見識兩岸開放探親後自了漢結束單身潮時期，陸續返鄉者最後帶回了結婚照、現成的老婆孩子甚至孫子一大家，年年候鳥往返橫越騰空自了漢時代老大「渾球龜兒子」位置，空白多年的配偶欄目寫上具體名字，但真正繼承者，自了漢非自了漢們全心裡有數。大疤沉默著，不言情，誰都看得出來，事情才開始。（別再管了。我心想。）很長一段時間，自了漢聊起已死的江大爺語式是那麼的慶幸口氣。（噢，他們皆沒有參加江叔叔的喪禮，好像忘了他們是一九四九來台首站五倫關係打散勉強拼組自了漢編制的彼此成員）眾口同聲搖頭道：「哎！哪個勸得了嘛？那樣喝法，不死他死哪個？好囉！連個送終的人都沒得！」不死他死哪個的輕盈多了複現了矮爺爺。

「不聽勸」的矮爺爺悶聲不響不懂要瞞誰瞞什麼詐胡似的結了婚。趕上成為最後一個返鄉探親娶妻者：「看看，你嬸嬸是這批老王八蛋裡最年輕的媳婦。是不是！」言必「你嬸嬸」，返鄉娶妻的老王八蛋們拿出照片次次對著矮爺爺驕其妻妾：「不行嘛！你啥時娶親噢！」年輕妻子有個年輕的兒子，細節不說，表象實現了跨空的年輕的妻年輕的夢，矮爺爺感覺良好扳回一城。完美體例一夫一妻一子小家庭如此水到渠成，只是臨水倒影著前夫前債可疑的擦不掉的風漬書交易。

矮爺爺不像那批自了漢，是「張老大」同輩族弟，大疤堂叔，青少年時隨親姑姑出來見世面台灣落了單。矮爺爺害羞又不無逞強意味拿出大疊照片，兒童身材端整五官腳蹬墊高尖頭亮皮鞋，穿縮小版西裝和窈窕過度化妝遮蔽了原來面目的穿婚紗的「你嬸嬸」婚照，「你嬸嬸」獨照多，作秀擺出台灣之前流行同時性輸入對岸的姿態，弔詭的逆時返回從前，光看「你嬸嬸」獨照，會覺得彷彿看老照片的回到他年輕時代。染黑髮的矮爺爺則像金婚銀婚補拍結婚照，（老自了漢是自願拍這種照嗎？江叔叔看過一次自了漢的相親照，冷斥道：出洋相，笑死人了。）梳貓王油頭，上下吹高墊高五五比例的矮爺爺仍只到「你嬸嬸」耳垂，矮爺爺說，「你嬸嬸」要拍一百組，後來拍了五十組，再卯起來拍下去，矮爺爺體力頭髮不穿幫，「你嬸嬸」的臉恐怕會化掉。

「你嬸嬸漂亮吧！這次我第一名！笑我！哼！」「你嬸嬸」成為所有談話的開場白：「你嬸嬸兒子要買計程車，人在外縣市，要一筆匯款過去，你嬸嬸說工作不好找，父母有責任幫他。」「啥子工作不好找？為啥下崗啦？」

矮爺爺心虛：「哎！之前教唆殺人，被關起。現在放出來了，買房買車是當初談結婚的條件。」小聲加一句不說服別人說服自己：「你嬸嬸親娘疼兒子嘛，應該的。不能讓人說我後爹！」

大疤：「你打牌放個衝都唸半天，這不是小錢，想清楚了來。」知道沒用，盡人事。

矮爺爺有名目的加入候鳥兩地返復行列。頭年「你嬸嬸」趕進度的鬧買車買房給兒子置屋，不從就擺臉色掃地出門矮爺爺，趁矮爺爺回台撒嬌先選後奏訂了第二幢房子，居然在七樓，「那裡好！方便。」方便什麼？沒說，總之，「被」堅決搬過去，從此矮爺爺在的日子爬上爬下買菜做飯提重物都是他。

僅僅四個來回，「不聽勸」矮爺爺焦黃臉虛弱地提著只裝雜物塑膠袋轉機撐回桃園中正機場就倒下，機場一個電話打到退役後念其對長官起居用心有經驗的海軍招待所留住宿舍，當值充員勤務兵上報矮爺爺老戰友，直接由機場送進了榮民總院，矮爺爺由穿童裝身體迅速縮成老人，沉冤難洗淚水簌簌沔然不絕，無聲一腳伸進死亡，打錯了一張牌，推倒了自己。矮爺爺不到一個月就死了。最後單位老戰友出面辦的喪事，大疤出席協調會，「你（他媽的）嬸嬸」堅決不來奔喪，留了地址，老戰友們說，矮爺爺所有遺產，將全數交給「未亡人」。

大疤，還記得江叔叔的喪禮嗎？沉甸甸不鏽鋼機械錶幫忙淨身穿衣的班長老王要了去，假鑽K金戒指給了抬棺的班長老謝。木條負責申請墓地，靠海邊荒僻墓園，沒路名沒標示，奇幻的司令部主任帶了一排弟兄天兵天將似出現了。高曠烈日天幕塗漆厚雲效果，滾軸轉動，換場景遠近透視墳塚墓牌傾圮荒蕪無祭祀痕跡，隔跳幾座墓穴棺木位置挖空留個窟窿，墓碑敲碎或塗劃掉名字或飽含海鹽濕黏的風浸蝕著，直到上頭的名字再也無法辨認。

那些穴裡的棺木呢？也壞了嗎？木條提醒道：「七年後記得撿骨。」原來那些窟窿是亡者臨時的家。如果沒人撿骨呢？不知道，還能慘到什麼地步？「說是對後世子孫不好。」木條淡淡講道，和大疤相視一笑。「看看七年以後這酒如何，就知道好不好了。」棺裡放了十瓶高粱，江叔叔的最愛。（是這樣嗎？廣義的龜兒子大疤在撿骨七年後走了，那次撿骨，酒跑氣，全報銷了。）主任、臨時演員充員兵、葬儀社都走了，大疤木條忘年之交老胡圍坐墓前，老胡早有準備拿出酒杯高粱花生米，斟滿了，雲朵零碎缺角掉落在酒面如夢的留影，烈陽海風交互拂掠為空間拷漆上色，老墓新墳於是很容易分辨，一個人死在異鄉，「不管喜不喜歡，最後你落腳在這裡了。」一登臨台灣第一站。是選擇也是無選擇之地。

那時候，被遺忘的荒地墓碑連天接壤，卻感覺距離死亡好遙遠。新墓剛砌好勒上名字，還有著人氣。

江叔叔擂斧金鳴視死為戰場大拉弓狂射鏢靶如一役，真是音容宛在啊！

那天沒人急著離開，慢慢喝著酒，生死無邊，極目墓園錯落參差漫往天際，如穹蒼座標，好一個巨大錶面。夜晚來臨，星座上升，仰望如碎鑽棋走，世事過隙，江叔叔的不鏽鋼手錶撥格走動，代替他逆轉陰陽活在他不在的時間之曆裡，一九八九年，朝向此曾在元年、二年、……七年……過去了，喀嗒喀嗒……時間的瞬間曝光，古老的計時之聲。

所以，就葬在最初之地，沒趕熱鬧晚年成個家，不被唸叨不受管束與放棄可能的關心被愛愛人，也許就這些既有的經歷，讓他不覺得先死有什麼不好，這就是一切了，無家無靠，不必猜測與承擔「時間消除了痛失的感受，如此而已，其他一切如故」的親人會如何反應之思，死亡對無後者無法形成倒影。所以，每一次死亡都是一種原創吧？（大疤，你死了才是最後一次死亡，無法複現。「正因為是倒影，一下子便永遠失落了。」巴特說。那時候，我並不知道最後一次，已經啟動。）

不交集但複現。

挨到了時候，賈媽媽為自己辦後事，讓隔壁韓家阿華給他送終，韓伯伯過世了，韓媽媽還在。他徵求韓太太同意，「我知道村子人怎麼想，都要我留一手」，層層疊疊村子史，這裡躺著植物人，那裡有自然衰老的賈媽媽。韓媽媽不知道該說什麼好，推給阿華自己決定，「從小看著長大，就跟自己女兒一樣。這是在請求。」賈媽媽說了重話。牌倒下來，缺一門，算一番。兩家鄰居超過四十年，有條中線，也忘了劃在那裡。

賈媽媽刻畫自己的骨牌，最後的死亡。和賈伯伯來台灣等了好些年也沒像到了亞熱帶奇蹟似的懷上孩子，跟那時的潮流也抱了個女兒小玉，拉拔長大，勤勞本分託人說進公家單位當會計，知道自己是養女可從沒想見生父母，轉眼要幫小玉辦婚事了，小玉出門上班心肌梗塞倒在院子當下就走了，賈伯伯同年肺癌病故，那年賈媽媽五十出頭。

賈媽媽辦完喪事，每天固定不多不少打十二圈小牌，頭臉收拾乾淨出門，自理生活買菜洗衣做飯，每天記帳，和許多離散眷村媽媽一樣怕牽拖不養花草動物，小玉賈伯伯走，不知道他怎麼想，更想不到，他長壽健康獨活了這麼長時間。

早前阿華已經默默幫賈媽媽打理生活起居，每天早上騎車送賈媽媽打麻將，然後跨過馬路去對面傳統菜市場買菜，順道幫賈媽媽帶一些；黃昏賈媽媽洗完澡阿華領他到活動中心散步聊天，再回家拖地收疊衣服做飯。老鄰居看在眼裡，「親生女兒也沒這麼貼心。」阿華現在差不多賈媽媽失親那年齡。

阿華丈夫不爭氣，彆彆扭扭小規模的吃喝賭都來，賈媽媽建議雇他管家，他的確需要這份工作，學賈媽媽條理分明列出每筆款項細目，不特別沾黏賈媽媽，也從不向賈媽媽借錢。

世紀末老村改建分房，賈媽媽沒要房產，領了權利金，租住韓家隔壁屋子。吃得少但總讓阿華多買些菜，「小鍋小灶難燒飯」賈媽媽說。阿華洗洗弄弄完了絕不沒事當自家似的耗在賈媽媽家。阿華有賈媽媽家鑰匙，打掃作飯清潔洗衣領錢存款，越管越多，賈媽媽摔跤骨折住院，存摺放阿華那兒保管，阿華找了前會長章伯伯「對保」，「有個萬一，有人證明。」沒人知道賈媽媽存款數，阿華不搬弄。賈媽媽不久眼睛換水晶體，接著換髖關節，總之毛病不斷。

賈媽媽描摹骨牌花樣似的把死亡當一幅幅圖案繪畫。不是以保險、基金、倫理契約形式打底，而是最後把自己當一個作品交給無血緣鑑賞者，順勢而為。我原以為人們不喜歡死亡，所以不喜歡提醒自己死亡步履，但賈媽媽如此緩慢安排死亡，在影三普遍有親有眷的人世網絡裡，賈媽媽去集體性的帶著個人創作風格，編織後事，不知怎麼，有些項羽色彩，溺死在自己巨大的絕望倒影裡，有種原初獨身女性形象。賈媽媽插旗人世，一代代之後，人們會傳說他之於影三住民死亡倒影的原創性嗎？如此難得的複現於這日常的公寓蜂窩結構世界。

以及如此強烈的，真的就那麼輕輕一撞偏離軌道後的拆解世界。

不瘋魔不成佛鍾平平狂亂修行三年多急轉直下嚥了氣。算算大約換了二十多位看護，完全鍾平平風格。鯨魚氮氣消腫後八十幾公斤脫水萎縮疊覆在人形骨架的膚皮，牙齦橫樑凸出顯得戽斗如扇貝，之前甲狀腺激突的眼球空陷，長期直著喉嚨挖土機似從五臟六肺粗糲喊口令嘶吼，（沒錯，另一個江叔叔）一天比一天沙啞生繭。脊椎中樞創傷癱瘓，其他器官都正常，激越的反應刺激腦活動免於快速失智退化，活生生的遭遇像致命傳染病隔離了他和親人，折磨著能走動吃喝的丈夫、弟妹，女兒，看護最近最無血緣成分，最適合走馬燈轉換，而現代空調自動化固定了季節永遠的攝氏二十五度，他先是失去了時間感，接著是始料未及的親情異變。丈夫一開始就自25°C季節淡出，弟妹到人生某個階段自動成附屬關係。倒是最後，女兒及已死的父母留了下來。

他失心瘋似攻擊女兒：「叫你爸那雜種爛貨來！非等著收屍才出現！」倆女兒如單飛候鳥，母親所在即失群暫棲地，他們不分季節頻繁現身，如是兩年。失去時間感的母親，以及遲早有一天無感的女兒。沒有停損點。（曾經親眼所見一隻失群候鳥，停留在一座人工湖中島岸，九月底，木棉、樟、雨豆、菩提、羊蹄甲落葉紛紛換季，棉鋪湖邊四周路面，發現幾隻頸脖側邊細深色扇形縱紋白褐條紋或灰翼胸腹散布黑點雌雄尖尾鴨，在湖邊疊石一角靜臥或走動或漂游冷不防來個倒栽蔥翹著尖尾埋頭水裡覓食，偶爾發出雙音呱——呱疊聲間歇數次，再不久，疊石堆旁僅有一隻白頸脖褐腹雄鴨如石雕偽裝，半個月過去了，天氣越來越冷，尖尾鴨失語石雕像似臥成一山水案頭擺設。寒流來襲的午後，氣溫驟降，唏哩嘩啦降下大雨淋著牠，如安徒生快樂王子雕像腳邊因愛情耽擱了南飛的燕子被王子的淚水喚醒：「我是快樂王子，在我有顆心而且活著的時候，我這麼活著也這麼死去。他們把我高高立在這兒，使我能看見城市的貧窮醜陋。」雨水打在尖尾鴨由喙基至頰煙灰細線鉛黑扁平褐頭蓋，直起短肢黑蹼躍入水中收起藍黑色翼鏡另一頭上岸，搖擺橄欖身軀穿越水岸草坪橫過柏油馬路，翹高尖梢尾羽，進入臨湖四合書院建築影壁前立鏡站住了，褐豆眼珠直勾勾釘死鏡像尖尾鴨，煙灰細線嘴喙緩緩低音同振發出如召如喚呱——呱——呱——音律四壁回聲折射入鏡。幻化複式同音同振嘎喀咔，牠知道那是牠嗎？是同類？天漸暗去鏡中影像消失。鴨子面無表情八字步扭轉身軀走開，就這麼一轉，世上十年地步履蹣跚瞬間老去。如是十年一輪的每日午後之旅一周後，徹底失去了身影。）

鍾平平死於大部分死亡證書上的「多重器官衰竭」。這才距搬進影三新屋兩年。丈夫回來了，杖期夫，過戶託售第一順位繼承的房產，鍾家弟妹限時搬家，不肯離婚者回過頭造就了杖期夫的冷酷形象。女兒們家未歸地沒再出現。村人們紛紛嘟嚷不平，眷村分房明明是鍾父留下登記在鍾平平名下，貸款一直鍾平平繳，之前不值錢，可近年房地產炒手南下，影三交屋正趕上漲幅風頭，如今翻一番，法律站在杖期夫這邊。「鍾平平這麼精打細算到底失算！人噢，真經不起意外。」老街坊鄰居婆婆媽媽中庭唉嘆閒嗑牙，找碴開吼的人死了，八卦失去勁道地很快消退，沒得再發展的八卦本身就像植物人，只會死亡。

這麼活著也這麼死，賈媽媽像現實版快樂王子，可供小鳥依偎。

複現者有不可思議重複性。叢媽媽同樣給車子拐了下手背，還是單車。皮膚起初像口紅紋身暈染隆起，隔天便異物入侵迅速吞噬正常細胞腫得像座小山。前後腳一種遭遇上的巧合疊映著生與死，忌口。於是人們不愛傳這樣的消息。若無其事。

我媽如常往社區功能榮民醫院附屬分院看病，（可不又是個榮民醫院）如常的總會遇見個把老鄰居，這次是老美人白皙嫵媚如今縮水見人就拿鏡子比畫勸人割眼袋汪媽媽，見過世面的傳播整容消息：「榮民醫院手術好，很多人台北下來割。」我媽：「汪德咸，你怎麼啦？」汪媽媽有個男性化名字，小個兒，丁香美人，數十年前就不肯老，勤於保養，上八十了，吃個喜酒仍全套化妝。除了整型他很少上分院。汪媽媽來探病，叢媽媽。離散遇見微近中年，憑空建構的同事鄰居牌搭子長官部屬兒女親家關係劃出一道政治中線的從不談心，我媽嗓子沒開聽來有點壓抑保密：「啊！老叢？他怎麼了？」叢媽媽很早就搬到村邊老百姓蓋的小透天。

緊貼老村的醫院就權充了保健室，是個交際場。養成習慣有事沒事便報到，完全不理會全民建保全民埋單，拿的藥是很完備的小型內外科藥房格局。由摩托車載進載出，坐轎車還不願意，隔熱紙黑呼呼誰是誰啊！誰認你破裕隆還是保時捷，沒人記車牌，太新興行業了，也是，不可思議長串老門牌號碼、二十年前打壞的一張牌、出錯的標子、關餉日子、陰曆生日……那才是最真實的影像。

媽媽們長期操縱這樣的看，彷彿並不知道他們是台灣第一代民間素人藝人及傳統國粹代言人。日日嫻熟八或十二圈麻將場輪到摸牌，三家盯著，摸牌收手邊想出哪張邊對著話機大聲喊：「你給媽媽燉的什麼湯啊！噢！西洋參加蜜柑啊！專治咳嗽順氣？趁熱一次喝？明天還得燉啊？貴不貴啊！」「快打牌，囉唆！」上家不耐煩。「你才囉唆！身體重要還是牌重要！下家都不急你上家急什麼！哪！這張拿去買藥！」台詞拿捏準的咧！而且，「胡了！」上家放衝。

汪媽媽打了不知道什麼美容針的皮動肉不動：「那不是讓腳踏車給輕輕擦了下嗎！」又來了，表演成了精，字字句句像獵人鋪架好陷阱，等著獵物往裡跳。不就過個小馬路，「逃日本鬼子躲共產黨跑土匪十萬里都闖過關了，卻在家門口出了事！」兒子小順子接到緊急電話即刻南返，母親見了：「咦！大業你怎麼來了？」糊塗了。大業，吸毒亡故俊美長身玉立的小順子哥哥。

母親好久沒提起大業。小順子直立母親面前，喀嚓喀嚓閃光按快門建檔，相簿翻頁，建檔者：「你是誰啊？」的不認人了，且累了不想再堅持什麼的趨向整個遺忘掉。小順子抓緊母親，原生家庭只剩親娘，幾度和醫生討論，叢媽媽就近住進榮家轉型的養護中心方便醫護，一病房六床合力請個看護等於沒請，阿麗自願外勞價專顧前婆婆，都覺得不妥，叢媽媽說：「沒關係。」對床老婦伸出被單支起骨瘦如柴小腿不斷哀嚎，叢媽媽聽得真切：「他痛，叫出來好受些。」

這些交叉異變的故事由一媒介到另一媒介可從不折射不上身彷彿什麼事都沒有發生的大有人在。不知名的地方傳出難以辨音滴達喀啦或喀得高頻率。悲劇是無法比較的，彼此不太相像的神似。但我想，沒有人會想跟叢媽媽比。

我娘最愛考題似問叢媽媽；「我是誰？」「哎喲！老輸婆，見著叢森了嗎？是他送我來的，他回去了吧？別讓他一個人走，外頭好危險。」說來慢條斯理如得天機：「朱太太和盛太太也來了，說約好了等著我。」我媽全身發毛，轉述給我聽：「朱太太、盛太太早死了啊！怎麼一群死人。」

都快出院了，叢媽媽又摔了跤，急轉直下不太認人轉進普通病房，去探望他，平靜認命的叢媽媽幾秒鐘靈光一現叫出眼前面孔名字又迅速斷訊不認人。時這邊時那邊，現實虛幻見著路便鑽，最迷糊的狀態叢媽媽也總是微笑沖淡。醫病看護都要錢，小順子這才趕進度梳理母親完全沒提的剛賣掉名下影三房子，雙雙買車、開店、泡 Pub 本錢。「車都換好幾輛了。」一下嫌跑不快，一下嫌鈑金薄顏色不對。窮折騰。」收回母親存簿，所有錢交付信託：「奶奶的錢全花在奶奶身上。」媽媽們一傳十傳百像放鞭炮：「要不遲早被敗光。」小順子給請了個專職外勞，話不輪轉，人老實交心的，小順子周周星期五下班南下，長期抗戰，除了用餐寸步不離，周日夜車北返，「真孝順，幸好還有個兒子。」六十歲大男人存在於我父我兄我弟的光影夾縫裡，好陰性，他不在乎，明白自己是母親一切幻影。

小順子拚盡全力掩飾死亡所揭示他獨存兒子的碎片身分，自我獨一，母親視他如哥哥，他是不存在的那個。於是大江健三郎《換取的孩子》化為吾良問跳樓自殺的好友「外邊的那一個」古義人伊丹十三：「一個活著的人，要怎麼凝視不在。」消音效果我逐漸淡出，距離感使我旁觀視見畫面倒退到青春期，四十年不見的小順子出現了。於是我問小順子古義人，像吾良大江問古義人伊丹十三：「如果死亡那麼若無其事降臨，犯得著耗費那麼大的力氣、身心和情感，墜樓身亡之前，還灌下大量的白蘭地呢！」不是死亡把叢媽媽撞出骨牌隊伍，是叢媽媽自己撞上去，那麼精準的一撞，非生非死地帶出現了。哀慟被重生的歡喜消解了，死者是那麼良善無重力愉悅地送他招呼他，如第二次相遇。

（小順子你說，雙胞胎死了，叢媽媽有沒有想過把他們生回來，死後重返，複現者的複數題。雙雙是大業、雙胞胎的交集，濃縮的生命也是生命重返嗎？所以以倍數折磨同一個人？叢媽媽叢奶奶。）

啊，好久不見一道長大的小順子，他還好嗎？（推算生死，一代代無情的滅絕。羅蘭•巴特看照片，柯特茲於一九三一年拍的小學生恩斯特可能至今仍健在。但，在何處？過得如何？好一部小說！）

江叔叔該撿骨那年，「沒人出面就會被當成無主墳墓，公家會起掘安置，將來找都找不到。」發現江叔叔倒下的老賀第二次發現的提醒大疤。其實那才該是江叔叔的身分，無家者。但責無旁貸，我們又下林邊一趟，手術前似狠狠和木條喝了頓把自己灌醉。第二天一大早，原班人馬，老胡、木條、大疤老地方就定位。七年了，墓園仍到處窟窿，死亡彷彿永遠填不滿此邊界。工人熟練地進行儀式，香酒水果花生米祭拜後起棺，木條問大疤：「夢過江叔叔嗎？」光天烈日汗水高低起伏順著鼻樑喉結鎖骨胸膛一片濕像心在哭地大疤抽菸醒宿醉：「沒有。江老大八成那邊有酒喝，懶得理我。」「還是別夢到好，江坤活著就不容易擺脫，死了更有時間了。」老胡指揮若定開棺邊麻辣回應，江叔叔成了一副風化乾燥完全的骸骨標本的可以是任何人。老胡迫不及待蒐羅清數十瓶壓棺底高粱酒一瓶不少，玻璃瓶裝泥土沁不進去，卻是迎熱風一陣酒香，藏密於窖盈澈清透，彷彿江叔叔以肉身精釀。撿骨者排序刷淨置入骨灰罐，亦一塊不少，大疤畫押後捧著起葬往靈骨塔。如第一次相送。但心版清楚有著被刮過的痕跡，無法那麼輕鬆看待死亡，他被交代好言好語一路護送：「起程囉！江叔叔。」別跟丟了：「過橋囉！」事後聚餐，老胡取出陪葬的酒，人酒分離，大疤搖頭淡淡地：「喝不下去。」全留給了老胡。我總是提醒自己，要記得大疤中午用餐時說什嗎？大疤說：「咱們喝大量的啤酒為江叔叔洗塵。」歡迎江老子重回地球表面。這話，以後，很好用。

第一次，我看見深寬三十高三十六公分靈骨塔位大小，骨灰罈幾乎緊貼四壁這才是死後最怕的吧？

所以大疤你死後我曾經考慮把你留在家裡，可是，這樣你就沒法出土了的最後住進塔位。我也開始了放逐似的這邊那邊的台北台南。很高興一步步往你活在這邊之年跨越。同時一直好奇你將如何「出土」？我沒有問你會不會要不要出土，而是那麼相信死亡音叉振動定位。必有共振。一世是不夠的，不是該有個複數嗎？

就像古義人大江小時候生病以為自己要死了，母親許諾他：「放心，你就是死了，媽媽會再把你生一次。」「可還是不同的小孩。不是嗎？」「不，沒什麼兩樣。我會把你生前看過、聽過、讀過，還有做過的事，全部說給新的你聽。你使用的語言，新的也會說，所以兩個小孩是完全一樣的。」所以，是「新」的，奠基在舊的生命上。沒有舊的，就沒有新的？那撿骨是什麼呢？不是一個人嗎？好累喲，重來一次。

（多年後，戲碼重演，大疤逝後七年，媳婦再度懷孕，一次次大出血安胎，最嚴重者楷快崩潰：「老二沒了。」假出土？「如果真有轉世，這世就是最後一世。我活過，可以了。」大疤說過。趕去醫院途中，內心一遍遍對大疤告別：「你真的不想回來就走吧！」急診室床褥大塊大塊玫瑰紅，奇特的毫無血膻味，反而陣陣襲來似鹼水洗滌之潔淨氣味，清冽如全新世界，醫生內診聽胎音超越信仰的科學實證：「胎兒還在。」我去告訴你：「大疤你又做爺爺了。」呆望櫃位照片裡雙眼：「當然，你早已知道了。」努力牽延，無非渴望證明我們沒離散。）

那天深夜回到家，遠望我們房間生活剪影似貼在墨藍窗玻璃上，整個家裡死去般捻熄燈火人去屋空。經驗法則拾級往上鑰匙打開外門走進玄關，森暗堆滿布景如後台的客廳隱去了可知的家具動線，這個家已飽滿再融化不了任何外來物質。然後清楚浮現的意識，「將來誰來幫你辦後事？」臨窗馬路驕車駛過坡面相接下水道人字孔蓋，絲狀光影掠過，咔達，前輪駛過，咔達，後輪駛過。隨即恢復沉寂。一夜如是循環。於是，或者該放手，以及，無畏懼，否則，「你和江叔叔有什麼不同？」

賈媽媽出最後一手，這才盡付心願，請阿華幫忙送終：「逢年過節燒個紙錢給我們。」我們，賈家仨。

這年，影三頭回清明集體祭祀，大樓中庭架起鐵網巨籠燒紙錢，人群裡賈媽媽細細交代骨灰罐靈骨塔位事宜，賈伯伯、小玉都喪在國軍公墓，等他死可以合葬，這些都得有親人出面申請或立遺囑。空望翻飛的紙錢供品及難得的鄰居聚會，若有失落。他當不了母親，但執意死後必須有人掃墓，他懂孤零零的感覺。側過臉，阿華一直就在不遠隔壁，算半個兒女緣。阿華這才點了頭。

當場招來老章會長，「請章會長作見證，幫忙問問怎麼收養阿華，我沒幾年好活，話說在前頭，他招呼我到死，我的錢都歸他。」

阿華拒絕，「賈媽媽照顧我，我很知足了，交代的事我一定辦到，我拿我該拿的，我爸在的話也會說人窮不能氣短。」聽轉述，三人在中庭各自表述安靜的僵住。最後章伯伯結論，「不急，別攪得太複雜反倒弄擰了，再想想，我先查查相關規定。」事緩則圓，不愧當了四屆會長，要不被《地方制度法》里長統一民選打斷，章伯伯恐怕能像老國代當個萬年會長。

這兩年家戶大致搬遷落腳完成，既集體祭祀於是在的不在的全員到齊，成排成列供桌鮮花生果水酒菜餚罐頭祭品及蔚為奇觀的一張張加大型遺照、祖宗牌位、全家福、卡片、信件……幾幾乎攻城掠地到他桌。時辰到，線香紙錢元寶集中焚燒的光照天下，火信子衝上幾層樓高，騰雲駕霧往西方世界。正午日頭穿透萬里無雲的曝曬人世間道道裂縫，遠遠人影移動處隙見小順子，咦，牽著叢媽媽，小順子給老娘買了間影三小坪數房子，老本安全的信託後，叢媽媽又那麼神秘精準的從養護中心給撞回人世。這時，不知哪家開始在中庭燃放鞭炮，光天化日拖著長煙甩尾上竄，慢速火箭節節爬升咻─咻─咻抵達雲端，悠緩泊歇數秒後引信燃盡，遙遠長空砰─砰─砰─砰─地朵朵煙花綻放，影三人人皆呆站惋愕做著相同的白日夢，穿越煙塵仰望天棚，七幢鋼筋水泥樓座群彼此稜線結盟連壁接榫，岩洞環境，圍繞也承載，神似天生天長不封頂巨型骨灰罈。此時煙霧岩溶下降裹覆眾人頭臉身幹生成一株株變形沉積石鐘乳石筍石簾石柱。據說，此鐘乳石家族每百年才長一釐米，長到成人一米六、七、八，得多少年頭。

是誰也出不去了嗎？

大疤時間Ⅲ　這一年二〇一三

同期

——以此贈別

奇幻有時候是以傳統展開，不同顏色電線束成大紮一票人，
同夥作伴上路，走向結束離散，卻也開始離散。

從來沒有一次，我打從心底相信你已經死了，這像霧中幻境行走以別人聽不見絲絲如縷的耳鳴音頻領路，隔膜效果，回不到你的身邊。十年了，我才明白這一切唯是對距離的無奈，生有時，死有時。於是，我停住，側身緩慢讓你通過，克分子流量，唯憑往昔，紋織一事一物其後，匯知予你，遙遠的告別。

電影最長的長鏡頭有多長呢？有一說是時空深邃飄忽的索科洛夫《俄羅斯方舟》，九十六分鐘，事實上這部電影就是由一個長鏡頭構成。你的呢？

彷彿一個長鏡頭，拉開年輪序事。這次，允許我，且先權當一名掌鏡人，帶出我的香港故事。四月初，掌鏡人調動正反鏡頭聚焦香港九龍仔山頂公園腳邊旅店九樓，zoom in 推進再推進房間六角窗，不換場獨幕劇，鏡頭裡你打（客廳套間通道）二道幕走出來，彷彿知道有個攝影機正在拍攝，避開鏡頭，面無表情兀自枯坐依窗形打造的六角書桌前，鏡頭 zoom out 外拉推遠，帶到海面水氣泱泱，漸次簇往市區遇屏山阻擋高樓切風上升氣旋凝結為蛋清薄膜，竟呈現一種嫵媚醉態，裊繞回抱城都。梯形俯拍城市，樓座高聳，愈發顯得遙遠。眼底，坐落九龍塘老區，偃側塵囂一角，對照之下格外古意。原本被規畫為花園住宅區，限高，如今成為群樓的前景。來到癸巳春，B 大國際作家工作坊，邀請駐校三個月，不免有燕居之感。所以，此鏡頭多長？由上個世紀九〇年代開機。

住定後，傍晚出門閒晃，順馬路走兩分鐘，便到山腳公園入口，聽說前任駐校小說家特別喜歡這座公園，每天上來散步。山頂仰天闢出塊台地，功能包羅萬象，網球場、籃球場、泳池、PU跑道、苗圃栽培區、紫荊樹館……黃昏降下，以乾筆粗墨敷染皴擦畫境，繞圈錯身跑過的灰綽人形，和自己的一切逆向。臨行前與早期駐校詩人聚會，詩人說：「放輕鬆，很舒服的小房間。」

散步回到旅店，推開門，窗外燈海瑰奇，座座樓層拔高疊架，如雁行接力，卻一派氣韻流轉天成，鋪展開來了無敗筆人生畫軸，真美。（散落桌上的稿紙有一大疊，幾乎每張天頭地腳頁邊蛛網似注滿字跡，摻雜了線條簡單的素描，有張淡筆勾勒一副對稱鯨魚骨架，一旁注腳：夜晚燈亮如蝴蝶翼，欲飛不飛。還沒找到開頭。）於是定睛深呼吸，逡巡詩人曾待過的線索，每天必去公園的小說家，應該住對門面山套房，那麼，駐校期間丈夫遽逝的女作家L又住哪間呢？女作家倉皇返美，之後又踅回這房間嗎？六角窗透視點，低密度維持眾多花崗岩建築洋房區結體鋪排似梯田蠶臥，如今成了櫛比鱗次高樓前景，（如果是這間，那麼香港天際線排名前五，環球貿易廣場、國際金融中心、中環廣場、中銀大樓、中環中心，天空之城，豈不一一入鏡？巨筍高樓，春雨季節，貌似洗盡鉛華的絕世美人，隱於雲山霧罩之後。再回來，什麼感覺呢？（文學只會製造像你們這種病人和瘋子……活著是一點意義都沒有……。李渝〈應答的鄉岸・序〉）

還記得，事後隔月，在書店裡遇見L，兀自佇立木紋平台邊，彷彿因站久而忘我，漠渺低伏眼前，找什麼呢？光影干擾吧？他側臉抬望周遭（無驚無喜），仍像不在。喪偶者開始吃力的交談，（大疤，你那時才走一年呢！）兩個腦袋，像塞滿記憶體的個人電腦硬碟，話與話像交、直流電隨時改變方向接不上頭，延遲效應。屏幕頻頻切換電源，龜速，直接宣布報銷是最簡單的方法，也就是，離開，你不該自主走位過去相認。可是，丟掉這些話語，他們，怎麼回來呢？書店劇場強光效果，你們的對話變得純粹如台詞。那張逐漸回魂的五官，倔強如代面，你猜，恐怕自己也就是那種神情。還記得大疤走後，你總屏氣，深怕不小心就會哭出來。他也是嗎？浮躁嘈切的舞台背景，時空感淹然。一向極敬重女作家世外專注，靠近，也還是素昧得很，生命無常的猜想算題，讓人神經緊繃。

此刻，因為女作家的不在場覺得鬆了口氣，反而沒頭沒尾的對話無聲詭異地通過道岔轉轍器切進這同空間與事件疊映如浮水印顯豁。那種感覺，恍若白日被霧靄遮蔽高樓，一天過去，夜晚千門萬戶燈柱華麗登場，如雲端中懸的瀑布燈海，隱形樓貌，浮凸於山脈稜線前，城市滄桑主題出現了。

你很高興從以前主要活動區域移到這兒。最早的香港記憶出口其實在不遠的已停用的九龍城區啟德機場。那條傳說中大膽伸進維多利亞港狹窄水道三三九〇米、機身一百八十度迴旋降落宛如電玩遊戲的獵奇跑道。戰東風，機體從長洲離島開始下降，繞大嶼山進場，低空掠過建築物密集的西九龍，接近九龍仔紅白漆導航格仔山頂，目測右轉四十七度，對準跑道著陸，驚險風切強勁，側風進場的右邊窗口，超寫實畫面蒙太奇拼貼手法，幾乎觸面可見的住民窗框伸長出來曬衣長竿上的衣服花色、客廳正在播放的電視畫面。拿了行李，接客大廳綠白洗石子通道矮蹙背光，出口盡頭是麥當勞，圓球落地建築眼珠子似鑲嵌在國門上，鳥籠般沿欄柵一道及腰懸地窄邊橘色木板架，沒坐位，點了餐，也像鳥一樣面外站立啄食，這些冷不防冒出的陌生面孔，極詭異，不會是旅客吧？沒理由一下飛機就吃這些啊！分明是同一場電玩遊戲角色？

通過這條早期香港甬道。也就老覺得香港是一局真假摻合的電玩遊戲。進入遊戲便進入一個闖關尋找出口的生死迴路。這遊戲可以兩人合作，或單打闖關。我變身幾個身分，編輯、作家、學生、旅客、過境者……有時候有大疤，有時候沒有。（業餘曲社同期坐唱，曲友們排定戲碼腳色事先約搭好，不化妝登台光拍曲子唱戲，擫笛，穩住節拍，正角兒擻腔唱道，「銀台上晃晃的風燭燉，金猊內裊裊的香煙噴。」）千萬遍陽關。

如果有人問，這一切怎麼開始的？「我們的一切都是從普希金開始的。」杜斯妥也夫斯基說，普希金開創了俄國小說語言。困在迷陣遊戲，主觀鏡頭裡沒有我，冥想一個答案：大疤。這一切從大疤開始的。

艾略特〈The Love Song of J.Alfred Prufrock〉詩句的正反鏡頭：

我是拉撒路，從死地回來
回來告訴大家，把一切告訴大家
然而這是不可能的，正如說出我要說的

然後一個蒙太奇手法，嫁接但丁《神曲》：

如果我的答案是對一個將回到塵世的人而說，這火燄將熄滅。

徒手接護這將熄滅之火，背向人世，面對死境離世者大疤，你會安然再回到塵世嗎？如果找不到回來之路，那麼，我從人世闢開一條幽明之路迎接你，這裡，權當報信，告訴你，你走之後發生的一切。（天暗下來了，高舉燈火通透如水晶火鑽巨樓組群，疙疙瘩瘩綴出立體浮懸圖案。有種刺繡手法，打子繡，一個一個絲線打結工夫繡，結伴結，互為標記，編織現代城市峽谷，復於子夜深宵，默契的一解結似淹息，孤零零留下尖錐型向天的避雷針，規律地閃爍不是信號的信號。旅店背後，九龍仔公園依傍著格仔山，山上的雷達燈入夜也兀自明暗打節奏遠遠回應，以房間為中軸畫線，可不正是一個一百八十度迴旋角度。旅店像迷航的飛機，以為老機場還在，對準格仔山，卻進不了場。

有幾次半夜醒來，窗玻璃外，騰空樓座，真的有迷航香江霧裡風裡的錯覺，住進來，不捨得拉攏窗簾睡覺，圖一睜開眼或半夢矇昧時隨時觀賞這上世紀不落幕繼續演出的華麗爵士歌舞劇。右半邊方向，大樓剪影四九〇、四一五、三七四、三六七、三四六，數字密碼，各有使命不同型制不一的信號燈，單位詞是公尺，什麼呢？猜想題，沒錯，香港排前五名大樓高度。但信號燈什麼信息呢？又多久閃一次？誰閃得最多？成了你每晚的功課。一不留神，訊息閃著閃著，天魚肚白，才死心睡去。）

不發信息失聯者，大疤。置入 IC 人工智慧晶片，埋進啟德機場過境大廳，日後機場廢棄了，晶片被考古挖掘出土，時間永遠的停留在一九九二。一個記憶的坎節。

上個世紀九〇年代初，大疤臨時決定跟老友團去福建福州看劇展，主要有個大學時代結交的哥兒們黃員，專研精密科技，很早就進入大陸設廠，生產推銷天然氣、地下水、石油鑽探機械零組件，各種折騰，整個身家被綁住了，進退兩難，人很鬱悶，大疤計畫看完戲，就去瞧瞧能整的黃員：「不知道被整陣亡了沒有？」台胞證送去旅行社加簽，黃員聯絡妥當，就等時間到隨團出發。那天到了機場，大疤的台胞證沒下來。權宜之計，人先到香港機場等，證件下來了，託人送給大疤，就近登機。

這一就近，三天。

在此，東經 114°11'39.56"，東經22°14'43.80" 座標，全球最繁忙的機場客運量第三貨運第一，每年一千八百萬人次每分每秒持續攀升擴建中達於終極面積六萬六千平方米航廈一角，選擇等待的這位旅客，如候鳥季節不依遷徙路線偽裝成留鳥。（此時，九龍仔公園綠喙虹膜灰爪青墨腹部雄性噪鵑求偶季登場，樹梢、枝杈高昂站立，毫不避人的，單音重複 wow——wow——wow 啼嗚，響亮尖哨，甚至低空掠飛時，也叫。乍聽之下，我——我——我——。這鳥的命運無解，一輩子的，我——我——我——。而我，大聲怒罵旅行社：「未流爛店，不會開店，關掉拉倒！」重力加速度往文明邊緣下墜：「操！到底什麼時候可以辦好給他送去！」旅行社，每天說明天。終於，摜了電話，讓旅行社等著我去砸店。大疤後來知道便笑道：「百年不遇的經驗，我人好好的在裡頭逍遙，你在外頭發癲，吳剛都讓你罵得跳月亮了。」）

其實就是完全無法想像那畫面，隻身逆向一千八百萬人次，舉凡他不愛信用卡，機場食物貴又不合口味，行李少（是個沒手機的年代），每回出門動輒三、兩個月才回家，我就自以為聰明的實施經濟管制，這下可好，失蹤了。坐困，睡哪兒呢？吃哪兒呢？如何打發時間？若知道要等三天，拚了命飛去勸他回台灣辦好證再去，不！他不會的，候鳥性格，暫時做了留鳥，機場冷氣強，偽冬，最後一隻候鳥。蓋油墨戳記的年代，丁丁板板硬規矩，不給退票，落了時間機票失效你自認倒楣吧你！（那時，怎麼就沒想到，哪來啥簽證問題，根本是沒機位。）

從那天，永遠的巨大單一功能六萬六千平方米抽象地表座標，異質空間出現了，沒有朋友、家庭、生活習慣、〇南公車、市場露天酒攤、舊書店、家用電話……，他依契約出發，結果只到達十七號登機閘口。

倒是仍像個老背包客的頂住，裹夾克、枕毛巾睡候機室長條椅，（不太記得候機室椅子造型了，印象中，單個靠椅硬坐四張連成一排，天藍色，想像中最溫暖的顏色。）白天收攏背包，暫放椅腳，坐骨神經痛，坐不住，背包裡帶了書，翻讀幾頁就得站起來活動，不逛街的他，對土產、紀念品、服飾、名牌皆不感興趣，世界之窗半自助中西餐廳，該是最主要去處，喜歡喝酒的他，肯定受不了勁道小還得常跑廁所的啤酒，邊喝酒邊看書，一天一瓶烈酒夠嗎？喝高了，誰帶他回臨時的窩？

事後，我故作無事狀：「你錢夠用？」他輕鬆回答：「我多會算啊！」

那個登機口，如堆放大量毀壞的人工智慧零件墳場，十七號閘道輸送帶，把報廢的零件轉運出去，他不該在那個嘈雜亂序的隊伍裡的。但時間久了，也就發現，原來，十七號，是個水陸口岸碼頭呢！卻老轉運失調堵塞了赴大陸老兵。幾位大嗓門操東北口音必人手一支黃長壽菸，且裝備一致絕不精簡的大包小包塑料、帆布行李，亦極統一黑色腰包，「擺明了，家當都在那包裡，歡迎下手。」大疤嘆氣。同期坐唱，但這哪齣啊？眾人等候時間長短不一，東北老鄉就苦候三天了，趕急回鄉掃墓，偏沒事先確認。（摸黑趕路，早早訂了票，轉到香港，大陸機位超賣加旅行社搞鬼，賴給老兵沒確定機位。台灣進香港一天平均七、八千人，香港到大陸機位充其量五千多，肯定旅客進不去出不來。旅行社怕拿不到機位，不敢得罪那些票爺，所以黑票、假票比比皆是。這麼一場一九四九流離續篇，去台灣時集體走，現在自個闖，少了領頭羊，沒經驗，落得顛撲路途，也只能認命。家門口了，給攔下來，悶哪！幸好不時有路過識與不識的老鄉同袍遞來消息，這會兒東北老兵們圍著鬧瞌，少帥張學良支氣管炎榮總出院了，已獲高層同意返東北探親，來人夾生飯似的轉述報載，對不起咱們東北人哪！囚禁咱們少帥四十多年，相忍為國啊！稱讚少帥說話得體：「完全是以一般老兵的心情回去，第一了卻五十多年來兒子心願，上墳祭拜父親張大帥。」吃不吃你們看著辦，撂下老鄉，匆忙登機去了。留下繼續候位的火氣不打一處來：「這叫哪門子得體！還是顧忌有人監視著呢！照說今上那點權謀，在少帥眼皮底下不過是小九九。犯不著這樣說話，丟東北人老臉！」「哎！都九十二了，活到這歲數，腦筋還清楚的撐著，不容易囉！」「這叫沒趕上，陰錯陽差！河東河西，岔道沒過，該咱們東北人倒楣！」此刻，和他們的王同命。（事後靜下來，張學良沒回去，逆走美國，十年後，客死異邦，就地下葬。一〇一歲。）同期坐唱，南腔北調。

大疤觀察到隅角落單坐輪椅的老兵並不參與，只不時默默睇眼東北團手上的菸，大疤踱過去遞上菸：「抽一顆。」這些老兵，夜晚打地鋪歸打地鋪，天亮起身，除非身體不對，很少七躺八歪的。老兵接過去，沒抽，湊近鼻腔輕轉菸身嗅聞。

老單兵姓米，行伍出身，靠苦修英文學修飛機當上空軍機械士官長，老家結了親，來台後始終單身，退下來又進民航單位工作了幾年，半年前中風，戒了菸酒，申請自費住進榮家。終於聯絡到陝西山坳裡妻兒，各自飛來，約了機場會合，接他回家。航空公司地勤送他到閘口，妻兒不知怎麼遲到了，這是兩天前的事了。大疤：「老哥，要有心理準備，是親人也人心難測，多說一句，給自己留條後路。見上面，不忙著什麼都交付。不欠他們的。」米單兵說：「修了一輩子飛機，到能坐飛機了。中風癱了，命哪！也不怨誰，只是兒子一天都沒抱過沒教過。」出來之後兒子才生的。四周老兵越聚越多，夸夸而談，比大聲比誰等得久，大疤慢慢聽出個端倪，這才恍然大悟自己是怎麼跟這些人湊到一塊的，非旅行社說的簽證，是機位。難怪回台北的登機口永遠圍滿從大陸返程疲憊不堪等待消化的老兵。

大疤打量眼前結盟夥眾，再轉眼望米單兵，決定了不暫回台北。跟著等。

兩人都少話。米單兵吃力的從腰包掏出厚墩墩皮夾取出張照片，嘴角頓時下垮老太太樣悲傷哽咽，是妻兒並肩站立照，姿勢表情都僵硬，奇怪的兒子歲數有點嫌小，農民下田活容易顯老，但怎麼看不像四十幾，頂多三十五、六，實際年齡說不定更小。單兵自言自語：「文盲啊！遭罪！怎樣彌補得了！」又自覺這是老梗了，有點難為情：「哎！丟人！」大疤：「沒事！我也有個弟弟留在大陸，也是文盲，我倒寧願能流幾滴淚。」國際機場候機室實境演出，有點像鬧劇了。

老兵苦守寒窯寸步不離閘口，三餐依仗滯留的老戰友幫忙打理，不習慣求助，自己行動不便，兩天下來沒盥洗弄得周身汗酸烘烘，老兵們不以為臭，那些口水歪論能把人醃漬掉，大疤交代了行蹤，推老兵輪椅：「去洗手間。」十七號登機口，像極實施全民健保前的榮民醫院診間樓層，到處集布著火爆部隊，周一至周五，天一亮老兵便自動集合，罵人發表政見喊冤叫苦……，開放探親後，又成了拿藥、交換返鄉情報、添購廉價衣物手錶物流中心。沒想到，這會兒在登機口移植紮根。

大疤協助單兵如廁後，行李包裡找了內衣褲毛巾，動手幫單兵抹澡換衣服，單兵先還拒絕，大疤：「等也是等，回去也是閒扯淡，清清爽爽見家人不好。」大疤說，那真是一個收拾條理的行李箱。

收拾潔淨了，大疤推著米單兵散步，從一號登機口晃到三十二號登機口，發現，只有八個空橋直接登機，其他得上上下下經地面接駁車登機。「窮折騰！兩岸直航會死人嗎！」大疤暗罵。「你沒待過停擺後的深夜候機室，就不能說知道什麼叫等待。」大疤描述，深夜的大廳空蕩窒息，被點穴般人體卻仍感覺著冷氣穿堂拂過腳步，熙攘沸嚷的人群，跑道遠近可視的繁忙起落機身瞬間結束，「大概一九四九流亡就這景象，動作突然到像演戲。」落地玻璃窗面極不真切的糊上一層天光魅影，跑馬燈般房間四面螢幕旋出畫面，橫七豎八躺著蟬蛻後的萎縮褪色的殘殼。偶然也有零星誤了班機或轉機的年輕旅人，大背包，睡袋，單人，且皆老於經驗的帶著書或樂器，多依窗席地而靠坐而睡，那樣才好就著光，看書、記筆記、輕聲撫奏樂器，自成一幅淡筆素描。彼此間也會作短暫低聲交談，但往往天明，便俐落收攏睡袋，握手擁抱各自上路。「沒超過一晚以上還留著的。」大疤形容那些非返鄉非只走一條定點路線的單人旅行者。

第三天，旅行社都被我罵皮了索性不接電話，大疤成了孤島。但正因為沒有太多直接資訊，他反而老神在在，專心盤算如果自己的「簽證」到了，怎麼交接米單兵的事？然後，米單兵的妻兒突然出現了。一上來，咦！沒上演哭哭啼啼老戲碼，奇怪的是兩人只合帶一個小件行李，紫醬臉兒子不露聲色像個臨時演員，單兵老婆也一副理直氣不壯配角樣，沒主角的戲，仨人不知怎麼對話尷尬的楞在那兒，大疤遞了根菸給米兒子，單兵老婆斜眼看他又看大疤，作賊似的。照片裡光圈技巧修飾了柔和假面，確實有減低距離生疏的效果。可現場的米妻整個人漏氣似平面到裝不下任何心理，兒子急切用手肘暗蹭米妻，很不像文盲的順溜地推動米單兵輪椅撂話：「克飯去！離遠那搭再說自己話！」對大疤：「不招識你！」擺明不讓大疤管，單兵沒說話，大疤沒理由跟。剛巧一早旅客帶話，簽證今天拿到，機位也改訂好了，夠時間銜接傍晚飛機。口信說讓大疤務必等在十七號登機口交機票簽證。

兩小時過去，不見單兵回來，大疤不放心還是一路找去，單兵孤坐在流動快速的餐廳裡，橫直排列的桌椅楚漢界擋住行動不便的殘卒。看見大疤，身子直打抖：「我被搶了。」娘倆兒搜奪一空快速閃人，不是扣緊時間早登機走人就是已經出境，難怪不帶行李，大疤腦際閃過，但不必再補米單兵一槍：「報警了嗎？」米單兵仍呆滯喃喃：「算還債吧！這麼狠！」「人沒事吧？能列出清單少了什麼？」提醒了米單兵：「我得快支付一筆原先電匯的支票。」

米單兵護照、簽證在垃圾桶被發現，航空公司幫忙聯絡退輔會介入後續事。風聲傳得很快，不久十七號候機室炸鍋似的越集越多老兵。自成另一個一九五〇年代落在同區不遠的國民黨難民調景嶺營徙置區。

米單兵比之前更沉默。開了戒，不知誰給了包菸，一支接一支抽。噴出的煙，比他的話語更清楚。

傍晚，有人台北帶來大疤簽證機票，最晚航班，趕得上和看戲團吃宵夜。聯絡上米單兵台灣老戰友代買機票也會去機場接人，隔天飛台北。

大疤登機，米單兵被新照顧者推到登機口送他，小眾邊緣人叢聚，望去如一片荒地裡被割剪的枯稭桿子。米單兵伸手握別：「還沒請教貴姓大名。」「張。」

萍水相逢，各自漂開，那算好的結果吧？但米單兵次日沒走成，當晚二度中風，深夜沒人知道的死在十七號候機室。正好有旅客返台，把消息透記者：

> 本報訊：剛自香港返台的張姓旅客向本報反映，這幾天每晚夜宿香港啟德機場的台灣旅客都有數百名，尤其往返大陸探親掃墓的老兵不懂搭機程序，情況更為可憐。他說，昨天凌晨三、四點，機場內傳出有一名老兵因心臟病發死亡，他擔心香港方面封鎖消息，希望國內有關單位查證。他指出，夜宿啟德機場的老兵，有些根本不識字，他就碰上一位老兵在機場等了三天，經人指點才向航空公司登記候補機位，不知何時才能回到台灣。（1991-

04-10）

你是在報紙上看見這新聞，電話裡你說起這條新聞，他半天沒話：「那是米先生。」「你認識他？」「回來再說。」你當時只感覺他情緒很低落。

機場舊址不遠處四月清明時節九龍山腳。摩天大樓尖端的消失，半雲半霧。好比被暴奪的個人財物，造假的機票劃位，強行留滯的斷翼路線……消失隱身。生年這條奇怪的秘密路徑，並不負責把人送回來。騰雲駕霧孫行者與如來鬥法，如來攤開五指，有本事翻出我的手掌。悟空大叫一聲：「我去也！」一縱十萬八千里，見天界五根山柱，撒泡尿，上書「到此一遊」踅返。哪來天界，如來佛指張開，字跡浮現，永遠的符咒，將野猴子鎮在山腳。（海平面升起幢幢不斷挑戰紀錄的石筍巨樓，我有點懷疑，設計大樓的建築師，有沒有在大樓樑柱磚瓦玻璃暗藏「到此一遊」行跡？）

事情不該是這樣發展的。所以，「災愆滿日，自有人救他。」千里之外應之，五百餘年，「特留殘步看你」，唐三藏西方取經路過。釋放了不人不猿孫行者。這一輪，被時間脊背鎮住不登機者，誰路過？從大疤失聯位置發出的射線，抵達我這兒時，收束起來密封如沉箱，我不知拿它怎麼想？不見天日，必須等到一個特別的時間來到，一條連接真實與真實的虛線。依著虛線，釋放他。

一九九八年七月六日最後一班國泰 CX251 航機從海中傳奇跑道起飛往倫敦，停機坪淨空塔台熄燈，啟德機場除役走入歷史。CX251 回程時將降落在大嶼山西北角赤鱲角機場。新聞畫面看到這幕，我起身從螢幕前走開，一點都不想看，不願意對二千萬人次或一人次的差別口出惡言。只是不免直覺反射，如果大疤是這時間而不是一九九一年過境，會是怎麼樣的光景？報信者去哪兒傳口訊給他？一座沒有人去過的新機場。以噪鶥方式：wow——wow——wow——候鳥演進史。

老派超級瑪利電玩，載郵差帽上下左右移動跳躍加速暫停復返闖關，搞不好就左手左腳的瑪利小子，打開一道門，拆解圓形炸彈輪盤星星打擊小怪物頂撞雲朵進出水管……永遠停在不可解的第一關，輪盤星星上下漂浮，小怪物左右移位，嚴密把關不讓瑪利闖進第二關，我親手操玩瑪利殺了怪物攢下星星卻每次徒勞，有點悲哀瑪利在遊戲沒開始的黃土草地軸帶上自動播放畫面不斷往前衝以為移動了的無解賣力樣子。

大疤在乎嗎？記得有回疏忽檢查台胞證期限，根本抵達大陸第二天就得出境，這回他有武器了，手機、信用卡，還有二十四小時辦好落地簽服務，他有點訕訕的獨自住進香港旅館，我照行程走，行李都掛了機。多年後，已是赤鱲角機場。

故事翻過一頁，這次，九龍仔格仔山幾乎與我房間樓層同高，亦不再是導航地標。但我每回散步總刻意圍繞它打轉，無聲噪鶥般盤旋，失去了他的春天。

虛線被畫出來了。我遠遠立在孤懸的空間。他從啟德機場出去，南下，台灣；北上，飛福州、重慶、成都、廣州、西安、蘭州、貴陽、昆明、丹東、寬甸、瀋陽、黃山、南京、上海、北京、太原……主要是長春、大連，聯絡名字寫在一張冬青劇團稿紙上，就著這張紙，不時更新，那些人老換電話。他離開後，友朋漸漸四散，大多離開了長春，各奔生活而去。譬如邱，整個家族奇特的從東北移居貴陽，手機裡七八個號碼，經常撥一輪找不到人。二〇一一年，我重返長春，已桀驁不動的相道、陳娟和外省來會的老邱誰都沒害羞內向的長林電話，就算有，大夥異口同聲道：「那八成也換了號碼。」老話了：「啥都沒轍，換個號碼的自由總還有吧？」大疤以前老抽冷嘲諷：「什麼自由，怕人來要債！或又甩了哪家倒楣姑娘！怕他爹找上門算老帳！」

這回香港駐校，心血來潮，拉開放護照抽屜，裡頭大疤歷年進出大陸各種票根、舊護照、台胞證全留著，多年來的禁區，一直也就保持原來狀態。翻開他的台胞證，最後一次辦好的入境簽證沒用上，走前進了醫院。護照有效時間，二〇一三年八月。距離當下，還有四個月期限。

究竟什麼原因，一個身外之物少之又少的人，卻成癮似的，留下大量票根，（是因為留置啟德那次嗎？）每張留下不一樣的痕跡，班次、車次、座次、時間、價格……，在這些票根裡，夾了張對摺又對摺名片大稿紙。稿紙右下角「四十年來中國文學會議」書法體。一九九四年聯合報辦的會，這種專用稿紙以前多得是，這有十年歷史了。應該是臺靜農的字。攤開來，摺縫開闔，有些裂紋，整頁無規律寫滿了人名電話號碼地址。留著我們最後一道出門的聯絡線索，「麗澤橋長途汽車站」，去太原百來里外一小山村北宋木造建築祠堂，想乘巴士一路欣賞北地風光，在地友人再三叮囑：「找輛外表乾淨的車！」結果一出高速公路，就碰上連環大車禍堵了三小時。幾乎那些年從邱開始滾雪球認識的朋友都在上頭了，友情的原始編碼。長林的名字也在，左下角，單純的十一個數字。有可能沒換號碼嗎？大疤走了十年，這號碼從使用開始算到現下，起碼二十年了，還有效嗎？要打嗎？也許下次吧！不想謎底那麼快揭曉。wow—wow—wow—，九龍仔公園樹林飛出一隻噪鵲。是友不散。那些斷裂碎片般的行程，給出一種想像，放在那兒等著活著的人給續上！

依地勢高低建築的獨幢住宅保護區，之字形上下繞走，居然觸目皆遍栽油桐路樹，走著走著，天空開始飄雨點，迎面四月微雨的香港油桐雪白花瓣，羽蝶蟬翼點畫法落筆在書院道火成岩花崗石路面。季節遺跡。一路過去，像展開水漬痕跡等待陰乾的長絲卷畫軸。（香港提早入梅，熱帶氣旋吹襲，第一波梅雨鋒面報到，天氣不穩定，溫度下降。打開六角窗迎風雨進屋，客居的日子感覺它們室內走動是活的。達利的〈記憶的堅持〉，「和瘋子唯一的差別，我不是瘋子。」但疲憊的皮革、鐘面的時間，搭拉披掛倒下的馬身、枯樹、沉積岩陡壁上，仍在呼吸，如此柔軟，你明白，但「這是怎麼回事？」）

旅店雖坐落路旁，但非主幹道。短短直行馬路兩側由老人院、學校、解放軍營區組成，跨過橫向馬路是有院落別墅型住家，這樣便將旅店切割開如島中之島，驚嘆號繁華之都下頭的那一點。歷史若有一毫米偏離，賭注的成分，他很可能變成新加坡，城市邦國。眼前看來，沒有意外，無關可闖。

我佇足T字路盡頭一株老油桐樹下，枝幹樹瘤糾結，鐘面淡綠轉接紅褐色十字花心滿樹怒放，是雄花？結構相似的花崗岩牆垣、小洋樓建築，無可依準遠眺的地標，一進入就失去方向感，左還是右呢？很重要嗎？急著回屋嗎？迷路的恐懼究竟是什麼？怕找不到路？我從不怕迷路，丟不掉的。隨性走吧，於是，便好像走出了外國，穿梭在歌和老街、律倫街、牛津道、劍橋道，雨停了，天幕迅速從遠處漆暗過來，我所在的巷道便如高樓樓角，最暗的地方。街尾走來三五成群穿陰丹士林過膝藍旗袍、黑毛衣背心或外套、白襪黑鞋民初綁孖辮書院女。簡直謫仙，書包衣服上是圓形藍底繡黃絲線校名環繞伯利恆星紋章，追隨其中一支伯利恆星移動，洋房一步步沒入身後陰影，女孩們吱吱喳喳，粵語九音，帶著我穿巷走弄來到大街候車亭，他們很快的上了一輛紅車身雙層巴士，我稍遲疑，車開走了。猝不及防的，英制的混亂，我置身在川流車行馬路邊，高低遠近市聲，拉開視野，城市立體起來，但是，我究竟在哪裡？

我究竟在哪裡？（葵青貨櫃碼頭，這座島上一場正在發生的工潮，碼頭外判工人和香港首富旗下和黃集團槓上，工人麕集碼頭紮營夜宿，埋鍋造飯，工會接著募款發放補貼金，看來鐵了心準備登台唱齣大戲。趕上了，便收集城市活動資訊似日日追蹤消息。罷工進入第三天，天文台發出強烈季節風暴雨雷訊。心想，這節拍不亂也難。第五日，公司派申請禁制令，工人不得進入碼頭，超過一百名工人默默撤，失去了主場。淒風苦雨拖著。十二日，行政長官：「政府不會爭取任何一方的支援。」泛民工人被放逐。清明時節，電視畫面反覆播出，首富李領兒子家人們出門祭亡妻，記者攔下電梯門：「說幾句可不可以？」首富面門擋住闔上電梯門微笑話在唇邊，背門的兒子搖頭，首富放下手，梯門緩緩闔攏。第二十五日，和黃集團發表聲明，和黃不是外判工的僱主，不應算到首富李身上。幾乎同時，外判商高寶公司宣布結業，軍在外一百三十名工人提前失業。第三十五日，和黃集團發布〈葵青港的烽煙〉檄文，字裡行間，以徵召、曉喻、聲討手法，一一訴以迷惑、危害、煽動、文革……字眼。引來八十名復工者二度加入罷工。第四十日，九．八％終極加薪方案拋出，不會追究參與工潮的工人。工潮結束。）暴雨淹香江。打破歷來下雨天數，有張葵青港現場照片，簡直悲情牌代表，粉藍夜空閃電交加，疊架五層樓高成排各種標記貨櫃、起重機、懸空十字吊臂，前景是簡式帳篷，組構一道難解的矩陣算式。可不是，兩名孤魂似各撐一角塑膠布躲雨的工人，兩人渾不知背後起重機臂上的連串燈火正如常的左右高低調度貨櫃到位，望之，倆工人被雨勢釘住，成了鏢靶。不像躲雨，像問天。我從沒想到，暫居日子，可以經歷一場完整的罷工。腦海裡總浮上倆工人不知自己正陷入芒刺在背路途的畫面。

恰恰約在出太陽的日子，老友學者叫了車來接我去中環和同人雜誌成員聚餐，早到了，在幾乎癱瘓的老樓下了車，層層外勞如魚群圍繞逡巡不前，才知道，周日這區例常劃為外勞聚集場，三五步一警哨，「逛逛去！」才說完已快步過了馬路，我邊走邊笨拙左閃右躲人潮，他總在前方神閒氣定移動，奇怪的人人由他肉身分流兩邊而去。再一抬頭，他又已經老神在在站定人群川流的高地十字街頭。想起有年和大疤在路口不遠的老字號餐館吃飯，路口之前四角度大樓已全部更新高度三十層以上。直直望去，遠近高低各不同的樓層峽谷，包夾幾座一望而知理性風格簡約現代主義樓群。他淡淡地指著前方一幢格狀斜角疊邊突出的鋼筋混凝土結構建築：「香港少數現代主義建築師張肇康的作品。恐怕要拆了。」不會很久，所有大樓將朝五大天際線看齊，趨向外表統一。那些現代主義大樓，感覺也像系統裡的天問者。晚期的張肇康轉向關注傳統民居，柱礎、夯土，細節而非整體；個性，去共性。內在而非物化的建築實體。人。人如何建造自己的居所。這些深埋在玻璃帷幕鋁合金建築物裡按個人美感砌的混凝土牆面，對預製構件的熱中，在以雄奇高偉是尚的建築溝壑裡含蓄篤定，負隅頑抗者，現代主義建築遺址。走到戲院里地號皇后大道窄狹巷口望去建築群，大樓門楣中英文樓名齊備，MANNING HOUSE 萬年大廈、CANTON HOUSE 樂豐行、Yu To Sang Building 余道生行、PARKER HOUSE 百佳大廈，像極台北嘉新水泥大樓，原色灰水泥方格層疊往上，時代重返，也有碰上斷層的時候，百佳捱邊那座，二樓以上被巨型看板密遮，再隔壁，正大興土木，整幢披罩塑膠布，大動作拉皮手術，美人遲暮，收拾起來遮遮掩掩。

繼續盤旋！於是我們自成行街體系，身軀以仰天十五度朝上走在石板街砵典乍街（什麼意思？），下意識滑向老字號餐廳方向。舊行程了，有年秋天，和大疤推門進來吃大閘蟹。我當作趕得早不如趕得巧，他則是無奈：「土包子開洋葷。」總之是，現在的我，沒話找話說，「你看，這家店還在呢！」內縮ㄇ字型檜木門楣三盞半球頂燈暈染暖甜經營得家似的，學者就是學者，朝裡一瞥，有了簡潔小結：「還有一個老人。」忽然之間闖進另一個世界，周身棉質飛白唐裝服務生，有些年紀了，板直腰幹雙手下垂但看得出握拳提氣企立門邊，我也看，少數記憶畫面跳出，內部擺設如前，漿得雪白的桌布，講究的定製杯碟碗盤皆白瓷墨黑隸書館子名號，藍黃布面織花菜單，港式鼎食鬧熱大小桌擺式間隙略擠美學，華燈初上，只見疏落三二桌，老客人少上門了？如何展開這樣的報信啊！

此人一旁自言自語：「中秋節前得趕快補個禮。」「真會知道誰送的？」「哎！錯不了，老禮數，節日前這道門整天到晚進出穿梭送禮者。下趟來老夥計必主動上前致意，二少，唔該！就夠了。」二少，排二。師傅換了，古風依舊，上代人就吃這家館子，依三節打賞，老夥計家僕似的候在門邊揖身為熟客拉門、帶桌、張羅菜譜、關照廚房，上衣口袋插筆簿老花眼，抽出來寫單提醒：「今天蝦好。」一切都值得了。聽得我當場發窘。

和大疤那次，遇上香港史上六合彩連續槓龜累積巨額獎金，機場進城沿途見大排長龍瘋狂隊伍。旅館入住，我立刻湊熱鬧捲進隊伍趕收訂前忘情下大注，倒數計時，簡直煎熬，「乾脆就近找家館子提前慶祝吧！」「喝暈了，不中也中了。」很阿Q的進了這家歷史名館！既來之神經兮兮點了大閘蟹鮑魚大蝦，「不怕麻煩，窮措大！」他在乎下酒菜。

反向走下石板街，一階階舞台似的。就在這樣三言二拍亂世裡，懷著微末心事，兀自唱著跑了調的曲子穿梭在高頻率人人耳聾的鬧街上！這就是我們這個時代最大的傳奇了。可惜，這麼多年過去了，我一句現在的好的台詞也沒有。還是只記得那年的老台詞。而且多半是他說的。一個人死了十年，他說的話，臉孔，一切比生前更清楚。他死了，沒有新的對話了。所以，根本沒有報信的可能？正面經過兩座巨樓包夾的現代主義大樓，局限產生一種萎縮的錯覺，外牆灰白水泥格狀設計眼睛似的，這大樓，定格觀影了幾十年，我取出手機，反視線攝下眼睛們。洗出來，放進那堆票根遺跡禁區。

兩人電梯上到十六樓，董事會早年好眼光購置整幢大樓當會館，留下生路。二樓開書店，「整天沒賣幾本書，但反正樓是自己的，不必付房租。」四周全改建，這幢誰都拆不了。

意外的，度過癌症中風關卡的女作家C也到了。前次見他是上世紀了。我於是小粉絲似的開始語無倫次，二百五的亂套近乎，動不動跩半吊子粵語，每目光接觸，總迎上C寬容的眼神。他癌癒後中風右手神經受損，（我居然白癡的拿出記事本請他留地址電話！）改以左手練習曲創作手工藝圖像系列，剛開始我迴避開了視線，都因為沉湎之前那些令人迷惑驚嘆手法創新香港魔幻地理栽植出的小說，非港式又標誌正宗港式風格，成為被巨樓高密度空間擠壓滋養的變形金剛。城市線最高層的避雷針。（呼喚者與被呼喚者彼此很少互相應答。哈代的話。看著C，我想，恐怕是的。）

多年再見，仍如此極謙沖節制，那張含蓄靜定的臉容，沒有一絲哀戚，甚至帶點羞澀，在老派時間裡沉澱隱隱含光。香港沒有得天獨厚的文學環境，卻有這麼一位作家，誰來到香港比文學光華，便好比掠過格仔山不得不變換角度繞行降落他搭建構築的天險跑道。如桃花魚自海水礁石上方張開透明水母荷葉邊裙翼冉冉著陸滑行。

好險，我適時回神，銜接上了故事。老菜單、老派館子、家常話，按個劇碼，就是觸戲。那晚結束下樓，外勞集會還沒散。幾個同路的結伴鑽入城市腹肚，人形細胞似的溶在城市血管網絡裡。稍晚，謝傳來菜單：西洋菜陳腎生魚煲豬腱。黃金鳳尾蝦。琥珀嶺南一口半。雲腿生魚捲。法國紅酒東坡肉。上湯浸短度菜遠。蓮子百寶鴨。瑤柱荷葉飯。生磨核桃露湯丸。

總以為這次報信是以大疤事件格仔山為軸線定點了。沒想到，多路線，又去了灣仔入境處。手上有張上個世紀讀碩博士學位辦的身分證，不知道頻繁進出香港哪個環節岔亂了，後來很少用來進關。

怎麼開始的？表面上看來很遊戲，我演那個拿博士的角色。大疤每年候鳥似在大陸築巢，朋友個位數馬戲團疊人戲碼成了棵朋友樹，三十出頭年輕哥兒們有的邊跌跌撞撞拿博士準備進大學教書邊還忙或工作，有的即使不教書也修個碩士好玩，總之，四點半開晚飯鬧到半夜的年代倏忽就消失了，一塊美金一番心中寶麻將日子透支到頂，跳上火車隨性晃蕩十天半個月的期會不再。後期，眼見老邱暑天夏日的到處轉找學校教書或蹲點，最後出人意料的快動作拔根遷到大連，婚姻當然早散夥。跟隨他重新洗牌認識了一群學院朋友。換張桌子繼續吃喝鬧嗑，偶爾主題繞上「將來拿張文憑在這兒兼個課，整幢房子」又逸開。那時候還不知道日後未到「將來」，大疤就走了。如果知道，還會想拿個學位嗎？總之，有那麼瞬間大疤當了真，正經八百考老邱，「啥個啥呢？」「咱們都是財經專業，就這個吧！」「生孩子不叫生孩子，叫嚇人！」大疤覺得荒唐，桌上個個喝起酒沒量，啥時間做研究？但對知識是好奇的，也許可以摸個底，反正好玩。「找哪個導師呢？」「范老吧！」范老來自草原呼和浩特，激越樂天，論愛喝他排前三名，論划拳，他第一。舉杯必豪邁逸興吆喝人上老家吃烤全羊：「痛飲酒方為名士！」兩杯下肚開始跑馬臧否人物時勢，結束前黏黏糊糊大舌頭：「來！划兩把！三拳兩勝！」明明學經濟，完全不理或然率，輸了賴拳上訴沒完沒了，每喝彷彿末日，學術地位越喝越低。但輩分放在哪兒，學院當權帶職進修是他博士導生，「這事兒可嚴肅可輕鬆，彼此幫襯。」老邱邊擋酒邊微笑打暗語，大疤把范老當座標，失落的呼和浩特邊境闖出來不容易，是「還不到時候，誰也說不準會成什麼樣」那種座標。等到當權崛起往上竄，他要嘛離開要嘛閉嘴，洩了當權的底，能不開鍘他？至少現在是醺風送酒的秋天，草原黃了，最宜順路陶醉返鄉，這時候的范老很草原，一望無際。

但大疤很難定下，我自告奮勇：「簡單的我來吧！」就這樣去了香港探路。他陪著半山腰拜訪指導教授，旅店安頓好，散步下山，沿路人車喧沸動不動遇上人群大排長龍，竟趕上六合彩史上最高彩金，激勵買氣，頭獎獎金加碼兩成，投注站紛紛打出跑馬燈或張貼大字報，獎金迅速累積上看二億五千萬港幣。這太范老寓言了，「無限上綱！」范老輸極了背水戰。「划兩把去！」我加入隊伍。在極度末世景象罅隙中，偽裝同類地把自己嵌進去，成為或然率純物質最小單獨存在分子，可，或然率不站在我這邊就是不站在我這邊，很悲壯的跟百十萬人划一把！四十五個數字選三，一千三百九十萬分之一中獎率。

那晚，瘋魔者蹭蹬在餐廳喝酒等成為千萬富翁。電視轉播主持人及公證人前置作業檢驗數字球，倒數計時，開獎機器旋出數字球，我掏翻口袋找彩票，不見了，撇嘴皺眉與大疤空相覷，噗嗤失笑，小道具檢場急忙離開舞台，放下錢忘了拿走彩票，「財迷心竅，這也太魔幻寫實了。」酒足飯飽，走吧！推門出到大街人車疏落罕見，留在室內對獎。經過門可羅雀的商家，集體催眠盯住螢光幕，是這樣的市民運動，城市空出來了。電視掃描線條碼似的，魔女梅杜莎的蛇髮，望他一眼，便成石柱。我失去了我張望他的票根。第二天辦好入學手續離境後，頻頻回來。彩券記憶，成為歷史，獨行，失去視覺感，瞎子似的眼裡沒有彩券行的存在。

隨工作坊經理 Olivia 走康莊道接海底隧道到對面港島灣仔入境事務處申請工作證。出高速電梯門，劈頭劈腦東南亞黝暗棕色寬鼻翼突嘴扁額蒙古種人潮，摩肩擦踵揉搓撲鼻調色劑，如在眼前粗布織梭原住民蠟染立體圖案。多年前的我數度間雜在這張圖案裡，申請學生居留非永久性居民身分證 CFO，莫名的夾在外勞群中候詢，疏宕如苦等轉世或靜待著色的布匹久到像被遺漏了格格不入。深膚、刺鼻染劑終使一切定色，象徵了你的新身世。收到移民署函又去同處領證件，一個新的數字編碼，充滿迷障，H1，女性，但身分證號碼 P678659（A）是啥排序手法呢？你不要移民啊！沒有更豐富的身分辨識詞彙嗎？

身分證開頭P，注記為一九七九年下半年在香港出生或一九八〇年至二〇〇〇年期間非香港出生申請簽證者。最後括號A，怎樣出來？數字遊戲，類推，P，英文母母排序十六，排頭乘以八，依序第一個數字乘以七，第二個數目字乘以六，如此類推，第六個數目字就乘以二。最後將答案除以十一，再以十一減餘數，得到的結果便是括號內的數字，若結果是十，就為（A）。所以P678659（A），（A）= 16×8+6×7+7×6+8×5+6×4+5×3+9×2 = 309 = 309÷11 = 28餘1 = 11 − 1 = 10。時間密碼，簽發日期29-01-1997，趕在九七回歸前，離開潮，你來，有了一張香港（臨時）身分證。任何事都有通關密碼。

舊地重臨，多年後你又站在同個樓層同單位，Olivia 依之前流程申請工作證，跑了幾次，須先換舊身分證，失蹤人口報到，行經港式菲式泰式印尼式英語問答櫃檯，城市的現代化。工作簽證窗口，人少多了，Olivia 遞上申請書和我的身分證號，早失效了，公務員以粵語：「毋需要換證，但香港工作參個月，時間緊短，ㄅ必換證啦！俾多次簽證櫃檯講明白，毋問題咧！」乘電扶梯下一層，偌大櫃檯之字形等候區旁，藍塑料長椅，三五一落萬花筒簡單底色變化圖案，壺光轉暗香去，黝暗身影十八年沒移位王寶釧苦守寒窯坐化，同味同色票友同期，十八年後回首一瞥，扶梯一格格下行，嗅覺追上來，你知道他們還在那兒。

Olivia 酷酷地問清楚了，大嘆口氣白走一趟，根本他來就成。學生簽證工作多次簽證演變史，一張不知如何處理的老身分證件，放在護照皮夾內層。Olivia 不發一語肢體動作領我穿移民樓層跨天橋往別區去，（長望九龍塘地面火車小玩具穿越樓座緩緩進站，車站傍小山，依山腳矮喬木樹叢蠕動爬蟲類，真可愛的人類雙腳想像。上眺天空航道雲出岫一架架迷你飛機遠去，好有趣的鳥翅膀摹擬。）樓座與樓座串起天空之城，洪荒如早期九龍寨城魔窟形制，一九四一年太平洋戰爭爆發，日治，拆毀城牆，花崗岩石塊用來擴建啟德機場。一九四九年難民南來，依城池圍牆兩邊紮營，雨後春筍，樓屋密集通道濕窄如巢穴，無政府，內部高來高去不落地遊走如夢。毗鄰啟德機場香港大門。

鑽入蜂窩蟻路地鐵系統，八達通卡幾乎個個店家皆能加值，明明科技貨幣，卻雜貨鋪似的植進生活如原始買賣，夢遊商店不該這麼膚淺表面沒半點邪惡快速滿足進入者，至少得像九龍寨城疊床架屋間不容身如魔術方塊。或者喬治・盧卡斯《星際大戰首部曲》酷迷客（QUMI）的 TPM，星際貿易衝突，聯邦封鎖那卜星，十四歲阿米達拉女王飛船出逃，超光速引擎損壞降落荒漠沙窟塔圖因星，女王易服為侍女帕德梅，二手市場遇到奴隸安納金及那卜號 T-14 引擎。安納金具有迷地原力，說服主人瓦托他若贏得奔塔之夜飛梭賽艇大賽，就贏得引擎和自由。

「你不是奴隸我早殺了你。」詭邪賽步霸恐嚇安納金。

「你得先把我買下來。」主人才有生死權。

與賽步霸進入最後競速，操縱飛行桿如電子遊戲穿越天險，以古老的說書敘事拉開序幕：很久很久以前在一個遙遠的星系……最廣邈的無垠星際最原始的奴隸制度最古老的物易物敘事，極遙遠。移動有時候御簡馭繁，返復於單一路線。易經，易，動也，經，通逕、徑。城寨，單一路徑。

加值一百，隨 Olivia 進站。

（阿米達拉座艦飛出藍色光環星球。B 大開始放暑假，偏選了座標航道，那卜星孤獨了，你的據點，黃昏時烏雲群叢聚閃電土星水分子光環圍繞高樓旅店。飛船上只帶了簡單行李，補給品及皇后衣物。你也是。）

築在沙地上耶穌降生耶路撒冷拱門圓弧泥雕土堡結構，真像失落的墨西哥馬雅、南美秘魯印加古文明，沙上預言。塔圖因星小型商店七零八落器材零件墳場，雜貨鋪，私有幣制，不受共和國管制，命定似的保留了阿米達拉珍寶引擎。奔塔之夜，小安納金贏了，母親不能走，他說：「我不想改變。」「你不能控制改變，不能阻止太陽下山。」

安納金不識易裝阿米達拉女王，但和帕德梅相遇一場怕以後見不到他了，用茄柏木雕了個小機器人送給帕德梅，十年後天行者安納金再回那卜星保護阿米達拉，成為二人相認的信物。土星發光的小雜貨鋪。九龍仔格仔山腳的小旅館。（安納金開啟鍵控，擊中反應爐，那卜星內爆，癱軟了機器人大軍。成功營救阿米達拉。）

灣仔 H 入口，Olivia 刷卡，嗶——，推動爪形轉軸進去，我也刷卡，不感應，不放行，此票無效—此票無效—此票無效……名列前茅世界繁忙捷運系統，被拒絕進入，閘門外束手無策的看著Olivia。

Olivia從容地皮包裡取出另一張卡，從裡頭掃描，嗶——，過關，光碼防護罩啟動，登路台下降，我能離開了。（書店偶遇後十年，一次友朋聚會，L也在，仍少話，迴異於常俗的平靜氣質，不再牽掛什麼的放手狀態。仔細收起恐懼的感覺，不再怕錯失什麼嗎？未必如此，但究竟是什麼感覺呢？丈夫命繫一弦的消息來時，他在旅店同個屋裡怎麼反應的？什麼時間呢？有考慮時差的空間嗎？生命中最重大事件發生，他獨自一人。座艦飛離星球，zoom out再zoom out，快速拉遠。深夜你在九樓窗口遠眺城市，也有什麼回望你嗎？永恆的正反鏡頭。學期尾聲，循環周期人車疏落，被遺忘的星球迷地，回聲杜鵑開始出沒的季節，小號啼鳴，真像貝多芬《命運交響曲》前奏四個音符流瀉。喪偶者基因，植入你們的細胞，不在場共同體。

失靈的八達通卡，遞上球狀中控服務台窗口，值勤人員等驗票機過卡隨聲問道：「錢不夠嗎？」「不知道，之前剛加值！」（他身邊有個大型加值機，會不會加值一百，他錯按，一萬十萬百萬……得用多久？可以兌現嗎？）很久很久以前在一個遙遠的星系……世上最繁忙的運輸網絡天外光速回話：「數據顯示你上次進站就沒出站。」不是不是，上次過卡刷了幾次皆無感，我便踅回才沒進站！那些無效的動作記錄了我進站路線，無反向鏡頭，進場成為有入無出的單行道。

創作坊學生作品，同樣交錯虛路線，連家船、外婆菜、南雁飛、唐樓……新世代異鄉人南旋港九，住過一幢火柴盒高樓，一百二十平方呎，三十七層，一層一戶，三十七戶，夾心在兩座更高樓當中，樓梯、防火巷、電梯、管理員……一應俱全；另一個異鄉人，以二十四節氣細述外婆精緻用心家常菜成為線索，母女失和，孫女失了外婆聯繫，夾縫紀憶盡是外婆拿手菜式浮水印，女孩有張雍容長臉，笑窩修飾著他的想念缺陷，也像那長條竹竿似的樓，每天每天走進去到處碰壁，居住者每一移動，皆靡費過度使用空間。房子和人，節氣和家常菜，磨石與被磨物，一圈圈往裡加水吃力推磨，分解生活碎片，磨出一點點成果。（現在你真在這裡授課了，但是，和文憑一點關係都沒。）

於是，仍然在六角窗之外。出門去找德國施德耐 STAEDTLER Noris Stick 434F 小蜜蜂腹底六角黃黑條紋樹脂鐵甲武士經典原子筆。434，型號；筆桿 200mm×7mm，規格；F，筆跡寬度黃銅筆芯 0.5 mm。筆頭鏢靶鏤空，上個世紀來港必購，還記得二〇〇五年領了博士證書中環市場窄巷二樓文具店架上取了最後二盒，就再沒回來。

中環市中心兩幢大樓中小巷，當間背靠背攤位，文具鋪樓口對門攤位仍做唐裝內衣褲零碼布批發，關鍵字抓取記憶磁碟，一眼認出那對夫妻檔，十數年隨口吆喝成習性：「睇下啊！買嘢囉！俾減價！唔買可惜！」人沒太變，粵語九音變調，小小夾帶普通話四聲語境。女人漠然瞧我一眼，沒真的當我是買家迅速轉過臉繼續叫賣，聲浪發條沒上緊瑣碎喃喃自亂節奏：「呢個世界無咁便宜嘢！唔好再話咩要買啦！」這個世界沒這麼便宜的東西，不好再說拒買啦！

峽谷樓梯盤旋而上，如不久前才來過推門走進文具店，迎面四排灰鐵架老地方站著，不見炫目商業氣息的無嗅無味鋪麻將桌馬糞紙色系，文房四寶退位，直接望到局限原子筆區，長條試寫紙表面那張，空白無任何筆跡痕路，到處興致亂寫「×××和×××到此一遊」的全民運動不流行啦？筆架上立著五支如佛指久違的黃黑條紋筆及整盒紅色筆，空白試寫紙上開筆，寫啥呢？到此一遊！以四十七度目測右轉進入虛擬跑道，優美無伸縮黃銅長筆芯滿空白試寫紙，然後，停車，從那天便一直擺在停機坪。

黑色系只剩架上，老闆去搜庫存，不一會兒回報「唔貨啦！業經停產，賣完就唔啥啦！」似曾相識的台詞勾起二〇〇五那年買走整盒的留下零散單支，老闆當時便如是說，幾乎一字不易。落下的這幾支，蝦走迷航，就此無法動彈，一待幾年過去了，隱身 434F 矩陣裡，在某人的 434F 書寫時代展開及結束後，仍繼續存在。樹脂沉默不容易垮掉，直到有一天，離開者回頭尋來，文字的流亡，重拾手寫敘事工具，找到一支筆六角形傳統脂鐵筆管，不想再假裝是光纖族。

奇幻有時候是以傳統展開，不同顏色電線束成大紮一票人，同夥作伴上路，走向結束離散，卻也開始離散。這趟，由大疤組成的小搡人馬有少小離家的同鄉老兵羅叔及九〇年代初搭上返鄉潮老來結親羅孃孃、單眼弱視文盲殘破報廢無法修復重口音蜀腔親弟娃孝。羅孃孃懷疑羅叔其實台灣有人，騙他（三十好幾）孤兒寡母，吵鬧不休非上台灣求證，（羅叔臉紅：「這算個啥名堂嘛！」）孝則追趕遲了四十年的父母腳程去台灣探親。如此弱勢邊緣碎片，不是淪落江湖賣藝人是什麼？大疤將一票人由四川先拉到香港稍事停留，嫁接之地，「權當氽燙心境。」他說。就這樣，交通語言住宿都生分的過境香港，住進了那個年代應勢而生大疤也不熟的汪太家庭旅館，汪太少見的婉約恬靜，倆兒子知書達禮，供兒子上學，開起了家庭旅館，毛巾床單早餐專業管理，令人印象深刻。旅館在港島最西銅鑼灣，和九龍東啟德機場隔海有段路程，傳奇邊寨九龍城，一九四九年南來者在此依牆安身燕居生存，腳鐐似的綁在機場邊。坐巴士還是搭計程車去銅鑼灣？一直是最難啟口發問的瑣碎細節，那個都有可能且各有理由支撐的答案是什麼，就略過了，這場可能的流亡團情節，國王的新衣，隱形、自動刪除，類似這樣的記憶，收在資源回收筒裡，碰也不碰，沒檔名，不歸類，不打開。（此刻，不分季節離尖峰時段的銅鑼灣那幢大疤住過的汪太住家地標漩渦打轉似深陷周圍五十層錯落高樓群中心，之前一樓風行的平價連鎖美妝店早退守二線街市或轉輾台灣大陸市場，家庭式小餐館被當令私房菜、異國韓日料理、Pub夾殺不知去向，巨大的人車聲，回音谷似的，在高樓間迴盪碰壁，永遠的在找出路。）

賣藝人穿越異境，高樓叢林、靜音車流、密集商家、霓虹五彩都市線條，孝以僅存的微弱左單眼視力，透過灰石眼翼遮蔽的大半瞳仁稀疏睫毛，十五度頻頻調動臉頰抬看左右，眼睛吸收了光影色彩，萬花筒似的在眼球面變幻畫面，視力重生。中年的孝農民大嗓門：「哥哥！了不起！這回可長見識囉！」羅孃孃張大口，連珠炮發出哦——哦——哦——，單音結構在建築體形成回聲嗡嗡翳翳：「鬧熱哦！真進步！這哪箇住得起哦！」羅叔笑了，「龜兒子想住這裡！」在他們住的農鄉田陌空曠無阻礙，養成了大聲的習慣，轉換成為都市場景，耳背的大疤都覺得聒噪：「我們要講文明！說話小聲點。」

記憶中的家庭旅館臨公園，五星級旅館林立，高密度商業巨型看板、奢麗旗艦精品店、豪宅、斑駁樓體鴿子籠窗花、暗巷簡陋小攤、魚汛洄游人潮，大疤他們就這樣進入了暖流漁場，著名的觀光路線，同吃同行同住，觀光客得消耗程序，他們是江湖賣藝人，等待是他們的宿命，他們不消耗，只遊走。在兩岸剛開放的九〇年代拘謹不安興奮的和眾多陌生人吃粵式館子、飲茶、喝品類繁多的酒，趕早趕晚的進行著屬於他們的而當時尚未風行的自由行。熟爛的廣式煲湯食材，很合滿口爛牙的孝。

那一刻，他們可曾有逆時間而行喧囂退去的幸福感？記得行前我對大疤說：「訂間好點的旅店吧？」大疤想想：「汪太太住處足夠了。」怎麼汆燙呢？日常生活。住進後扳著手教孝使用馬桶、盥洗設備，然後下樓吃飯，揭開防護罩似的，近身接觸川流不息陌生語言、人群撲面而來，孝當場猛暴性失憶般滿臉通紅失語呆立流淚不止，大疤一旁緊握他手讓他緩氣回魂了，才慢聲說：「今晚早歇睡，養好精神，明天就見著爸爸媽媽。」孝說不明白自己那幾秒發生了什麼事，但僵直的肩膀放鬆了，羅孃孃抓著羅叔臂膀，全捱靠著大疤，不只怕掉了，他們怕人。他們一字排開在鬧街，閘門似的，阻擋隱形的洪流。

羅孃孃問：「回去還進這塊嗎？」「不進！你們弄不實。機場直接轉機飛成都。有啥事？」

「哦！兒子媳婦特別交代要在香港買東西。」

這難倒了不逛街的大疤，拱廊廣場上，他傻了，如被九音粵語不時衝撞的熙攘人潮點穴，不知何去何從。就在這時，他日後說，不可思議的，天空瞬間傾注滂沱大雨，倒水般，都市市民大多有避雨經驗或裝備，抽出折傘，從容的迅速散開，空出了他們所在的位置，不久，天文台發布黃色暴雨警告，航空一度傳出可能停飛，不知情的他們不與資訊同步，由大疤帶往最近的綜合商場，巨幅電子廣告，是成龍鼻翼脹縮不知在賣力宣傳什麼？

弱視孝踩著什麼，蹲下身子撿起來：「哥哥，這是啥東西？」大疤攤開擠滿繁體中文、英文印刷字、維多利亞港城市線浮水紙面，香港一九九〇年一月一日憑票即付港幣壹仟元香港上海滙豐銀行有限公司，讀報般仔細讀給文盲孝聽，舉高了迎光檢視透析出兩道防偽線：「你小子狗屎運撿到港幣一千元。」孝結巴急切：「那——換多少人民幣？」「一千五百元吧？」羅孃孃突眼張唇單音大叫：「哦——！哦——！」雨勢如瀑傾灑街道騰空大圳，人生浮沉，四十年工資加起來也沒一千元的孝，扭曲早變形的橘皮五官放聲發出會講人語的動物狂厲：「老天爺噢！老天爺！你到底朗箇有眼噢！」他要把這一千港幣孝敬父母，「哥哥！你幫我收好！兒子不孝！這是老天爺的恩賜！」夾生在既童話又寫實的故事鏈下層，翻轉的魔境事件。

這晚子時，六角窗一百八十度張望城市線，地標高樓若隱若現烏雲濃霧密布，外星球五十一區。海島型梅雨秀，墨綠天空雷電交馳海平面甩出一道道電光石火深入里巷鞭笞塵世的血脈神經。凡俗狂歡節。平日樹大招風的座標巨樓忽地悄悄隱起身軀，我所在的六角窗熒熒亮燈風雨中格外如擎火把，遂成為眾樓消失世界一扇生物比對景窗，燈塔訊號面向消失的世界發出黃色（暴雨）訊號，一小時後，升高為紅色，再半小時，黑色，近年最高級數暴雨警告。下方馬路極少出現的轎車駛過，涮——地濺起一米高水花鏡像打在前後左右車窗上，留住了光，一種環形連續移動之幻影，隨雨線攀升折射六角窗分光儀似析映在房間天花板。

前幾天才歷經一次，常借道越區的隧道，環山打通圍抱城市的脈搏，半夜惡水每小時降下一百毫米雨量，山坡或花崗岩石場崩塌，夾帶沙泥往隧道口倒灌，全面癱瘓交通，放射狀出海口來不及宣洩，天然蓄水池，迴光反照，漂浮之城。城市通報系統延異幾秒，便燈塔及時回魂打出訊號，午夜三點四十分，天文台機動運作發布黑色暴雨警告，天漸亮，市民宿醒，一夜生變地停工停課。寤懷者無法安心入睡，如你。這城市，夜未央，暗處有各種夜巡者。女作家為什麼離開又重返？我有些知道了。

二點四十分，天台文正忙和，暗影走道回響著啪啪啪重力拍門聲，隔音效果，聽來遙遠延遲，是我的門！男聲粵腔普通話：「房間電視聲音太大！妨礙別人，你懂嗎！」簡直聽得見聲帶因緊貼門板發出急促呼吸，怎麼知道這房間裡的人講普通話？沒開電視啊！只用電腦筆記，間或岔線上網查看暴雨新聞。長條通道力學，腔體共振，聽見什麼我沒聽見的？難道太專注雨勢失掉別的訊息？傾聽蹣跚腳步走開，停在通道中段，就沒了下文。窗外背景忽明忽暗畫面撥格，是飽滿濕漉水墨路面孤零零車體間歇擦過路燈，干擾了光影投射。望見床頭數字鐘面這時跳動，二點四十七分。（筆記、傳記、回憶錄、「到頭來不過是小說」，木心的話，寫法上別有用心的小說，文學不勝表現真實。當下，站在簡直是實體小說現場，知道自己回憶大疤，疲累的時候偷懶總想到他的口頭禪，譬如，「這事兒我很在乎！」其實是話語的累積，記得吧？一向喜歡的劇作家趙教官趙到齊趙琦彬的話，肺癌，家人做主赴北京遍找偏方，死到臨頭了，他自顧大箱籠蒐羅想寫的《幽靈毛澤東》資料，沒死就當活著，最愛嬉玩時間換場，山東流亡學生幫西北軍老人見面，老友染髮又見冒白，趙到齊打趣：「你的頭髮又換季了。」那些「到頭來不過是小說」的人生，根本也就無所謂結束不結束。下文究竟如何？大疤以自身為底說的是，餘不知其究竟。）

半夢半醒如睡在啪啪啪水底悶窒潮浪不斷撲向的沙岸邊。終於天亮醒來，床頭櫃手機冷光閃爍打什麼信號以的，打開蓋面，有一通未接來電，二點四十七分（無號碼）。誰啊？

（房間坐北朝南，太陽從東方順時針跨度，天晴的日子，路上行人的影子落腳邊，在東或西，隨著主人移位。大白天，鬼附身似的。）

新聞畫面中一輛大巴深陷隧道口集車場泥淖塢埋整個輪胎，司機返工看見，輕鬆微笑用鐵鏟挖泥：「嘸辦法，公司派另輛車先頂住，天災人禍囉！」上午十時三十分取消黃色暴雨警告，復工復市休課，過海返工人潮，動輒站牌大排五百米長龍。延遲開市的證券市場，下午一時恢復交易，開盤大漲六〇點，隨即暴雨般全面摜破季線大跌五百點持續探底，如接泵排水，一洩千里。電視新聞畫面反覆播放這次暴雨如風速每小時三百二十三公里過境釋放能量，處處有車輛熄火沒頂，有一個監控器畫面，深幽半夜隧道分隔線上失能的車身邊，車主驚惶失措的不斷撥滑手機呼救，半天沒車進入，沒車出來。

想像大疤短暫停留那晚，雨下在什麼都有的鬧市，食鋪超市衣飾黃金……閃閃發光，豪雨清場，引領著大疤出銅鑼灣不迷路。近二十年前的事了。站在汪太舊樓底，魚梯洄游來回巡梭，這就是以後了。樓下那間收拾潔淨搭配季節賣柚子大廣式綠豆仁裹蒸粽、臘味煲仔飯，平常就鮮蝦雲吞麵、燒鵝叉燒油雞烤乳豬、例湯家庭餐館，改頭換裝高檔店，領檯口大排長龍，得先抽牌等待叫號，往裡探，玻璃窗砧板鐵鉤垂掛什物光景不復，人影喧沸壅塞，看樣子和人拼桌跑不掉。把數字號碼牌放進口袋，由隊伍裡抽身，江湖賣藝團路過沒進這店。我也是。被離心力拋擲，頻頻回望十樓汪家，他們應該早已搬走。轉轉悠悠之舊地。早前忘了彩券，這回，不為對獎，即使無意義，總之，你有了個號碼。誤闖天機。

出了地鐵站，決定散步回六角窗，穿過窩打老道，解放軍東九龍營區，花園豪宅區，迷宮亂走，隔著山腳架高的鐵網樹叢可望不可即大學後門，公園各類運動畫規為小區彼此挨著，游泳池、花房、網球場、競走跑道、足球場、籃球場、溜冰場、涼亭……居然角落有塊育苗圃，園丁穿家常服忙和著，「請問這裡可以下山到學校嗎？」我上前問路。普通話對港語。「沒路吔！內邊得行。」沒路，那邊可走。精實矮墩團臉扣眉笑容親切，標準粵相。苗圃怎看都像他鬆絡筋骨的私人菜園。

就這樣，依園丁指示，那天稍晚我好容易下了山，才發現下了山另一頭，相背山兩邊，市容突變，迎面和公園對立的一座天主教公墓高坡，依地勢搭建的靈骨塔如空中之城，梯與梯銜環抱住教堂，標準港式建築物連體手法，大樓與大樓山下與山頂打通串連，居家鬧市，不到底樓，可以腳不落地。墓園H型橫向結構如橋面對掛滿牌位照片靈位，哭牆，橋上站著生者。黃光時分霞光打在山壁，舞台似的疏離出陰陽台上台下。跑了半天，被帶到這裡。

口袋取出另張寫滿老電話地址稿紙掂算著，大疤死訊，從來沒有親口報知失聯的長林，大疤走前，長林已進入九〇年代末換城市換工作輪迴，少回長春，巨蟹星座的他，反動橫行，人生聚合就是個蝦走。

打量寫在舊稿紙上的號碼瞬間像通往未知的天橋密碼，如果通了，就能證明這條H過道還在。望著那組不像真實存在的數字，革命一場的樹變成紙，寫上字，一組號碼構成不同的訊息內容，激振膽結石般分析了你的情感譜系。有天光纖革命，光束分離數字傳輸出去，抵達後，再重組你的號碼他的號碼。

於是，拿出手機，捺下數字組送出，鈴聲在千里那頭回響，久久，不可置信的，「喂——」沙沙斷續波動如外太空音訊的來到從前，金石數碼。「這是大哥的號碼，你是哪位？嫂子嗎？」原地站住，淚如雨下。是長林。由這裡轉機長春，長林總是會到機場接機，這些年他從來沒刪掉這組數字。原初號碼，真的有。

此英制行進左右相反的國度，每有逆返而行的感覺，於是，我所在之地，如幾十萬光年外定格六十億人口記憶體爆炸點再拉近，香港隅角深夜六角窗燈下無觀眾無時間無光合作用，獨幕劇獨白單音，持續向你發聲。

氣象預報，受海面環流影響，全島產生旺盛對流，預計帶來豐沛雨量。停留一段日子了，我知道那意味著什麼，四百毫米雨量疾降在九龍公園碟形台地上，擎舉不住往四方傾瀉，牢牢攥住枝椏的油亮樹葉，竟不依時序一雨知秋。天水墜入維多利亞港區將隨潮汐奔流出海，回以濕度飽和引發劇烈頭痛狠狠襲擊異域者。

取出皮箱開始收拾行李，就這樣吧，提前離開，「他不會回來了」，一切歸零。抵機場，如來時一般的季節雨，彷彿你根本沒出過機場。託運行李後進關，這是每個旅次最詭異的部分，行程結束時迎面總撞上旅程開始。這條奇怪的秘密路徑，沿著記憶的影子來回傳送。候機室穿透落地玻璃窗，我看著什麼。不久，一名機場制服女子走近以理性無起伏音調：「請問是香港公民嗎？」不是，「可以協助香港政府填問卷調查嗎？只耽誤幾分鐘。」好熟悉的語句，怔忡出神，不是遲疑於哪裡聽過？是知道在這裡聽過一模一樣的問話。見沒反應，女孩：「沒關係。謝謝你。」原地靜默四下張望搜尋徵詢對象。大疤就像各種問卷活體實驗範本，總是隨機中選，餐廳捷運畫廊博物館公共運乘航機艙，尤其機場。人們看不見我，都直接徵詢他，他次次皆如公民應盡責任與義務認真專注填寫。時間的甬道上，沒有他給答案的世界究竟怎麼運轉？如何與他上下場錯身？女作家忘我的站在新書平台前，望見什麼？無可改變的停格手法，這次施以大疤角色，「餘不知其究竟」，也許你可以繼續傳話給他，以此替位。（隔年，你將讀到著名曲人張充和一〇二歲辭世新聞——民國最後才女張充和去世／合肥四姊妹成絕響——悼曲友，「容易吞聲成獨往，最難歌哭與人同」。是啊，生死，皆獨往。）

於是，逆迤邐人潮約期相聚般款款走向女孩：「對不住，我可以填寫旅客問卷嗎？」接過表單，右轉 47° 坐下，大疤，順著你的節拍一字一句落筆囉！千萬遍陽關小舞台，目測你所在位置，拍起曲子，遲到，走著走著，同期坐唱。

第五章

家族時間Ⅳ　這一年二〇〇九

疑酒精性失智者備忘錄

眼下，疑酒精性失智者。情節劇的源頭。
酒精性失智，是他人的永劫回歸。

棋子之鄰點稱為「氣點」，……氣點全部被消滅，謂之氣盡。凡氣盡之棋子，由盡其氣者移置於棋枰之外，謂之「提取」。——《圍棋》

最後，還是回到出生的醫院四周。

搬出母親口中「這是我的房子」，不是那種慣性的第N次出走，是父逝七年後的長考棋，更像，第一次叛逃舊家，於是，行到水窮處，停息久久，往往不知道如何往下走。

總之，單身宿舍安頓下來，單人沙發床（之後二芬妹送來豆綠絨布搖椅好休閒的擺落地陽台角落）、木作書桌、靠背椅、老牙醫診所骨董探照兼立燈。簡單，讓一切比較容易，新的作息空間、動線，很快就發現，「單」，日常生活關鍵詞。

以往有一搭沒一搭的校園腹內散步挪到深夜，改成棋盤環外疾行，一步一子的每分鐘一百步健走節奏啟動了圍空提取三酸甘油酯、膽固醇動脈壁上聚積凝塊、降低心肌梗塞機率……之身體線上作業，心思整個跟不上腳程的四周只見人、車、樹、牆……影像晃動。極微薄圍棋知識，你自覺像圍棋黑子，圍棋，顧名思義就是要「圍空」，空者，空點也，對弈之道，採經濟原則：「以最少手數圍最多空點。」

連點成線，連線成面，圍成一個「空心地」，叫作「眼」。圍成同樣大小的空點，在角上要花六手，在邊上要花九手，在中腹要花十二手，「從圍空效率來說，角上成空最容易，故圍棋一開頭，大家都先占角。諺云：金角、銀邊、銅肚皮。」（小時候，是父親教我下圍棋，常看他就棋譜下棋。）

咦，校園內圍走，銅肚皮？金角、銀邊之緊鄰宿舍也算成大編制的醫院四周行人道摩托車無日無夜將空間停爆。暗夜錯落的菸民、排班計程車站散落的塑膠椅、不斷開闔洩光的急診室自動門、陰森停車場平面貼紙般零落車體、急馳來去嗚伊嗚伊救護車、築建構工中的大樓、苦提及羅望子路老樹……像地底第一層。

所以，你不是那麼喜歡投以視線。大部分時候，你假裝自己只是路過，可惜，方圓數公里再變再新，你都清楚記得現在腳邊人行道墊高的露台造型小花園曾是牆根搭出的成排違建舊址，飯館單車店報攤票亭。因此人生只是擬態，如煙逝去的現在以及想像的未來。從未逸出意外。而你從未離開。

七年前重返青年時期且行且遠原生老家，歲月違和，才開始建立動線記憶的回過神一一確定離家那幾年搭的西部上行台鐵山線一五八平快車次早取消了，當然連同下行回家的一七一車次。且才知道，人生圍走，其實只是大棋盤、小棋盤差別。

如觀落陰，迅速轉換四度空間的進入人影晃動失控暴走家庭環形劇場，暴走者，以前扮演柏仔二哥，老父的柏仔，眼下，疑酒精性失智者。情節劇的源頭。

看著看著真不知道錯過了哪階段的居然唸起了定場詩似的：「原來沒有過去，過去就是未來。」可怎麼開始的呢？像是人生路被遮蔽了一邊，使得此人沒法在立體世界平衡的歪斜跌撞，於是自我封閉避險，早早便誘發了孩童期早發老年失智症。不養家，不社會化，不父不夫邊緣性格。算算，時程四十年。那些年，我也避險，譬如總是躲避娘家年節團圓飯風暴圈。世紀初，飯店吹除夕聚餐風，我娘打頭陣，訂餐歸訂餐，但請清潔公司大掃除、交代媳婦女兒們大採買、年三十晚祭祖沒一樣省略，事前便點名台南幫我妹我哥四家老小假性闔家團圓，老父在的年代，大夥兒年年湊興年年罵：「噁心死了，再也不吃這餐了。」啥事呢？滿廳滿席年夜飯桌，哪忙得過來，可酗酒傾向者，三杯酒下肚，拍桌吆五喝六：「叫你們總經理來！渾蛋！搞什麼鬼！上菜這麼慢！我爸都餓死了！」「廢話滿篇！大過年的別鬼啊鬼的，觸霉頭！」我娘罵。咦，倒笑了：「你是我的好媽媽！我敬你，打牌餐餐端鍋。」仰頭飲盡如最後一根稻草小酒，冷盤都還沒上完，老兄已經結束了，又哭又笑中邪起乩，幸好我爸耳背弱視，啥都不知道。小輩叫爺爺奶奶外公外婆的只能視若無睹整個的迴避狀。老娘也如起乩年年非唱這齣戲。

還沒搬宿舍前，子夜經過一牆之內中文系，習慣性會揣度哪間研究室亮著，前幾年，一排八間總有二三四簇隱隱含光水晶球，夜之手捧著，巫測日夜。如今，暗淡多了，像引力坍縮形成時間場異常黑洞。最常見邊間研究室光池由樹葉枝椏映透出遙遠光暈如岬角墨夜燈塔，提醒來往船隻航道，每一觸及都有恍若隔世之感。

南方小城的生活內容物，農村社會復刻版，固著且雞犬相聞，習慣即動線，出校園往東，越過三個紅綠燈十字路口，這條從小走來走去的老路，現在成了幹道，多年前一座二十五層樓大廈商機不明的興建完售矗立在鐵皮屋、日式黑棧瓦風格紅磚老屋或泥作眷村群聚間，像拔天問號。問號不遠十字路口老遠睇見黃燈轉紅，如此節奏，正好讓你車不偏不歧停在下個路口老影村燒烤店前，這時你會看見酗酒者兒子你姪兒銘面朝外簷下長條矮凳和老闆共桌，半人高椭圓手扒雞烤爐架旁邊，氣象局預報明日開始新一波冷氣團南下，強度達到寒流等級，下探攝氏八、九度。入夜後天氣快速轉寒。

搖下車窗遠視，他亦認出你車迎上眼神，那樣的距離與光線，恍惚看見他訕訕牽動臉頰肌理一抹不自然的笑。

感覺自己像暗夜流動人形監視器。

如此捕獲畫面，不止一次了。銘自己的燒烤攤例行或突發休店，常能在這兒找到他。進廚房就別怕熱，他卻老兜著別人的廚房轉。說來這次長休兩個月了，之前他外公病逝，例休順延了下來，主要母親服喪，沒人起早兵仔市場批食材。燒烤攤就設在我回家路邊疊架樹冠小葉欖仁樹群下，電線拉繩懸吊幾盞 LED 燈光照著塑膠矮桌椅，數攤群聚，左右攤臭豆腐、關東煮，再過去滷味水餃，明明同樣燈火熒熒，其他攤零落散客，關東煮照例美食粉絲團似大排長龍，各類青菜、蘿蔔、菇類、泡麵、甜不辣……食材一袋袋裝好，隨點隨燙，丟進倆口鍋子掛鍋沿豬籠草狀蜂巢網勺子內，食客們靜默儀式，之耐煩又像等移民允許的難民在希望陰影中緩慢移動。雖說已過中秋節，台南還高溫不退，夜晚地氣上升，像炭火熄掉仍蒸騰的爐底，十月的小葉欖仁細碎葉片羽翼翳影般罩住退到底線的燒烤攤凹字拼圖，愈發像暗流。

可這回，暗流擴大，前酒駕者慣性半夜頻頻電話哭鬧大小便失禁跌傷暴瘦時程中，大白天送車進廠邊等邊喝出來擦撞路邊停車，他說賠五千，人家要二萬，火了：「我告你光天化日敲竹竿！沒道理！」人家先報警，當場酒測，他：「我哪會測不過！才喝兩口！」是沒過多少，吐氣酒精濃度超過 0.25mg/L 未滿 0.4mg/L，五年內累犯，開單直送法院。像以前一樣，先瞞著：「等事情發生了再說。」

直到，中秋掃墓，我爸骨灰罈龕位前，我娘欲言又止表面我爸其實我：「哪，給你說件事，小弟現在都不回家，躲警察囉！唉！不管他，管不了，讓他去闖。說要罰一百萬哦！」我感覺後腦勺幾束灼熱眼光，皺眉低聲：「怎麼可能！」是說怎麼可能罰一百萬？「駭！說不管，看著怪可憐，老頭，就是丟你的臉啊！」松仔大哥照例：「還不都被你寵壞的。」（別演戲了好不好）多久前的事了，這會兒應該傳票快到，節骨眼上，照本宣科：「小妹一定管，反正挺多聽他罵幾句。」小妹誰？在下我。

那廂我娘嘀咕自語：「他有招噢！媽，你花二千塊，幫我租間小房子讓我躲起來好不好，救救我啊！你是我媽。」看我不搭腔，只好說白了：「你說怎麼樣？」我O.S：「警察是幹嘛的，要找還找不到。」而且，哪有二千塊的房子？直直盯著龕位老父照片，真有大白天見鬼的感覺。爸，你說呢？

「我說我沒錢，他說要躲到我那裡。嗟！我才不幹。」我娘突然提高嗓門！「哦！喝酒喝到路都走不了！腿沒力。居然知道開車停在我大廈路邊。」大廈，我爸名下眷村改建樓群。（以前隔壁大哥哥小一高燒燒壞腦子，長大了有家不回，老孤零零住土地公祠，領回去洗乾淨了又屢屢跑廟裡躲家人。好好都六十歲人了，怕抓，會不懂得躲遠點？）我娘開講：「沒停的打電話給我，發酒瘋，說想見我最後一面，下輩子再報答我，要上樓噢！」松仔：「那怎麼辦？他人都在樓下了。」「嘢！我叫他回家，哪能讓他上樓！」是啊！為人母皆有母性？這哪一齣善惡二分法連續劇旁白？不不不，我拒看八點檔，跟劇情實在太累。老爸在就好了。

那天開車載眾人回舊家，皆默聲，明明已入秋卻溽暑天氣柏油路面懸浮蒸騰熱油網，如行沙漠而見海市蜃景，人生光線偏折於世生成幻影，似無有明滅之時。果不期然，兩天後接到銘電話：「爸爸幾天沒回家睡了。有時白天帶他回家，一轉眼又不見了。」（傳票還沒到的提前逃亡者）雖大演失蹤戲，卻訊息不斷丟給老娘，苦苦哀求租兩千塊房子（否則我一定會死在監獄）的白天開車躲自家巷弄底，夜晚單人馬戲團轉進老娘社區外幹道路邊。老福特車腹喝酒度日的說不下車就不下車。早年診斷出椎間盤突出壓迫神經根，醫生建議動手術卻矯正復健醫療皆不理會因「會半身不遂」，長期壓迫終致脊椎管狹窄及多數神經損傷造成下肢無力及大、小便失禁……馬尾症候群。馬尾症候群之記憶史。

車遠老影村三分鐘後左轉復國路緩坡上行，老家原址改建的大樓群面馬路整排店面僅租出一家類福利社小店亦已打烊，深灰鐵門退藏於暗夜，五色水墨線條皆陰晦。

然後，一輛黃色計程車頂燈亮著鬼影般浮出鏡頭裡，車尾背熟了的車牌號碼，幽暗前駕駛座車門底歪倒著倆另類瓶中信參茸酒瓶。

我靠邊停妥，下車往畫面走去，望進褐色隔熱玻璃窗，異形似癱在駕駛座哀嚎，後座衣服、毛巾、泡麵碗、衛生紙……垃圾場，前椅護頸頭枕（不知為啥套上吱喳摩擦的）塑膠袋尼龍繩粗糙胡亂紮綁。從來沒有一次這麼明確的知道銘及他爸爸同一時間在哪裡。

撥手機讓銘速接他爸回家，「否則寒流半夜失溫死在車上。」（如果，這天我沒回舊家而北返，這車成為一輛凶車的可能性有多大？銘一定也想，如果不正好出現在老影村，也許，之後之前，便一切結束。算不算一件好事？）

幾分鐘後銘騎摩托車到，拉開計程車門，傳出一股惡臭，「你幹嘛啊！」大小便失禁，銘（真夠衰）彎身扶人：「出來啦！我載你回家。」馬尾症候群又哭又笑：「咦！你是誰？噢！小妹啊！對不起你，我活不久了，我被關一定會死在牢裡。你是我妹妹，我們是親兄妹，我們同父同母，嘿嘿，我是你哥哥。」（「去死吧！」打內心裡悲哀。佇立大樓陰影覆蓋的車體前方，幹道平日流量大，今晚詭異的只一輛警車默默經過。如此上下中山高通衢要道、回家必經，能叫躲嗎？）

星光微弱，銘以單調詞語反覆苦勸僵持：「出來啦，法院傳票都沒收到，啊！誰會抓你？以為看不懂你苦肉計！別鬧了啦！」裡頭回聲似嗚嗚嗚啼哭：「我要看奶奶最後一眼，他不准我進去。」

這時，黑天裡背後有拉小型板車聲，是小老弟，我叫：「小老弟。這麼晚了你還在工作？」「大姊姊，是你，我有名字，叫童中川。我姊姊說，我長大了，不能叫小老弟了。」「對不起，童中川。」眼前中年男人講著簡單邏輯，小老弟，不，中川幼時（哪來這麼巧的）高燒成中度智障，發育的四肢健壯，個性溫馴，父母故世後跟著唯一的哥哥過，認命的打小只做一個工作：收垃圾，現在叫「資源回收」，勤勞努力，早晚都看見他在社區轉，賺的錢交給嫂嫂作主存起來，那是他的純真年代，哪想前陣子羨慕周圍唯一的小世界叫哥哥弟弟的都各自結婚生子，甚至有些婚宴就辦在大樓中庭，穿上嫂嫂打理的乾淨衣服喝喜酒就近盯緊待回收的瓶瓶罐罐同時興起了成家念頭，但講過兩次便打消了：「哥怕我老實受騙。」誰都誇小老弟有禮貌脾氣好吃苦耐勞：「可惜了。」是啊。

小老弟和氣有條理：「你可以叫我中川。大家都這麼叫。大姊姊，你要幫忙嗎？我最會抬重東西。」「沒事，你早點回家。寒流要來了。」「大姊姊，那我走了。」「中川，晚安。」

銘終於半拖半抱醉乏死重的父親到後座，大略清抹前座坐進去：「我待會載我女朋友一道來騎車。」

車體下坡前方五十公尺綠燈左轉。天際異象泛紅，抬臉遠眺，穹蒼之下，一直來一直來的，豈止寒流。

小弟哥沒少被關。

真不會唸書的被（黃埔出身的）爸爸送進至少是條出路的陸軍士校，眷村空間小人多，並不覺得家裡少個人的倏忽他就士校畢業（很久之後才聽說爸爸計畫讓他服役一段時間轉警校）等分發休一周假。那些年村子裡一群痞子最大的娛樂是到看不順眼鄰近崑山工專勒索欺負少爺學生，就是搶劫啦！一起長大天不怕地不怕的小蟲帶頭，「我事前警告過他，那幾天躲著小蟲點。」早聽到風聲的大哥說：「才少盯他一下就出事了。」他們持刀搶劫，事前有人通報，警察埋伏出兵，大夥兒抱頭逃竄，不知輕重未跑的小弟哥當場被逮，因係軍人，軍法審判，速審速判，刑期十四年，未滿二十，關進明德外役監獄管束，表現好，坐滿一半刑期可以申請假釋。看一場熱鬧的代價，開除軍籍，失去了軍職，警校、自由成為從未發生的事。

那段時空對我來講，是無色瘖啞的威權年代戒嚴時期真空包裝記憶。請律師、訴冤屈皆毫無希望，軍人家庭，能做的幾乎零，只能說，不長眼。

那年我高一。在小小偏遠的眷村世界，五十出頭的爸爸為了生計，放下身段遠到台北當大廈管理員，大哥則去跑船（培訓船員資格考，最後關頭他到台北姑媽家，讓在那兒過暑假的我給他惡補強背英文單字，怎麼也弄不清 watch 是手錶還是看。託關係，吊車尾擠進上船名單，最主要還是人年輕體壯），唯不知道小弟哥在那裡。

再見到小弟哥，是一年多後的春節爸爸回家過年，聽到爸爸低聲以粵語和媽媽交談：「柏仔逃跑偷偷找返我裡斗，講牢裡欺負伊，活不落去。」「要死囉，警察會不會垂斗裡厝？點辦？」我爸說柏仔逃跑找到他那兒，牢裡受欺負活不下去，我媽問怎麼辦警察會不會找上門。我爸決定，等過完年帶他去自首，留了錢和食物讓他躲在大廈頂樓電梯間隔的管理員住處，交代他別亂跑。

年三十晚，柏仔哥陰曆生日，無處可去又難耐孤獨，遂搭夜車摸回家。我爸讓他睡後頭閣樓，提心吊膽過了年。那年家裡只有我和兩個妹妹，他們不懂，我說不上話，爸爸一個人的承擔。大年初六，爸爸通知警察來帶柏仔哥，他大聲哭喊：「我是冤枉的，我不要回牢裡。」合於自首條件，只要加服逃跑的天數。

那年夏天我高中畢業考上台北軍校，放假時，去看爸爸，他總是利用零星時間在簡陋狹促的頂樓住處用電鍋電爐煮飯炒菜，父女倆就著他釘的小木桌吃飯，電梯上上下下轟隆聲響，像有雙手不斷推著永劫難返的巨石。長期音害，加劇了爸爸的耳背。他中年便嚴重失聽。飯後我負責在天台牆角水龍頭洗碗筷，大樓坐落城市邊緣，遠望各款建築樓座擺布矩陣，天羅地網似，無以逃脫其間。

柏仔哥一路宜蘭、台南市區、台南縣佳里的「明德新村一號」地址移動。監禁台南那年，我假期回家去探視，帶吃的和寄放不多的零用錢於獄所，會客時間多半沒話說，那張長大變形的臉沒了小學生照的清秀俊美，吃吃憨笑不自然廢話公式問完爸媽健康就沒話，妹妹們幾歲求學還是工作全沒概念，這是道社會題，他整個人生錯過了。隔著鐵窗，我也只能問他想吃什麼需要什麼，下次帶來，務必耐心服刑。

不是秘密的家庭事不意誰也沒提過的守成了秘密。畢業四年歷經層疊關卡最後進了藝工總隊，有天辦公桌寫信，傳說中的才子綽號張德擂學長晃進來，（大疤，你還記得嗎？）瞄見信封上（我一直井底之蛙的錯覺沒人知道這看起來像眷村名的真相）簡單的地址，平常語氣：「怎麼進去的？」我聞聲極訝異，好高興有人一下子就解構了這秘密。

最後一次探監，中秋節懇親，柏仔哥刑期假釋最後半年，外役監，佳里沙石場工地，（如果現在服刑，可以學做手工蛋捲香皂辣味豆干醬油巧克力……）監所辦懇親會，媽媽、松仔哥嫂、我、三娟妹圍坐一桌，人性的每桌兩瓶（熱）啤酒，吃著喝著聊著，沒來由的柏仔哥突然歇斯底里：「就知道你們看不起我，看不起就看不起，我沒有你們這些兄妹。」松仔哥：「小弟，你這是幹什麼？好好的誰惹你了？」「嫂子話都不跟我講。像什麼嫂子！」「你嫂子跟你不熟，能講什麼？你別那麼敏感嘛！他好心好意來看你，幹嘛啊！」「不用貓哭耗子假慈悲。我們切斷！」騷動迎來眾人眼光，我低聲拒斥：「才這麼點酒！借酒裝瘋！難不難看。」怕爭吵擴大，他醉他鬧他留下，那時雖不歡而散（日後知道是最後的喘息空間），還能撒手不管。沒想到的，這樣的聚餐和關係模式（以及一輩子嚴以律己的爸爸都不忍心讓兒子立即自首，我也一樣的）當時就建立完成。

多年後，大疤終於見到信封上名字藏鏡人，如得其情，大疤總帶著這外人眼光看待他。即使他初成為我們「家人」。

婚成第二天，大疤宴請遠到台北喝喜酒的舊友和大小舅子，（那時的我們多麼年輕啊，一切上軌，柏仔哥已出獄生子開計程車為業。）大夥兒如常的喝酒互揭糗事，多半聚焦大疤一路打進軍校抗命關禁閉禁足「體罰該員昏倒為止」往昔，這天，他是主角嘛！突然（又來了）柏仔哥酒杯一摜：「少話中有話，是啦！我領小妹的錢！哥沒出息，對不起可以吧！哥錯了。」大樓管理處代領郵局現金袋賀儀自行託出：「對不起。我明天自己回台南。別告訴爸爸。」

大疤拍搭肩背四兩撥千斤：「我們家就我一個在台灣，想有個兄妹吵架都沒轍。小弟你喝口酒道個歉，事情就算過去了，都別再提。何況，你不找小妹麻煩誰找他麻煩，他神著咧！」擠眼微笑，是他常講的，事緩則圓。少數的無怨懟無不歡而散酒聚。

但，大疤，這都是你之前知道的。在小弟哥的棋盤上，隨著時間流失，人生中的棋子一一被提取：計程車開著開著和同業聚賭失掉車子、好容易取得大貨卡執照撞死人又那時沒有易科罰金的關了陣子才由集保交保、識人不明的婚姻夫妻失和、兒子不教功課跟不上索性國中即失學、女兒出生就扔給奶奶、年夜飯年年狂嚣開罵、「救救我，我要死了」的車禍大鬧急診室

（電話裡二芬妹：「有完沒完！真夠了，大家都成家了，誰沒有自己的事，不去醫院看他，你媽媽罵沒兄妹感情。」）……大疤勸慢慢來，我忍不住遷怒：「我們家的事你別管了。」大疤難以置信：「這種話你都說得出！我們家的事？」事後，平靜下來，皆再未重提舊話，直到大疤死，深知傷了他。說來說去，我們對如今已轉成的慣性暴走者皆只求表象處理不管細部，細部總是不堪聞問。於是如引言般的敘事最省力氣。「誰沒有自己的事？」事實最殘忍。

沒料到介入氣盡提取初始化在我再回台南第二周，暴走者老媽老妹前妻一通通電話來報：「小弟在警察局。」居然車停警局十公尺遠，警察敲窗詢問，醉得人事不省，被帶回酒測。那時老爸還在世，誰都可以說「不管他」，但我新回台南已被兄妹撂下話：「輪到你管了。」警察登記保人身分，他老兄醒了：「別理這些壞蛋！我根本沒喝酒！車停你們旁邊不行哦？還不是想收紅包！」原本可大可小，畢竟他醉在車上，可時下不僅吐得滿地還哭笑喊陣：「他們打我！」警察：「再不冷靜就把你銬起來！」倒自在：「好熱，怎麼沒水。妹，你跟他們講，他們不聽我的。喂——我要出去囉！」終於，逃避主義無現實感的被強制銬在牆角橫桿上。（新畫面映舊畫面，我記憶庫被分配多少容積率儲存如是畫面？不覺得難堪嗎？又一次無法迴避卻真的難以直視：我哥哥動物般被銬著。）時間歸零。他想起什麼：「不要跟爸爸說。」沒人忍心說。

而且一定的，酒醒後，他會低聲下氣無辜靦腆：「我真的不知道發生什麼事，對不起，小妹，你是我妹妹，你最有出息。這些人壞，專門欺善怕惡！」附加幾個道聽塗說「讓人吐血不公的事」。

終於交保，步出警局，天色低沉，不遠啤酒屋舊家對門同輩鄰居開的，生意紅火，開到哪兒熱到哪兒，家就在附近，為何就不能到村人那兒吃喝再步行回家？身後：「嘻——小妹，再見，謝謝！」（「為什麼？」上車深呼吸頭趴駕駛盤，大疤，你還想管嗎？你可能不知道，「事緩則圓」成了我行事準則。）

那時小弟哥身心也尚能承受處罰，傳票來了，雖未肇事，（不意外的）累犯，（很意外的）速判速決重刑六個月，可易科罰金十二萬。兄妹們商量，讓他受點教訓，兒女陪去簡易法庭報到，（又好意外）原人帶回來，可易服勞役，六個月，天天報到，拔草整理社區環境。

時間來到五年期限最後幾天，扣得真準的無縫接軌下宗酒駕。是啊，步步圍空失算。盡其氣。

寒流來襲，銘拉抬他出車體那刻，彷彿溺水呼進空氣，也像秦俑彩顏出土一旦接觸空氣氧化失色，大死枯瘦身形如小孩亦絮絮叨叨童言童語，記憶中的智障大哥哥會以疊聲泣喊親人：「媽媽、爸爸、叔叔、伯伯、弟弟……」且單純生理反應的重複喃喃：「我睡、我餓、我怕……」小弟哥則是：「我不要關、我會死、我對不起你……」唯一不同，單音字不斷呼喊：「爸、媽、哥、妹……」（很怪的，他從不喊兒女）如此哭法與召喚在爸爸喪事期間最明顯，每天，兒孫靈堂時間圍四周唸經摺元寶蓮花衣褲添香禮敬，一天結束全家日日如開晚飯似餐聚，似最後的晚餐，蓋棺時辰越來越近，因父親過世而生出的凝聚力，我們在憶父的狀態中，一種寧靜感，明白人生就這麼一次，再不抓牢就要錯過了。因此，如每日送行的那天在日式料理店，大夥兒舉杯敬爸爸，不知怎麼此人背上嬰兒發條被啟動的悽慘號啕：「我沒有爸爸了，我沒有爸爸了……」

失去原生親情，對他而言，似乎較一般人更痛苦。

而傷心可以如此空洞，我突然怒極暴徒般抓他衣領拽他離席，「像什麼樣子！就不能讓爸爸好走！」爸爸在時，家庭聚餐尚有個顧忌，默契地維持起碼場面。人子越界，家事憂患始，不晚不早趕上家庭風暴後半場。不免問：「大疤，隻身回台南值得嗎？」

即便這些年不嫌詞費，而暴走者依然故我每聚餐必醉，不分場合激越咆哮、疑神疑鬼、答非所問……，讓大家緊繃，家庭聚餐成了（沒有正確答案的）選擇題：有小弟或者沒小弟。一場場的寒流前奏曲。

長望到黃色計程車拐彎不見，勤奮小老弟都收班回家了，天地間，冷鋒下刀子似襲來。重回車腹，想到夜色中小弟哥枯槁似離死不遠，大小便失禁、暴瘦、昏冥、酒精效應導致之嚴重脫水……猛地悟到，有時答案就在事物表面。以上徵狀，不就是失智與憂鬱症？

希望此病，能為他爭取即將到來的酒駕累犯庭審輕判。

於是啟動連鎖緊密醫療體系治病過程。

第二天透過急診送他住進榮總分院，正式進入緊湊的胸腔科、神經科、胃腸肝膽科、骨科、精神科、家醫科……複式診病醫程。期待依靠醫療整合，省去到處找人的時間與精力，考慮留他在車上，遲早再出事，同時進行將車報廢。

八天後，診斷書出爐：急性肝炎、脊椎狹窄。二項當務功課：戒酒、（不會好但不致更惡化的）復健。

流程中第一次出院。交代銘：「突然戒斷很難，別讓他身上有錢，要喝酒，買給他，免得喝多。」才第二天，脊椎狹窄者執意下樓買飯，7-11買兩瓶蔘茸，先灌半瓶，再分別藏貼襪內，腳踝鼓脹一大包，走路蹣跚顛簸，一跤摔倒大樓外水泥地，再度送進榮總分院急診室，胸壁、髖骨挫傷，顏面鼻樑撕傷，酒醉狀態揮手吼罵醫護。「再鬧就召院警告傷害！」「我沒醉，誰敢動我！老子住院，連酒都不給喝，什麼醫院。」（有完沒完！）我雙臂交叉，極力克制不上前打他衝動口頭責問：「你好意思嗎？」「你說我可以喝酒的。」大疤，你說的，可憐之人必有可恨之處。

酗酒真得有什麼心理情結嗎？難道不只是平常行為？否則什麼樣的人會在女兒訂婚，提著塑膠袋歪倒枯焦乾屍狀遲到，宿醉中，還，失禁。簡直大崩盤。那天，當機立斷讓銘送回家，留下來的故作輕鬆無事，挨蹭到結束，依習俗佯裝不知男方退場不說再見的俟男方離開後，涵脫了禮服和銘一道送他急診，頻上廁所、進出各檢查室、打點滴，折騰到半夜，報告出來，多重器官發炎、嚴重脫水、黃疸、肝臟來不及代謝血紅素導致血小板極低，醫生：「再下去就洗腎、肝硬化。」這回沒大鬧急診室，不等輸血完，堅持出院，涵面無表情到如對死人不需答案的問：「為什麼？」「我要回家躺床上看電視。」涵連恨他都不是的轉頭看別處。大疤，那天之後，一切急管繁弦，身體狀況急轉直下，以為「臨終」來到，就用臨終的心情處理醫事，讓他好死。（「他不死呢？」芬妹提醒。建議送醫護之家什麼的。）

不懂的是，怎麼有人上醫院幾乎都是急診？之後關關難過關關過，夾雜大小狀況，譬如，涵文定出院不久，有天近午夜三娟突然來電，說哥在成大急診室，醫院通報他，什麼狀況？不知道。我娘那頭大呼小叫：「不得了了，小弟給人砍了，快載我去醫院。」正要出門，娟又一個電話，沒事了，出院了。和朋友喝酒打破酒瓶割傷了手，警察問訊，朋友見苗頭不對先閃人，獨留下他。什麼沒事，幾周後，醫院催帳，居然醫療費都不繳的直接，偷溜。

傳票來了：「被告前因公共危險案件，……判決有期徒刑六月，經易服社會勞動……履行完畢，詎其仍不知悔改，竟於一〇三年一月二十六日下午三時，……便利商店購買竹葉青後，旋即於營業小客車飲用…於同日下午五時四十九分，酒後駕駛撞擊停永賢路邊小客車左側車門，經警到場處理，測得酒精濃度每公升〇．九六毫克後，始悉上情……」

兩個月後，開簡易庭。

快馬加鞭，榮總分院出急診室，即轉進成大醫院，廁身精神科門診，醫院時間才稍放緩，喝酒戒酒循環間隔則拉長。（不像周遭朋友動輒躁鬱恐慌強迫症進入現代病理的南方小城極避諱精神科三字，去不名譽化的醫院稱為身心科）一時起念馬尾症候群疑似憂鬱症藉以戒酒治療進而整合病情的掛了精神科，好幸運的遇見微靦腆然耐性專業以少數文化語言問診醫生，（我起初一旁多嘴：「他聽不懂。」醫生溫和不語，仍維持語言風格，才赧顏明白，陌生化，日常生活語言簡單性使人失去思考刺激，因此，另一種對話關之必要，使之深刻、特殊性。會不會太難？當然，可是，這是家人或這名馬尾症候群早放棄的語言。）而數次診視，有了新進展，（尚不能判斷屬於哪種程度的與現時脫節認知童騃）失憶、否認、失智現象，陪同在旁聆視醫生問診，那股他人隔膜感受似的述說，期艾斷裂，分明人在眼前卻隱於夾縫時空的呆滯無法掙脫抵達，一周或隔周醫病關係如人體實驗室共生，甚至有次起身待離開診間，馬尾病人依賴性指肚子：「這裡好痛！」醫生撩起外衣，肋骨不平整巴掌大鐵打損傷膏藥，喝酒摔倒床下，老套哀哀叫無法清楚陳述傷處：「痛死了，救命啊！」（「再喝嘛！幹嘛叫！」可以想像的N次回嗆。）代為聯絡精神科值班醫師、分流站，進一步診視有無住院必要的重返急診室。神醫啊！護理站問診：「為什麼掛急診！有沒有發燒？」「精神科轉診，病人肋骨可能斷裂。不知道有沒有發燒。」轉過身又問同樣問題，「你五秒前問過了。」「你不需要這麼衝！」「你也是。」「我是再一次確定。」「我們也是。」我和值班醫護互視，有一條隱形的聲音線O.S：「其實與我們倆無關。」

照X光，值班精神醫師會診，重複病情簡直水漫金山大災難，（人事時地，背文言文般暢唸，因係他人所思）頂燈亮鋥賊白光照罩，絕不立體白袍醫生貼白壁保護色似感覺隱形，有那麼一刻我逸出轉述成為本人，垮臉無表情面對（真像一對壁人的學生氣質實習和年輕）住院醫師：「酗酒、酒駕、克制力、責任感、工作、成長過程、社會關係……門診再處理好嗎？」最關心此次記錄對申請保險、證明行為能力獲取酒駕庭審法官同情之助益。年輕精神醫師察覺了我（待在醫院超過六小時）流動的煩躁，他無奈：「家人會很辛苦。」我苦笑取樂：「你這裡缺不缺喝洗髮精自殺的病患？」棋盤症候群。著著又走向提取氣盡。

X光片出爐，第七至十根肋骨斷裂，只能等自行修復。兩個月間快間慢醫院時間，交叉進行建立病情，這兩個月的病歷比一生累積還多。系列回診胸腔、胃腸肝膽、內外科，各種驗血驗尿驗屎報告小結，（毫無新意的）貧血、胃發炎、不良於行馬尾症候群脊椎狹窄。眾人傻了，如此嚴重形容枯槁流浪漢居然沒肝硬化沒腫瘤沒器官衰竭……什麼的，兩個月，起早趕晚（從沒有如此規矩早早在樓下等我車接送、送大小便取樣、甚至有時一天醫院報到三次，超長候診時間，診與診間用餐興致的就地取材，馬尾症候群、三娟妹都好愛吃某款超商便當，三娟會拈馬尾症候群便當裡不吃的酸菜，我皺眉：「他在做胸腔檢查吔！」「有什麼關係？」）病兆因戒酒不藥而癒，臨到開庭前兩天，取得精神科鑑定有效的（避罰的中低收入戶那條路走不通，不是跨不過貧窮線，無法超越「一親等之直系血親、認列綜合所得稅扶養親屬免稅額之納稅義務人」門檻）診斷證明：酒精依賴，疑酒精性失智，停滯性兒童失智症。這次，一切都準備好。

疑酒精性失智者開庭那天，旅行家族成員大早出門，自駕、另自備輪椅。（村上過世的賈媽媽留下的，長期照顧他的鄰居阿華收著，我和三娟月黑風高敲門商借，費勁的安放後車廂。進了法院，院內服務台就有。開完庭，三娟從疑酒精性失智者住家大樓推半小時去還。）我擔任輔佐人。一晚沒睡的練習陳述，（後來才知道，根本沒律法影片開庭時的詞語交鋒，法官問一句，我答一句，不成文。難怪，學校法律系法律服務社諮詢，想請律師代辦，社團成員：「很簡單的案子，用不著聘律師。」）博班口考似等在指定法庭門外休息區，大理石長廊，不見其他人，所以，沒有病患可以交換病情的納悶。之前法庭二進間報到，低聲請教執事員警：「我該稱法官還是庭上。」「都可以。別緊張。」上庭結束，我們進，小臨演銘推輪椅帶面紙隨侍在側，歪歪倒倒馬尾症候群掙扎起身走進庭內，非演戲是真不良於行狀，法官見到忙制止：「沒關係，推進來。」確認被傳喚人姓名地址身分證，患者如進入人生某階段空窗期，呈思考暫留現像。「他有行為能力嗎？」輔佐人依詢遞上整理過標示清楚的各醫院各階段不同診斷證明，草草翻過，直到逮獲「疑酒精性失智？」法官抬頭：「你們可以聘請律師代為辯護嗎？」再問：「你們希望延期嗎？」輔佐人畢恭畢敬：「我們希望今天判決，當事人應該可以自行慢慢回答。」被傳喚人站不住但神情、衣著整潔虔敬，法官睇望一眼宣布開庭，直接問認不認罪，「認罪！」輔佐人和被傳喚人同聲。送上前一天才剛簽好三萬五千八百零五元負責修車合解書，（輔佐人當天深夜十二點多往肇事轄區警局，貫穿市區西往東邊緣，燈火通明警局內值班員警調出數大本案發當月案卷的才知道居然城市一角一月案子老多！翻找半天不見，告以：「拿紅單來查比較準確，也許不是我們這個分局辦案。」制服、便衣川流不息精氣神，上一次我進警局，有女警員，怎麼此處沒有？而且這麼客氣？我O.S：「這裡真的是警察局嗎？」離開時深夜一點多，不遠高速公路車流如拖著曳光彈尾巴，這世界什麼時候開始二十四小時不打烊的？果然，還真不是這台南天下第一局執勤，銘找到警員調出當事人電話，中午約了產物保險寫和解書。檢察官朋友給的意見：「表達誠意，畢竟他上一次就判了六個月。」超過六個月就不能易科罰金。看，我們什麼都考慮到。）法官眼皮子都沒動的言簡意賅：「被撞車主沒告。」這條不在案。（我心裡，「哎喲！」）「認罪！」喊完，法官即和書記官進行討論法條，前案已判六個月還可以援判嗎？書記官埋頭查看法條，這時，疑酒精性失智者突然注視庭上大聲道：「法官，我錯了，我絕對不會再喝酒了，說到做到。做不到，你關我！」（真是酒徒的機智啊！）法官場面見多了淡然處之：「身體健康最重要，還好你沒撞傷人。」書記官適時插進：「有法條依據。」「那就這樣！」法官正式宣判被告有悔意兼疑酒精性失智不宜入監准予易科罰金，每日一千元，六個月，計十八萬：「被告願意易科罰金？」輔佐人：「願意！」「是低收入戶嗎？」「不是。」「收到處分判決通知書，到地檢署執行科協商繳款方式。」「謝謝法官。」三娟、銘、疑酒精性失智者面面相覷，輔佐人帶頭起身，退，其實還陷在「自己發言能如此謙詞抑制」大惑中。一行人走過長廊對開高門巨戶般庭間，單一功能法律空間，凜然威嚴建築物若是，人因此顯得藐小。因此疑酒精性失智者才那麼瞬間靈魂出竅嗎？

歷經銅牆鐵壁法律條文、裁量權、法官心證……那刻才悟及，爸爸當年一定做過努力，否則，不長眼者，不會只判十四年，那時代，軍人持刀搶劫唯一死刑。

兩個月急行軍快節奏，幾分鐘一來一往棋局十手不到，離庭，有種殘局之感，卻雙贏。當下頓時如洩了氣的人形偶，車行在小時候並不存在的五期重劃區，全身無力被打回酒精性失智者一族：「這是哪裡啊？」

絕不再喝酒者，好像是，都說妓女從良、浪子回頭不容易，酒鬼戒酒，簡直讓人感動。怕他再偷偷開車，遂將閒置路邊輪胎扁癟後視鏡折斷計程車監理所報廢，（發誓）絕不再喝酒者周一三五結伴（天天抱怨腿腫牌桌一坐至少八圈）老娘由三娟叫車載往中醫診所復健，不良於行者杵四腳楞，太多腳，左手左腳或乾脆提腳拐前行。（「你哥哥突飛猛進，今天做完復健，站起來很自然的直接走了，到門口才想到，咦，忘了拿枴杖！」中醫診所女護理笑道。）

精神科醫生問起戒酒狀況，一臉凜然：「不要再跟我談喝酒的事。我不會再喝！我說話算話。」因此胃口大開，家族聚餐，補前度似連吃六碗飯，每吃盡一碗旁若無人近於譫妄：「再來一碗！快！」

酒精性失智，是他人的永劫回歸。

一個多月後接到掛號處分判決通知書，通知去執行科報到：「逾時不報到，即行通緝」，讓銘和三娟先告訴他報到日期好心理有準備，不想，每天沒事做的已不了解去報到的意義的牽動恐慌症。半夜三點連環扣，輔佐人回答不了的轉進語音信箱爆滿：「你到底為什麼不回電話，為什麼要去法院，要把我關起來是不是！我會死在牢裡，喂喂喂！你說好要繳錢！」清晨近五點，昏睡迷糊接了電話，那頭狂潮般：「不是沒事嗎！不是你負責嗎！法院為什麼要我去報到，為什麼要關我！」「是當事人必須親自報到繳罰款。」「什麼當事人？騙我去關！」「你酒駕肇事，就是當事人。」終於掛電話，為什麼我不是別人呢？

法院繳完款當天，警報解除。推諉指責銘不負責任：「房子給他，遲早把房子賣了。」（這也是疑酒精性失智者症狀之一嗎？別人更不負責任？不知神醫如何說？）

然後恢復正常。開始喝酒。之後，愈發凸顯重返子宮停滯性兒童失智症，對老娘變形依賴，我娘打牌不去復健，他也不去，學母親同鼻孔出氣：「沒用啦！根本不會好。」我O.S：「當然不會好，早說過，只希望維持現狀，不繼續壞下去，否則將來連走都不能走，誰推你輪椅？」更衰的是，神醫赴國外研究三個月。

慢性藥不診視的精神科輪空期間，疑酒精性失智者要糖吃狀吵著去大陸重慶看前女朋友，一如前往「我活不長的啦！」、「我要死了啦！」的往死裡整的：「這是我最後的心願，小春以前對我最好。」松仔哥：「去一趟至少花十幾萬，你有嗎？」「哦！那我沒有，哥，你都回過老家，為什麼我不能去？嘻，我有小妹，我有哥哥，我有媽媽。」「你好意思！你好好復健算對得起他了。」「噓！別講別講。媽媽會帶我去。」家人誰去看他，沒幾句就借錢：「這是我最後的心願，看小春一眼，我死了也瞑目。」標準答案：「沒有。他要真對你好，讓他來看你，你路都走不了。」「他電話不通，沒關係，我有他地址。」就算有地址，人還在那兒嗎？又誰帶他去呢？「吃定你了。你看著吧！」眾搖頭：「頭洗到幫他繳了罰款不入監，新把戲又來了，真得洗下去嗎？說真的，我要被罰十八萬，哪捨得，寧願去關，順便戒酒。」都是老實話。

總之又打回家族供應鏈，把自己當成下游最低級無生物性食物，但雨林生態複雜到簡單，隨意望一眼也知道酒精性失智者狀態，還是拋出那句話：「完全不讓他喝酒很難，至少吃飯配酒，不喝醉鬧事就好。」7-11 於是全民運動最便利酒館飯店聊天室，每日常駐。另一種療養院。

很快的酒精性失智者再度進入酗酒輪迴惡夢，一天，大早便醉在 7-11 摔倒，躺地不起耍賴哭叫：「爸爸！媽媽！」店員報警，他則連連電話找三娟，他則找來松仔哥：「小弟，你這樣是幹什麼，好看嗎？」「哥，哥，救我。」折騰半天送急症室，打點滴解酒提醒他：「早說過小妹下午要帶你去做心理測驗。」「才不去！等半天，煩死了！」「想看可不可報重大疾病補助。」「笑死人，我要什麼補助！」人仰馬翻，好容易中午送回家又溜出門買酒，偷灌大半瓶剝光衣服醉倒床上再度人事不知。三個月前排好的心理測驗，進階失智程度判斷，或用藥或進療養院。時間到，我在樓下車裡等，三娟電話：「哥不去啦。他說要睡覺。」電話那頭傳來酒精性失智者凶言惡語：「我不去！幹什麼！誰敢管我！王八蛋！」三娟火透：「真是的，噢！讓你去關最好，幹嘛幫你繳罰款，還每個月給你生活費顧你三餐！不要臉！」「關就關！誰不要臉！」看不見畫面分離出來的聲音被放大了，默片劇情被留在了過去。像某種視覺形象化的瘋狂追求者，語言成了多餘，默片的黑白畫質與巨聲效果，創造人生某一瞬間的閃回，不是真實的再現，是超越，超越記憶。所以，一直很難被看見，至少不被我看見，於是多年來一直拒絕簽收的只好原樣退回倉庫，如原生物種凍結於冰原極地。維持了最始面貌，這才是我希望的狀態吧？

事後，脊椎狹窄下肢無力走三十分鐘路去媽媽那兒辯解，一直被什麼拋擲出去，人生離心力，或者提取。暫時沒有人再來傳話了，默片時代的返復，感覺影像浮雕突起梗在腦波，形成思考路障。你知道避不開這皺褶持刀搶劫、脊椎管狹窄、疑酒精性失智身世。蛇色逐地、茅兔必赤、鷹色隨樹。這人，隨命。長時分工者三娟妹每天自己家、疑酒精性失智者家、老娘家顧三地，松仔哥都看不過去勸老娘：「我和小弟搬去和你住，我每天做飯、送你去打牌，小娟也不要累得三頭跑。有兒女搶著陪你，多幸福？」「我不要！還不是花我錢！我自己過很好！」（有天門鈴響，社會局上門關懷獨居老人：「咦，里長說這裡住獨居老人啊！」「大樓開始入住我就住這兒。」原來我娘是舊街坊鄰人口中兒子媳婦女兒皆不理的獨居老人。)

輔佐人於是對老娘「叫吃」:「家裡有四間房,你一間,倆哥哥只是暫時陪你,小弟現在情況不穩,等好了,再搬走,不好嗎?」

「我不要!這是我的房子!誰敢動老娘的房子!」

「又不是永遠,暫時嘛,大家都出一點力,你是他媽媽呀!」那時候,耿介如老爸,無路走者沒地方躲,閣樓暫時做「眼」,避兩天。眼,就是人性。

於是收拾行李,搬出「這是我的房子」。不斷思索此在醫院四周棋盤式外圍健走原因真偽。你讓自己像一個父親知己做出他會有的反應。

等了三個月,神醫回院,銷假開放掛號,之前幾次上網皆關診,第一時間我就掛了號,酒精性失智者「錯過了心理測驗,這段時間被診斷高血壓、仍戒酒酗酒,還被通知肺結核住院已沒傳染性……」「我不在,發生這麼多事。」神醫笑著說:「沒關係,我們重新來。先安排他住院,全面檢查。目前沒空床,一有病床就通知你。一步一步來,戒酒是真的很難!」僅兩天,接到電話,有病床了,陪小弟哥精神科病房報到,門禁嚴格,按對講機確認身分,進去後隨身物品全點交託管,觀察四周安靜而人影移動頻密,如此全天候有「醫伴」有護理,小弟哥其實看得出來戒斷反應,但這回安靜讓我們留他下來,他很喜歡,開始另一波戒酒體檢。辦手續間,問需要什麼,他說:「我想看報紙。」哎啊!另一種形式的對話性。我們都明白,他出院後,會在某一刻莫名啟動開飲按鈕,但眼前此邊緣空間有沒有可能是另一類型金邊銀角?而在那之前的此時剎那,疑酒精性失智者確實恍如隔壁大哥哥,從未由熱病時期長大。離開病房前，為減輕護理負擔為小弟哥請了全天看護，經過走道，醫伴們攔道聊天，熱情單純無傷害性，一斯文大男孩好自然上前問：「你什麼時候再來？」我：「隨時啊！」男孩笑得毫無城府。不是我說，那裡面，沒想像的騷躁怪誕不安全，反有種異樣平靜趨發出逃遁於此的衝動。（日後出院，病房交給我們全程每日「請妥善保管個人資料」、「飲食也是治療的一部分」之三餐食物份量單，好細膩的醫病之間。早餐：稀飯、五穀根莖〇．八碗、肉魚豆蛋一．五份、蔬菜一．五碟、油脂〇．七湯匙。午餐：稀飯、主食魚、五穀根莖一碗、肉魚豆蛋二份、蔬菜一．五碟、水果一份、油脂〇．七湯匙。晚餐：稀飯、主食魚、五穀根莖一．四碗、肉魚豆蛋二份、蔬菜一．五碟、油脂〇．七湯匙。）

大疤，你知道的，醫院好巧的蓋在我出生的陸軍八〇四醫院舊址。最早的家。

大疤時間Ⅳ　這一年二〇一四

活口：同命

一直感覺他是個記憶庫，他的眼睛見過你，
雙清澈如鏡的小小瞳仁，銀版感光。望進去，就可以望到以前。

出發吧，由大疤死亡那刻，擊打撞針，進入過去之未來。

十年了，當自己是大疤不在人世之最後活物，浮懸微粒狀靜待時間到了便自然地消失，得見天日，結束這樣的等待。

不斷延異的睡眠，總在窗面分色鏡般反射曙光，才驚覺，哎呀！都天亮了。在幹嘛呢？半寐半寤耽溺在不用大腦好萊塢連續劇裡，（你眉目臉容浮映液晶螢幕面，似偷窺者，也像參與者）刻意迴避鐘面，強忍濃烈睡意，跟著情節瞎走，機器身體寰椎關節一度一分下探，時間到，下頷朝心臟部位猛地那麼一挫頓，重力屈直動作完成，反覆撞針，一個take將你身影攝進岩壁螢光幕裡，這使得電影幻影像你的紀錄片的看起來好真實。而連結點，寰椎，源於希臘文Atlas，巨神阿特拉斯背負地球的支撐部位。

以為夠遲睡，咔嚓——咔嚓——，（就像連續殺人犯，犯罪的核心在控制欲的一次次殺人以再現的）請見識我所在之南都改建十樓老家中庭對面樓座徹夜燈火通明家庭情節劇，遲睡家族遺傳學。劇裡禿頂老頭汗衫、睡衣紮進長褲或短褲的臥沙發看電視，不時冒出個黑白夾雜髮老太與之閒聊，嘴巴張成鴨蛋就知道高分貝，偶有青年加入，仨人投目螢光幕有說有笑。這時，我會全頻道跑馬，哪個節目如此受歡迎？（數位遙控器真像繫在掌心的科技蝴蝶結，按鍵周沿藍光暗鑠透著曖昧。）要說我跟他們有什麼差別，角色的不在場。

真實與虛構之家庭劇場，那未演出的下集會有啥情節？好比，死在大疤前的老家胞弟孝的獨女兒映下落如何？同輩堂哥（大疤子）楷和塵，角色、感情、觀劇態度皆疏離，從不入戲，也無意知曉淡漠道：「他有媽媽。」疏離劇場的真人扮演。

而對我，生活即一種再現。電影電視，如此熱中捕捉生活細節，克拉考爾的理論，「紀錄和揭示我們周圍的世界」，在時間中演進的現實，正常情形看不見的東西，但「具體的生活是它的食糧」，克拉考爾全神發展此命題，他排斥戲劇性，我也是。

越來越喜歡趕路看（陸網視頻動不動半途不支持點播的）美連續劇，政治律法情愛醫病新聞家庭倫理懷舊劇種，（二〇〇四年大疤死後，美劇紀元，觀影史，《實習醫生》Grey's Anatomy 打頭陣，轉眼第十一季，一年一季，可不是，大疤離開第十一年。虛構時間實習醫生梅莉迪絲・格雷酒吧初遇西雅圖主治大夫德瑞克展開幻影推進情節同時卻總把現實時間帶回十年前。）不碰警探卡通奇幻，不陌生化善惡、真假、虛實二元對立施用於現實人世。於是觀影蒙太奇，拼湊停格快轉倒帶，不喜歡就跳過，有時候甚至略掉一整季而能無礙接軌。你希望跟它們綁在一起，而不是什麼真實生活。那虛構時間的「某些情節畫面對話音樂……點入繼續你的生活」。但總有那麼一刻，有那麼一種可能，正片結束最後打出密碼「精彩伏筆，還在最後」字樣，得工作人員字幕跑完，謎底才揭曉，但整場早走光了，你成了唯一知道謎底的觀眾。這真的很無趣。

好比家庭劇場裡，有時候覺得角色扮演無非因世故或懦弱，我不喜歡懦弱，於是一直在等，等什麼呢？譬如，什麼時候工作人員字幕跑完，將預見，映之伏筆。

於是，樵十一歲，最後的童年（的正片將結束）假期，專斷的不給自己反悔時間，臨時上路，飛孝弟最後之年四川重慶大足，去求一幕映之伏筆。桃園機場出發航班早客滿，訂到高雄出發位子。中午航班。大清早我和樵已經出現在台北高鐵台鐵北捷三鐵轉運站，城市的地底隧道裡傳出風阻音叉低頻聲，車體進出停車，蜂箱效應，傳播花粉似的把人帶走。我們坐進高鐵車廂將穿越島嶼終點站高雄轉小港機場直飛重慶，如此曲折計畫，簡直像綁架，（也是啦，省略法告訴樵爸樵媽去大連訪他們也見過的舊友邱叔叔，其實首站重慶。你悄悄對樵說，親姑姑呢。）車頂集電弓接高壓電線，平穩高速駛在軌道上，窗外沿西部走廊風馳電掣閃過的風景，往無盡南方馳去，明明大太陽，但金針花玉米穗稻禾田田相連，遠看像穿著黃豔蓬鬆披風低空掠過仲夏的月光。（不是月光，是銀河，所以會發光。——《銀河鐵道》）天河難返，已經是另一個夏天了。早起的樵安靜睡著了。大疤，一直感覺他是個記憶庫，他的眼睛見過你，雙清澈如鏡的小小瞳仁，銀版感光。望進去，就可以望到以前。活化石。每次看著，都好想拿來做標本。（《銀河鐵道》捕鳥人，捕聽得見車聲風響間的湧水鶴叫。鷺鷥群下雪一般翩然飛至，捕鳥人兩腳叉開，伸手朝向深紫色的天空抓住鷺鷥降落束起的黑腿收進布袋，袋子便發出明礬藍光像螢火蟲，一會兒變成霧白色，像鷺鷥閉上了新月形眼睛。）可然後他醒來，將轉向人生下個階段，青少年。童年結束。所以，此行，能走多遠便走多遠的放任他，玩 ipad、可隨意支配的零用錢、晚睡晚起……，日後這些都將浮現為綁架情節斯德哥爾摩症候群徵狀嗎？現在的他好入戲地配合宛如避開追捕的繞道出關劇情呢。小孩果然是最好的旅行伴。

三小時後，我們將在重慶江北機場降落。才起飛樵又倒頭沉睡，那份放心，給我一種錯覺：像被放逐終於返國的政客。醒來已在江北機場上空，他側臉下眺：「機場好新。」

臨時飛過台灣海峽，（怎麼會是臨時呢？大疤死那天就決定了。）台胞證過期，落地簽。樵像天生的旅人，任何機場通關充電、上網、加水、衛生間行走利用自如，不畏遠方。遠橋，這是他爺爺之前為他取的名字，遠方橋樑。

出關提行李，依路標指示仍如迷走，問路，「怎麼說呢？直往前吧，到下個路口再問人！」穿過長通道去國內航廈買四天後往大連機票，波浪形鋼結構，各種音效環繞，售票櫃檯第一排斜角三十度切進來耀眼陽光，躲都無處躲的瞇覷眼縫，我倆背光等候三色挑染短髮蘋果綠削肩洋裝銀細根涼鞋女子慢吞吞改票：「飛機都要飛了，趕不上了吧！」瘦矮個兒駝背鼻口Y字型駱馬窄臉票務一股江湖跑單幫味兒：「得重新出票，名字錯了。」不遠處腋下夾皮包講手機男人買的票，涼鞋女要去武漢，劃位時給糾舉，不准入關，「進去就好了，誰核對那麼清楚。」手機男滿口廢話。駱馬臉：「現在暑假，安檢特別嚴格，通關後給抓到更麻煩。」再反瞪手機男：「這天沒航班了，優惠時段票改航班得加錢。」女人仍事不關己輕描淡寫怪票務不核實證件、空安小題大作、以前怎麼可以、有人在武漢等他……翻來覆去講。姊妹淘訴苦似。（在這面積八．四萬平方米，旅客年吞吐量七百萬人次的航廈，如此拖戲，有沒有弄錯啊！）手機男不沾鍋：「是票務弄錯了吧？」駱馬臉自顧自反覆：「之前時段優惠五折，明天航班一概原價。暑假囉！買晚就沒得位子了。」手機男虛晃手機：「沒得道理！又不是我們錯。」真向日葵陽光男啊，駱馬臉這才廢話少說地出示訂票紀錄：「噢！自個兒看嘛，王交兩個字是你寫的不是？」（早去幹嘛啦，還真有戲。櫃檯後仨女子大娘養老狀，死人不挪位出來辦公。駱馬臉賊黑，整天這麼日光浴，不黑才怪。）人家是「黃嬌」。樵翻白眼O.S：「這啥名字能交代嗎！」男女臉色各自一陣鐵青，沒有難堪的成分，比較像「我真倒楣」。被搶白一頓，男女主角開始演默劇，而我們是在不對時間不對位置沒台詞路人甲乙。此時無言，放大了背景吵雜音，蒙蔽了航班廣播，把這座現代機場瞬間打回農業時代市集原型，熾陽尾巴掃過這座上世紀戲碼尚未退場的新世紀舞台，失去了昔日光環，又沒有自己風格，絲毫無懷舊的可能。

樵新品種，忍不住嗆聲這座拿落地簽進關的祖上城市：「文盲啊，跩什麼啊！飛安懂不懂？搭飛機了不起哦？」我輕拍他肩頭安撫兼提醒，「少說兩句。」他反問：「怕事嗎？」是啊。

駱馬臉閒閒不知說與誰：「再晚，下班嘍。今天飛機不等人。明天一樣。」但見手機男一言不發往航廈大門離開，涼鞋女則平臉耷拉著行李反向朝內去。新世代樵的直覺是對的，好新的機場。好新的情人關係，有難來時各自飛。他不知道這機場的前身是白市驛機場，一九四九年他祖祖帶著七歲的他爺爺打這兒離開輾轉水陸抵屏東東港。多年後，他與爺爺見面，全部相處時間，一年三個月。

這下終於輪我們，駱馬臉湊上眼：「是這名字？仔細核對。」樵專注打量這臉突然笑了：「奶奶，你知道草泥馬嗎？」「不准說髒話。」「不是——」「我知道你意思。」草泥馬學名駱馬。別盯著人看，不禮貌。居然懂得借位形容。

繁簡體轉換核對無誤等開票證明。後頭急吼吼有人手抓票、證件奔來：「航空公司啥子不讓我劃位咧？」駱馬臉驗證：「你名字不對咋地劃啊！」

又一個？「哪來的？野人啊！」我倆相視一笑，拿票走人。（設下一道旋轉門卡，逆向順向停止。）

早想好，盡量乘大眾運輸工具，安全。懸掛式輕軌三號線最近嘉陵、長江匯流環抱老城渝中區預訂的全球連鎖老字號希爾頓酒店，涼鞋女一折騰，南北向兩極，要一小時十分鐘，出輕軌站拉行李小走一段，那時應該天色全暗。此時光線迅速黯淡抹去了建築體邊界，過道馬路運客處人車灰影模糊，拉客的詢價的問路的枯坐的集結為集體流動體，怎麼看皆與後現代機場打造先鋒典型對抗平凡傳統的坎普與眾不同美學相違。巨量移動性即群聚性。

就像每個旅人抵達之初都有的那麼幾分田野調查性，這裡，真的好像偽裝成為現代地理學者所言的傳統鄉村的一個轉機候機室。

趕緊離開安全抵達下榻旅店才是上策。於是丟了石頭撿石頭的挑計程車的結果仍擺脫不掉快速擴張城市的塞車命運，高速公路網即城市網，衛星畫面之大重慶，我車大約像千萬輛模型車，被放在褶皺沙地、溪岩斜背隆起的山城北北東向路面，粗糙岩面霰彈密布網狀大小窟窿或粒狀突起青苔疙瘩，一片一片鋪曬難以辨識竹簡木簡般拼圖中這座出土之城。（對於總想放慢腳步的大疤，曾說，他們不知道自己錯過了什麼。）

時高時低行往渝中區，老區最高點讓給了現代化電視塔，地景最低點，坐落著永遠的長江出境口朝天門碼頭。（希爾頓二十三樓邊間房東北向，夜色上升，上望長江，左邊嘉陵江，河面潾洵湧至岸沿，蕩不出域界。你是講古人，樵，上個世紀一九八九年和爺爺第一次返鄉找孝爺爺首站重慶就住江邊朝天門碼頭省賓館。往事如煙之布票油票糧票飯票糖票……共和國改革開放前部曲，全國國營按點收攤，不到五點，大小飯館鬼都見不到一個，慢一步啥都沒得吃。樵：去死啦！）

如不同角度車工切割的城市基地布滿深淺皺痕。持續了一周的豪雨洗滌抑壓了惡名昭彰的懸浮粉塵，但剛放晴的城市天際線沒有太多清新感，倒是大片大片銀杏新生種透著陌生，以往土生土長黃桷樹、常綠小葉榕、大葉天竺桂皆移除。巴渝大換樹水杉、香樟，打造銀杏城，此物價值高，狂飆突進的植樹戰爭，從此紅棉路沒有紅棉，黃桷埡、黃樹坪沒有黃桷樹。假議題取代了現實世界。但這也是一瞥印象。

波特萊爾〈致錯身女路人〉，鬧市街道震耳欲聾，走過一位身穿黑衣的女子，瞬間一瞥，寂靜的喧嚷，錯身之間如被閃光打到而復活，女子隨即消逝，「永別了，今後的我們，失去彼此行蹤，而你知道，我曾對你鍾情。」班雅明說，此瞬見鍾情不在第一瞥，而在最後一瞥，那股無著孑然之孤獨感升起，他知道自己正在跟他告別。這樣的哀憫漣漪，不來自愛的顛狂，相反，是被孤獨襲擊。蒂博代說，「這種經歷只有大城市才能寫出來。」

（夜空中朵朵嘉陵江上空銀河索道纜車穿梭。多年前狂賣的重慶背景片《瘋狂的石頭》，瀕臨破產工藝廠小開不學無術川語謝小盟，乘纜車巧遇黑幫唐山話道哥女友菁菁驚為天人：「老天對我太不公平了，我天天坐索道過江，居然從來沒有看見過你，也許，我太過關注這個城市的風景了。」這城市最瘋魔的一景是小盟他爹謝千里在舊廠房發現了塊稀世翡翠，謝千里打算辦玉展賣玉救廠，沒錢請保全，保衛科長自願當保全。消息放出去，驚動萬方，集團主想在這塊土地上蓋大樓，找來操粵語國際大盜偷翡翠逼謝千里讓地；蜀地勢力則有道哥、京腔小軍和黑皮兄弟三人組，展開方言大戰。三方人馬語言交鋒兼鬥法。少有的黑色幽默、滑稽突梯無厘頭題材。簡直重慶別冊。）

好容易跨渝澳嘉陵江大橋，司機先生才放鬆調侃：「一天塞二十四小時。」過橋進入處處板塊運動腫瘤岩山渝中區，八年抗戰就地鑿岩躲警報，現下內設冬暖夏涼時尚餐廳洞庭鮮火鍋貴州風味小館陳有良尖椒……洞子餐飲美學。此一時彼一時紅岩天府之城動輒五十樓起跳巨廈跟吹港式風。我所見，卻是遺落戰境，定格。入鄉隨俗的椒麻辣重口味一時難以消受。

入住妥當，稍晚下樓找吃的，天色濃墨潮濕，雨剛收歇。出大廳右手幹道中山路，於是左拐體育路褶縫巷弄，川人日常生活處，露天大排檔披披掛掛塑料雨篷吊著禿頭弱燭光燈泡，光影流動的吃喝聚合，每桌都似餞別，也就像各省小攤作風當街涮洗髒水往外甩。行人皆漠視。臨界打烊時分，不多的食客，皆青壯男子，居然不少白領，西裝領帶喝酒划拳杯盤狼藉，我們老小組合顯得格格不入但已挑不起早年好奇眼光的沒入城市一角。家家菜色大同小異，不外酸菜魚、水煮肉、串燒、爆炒海鮮魷魚田螺蝦、回鍋肉、尖椒拱嘴、炒萵筍土豆、麻辣涼粉擔擔麵紅油抄手，歸結一個味，麻辣。最裡頭一攤不熱中招呼道：「吃啥子？喝酒不？炒兩個下酒菜？」一下就勾引起已是遙遠的返鄉記。那時——，很想轉頭和樵說，爺爺才四十多。還沒開始累積或刪減法回鄉次數。甚至明明被貼上離散族群標籤卻不善於移動，初返，選擇走海線鮭魚溯游搭郵輪，（對照後來兩岸直航，真不可思議的我們自設旋轉門路線。）高雄登船，（回想起來像假的，真有這航程嗎？上網查也沒任何紀錄。）起航收錨那刻，返鄉的浪漫行程就結束了。船身筆直如蛙游手掌朝下外翻縮肩箭矢般出了港塢向銀河虛線射去。日以繼夜，可疑的滿耳廓貫進嘩啦嘩啦深水擾動如唸偈語，轉動渦輪引擎轉經輪，為此行除障消災。

三天二夜穿越南海遙過香港彎進珠江口重重經過老式運輸業運煤船隻儼然高懸抓斗、吊杆靠岸或慢駛或補貨，船板上藍衣藍褲或黑衣黑褲或光腳布鞋解放軍帽或倒碗口笠帽，一概細瘦矮小不知有漢何論魏晉人影，南越後裔，無視問津者異樣眼光的空望江面，滑水穿越這條名流江水，若有光，引航船前導，不久江盡而現城市天際線，靠岸終點黃埔碼頭。下船放下行李，幽靈般朝燈火處找吃找喝，昏暗的石砌溝渠泥路不知名的樹影搖晃著陌生城市一角，滿城南越音，小館溢出一股子劣酒人工醬香味兒，愈發暈於路。

大疤手裡四十年後的家鄉來信信封上沒路名只有鄉名，旅途路線在信封上，那便決定了，最好的回家式，「醉鄉路穩宜頻到，此外不堪行」，走一條銀河虛線，海路接空路，廣州飛抵軍民通用白市驛機場，偽裝農村轉機候機室，超寫實的跑道隨側待命（終於近距離看見了神秘）殲八戰機。那感覺，和一頭撞上酸菜魚、粉蒸肉肥場排骨、水豆豉、水豆腐、衝菜、涼粉、黃桷樹、農村地景、親戚網絡……無差別之永遠無法抵達之故鄉，現實早被取代，我們唯有發展黑色喜劇的整座城市如荒山空屋，一幢一幢灰濛廢棄倉庫不發光夯土屋舍黏稠挨疊不成形的坐落對岸梯形岩上，如夢的漬汙擦不掉無法更新，還硬闖進太虛幻境。

靠的，繼續醉。

老馬不識路，先前返鄉探親的父執輩經驗傳述重慶出發得花八小時，依樣畫葫蘆請省賓館對台辦交涉包車，去哪裡？萬古場。要是沒錶，還真分不清早晚的市區粉塵蔽空，出城後農村毛路差點把胃給顛出來，公路旁小店吃了晚午餐，怕下餐沒著落。早春天仍黑得早，（我們以為）司機同志心理有張地圖，縣道204—207—309—310的北培—大疤出生地銅梁—萬古鎮（大疤父母口中好聽得多的萬古場）—金山鎮疾馳，一路無話，很快便漩入暗影重重黑洞迷航區，沒有導航、定位設備的駕駛師傅也心裡發毛喃喃自語：「不看見，沒別得路的！這啥子地方？」不禁懷疑這一切是公婆揑造出來的故事，一場家族史風化工程，根本沒有遺落邊境的避秦人。深夜車燈在幽暗大地穿鑿出一個洞穴，咦，洞口光圈有另個小光點，趨近了，深色衣褲身體沒入黑夜，光有個頭臉漂浮著，漂浮物聽見動靜逆光後扭，眼睛閃爍，是人。師傅停車大聲問：「萬古場咋個走呵？」隔壁銅梁縣徒步到萬古場，熟門熟路指路停在農村黨支部辦公室，老鄉使勁拍木門：「書記在得沒？哦！好消息的！有台灣同胞找弟娃來囉！」半晌屋內透出鎢絲燈泡紅光，內開髒垢原木門檻門板門栓，除了木桌木椅全無家具，像隨時準備移動的證人計畫安全屋。不，錯了，只是窮鄉僻壤，因此仍然雞犬相聞的即使深宵亦瞬間屋裡充塞著人頭攢動陌生臉孔及不相干話語，直到皆目殘足的孝弟娃偕餵他一口飯的陳奶奶兒子陳表叔趕來，（用古老的打火把報信方式，漫天漆黑水田倒映火光，田埂上忽西忽東移動，人未到聲音先到，陳表叔屋裡聽見騷嚷聲撚亮鎢絲燈泡，孝說，見深夜有人來叫，就明白哥哥返回了。）鄉人相親團簇擁著孝將他推到我們面前，這才如見故人，大疤同款欖仁腦殼高鼻深目薄眼皮滿臉鬍渣。

書記趁空忙和張羅自釀酒及帶殼花生，（大疤禮敬在場鄉親！擠擠挨挨沒人動手拿杯子，書記一手掌握場面：「臨時狀況，找天正正式式慶祝，孝，先敬了哥哥嫂嫂再來。」）孝從頭到尾皆靈魂出竅般卑微無措不知該先敬哥嫂還是先給書記添酒上菸，微亮光度反而不影響孝眼珠子骨碌轉動調整弱視神經，很明顯的用眼過度牽動眼瞼內層輪匝肌不斷收縮造成異常頻繁的顫動，孝猛翻白眼仍無法迎上哥哥視線，收不住的淚水倒先從布滿灰翳水晶體目眶不自主溢出，他說：「收到信，知道爸爸媽媽在找我，真樂活，做兒子的沒孝順過爹媽一分一秒，現在能和父母團圓，死了也沒得遺憾嘍。」不待孝講完，四周七嘴八舌：「是啊！一筆寫不出兩個張字，畢竟一家人。」「苦盡甘來嘍！」「好日子在眼前嘍！」「孝可憐狠了！終於盼到哥哥轉來咯！」「爸爸媽媽該回來看看囉！想家狠囉吧？畢竟是老家嘛！」這些，便是離散的總和了。

攤開了眾目睽睽說私己話，大疤遂省話：「孝，沒得事了，爸爸媽媽年紀大囉，走不成，找著你就安心狠。」一輩子活在人群中，孝習慣凡事交代，突然無話的哥倆頻頻喝酒代話，孝酒量忒大，每飲必說：「今天晚上是我解事來最幸福的一天。」大疤則休眠活山，內裡不斷小規模岩漿噴發，很快醉倒了。（如果知道相見即蝦走失控趨向孝日後以自殺結束生命時間，大疤的醉，真的是永訣之醉了。）鬧到夤夜才散。孝如醉如夢的打火把摸黑走三、四十分鐘田壟回屋。（我們明眼人要個把小時）書記騰出房間讓我們落腳，半寐半醒潮濕鋪蓋一股腥臊味兒，合衣躺著如河面未疏浚的花生殼、瓶子、動物屍骸、鞋子、水草……漂流物。

創世紀那麼漫長的晨光剪開窗面漫漶進屋，嘁嘁促促聲鑽進屋來，我起床推門，撲面一陣惡臭，令人作嘔，對過是公廁，鄉民集體在此狹促夯土茅房內外拉屎放尿刷牙洗臉交談。黨辦公室設在街上，百步外即趕集場，一鏡到底家禽家畜牛豬羊雞鴨人群，沒有孝的主觀鏡頭之生活最小元素。一時之間，無有共鳴，你是外來者，烙印不同紋章，你們有著不一樣的臉，這鄉村，千人一面。夢遊醒來發現踩在沼澤沉沙上升或下沉結界。老天爺，這是哪裡？動彈不得極想吐，遂用力緊咬顎關節睜目亟思掙脫眼前海市蜃景無果，轉向搜尋有無見過的臉好證明此非虛幻，眾皆冷漠且不與（任何人都不可信的）你交換眼神的共和國運動成風後遺症。這就是最深層的夢境了。

身後忽聽見動靜，忙回頭，鬆了口氣的迎接到大疤、孝哥倆從陰暗房間背光走來，孝狂喜又疲累像遇劫被放歸來的唯一活口。我們並肩外睇，原來眼前鄉人和昨晚全不同批。那年，上個世紀八〇年代末，一個早春季節。

影片快轉，二十五年時間過去，仍是雙人行，我和樵。只不過非銜命反而繞過他父母重返。已是另一章。

拒絕快打烊的地方風味大排檔，我們進了潔如食店，地面疊放報紙馬糞紙吸雨水，但隨著客人帶來更多踐踏更多的水更多的稀爛。一切都沒變。

桌椅硬擺三桌，根本無法兩邊坐人，天龍國邏輯。服務員嗻嗻唬唬遞上菜單，樵：「奶奶隨便點，我現在比較能吃辣。」到對過飲料店「台灣人的店」買喝的，從食堂觀測他，小獸排在唯一客人後，印象中急如風火的重慶分子卻慢得像客滿招呼不過來，橘黃牆面明亮系，錯覺跟風外來種銀杏對抗土生土長黃桷樹。終於輪到他，手指飲料看板，默片對白，我這裡解讀唇語，不，我知道他的口味，冰檸檬紅茶不加珍珠。而有些情節發展我無解，譬如大疤如果活著，我們還會有此秘密行動嗎？店家快手快腳上菜，水煮魚、蒜拍黃瓜，皆六人份量，賊白日光燈打在發潮冒水珠子牆壁，整間食店真像過期未換水汙濁水族箱。任何輕微的搖動都能改變時間層的暗影巷子游來倆乳臭未乾魚族男孩，坐斜角桌擠並排，正巧擋住樵，瞬間他像被剪接般消失了身影。我即起身去找，樵又游標般浮出水面，純淨臉容泛笑手語並用，O.S：「快好了，正在做。」這樣的悠長等待總是能牽動片段無聲的內在連結，好比，「知道爺爺外號為什麼叫大疤嗎？」如你這麼大時的童年往事，幹架泥菩薩過江摔落出海口水泥橋，下頷頸脖處讓橋下攔魚苗的竹籬棚架劃開一道弧形，頑皮好動傷口老裂開老不結痂，不平整鐵鏽皮層椽刻甲骨文似成了標記和外號。有些文字從來不需要被翻譯。

所有菜中樵最愛麻辣炸土豆絲，我四川老牌山城啤酒他台灣原味檸檬紅茶碰杯：「敬（大疤）爺爺。」

三十八樓下方嘉陵江岸斜坡沖積紅土泥岩，工程車來去勒出一道道褐色水文，雨後新晴，深幽蒼茫遠天霧氣蒸騰，擬態這幅後現代世界女媧補天抽象圖騰。依江依岩而升，這城市任何時代任何季節夜晚望去凹凸陰陽之感以及乾濕濃淡墨色層層皴擦岩石表面岸邊線條、紋理、形狀如捲曲或者一衣帶水長筆再九十度偃折而下如帶子重疊堆砌，幾組這樣的筆法用以意寫平遠景色，構圖河水兩岸氛圍，此時真有津迷重慶之感，寫意山水，簡中寓繁，只該是藝術手法，卻成了嘉陵江三十八樓記憶接續往昔長江朝天門碼頭國營賓館促發點。那年孝堅持逆行送我們一程住進江邊重慶國營賓館，晚餐就近找了小館，點了有史以來頭一遭麻辣鍋，大開眼界的臉盆鍋面朱褐重油湯底漂滿乾辣椒，辛香撲鼻等著沸開涮肉，不想進來精實倆藍衣藍褲工人一屁股坐下，我和大疤面面相覷，不禁豎直鬃毛野生動物先發聲：「幹啥子！這鍋我們點得。」工人：「你吃得了整鍋？」嗑起瓜子不甩，川妹子跑堂問我們：「同志！你們共鍋？還是個人半邊？」有這樣吃的？川妹子建議我們仨點不了什麼，一道吃，名堂多些。大鍋飯主義。此時此刻哥倆好容易獨處，哪有外人空間，但孝習慣隱去個人：「哥哥，沒得關係，同志願意跟我們一桌是我們的榮幸。」仍各點各的（中間鐵片太極圖似隔開）但同桌。對座敞開了喝，划拳抽菸吃得大汗淋漓索性赤膊上陣，既然同桌了，大疤遞上寶島黃盒長壽菸（抽菸有害健康概念崛起變得很尷尬洋名 LONG LIFE 菸盒白頭長鬍鬚老壽星站著丹頂仙鶴二〇〇七年改名為尊爵 GENTLE的），仍省話，滿上（孝聽都沒聽過的）濃香五糧液，如此這般你來我往互喝起來，不一會兒就全大舌頭喇嘛啦！醉了就醉了，討厭的是半夜想抽菸，滿口袋打火機一個不剩全給拂走了，還是孝的火柴安全係數高。

哥倆深夜長江岸邊抽菸，菸絲焰心倒影水紋湖面粼粼星點，明天我和大疤從碼頭搭長江輪離開，從此，大陸行，不僅是返鄉旅程，是生命的一部分。所以，其他人都可淡出，唯獨孝不行，他是一切的主題與特寫。他一輩子束紮緊箍咒，努力單純教條化，大疤則衝破教條，從來出格。兄弟幼年一別，注定被畫到光譜兩頭。（傅柯的《詞與物》，人具有分類的衝動。《詞與物》最初命名「事物的秩序」，出書時，編輯改成「詞與物」，傅柯讓步了，如同他反覆的論證，唯物，「人」的概念並非先驗的存在，是知識形塑的結果，必然「也就會被抹去，如同海邊沙灘上的一張臉」，沙特說這本書是「小資產階級的最後壁壘」；如同《索多瑪120天》是慾望的「殘酷底線」，是性主體的先驗範式！卡爾維諾〈薩德在我們體內〉評《索多瑪120天》「結構上的規則有序、條理分明」將墮落作為一種制度來表現的戲劇，努力通過秩序化手段「耗盡恐怖與凶殘」。人們在「事物的秩序」裡一點一點消磨希望。）

生離死別就像一種病，沒有藥方可麻醉、上癮、醫治。只有等待自然療癒，再經歷就沒有那麼難了。

孝一關一關開始重新建立人生，買房子，搞投資，談對象……屢屢受騙收場，「沒得關係，哥哥，上級、鄉親老表都對我很照應。」「沒得關係，（怎麼會這麼傻到相信一個完全不認識的）表叔會用心掌握我的戶頭，他是小學校長，講文明。」「沒得關係，買房子的款項被倒了。組織在查。」談對象，寡婦、少女、失婚者……各種要求之怪現象。

有天收到信透出玄機：「沒得關係，（父執輩胡叔叔回當時還是大足縣日後升級重慶市大足區老家結親）胡嬸嬸介紹談唐家女娃子小紅，年紀輕了點又好耍，可身體健實識字有文化，我特別留神。」一如以往，信中附了倆人相館照。（類似這樣的照片，不只孝的，光父執輩就看過不少。）

（沒有童年期青少年期青春期戀愛期的孝）進展神速：「哥哥，唐小紅堅持要嫁給我，哥哥一定要回來幫我主持。」大疤嘆氣：「哎！貪圖年輕，將來日子過不下去就曉得苦頭了。」

賈門賈氏就是個假，但終究不忍澆冷水，剛退伍的大兒子楷（樵爸）陪著趕赴這場至少遲了二十年的婚禮，孝新房（終於）買在大足郊區石馬郵局隔壁。新孃孃比楷還小五歲。（大疤：女娃兒家裡長輩都幹啥子去了？）婚宴上，不知道打哪兒來的眾鄉親粗魯張狂指東道西，毫無賀喜之情。（楷：好可怕，聽三歲小孩講和爺爺奶奶同樣的方言，我恨不得立刻醉倒。）新娘子不遑多讓，酒席上就和來賓對罵。大疤痛心：「性情乖張，醜相畢露。孝將來有得受！」

進門喜，隔年映出生。

（再七年，樵出生，「么房出老輩」，大疤一直的話。姑姑只大七歲。時間是修正記憶軌道最好的工具。「樵，多知道一些生命的根源不是壞事。當作旅行吧。」）

之後類似的孝的信無間斷：「哥哥，活不下去嘍，唐娃兒逼我找胡嬸嬸要爸爸媽媽存放的錢，鬧吵錢是他的，憑啥子扣著，成天整夜擺臉色凶我，霸住屋頭不讓我進門。孩子也不帶。」（胡叔叔不好說，但街坊傳遍了：「哎！偷人。」）

時間橡皮糖膠稠拉扯長大的映伊時讀石馬小學一年級，轉託在那兒教書的陳表叔女兒小麗讓映在他家搭伙住宿，一切看老輩份上。大疤最後一次赴石馬，給錢離婚讓唐娃兒走人：「你偷人我弟娃不談我沒權利說話，你不管孩子虐待孝往死裡整，我要管，看在孩子面上，不追究，你另請高就吧！」

大疤前腳離開他後腳回，強霸房子狂辱孝（那些話就不說了），映成了人質當著孝打罵，孝最後等於被掃地出門。（彼時，大疤管不了了，癌症住進了醫院。）

是這樣孝才喝農藥自殺嗎？那個溫馴退讓的孝，保全最後的尊嚴堅不開口要錢先大疤癌逝早走三個月。（孝自己喝農藥還是被灌？台北十月下午，電話裡胡嬸嬸急切道：「要不要盡力搶救孝？他哀嚎得多大聲！醫生說關鍵在今晚上。」催吐洗胃輸血，孝沒捱到天亮。座標北緯29°25'43"東經105°44'27"銅梁張家屋基第四十八代活口孤獨地離開祖上之地，孝贏了，決絕放棄好不容易得來的血親女兒。孝，真是你自己喝的農藥？當晚，讓胡嬸嬸去公安備案，調查孝的死因。）

以映之名，二〇〇七年最後一封石馬（郵局隔壁）舊址來信：去年從海南撥電話沒人接，映上小學六年級了……。附兩張情境照，（映長髮僵立人工布景杭州西湖雷峰塔不成比例山峰勒石「天外有天」前。）注明手機號碼，要我們務必聯絡。楷：「別理他。」從此絕了音訊。（十九歲下放勞改新疆大漠足足九年的友人韞慧大疤臨終前來台告別：「這樣的小孩更懂得如何生存下去，放心吧！」大疤附和：「只能希望他自求多福。」這場告別的重點居然是他人。說來，哪有完美的告別呢？且告別從來不會那麼直截了當。）

再三年胡叔叔跑不動了，定居大足前，上家裡和婆婆交換放在彼此處的物件，也斷了消息。

不知如何向電子世代樵解釋此現實家族網絡。（仍是）多年後的「我們」，拎提打包的晚餐沿無風景幹道拐進酒店，此刻，即使有樵相伴，這樣的時光仍浮升幽冥相隔孤獨感，深呼吸，沒話找話：「你初見嘉陵江什麼印象？」樵：「很優雅。」「怎麼說？」聳聳肩：「感覺長長緩慢的流過去。」沒有太複雜的心理因素，單純視覺性，於是江河還原成本來的面貌。距離就是美。

江面降雨成霧，掩蔽了遠近高低燈火。晚十點，一天內跨界三城，雖說無時差，小學生樵泡完澡貼枕五秒吧即睡熟。生活空間置換，有條不明顯但清楚的時間線，安然跨越，樵不再像孩童睡眠中手腳不安分抽長揮踢，是如小死。

轉動地理國家軸，樵進入換算幣值之旅：一次入出境簽注行證人民幣一百台幣五百。打的二十六．三公里，上車下午七點下車七點五十四等待二十四．一六分鐘，金額六十六．五元人民幣三百三十三台幣。晚餐（乖乖列個冬，小館菜單注記八人份：什錦湯十二、虎頭椒八、苦瓜鹹蛋十二、蒜拍黃瓜十、鹹銀芽八、辣子雞十五、香辣土豆絲十八、飯三。）人民幣八十六台幣四百三十。重慶飛大連機票人民幣二千零九十、住宿一晚九百五十、菜園壩長程汽車站麥當勞香辣雞腿堡十八、礦泉水一．五、罐裝啤酒三，合一百一十二．五台幣。（網路上，彎彎：「為何大陸人在麥當勞吃完不送餐盤也被台灣人鄙視？」茄冬：「在大陸吃麥當勞就依大陸規矩放著走人在台灣就依台灣規矩請你自己收」一餉憑闌久：「支援你的言論請部分台灣人以後不要再拿收餐盤說事」之網路交戰實境上演的）如此興致於旅店、車程、餐飲……瑣碎記事，我無言。活向未來然有時如逆走。譬如，現在好透明方便的上網大眾運輸長途巴士站及票價，「去哪裡？」「大足。」中型中級車，全票三十五元，清清楚楚的提醒你，已非二十五年前沒個底的包車迷路返鄉行程，此為旅行。

旅人得層層關卡都做對了，才能準確無誤的在龍蛇雜處長途汽車運輸站人海告示牌找到對的入口上車，中巴，二十九人座，一百三十五公里，一小時四十分車程，菜園壩發車市區上渝昆高速公路進中梁山隧道接成渝高速路大足段。（高速公路來去筆直不再繞路大疤出生地銅梁，那是另一條成渝環線高速公路渝遂段七十二公里。心理很清楚卻無法理智釋懷，多年前在這裡動輒失落數小時。）

塵霾陰天早晨十點，人車雜沓流浪，是這樣嗎？因此感覺懷舊在這裡很「娘」。早晨叫醒樵：「你居然睡了十一個小時。」在爺爺的家鄉像從人生第一次睡眠醒來，他也很奇怪：「我好像回到另一個家。」（宮崎駿充滿政治反法西斯社會寓意動畫《紅豬》藏身亞得里亞海小島環形岩洞沙灘秘密基地的紅豬飛艇員馬可腔。馬可受魔咒變身為人們眼中可見的豬，「要怎麼解除魔咒讓你再成為人？」酒店美女老闆吉娜說。紅豬飛艇被美國人卡地士空襲，快船接力火車千里迢迢送到米蘭保可洛飛機製造工作室修理，十七歲女孩飛機技術設計師菲兒修復後，討修理費理由跟著這架傳奇飛行艇回到亞得里亞海小島，並且接受了卡地士空中大賽贏得賭金，紅豬請吉娜送菲兒回去：「帶這小鬼回到屬於他的世界。」剎那，魔咒解除了片刻，紅豬又回復人的身分。）總有那麼一瞬，我錯覺在樵身上看見大疤上身。

發車後，樵很閒適自在問：「我們要去哪裡？」我一時答不上。他聳肩：「你會記起的。」二十分鐘後，車終於開出雜亂動線市區，我讓樵撥手機給他爸爸，樵：「爸——，是我，嗯，我很好，旅館很舒服，奶奶先上網訂的。我們現在要去看姑姑。」我接過手機，旅館？楷糊塗了（而他很少摸不清頭緒）：「你們在哪兒？不是去大連邱叔叔和小芳那裡嗎？」（那回別了孝，長江輪上結識的終身朋友，比我倆都小得多的邱有個兒子金龍和姪女小芳，金龍叛逆，小芳國小後失學，他們成長過程大疤費了些心力，推他們一把。日後，邱落戶大連，大疤逝後，這線一直未斷，邱家移情我和楷、塵。楷有段時期在大連工作，每去邱叔叔家，進門就嚷：「芳，快做飯，哥餓死了。」尤其愛吃小芳涼拌菜：「噢噢，舌頭都咬掉了。」芳甜笑：「我哥真帥！胃口真好。」也是多年後，叛逆小子金龍結婚，帶著樵，專程去大連吃喜酒，樵：「我跟金龍叔叔超麻吉。」）為隱瞞此行不成熟的作為我訕訕解釋：「我們昨晚住重慶，現在往大足巴士上，我不是要找映，只是單純的想在樵童年結束前去趟爺爺老家。」（很想說：之前用了「十年」這樣的周期概念才確定你爸真的死了。）怕被打斷快說：「出發前上網訂了國際連鎖旅館，會注意出入盡量搭乘大眾公共運輸，盡可能請旅館代叫排班計程車，吃都上正規館子。」（事實上，伊時不管幾線城市出租車皆緊張，寧願街上隨時載客不愛靠行，懶得耗等。）楷那頭出乎意料的輕鬆：「很好啊！找得到路嗎？約好了沒？」「沒約，不知道映的下落。胡爺爺電話號碼也不對了。」二〇〇七年來信，七年過去，算算，沒走岔掉，映今年上大學。

結束通話前，樵說：「爸，我感覺爺爺跟我一道噢，我昨天睡了十一個小時。」他爸的笑聲清楚傳出。才說完，車出市區上渝昆高速路，吃完麥香雞，樵靠我肩上再度睡沉。

人人MP3耳機、滑手機，車腹因此安靜。銀杏樹取代了縣道鄉徑亭亭如傘老黃桷樹，有了一條新路，直到一個半小時後下高速公路郵亭收費站，石馬往返大足縣道，皆經此，之前每次來，心緒翻騰不及去記，新闢高速公路，但保留了郵亭收費站構體，猛地入眼，果然就「你會記起的」。向來排斥用類似「時間過得好快」空洞形容詞懷想與大疤相關者，但有些事物被取代有些成為不再改變的歷史之成必然的此時此刻，所在意，此鄉心臟大足寶鼎石刻遺跡復活，回過頭來重寫大足歷史。這是我現在要做的事嗎？

車出重慶市區後天空開始飄起小雨，樵沉睡如遊子回家記憶系統訂在自動導航。依經驗，我其實不太相信完美的旅程，個人好處理，帶著小孩，每一個狀況都會被加乘，（要不然怎麼會有相繼寫錯名字的機票）車才過郵亭收費站，雨勢驟遽，嘩啦嘩啦落在車頂且由收不攏的天窗竄入灑得車內後排乘客滿頭滿身。叫醒樵，一見大雨，天生旅人得意道：「我帶傘了。」滂沱大雨中，我們進入大足，沿路坯土泥地矗立極不相襯動輒二十層高樓座，無有生活機能的樓層之外還是樓層，詭異到簡直愛麗絲夢遊異境。

樓群盡頭，三岔路口五星大道司機主動靠邊臨停讓下車，他手指右前方：「哪，酒店就在這條路上，一下下就到。」（乍聽讓人發毛，多年前也這句「一下下就到」，走三小時。）謝了師傅下車，才發現站在坡道口，走吧！樵肩背包撐傘，我耷拉著行李戴農夫帽牛步上行，大豐大足五星大道傾盆暴雨，逆水而行沒幾公尺，農夫帽集水區般往臉面脖頸注水，心裡一陣☆※★#8……，我和樵苦中作樂亂罵出氣，正罵沒詞兒了，望穿秋水酒店倏地海市蜃樓般冒出。一下下就到的躬腰挺進，落湯雞出現寂靜雪封古堡大廳，濕度相對影響溫度，觸動了生物感測器發出呱呱呱警示：「有大小難民錯入。有大小難民錯入。」然停格愣二秒，工作人員迅速恢復專業客服上前招呼的借看證件的神快辦妥入住手續。（來到映的家鄉，男女服務人員皆年輕，映若還留在此，該和他們同齡，時差效果，「石馬郵局隔壁」舊址，此刻愈發像虛擬

IP地址。）

但這地址再真實沒有。一九九九年公公猝逝，送葬後，我和大疤未通知孝到石馬報喪，訂妥兩桌喪家答謝酒席，伊時和公公長相一個模子似的親孃孃還在，女兒攙扶到場，席間大半時間皆沉默無表情，時代離散，此人一九四九年出川失聯就等於死了，再回來，中間那段空白續不上了，因此，這場遲來的報喪，沒有悲傷，是人子故鄉身世的終結。

敬菸敬酒幾輪次，上座叫舅舅的小學校長低聲吟哦再三：「喔——我算個老帳，給你說個歷史，你生母生下孝亡故，你生母抽大煙抽死的，你知道吧？娃兒沒了娘，你高祖祖做主續弦我妹兒，屋頭有個女人照料。」後話從頭，聽話聽音，是有話要說囉！

「請說！」大疤沉住氣。

「你和孝同胞兄弟，我妹兒拉拔你們兄弟，但實質上還是個繼室，我妹兒現在啷箇狀況啊？遺產有沒有他一份啊！我這娘家弟兄好歹給箇交代！」

大疤不疾不徐：「我現在就給你箇交代，你要算老帳，高祖祖一死，我弟娃吃不上飯，差點餓死，你這個當舅爺的伸過一根手指沒得？講過一句話沒得？沒得能力不怪你，讓他唸書，你很可以出面，結果他硬是箇文盲，一天學堂沒上，如今你依老賣老，我死了爸爸，你倒孤兒寡母扯公道！噁不噁心！」

「你這個當晚輩的啷箇咋樣子說話啊！」

「哪句不說的實話，我媽媽瞞著帶多少錢給你，那是你倆箇的事，我不管，可哪回來不尊重你是箇長輩，給臉不要臉，你好日子過舒坦嘍，屁股翹高！睜眼說瞎話，你為的哪箇？你老人家心裡有數！」大疤在父鄉，川語川詞。

強勢嗔目：「嗄！親戚老表都在坐，大家評個理，我問句話哪塊不對！我是你請來的舅家長輩！」

「你老人家請回吧！我有心來報喪，當在座長輩自家人，現下，沒你這舅舅死不了人！我爸爸走了，我現在沒得怕的！醜話說前頭，你若找人整孝，你試看看多大能耐！」孝頭眼下勾，彷彿那是他一個人的鬥爭大會。

沒人勸說表態站邊，千瘡百孔因果網。拉不起來，便讓它沉入海底。有些東西不值得修復。

「再告訴你一句，生恩是恩，養恩也是恩，你當妹子是繼室，我當爸爸雖死，我還有個媽。」後中年男人剛失去了兒子的身分正沒處發洩，卻是雖火大仍有節有理，這回，他很確定，人世的公義，站在他這邊。反正，少有人幫孝，倒楣還能再破底嗎？（日後揭曉，還真不是人生最谷底。）

以後，探親代名詞，孝。

揭穿醜惡親人假象，哀矜亦輕鬆了。散局步行回屋，時近黃昏，孝賣關子帶我們去看個東西，前引我們穿越幹道鑽進老街向我們揭示一座藏身巷底灰樸典麗教堂，馬跑教堂，百年歷史磚、木、石結構，摻合哥德、羅馬式庭園、迴廊、來賓樓、修道院、鐘樓、大經堂母亭、鐘樓……教堂群落。簷口羅馬式大三角山花雕飾，堂內兩壁鑲嵌瑰麗不知名聖經故事彩繪花窗玻璃，以及後來才知道層高十八米兩人合抱十六根羅馬柱式的柱頭頂柱，左右兩排柱廊劃出中廳和側廊，長條靠背木椅井然成行，序向聖壇。聖主體大經堂落地門張貼一九九二年封條：馬跑教堂重慶市人民政府公布文物保護單位。

改革開放前院落起碼擠住幾十戶人家，文物概念抬頭，（可不是，大足石刻多年爭取，一九九九年終列為世界文化遺產）之前霸占戶大都遷出，獨剩大經堂翼側輔助房倆戶沒搬。（鍋爐一應俱全，剛大火炒菜燉湯待開飯，冷漠眼光打量來人：「幹啥子的？」）

教堂群落建於岩坡上，地基落差用紅砂岩條石填補，石馬季風氣候，雨季長，潮濕雲霧終季，風化現象地基已開始沉降，庭院長廊通往後面修道院，荒廢、屋頂塌翳如被遺棄的信仰。

我們興味的沿教堂外牆繞了圈，一腳高一腳低，不住引頸張望，對美好景觀、時間的抵達與憑弔。面對這座窮鄉僻壤邊城建立的信仰美好城邦，想著這是文盲孝所能想像最精緻文化寶藏收著獻給哥嫂就好心痛，孝真是個通人啊！而我們懶惰的一直用「命運弄人」世俗詞語形容他。（還有，我們會感嘆，孝個性誠敬溫和，如果唸了書不得了……）見我們喜歡，他好有成就感的露出微暴門牙樂呵呵，什麼都不計較的孝，是我心目中教堂以外最好的花窗圖案。（有一天，當我把孝和大疤繪燒鑲嵌進屬於他們的故事裡。我一個人的遺落戰境，褶皺運動。但欣賞教堂這次，我迴避視線，錯過了抓他一把時機。）

「孝，在教堂邊開間冷飲小吃攤雜貨鋪，足夠過日子了。」大疤臨走交代他試著做，以資本主義眼光找生路。（建築之為器，旅館旅遊商務指南載記，石馬教堂使用率破表，復活節、降臨節、聖母升天節、追思節、耶誕節，教友觀光客絡繹不絕，尤其聖誕夜，上萬名教徒齊聚望彌撒。)

親娘生他難產故去，孝出娘胎就帶重孝。沒想到，孤兒是一種病，會遺傳。孝仍陷在和父親才重逢再度無父悲傷無著裡，沒聽進去也無力反應。戶口欄上他們還有母親，血統意義上他們是無父無母老孤兒。孝苦苦留我們多住兩天，困阨的人生其實早在我們不知道的哪個階段開始風化，或者我們感覺到了，蠢蠢欲動的年輕妻、無知天真幼兒，讓人看不下去的我和大疤匆匆離開。那是我最後一次見孝。孝送我們上車時，又像半夜初見那回，無以名之的淚水潺潺下流。之後大疤數度探視，從來都不能單獨前往，總是東北拖了邱老遠繞道山西雲岡石窟、蘭州莫高窟、西安、張家界……最後才挨蹭溜去大足石馬。

(我老是重返首次返鄉初見孝卡在異域夢境裡，我反覆想，如果那時候像現在般有所警惕而思事事小心做對，會有不一樣的結局嗎？會使得我現在不出現在這裡嗎？或者這就是結局，大疤找父母出川留下的孝，我找映。)

和樵盥洗換上乾衣服，出發往十五公里外石馬鎮。對樵，那地名代表旅館之外任何地方，等於未命名，他想和 iPad 待房間。我說：「帶著你的 iPad 和計程車待一起吧。」(「如果把他弄丟了怎麼辦？」始終是擺脫不掉的夢魘的之前才不敢帶他遠行。)他說：「我考慮考慮。」意思是，好吧，我還能怎樣？旅館說妥車資，滿街這款手排檔不開冷氣漆裡匡啷亂響坐椅歪陷計程車，司機問地址，我告以石馬郵局，十五年前位置：緊挨公交站，對面老街有座教堂。司機一口咬定：「噢，郵局肯定早就搬離嘍。」想來也是。(之後的發生，司機若非本地人就是從不上郵局。）所以我們這是去哪裡呢？到了再說。

再一次，車行在西南鄉道，不知名的路樹張大扇面枝枒骨架錯雜顏色深淺葉片，棋盤撒子布局著異鄉路標，亦搧動我原本就搖搖欲墜的記憶，唯一確定，那種初見的震撼，再也不會有了。毫無風景可言的六七六縣道，偶有眼熟的景象，譬如藏在駁雜林子裡屋瓦傾圮露出泥坯的土墒厝屋，孝也配了一幢這樣（最後不知所終）的小屋，不過遠離馬路，進出得花老大腳力。

正沉湎往昔，小路接上了幹道，欠身向前瞧仔細，忽地三角岔路建築物晃過，忙問司機：「剛經過哪裡？」本地人叫「老街」，真個原滋原味，以為孝當年隨口說，正名赤英街。有時候記憶是一種臨場感。（旅館房間備有各類旅遊商務指南百年馬跑教堂是重要項目，大足石刻外就屬它。當年街坊打心底不信教堂有此一天。我也是。意外被拉長，懸念有時是是一種藝術手法。）郵局、老街、教堂三角定位，老街、教堂有了，答案呼之欲出。可共和國崛起，翻天覆地的改變，郵局還會在嗎？

（原稿命名「愛麗絲地底之旅」的《愛麗絲夢遊仙境》小女孩愛麗絲掉進奇珍異獸夢幻世界兔子洞，迷你小門等著他進入，他喝下寫著「飲我」字樣的瓶水，縮小進入扇門後，再食下「吃我」的蛋糕變回原型。愛麗絲向藍色毛毛蟲訴說自己正在青春蛻變期，向青蛙蛙鳴似吐出奇異艱澀的語言……門進門出，餅乾、卵石蛋糕、蘑菇……忽大忽小的愛麗絲哪裡也沒去，夢境，一覺醒來的愛麗絲反而感覺再沒有的真實。奇幻到底，卻是「帶這小鬼回到屬於他的世界」。）

再現與幻影石馬兔子洞，剔除多出來的新生地景石馬鎮人民政府建物、太陽能經營部、中國聯通店面……，聚睛考據出土之老街、公交站、生殖健康服務站、石馬派出所、石馬小學、石馬中學……記憶化石。（那年找到孝，陳表叔在石馬小學教書的女兒小麗家邀吃飯，愛人石馬中學老師，雖文質寡言，言談之間喜流露見過世面，為示掌握大局，表演活殺黃鱔，木桶裡蛇形無鱗魚體包膜黏液活蹦亂跳，手腳麻利撈起一條，頭釘死木凳上，左手抓尾巴右手握長柄利刀劃開去骨切段，「好本事！」一大疤話中話。切段田鱔完了過油下爆香葱薑蒜辣山椒大火快炒，鱔背微捲即起鍋，要不老了。川蜀名菜，山辣鱔背鍋。最解酒。）化石堆裡，倏地冒出挑高鐘樓白色十字架，俯視路口三角窗五金店，當年孝領著我們從此出發橫過馬路穿老街到教堂。座標一度一分一秒撥格調準方位看見五金店排頭的枝枒樹影後連幢兩層樓小透天，以為密碼早忘記或丟掉的自動消磁彈開，直望到如等待羊膜穿刺篩檢是否畸形胎的石馬郵局完好未搬遷，多年來，此地此故事就像逆行性失憶重創區，如電腦不斷重啟、初始化遺失損失消失資料的拒絕重建日期消除撞針點治療手法的再現。（《二十四小時：再活一天》主角傑克・鮑爾妻子泰莉，為目睹暗殺總統候選人凶手的唯一活口，不知情的泰莉和女兒駕車被凶手追撞懸掛山谷，他下車察看，車子失衡墜谷爆炸，泰莉親眼看見車體被大火吞噬，痛徹心扉。烈火強光閃電般啟動了心理防衛機制腦葉海馬體自動斷電，失去了形象感，影像記憶似螢幕下雨，失去了自己、丈夫、女兒記憶。所幸，樵在，他清楚的定位我是誰。）失憶，幾乎是我們這個時代最普遍的病。

於是，映，神隱少女。這些年，甚至沒上地圖網查看石馬。（否則，你會早知道教堂修建，郵局沒搬。活在現今之世，要找一個人，真的不難。這使得鄭重攜帶二〇〇七年石馬來信據此導引此行有高估此偽航道之感。）甚而自我設限：「只是去證實他不在那兒了。」這簡單的所指，促使我對樵採漫遊姿態逸出日常生活規範，我們晚睡晚起胡吃瞎走，最後，我需要他童稚雙瞳，定義即將發生的一切，藉由他的在場連接大疤和孝血脈，他的到來，重寫了他們的死。

左拐進教堂街，就是這兒了，郵局擴大為中國郵政儲蓄銀行，格局明顯現代化。司機要回去交車，倒車離開。走到這步，樵需不需要認突冒出的新姑姑？這對他人生會有何影響？誰授權讓他歷經此超現實「爺爺出生地和家鄉」（他的父親、叔叔已放棄的身世祖地）之旅，若因此導致患上類似童年期分離性漫遊症，對此段過程缺乏認同；及長，偶然間上網闖進旅遊之鄉大足石馬，遙遠想起後童年模糊假期。非返鄉非旅行。而我最怕，他早失去追尋自我記憶的衝動：「那又怎麼樣？」那麼，此行的意義又何在？

如卡在旋轉門最後一格。

我因此躊躇不前，現在離開還來得及，當作一切都已是結局。少女愛麗絲映是我的一場夢，永遠留在照片雷峰塔裡，無從與聞。再說，萬一走進郵局揭曉謎底，我能夠接受嗎？沒有消息的消息有時候是最好的消息。

「我們要進去問嗎？」我問樵。

「你決定吧！」這是我常給他的答案。他想留在沒有意外的旅店，打開 iPad 玩電動遊戲、看電視、聽 iPod 三心齊用，在一個擬態世界，與現實無涉，犯錯失敗輸掉，開啟重來。安全、控制、沒有人真正受傷。凝視眼前小五男生，你極力保護他天真童蒙維度，此刻他渾不知屬於他的歷史暗鈕正被他人啟動。

郵局內正面一排高櫃檯鋁合金窗花，橄欖球形窗口後坐著制服行員，門邊辦公桌站著唯一制服中年男，顏臉年紀都似以前只一男兩女郵局時期幫孝轉信代轉電話老鄉，這裡真像一個進出現在─古代時光密室裂口，和停留在農村時間的外間截然不同，可不是，櫃檯外有兩名女性員工勤懇地正向客戶解說，中年男子也沒打電話看報喝茶或出局到孝家的在教客戶填寫取款條。但下一刻，你就知道，眼前都是假象，只要你一開口，此機關鬆散的密室就會曝底，這裡可是農村社會的訊息交換中心。可不是，僅我們進門短暫時間，空間運作節奏慢了下來，這是視、聽、味、觸、嗅知覺過度開發的國度，各自默默豎起搜尋波，也許是我和樵不知哪路數的腳踩勃肯拖鞋引起的。（他們不會以為我們來搶銀行吧？）

不等我走近，中年男子熱切迎上，我不知該怎麼開口的詞語破碎：「請問，我想找一位以前住郵局附近的人……」（總不能說找孝，明知道他死了；映，小孩，不是個單獨個體；剩下，最不想提的唐小紅。）

支吾其詞，凸顯了逃避、閃躲、不在場的事實。眾目睽睽，搭建後設肌理，強調（不論維度）時間聯繫、繼續之必要，這就是我的敘事結構，存在著偏見與偏離，但現在，我（像大疤那樣的一個人）夾在狹仄陌生群眾間，遇上愛麗絲夢境兔子、蜥蜴、毛毛蟲、鷲頭飛獅、龍蝦、瘋帽子先生……審判會，這裡不是掉進現時的密室裂口，正好相反，這裡就是（以前的）

現在。因此，走進去，你就回到了過去。中年男子果真是郵局幫忙舊識老鄉？

「要找哪箇？有沒得姓名？」他問。

「唔——我不知道還住不住這兒……」哎！一鼓作氣：「唐小紅有這個人嗎？」

「哦！他在啊！就住過去幾間。」

啊？這麼容易？幾秒鐘答案就出現？我不找他，要找他女兒，映。

「映，也住那間屋！房子是他的嘍！」（怎麼大家都知道的事就是沒人管？活生生看著孝往死裡走？）

趕在人生最後，大疤為孝出面辦離婚，才能央胡嬸嬸公證房子過戶映名下且代管房契，（我們都不關心房產，但關心映有沒有住處。）待映滿十八歲取回。就是今年了。（總想，房子還在嗎？畢竟，唐娃兒有監護權。）然冥冥中扭不過命，唐娃兒還是回到這間屋。

一個平常簡單算式的平常簡單答案就是最對的答案硬道理。沒有房契就賣不了房，這是映生存的基石。（二〇一一年到成都開會，晚上和友人 Pub 喝酒，看到青春期女服務員就聯想映如果不唸書大概也就是在這種地方打工吧？更早，韞慧講對了，一個孤兒，於今於世，要活下去不會難。但活得好呢？）

男子熱心引我們出到走廊，（看著我們下車的）對面簡陋擺設茶館有三桌麻將，跑出五個（一桌麻將腳，加上唐小紅姊妹淘老闆娘）年齡不一女子，帶頭大嬸：「你找哪箇嘛？」簡回：「映。」

以為打牌哪有閒情注意，但，顯然不：「先前還看到他，放暑假，等著上大學嘍，噢！你是孝台灣哥哥嫂子?」

咋回事,複雜的情節別的戲劇全用完了嗎?沒有誇張的孤兒失學前妻奪產反目成仇離家出走自甘墮落……通俗言情灑狗血事件,給他們一講皆日常時間合理場目:埋葬孝↓房子過戶映名下↓成年取回房契↓順利考取大學。

如清醒看著自己被催眠,被真實與幻影膠著。天人交戰:「就這樣?怎麼可能?」瞅著樵,他聳肩,不明白,無所謂。

消解大疤死亡之傷比想像來得漫長。悲創難以繼承,但房產可以,此時此刻,那房產成為一個標記,抓住它,就是一種精神的勝利。沒想到,這裡一切如時針軸,固定走著。流動的,只是看不見的時間和「潛悲懷」。答案將揭曉,「你真的想知道映長成什麼樣子嗎?」最後的選擇。

不等你回答,大嬸們扯開嗓子齊朝空大喊:「映!映!映——」拉開窗軌道聲,一年輕女孩探頭出來:「誰喊?」

「你孃孃找你來嘍!快下來哦!快點!」倆透天夾道,天然喇叭音效。轟得我耳鳴嗡翳,無聲世界頓時失真。

幾十秒後,哐啷哐啷鐵捲門吃力往上露出一截洞穴,裡頭弓身鑽出長髮及腰女孩,長腿高個兒高鼻豐唇女版孝。後頭跟著約六歲小女孩。撞針卡榫彈跳,推我移位,女孩疑惑:「你是——」我指小女孩:「上次見你差不多這麼大。」女孩驚訝想起什麼:「噢,是伯母?」大嬸大媽大姐言情劇：「哎唷！要叫孃孃才對嘛！」「你看！到底是一家人，惦記著你唷！」七嘴八舌：「你是孝的台灣嫂子？他媽媽還在，哥哥好嗎？」（「干你屁事，提我爺爺幹什麼？」樵翻白眼無言。）甚至：「趕緊打電話叫你媽媽回來！他嫂子來了嘛！」輪到我瞪眼：「我不是他嫂子，我不找他！」我所背離者，大疤，他讓我別管了。且大疤認不了舅舅我就認不了「他」。逼錢、逼命，一筆爛帳，我記得清清楚楚。但是，這些歷史不是映的歷史，如果他夠強韌，他會自己發現，不由我告訴他。（誰說一定要說話呢？一定有其他方式。）

撂下期待好戲上場的大嬸大媽，（四川話怎麼稱謂？）我鑽進門洞，（真的就是這裡，前彈棉花店，現在騰空架高兩根鐵條擺滿鋁管。）二樓（時光膠囊同樣擺設）客廳、廁所、廚房、兩房間，一切皆簡陋。映領我進和大疤睡過的房間坐床鋪（只有這裡可坐）。我（一看心裡有數）問小女孩是誰？「我妹妹。」還有個兩歲弟弟，「我爸媽帶出門做生意。」映語氣自然。我爸媽。

房間西曬，琥珀陽光在清水石模地板一吋吋退潮，「我妹妹」不太講話，我們也是。坐在「此曾在」床沿，一時無語，開口任何對話都戲劇性。時間是最好的調整器。樓下喧譁移回茶館，不會放棄撥號嚼舌根的：「孝嫂子來嘍！上屋頭去了，趕緊回來！」

「別告訴你媽媽我來了。」我淡淡道。

「不用我說，茶館老闆娘，肯定早轉播出去了。」映音頻低緩磁性，用語克制，完全像大疤、孝和堂兄楷、塵。他們從外到內一系列。聽得出來他真心叫繼父「我爸」，大疤、孝也是這種格。難以掩藏的蜜蠟光淨臉容緞黑長髮格子襯衫下襬紮蝴蝶結配緊身黑褲嚮往簡潔風現代主義，自我完整特質。

「不想因為你，我和你媽有關係。」孝若活著，我可以為他忍，為映，不行。一刻也待不住，房產史、空間、床之集合記憶，「我們離開這裡吧！我沒辦法見妳媽媽。」（你媽媽逼死了你爸爸，你知道嗎，不，不該讓你知道。孝最後的信：「……婚姻已解除了的，他不走，還在我屋裡豪搶霸占，又說哥哥報復了他，他要報復我，要殺我，我現在落不得屋……他請社會上的潑皮來搞整我，要我全家的家產，哥哥，你春節可回來一趟……」一個五十多歲的男子的被逼到絕路。他，唐娃兒。）

「我妹妹」託給茶館老闆娘，「我媽果然在趕回來。」映明顯對四周環境反感。現代人是沒有離愁的，也沒有相見的狂喜。但是我很確定，有愛惡。

我們逃難似步出巷子。聚光燈打亮鐘樓十字架，此百年教堂小鎮，怎麼看，遠離救贖。回望巷路似甬道，與其說是我記性好，不如說，此處無變化，惡俗生活亦如昔。關於人生參商，唯一我無法釋懷修舊如舊的教堂群落，怎麼只有宗教可令一地一人更新呢？幸好，映變了，長大了。看著他，我願意這麼想，孝何以非死不可，映必須成為孤兒，才懂得無情。

我們逆向之前未被命名之教堂街走到過去已命名馬跑路，愛麗絲映識途老馬擋住我攔車的手：「伯母，我先問好價錢。」（他從頭拉出距離的不隨鄉俗的喚我伯母）

上車，敘事於焉開始。清麗容貌內層夾雜流浪野貓經歷，初二被強制輟學在家帶妹妹操家務，「你妹兒哪個帶？不帶妹兒，我和你爸爸咋去掙錢！」其實，「我媽」整天泡麻將桌，欠了一屁股債，茶館就欠了五、六千。贏錢大家耳根清淨，輸了罵大街。母女三天兩頭起衝突，有段時間他離家出走睡大街，（啥年齡都有的）街友下場見多了，覺悟不能這樣下去：「我一定要回學校。」初中沒讀物理化學考不上普通高中，他求助過去搭伙已升等職校任教的陳家小麗，爭取同等學力考職校旅遊科。高二，「我媽」忒重男輕女，超生了兒子，又如法炮製要映休學帶弟弟，他打死不從：「我告訴自己一定要內心很強大。」從此，打工掙學費生活費。

去年終滿十八歲（可不是，大疤、孝同死十年了），上胡奶奶家拿回房契，「我媽開始冷嘲熱諷，說他們住我的房子，不曉得哪天被我趕出去！怎麼會呢？我爸幫人裝鋁門窗，家裡那些鋁管就是他的材料，我爸人很好，沒脾氣，我媽動不動罵他沒出息。最近老說服我拿房子貸款做生意。」（啊，胡嬸嬸真的代為保管地契十年。曾經信息烽燧量大難解譯。現在懂了。）「拿去貸款了？」省話：「沒有。」顯然善於察言觀色，話鋒一轉：「我現在知道怎麼跟我媽平衡相處。他也有了年紀，脾氣改很多。」常見的失怙現象嗎？轉而依賴母親，模糊化生父才能認同繼父？最震撼我的是「也有了年紀」，我相信映真心如是想，不因乍然出現憎母者我擅改台詞。

樵大部分時間埋首觸控電腦界面永遠不企及現實的虛擬遊戲，結束再開始再結束……把童年推到底線，偶爾抬眼與我相視一笑的權當在場替代者，大疤。樵出現，映說：「我做姑姑了。」樵像局外人，拉大家族層，三代，然已非同家族。這不可思議的尋訪就像一場電玩黑色隱喻，於真實人生無功能，對他人無殺傷力，也就於自己無悲喜。

是我多心嗎？為什麼交談過程，孝的成分如此少？我內心默問：「大疤，你在乎這一切嗎？」

轉換話題：「鄰居說你等著上大學？」剛考取重慶旅遊學院本科，未來夢想當空服員離開這裡。「但是我媽不讓我讀，要我重考護理學院，將來他病了有照應。」（是嗎？「孝要不要救？痛得哀嚎得多大聲！醫生說關鍵在今晚上。」電話那頭胡嬸嬸說。）學費？「目前還得靠我媽想辦法。」他聳肩。「去吧！別上護校，不是不好，你將來成了家，護士作息不正常。再說，你喜歡旅遊專科。學費我出，但別跟你媽說細節。」「伯母還記得我，老遠找來看我，我已經很滿足了，我不能要你的錢。」

真不懂，但冥冥中確有個算式於心，迢迢趕巧映上大學。（韞慧知道後：「你又在幫人家付學費了。」「是啊！大疤也會這麼做的。」）

回過神：「我走前想去給你爸上個香。你知道他寄放骨灰罐的地方？」

「啊？不知道唷。那時我還小。沒去過。」

（每隔一段時間，我會帶樵去國軍忠靈塔看爺爺、祖祖。他牢記龕位，回回先衝進納骨室找鋁梯推到十二排第六列二十四號、一百八十公分高。立梯階與爺爺平視，持續對話。想像再去，他會說：「爺爺，我和奶奶找到姑姑了，你跟叔公說姑姑很好。」他爸爸一段日子沒去，今年辭歲，高度方向感的人居然在龕位間迷宮穿梭，樵媽搖頭：「真怪，不是你送奶奶進龕位的嗎？」時空旅人，活著每一天，皆穿梭。）

（這幾年序次送走公公、孝、大疤、婆婆。最早公公在家壽終正寢，大疤最後的凝視緊握住老父雙手告別：「沒得關係的，爸爸好好走，全家都在這裡送您。」定調了送別語式——沒得關係的。大疤走，我們亦如此對他說，婆婆走，一樣。只孝死，電話那頭胡嬸嬸才掛，唐娃兒歇斯底里尖叫：「醫生說要八千塊錢才能救命！嫂嫂，你趕緊電話跟狗入的臭屄賤胡婆娘交我錢！入他先人板板，算箇球！咋個嘍的扣著我的錢！不要臉！耽誤孝，看我找他拚命！」那時辰，孝已走了，天高地遠，搶錢。我掛電話：「一，別叫我嫂子，我不是。二，孝都死了，你來要醫命錢，你做的事，心裡有數。」那頭強辯：「死了也要錢辦喪事嘎！」我請胡嬸嬸去學校接映，捧父親牌位，人子送行。安葬、龕位、醫療費，所餘，胡叔叔來年回台北時，結清。）

原來，事情沒完，孝不知去向。（這次，沒地址可追循了。）我臉色凝重：「每次我們去靈骨塔祭祀，祭品都會準備你爸爸那份，你知道有了你，他在家鄉才不孤獨嗎？生女兒，你媽媽大哭，你爸憂喜摻雜，說張家屋頭終於有個女娃兒，他是殘疾人，准生二胎，希望下胎生個男娃娃，老張家有後。」你大伯回信：「爸爸媽媽很高興，屋頭有女娃娃了，好好培養映。都多大年紀，別生了。」

可多年後，孝死那天，大疤說：「張家屋基在老家絕後了。」

看得出來，映這會兒，才有了忐忑。

車程近大足市區，視線穿透擋風玻璃大雨下車三叉路口，好悲哀孝下落不明，恨聲道：「做人做到這個份上，實在夠了！真是爛貨！」樵呼應：「混帳東西！」他其實聽在耳裡。「你有胡嬸婆電話嗎？」行前打舊號碼，俱皆「您撥的號碼是空號請查明後再撥」。感知到我的憤怒，映斂眉：「我也沒，但是我知道他們家。」

（市區另計費）計程車路邊讓我們下車。映表示，很近，我們走去。不斷快閃躲避，繞了半個城的一路和車流、紅綠燈、行人、步道……搏鬥，扞格不入如存在於兩種時間，各行其是。這座大足石刻世遺文化之都，被走鐘的交通亂象給趕回農業時代。

胡叔叔夫妻倆出門了，以往暑天胡叔叔一年一度回台灣季節。他是圍棋高手，以此為業攢了些錢。他們住的是老城區第一批興建的別墅小區，江南式白灰牆田字漏窗，大門對開頂部凸起牆頭青瓦檐，左右兩株桂花香氣濃郁，石階上厚積青苔，看樣子，有些日子不在家。大疤每次來大足總會在此住兩天，從沒提過是幢市中心庭院別墅，胡叔叔在台灣身家遠不及公公甚至同鄉，他人比較老光棍個性，外號「拖神」，形容其懶散，此刻，胡家折射某種可能，若我們積極點，孝也能擁有這樣的房產吧？

小偵探樵踮腳往裡窺探，田野調查童話屋；映姑姑則對房子真相毫無興趣。形成對比。原來不同世代不同信仰，映修練的是「我內心十分強大」，樵是電玩童子。

飛行一千五百公里明白了一件事，除了孝，大家都住得很安逸。

我搖頭失笑轉身出小區，（再也不要討價還價）巷口攔計程車，樵問：「奶奶你難過什麼？」「我不難過，我覺得好笑。」我們再多跑幾個他爺爺以前喜歡、經常、非去不可的城市，有天，也許有那麼一瞬秒，他會知道我難過什麼。（凡此魔幻畫面，一生只寫過兩本書的波蘭作家舒茲形容：他們不會發現更多新的事物，只是更深入地學著去了解一開始就被賦予他們的秘密。）

有時候，覺得被卡在旋轉門裡，也許並不是壞事。

（沒力氣的）帶映旅館餐廳晚膳，偌大餐廳淨空無其他客人，經理引坐紮雪白蝴蝶結高背椅十人桌，我發現映繃緊瘋人院裡非瘋子隨時戒備神經，非監視但留心我舉動，努力收集如何與正常人接觸之肢體語言，（決定哪間餐廳、入座、點餐、飲料、召喚服務員……，甚至進旅館時與櫃檯、門僮、大堂經理互動）外星人似快速吸收讓自己強大的資訊，我不喜歡這麼近身的宿主寄生關係。但我意識到，這種寄宿關係讓我們不會親，是這想法讓我鬆了口氣。我只要牢記碎片記憶還原的通關密碼：他是孝的女兒。這是我們唯一的關係。

然而，正因只剩我一個大人，才激出單純的喜悅，看，映多麼肖似孝啊！難以摹想，如果他長得像母親，資助他學費，會不會感覺又被勒索？這張臉這些年，養成了作為孝留在人世活口氣質，他有孝沒有的強悍，因為他體健沒瞎沒跛，看，遺傳進化終擺脫掉宿命悲劇。所以他母親如何冷嘲熱諷謾罵裝病哀求房契貸款，他始終堅定，「我肯定不同意」。知道有去無回。所以，做什麼生意？「我沒問。」那麼大的事他觸及平靜篤然：「我不相信他。」這真是一種天賦，未必是對數字的，而是能當面拒絕，毫無天真氣味，絕不情緒化，「做什麼生意？」「怎麼還？」「當我白癡嗎？」逸出愛麗絲映奇幻扮演，如此寫實。

其間，映不動聲色微笑回應一名羞澀微胖白上衣黑窄裙女服務員，原來是職校同學：「我以前也在這裡打工。我媽知道後不准，說做黑的。」只見雪白檯布散發蛋糕造型水晶吊燈光影，厚重地毯吸音，大廳凝靜到彷彿聽得見鐘面長短針撥格聲，完全被時間箝制，（否則為什麼沒有別桌客人？）菜很快上齊。這時候的我們真像年終團聚。演完這幕戲，我沒別的腳本了。（這次，沒有映的主觀鏡頭之生活最小畫面出現了。如果選擇在小城安身立命，這個環境應該是旅遊科出身最好的工作吧？）

閒著也閒著，經理召集實習生做鋪桌布訓練，左手執闊幅桌布邊角為軸，右手順邊一褶一褶收攏了，甩開扇骨似朝外撒網準確地落於湖面桌上，依次調整垂下荷葉邊裙裾，如此一氣呵成，林布蘭畫作光影魔術手法。大足唯一五星級旅館，如果認分，在地旅遊科班畢業最好的職場，映背對練習場也背對命運：「這不是我要的。我肯定要離開這裡的。」睡過大街，沒什麼地方不能去。

直到我們用完餐，仍我們一桌。是這樣嗎？他才要離開？

我同車送他回去，676縣道上白天可見的樹林和土埆厝屋群，墨天炭地，知道它們仍在，最黑的深處，默片反覆播放孝遠離灌溉水耕地和倨靠山坡的胚土破屋影像，唯一一次，我從門口一眼望到底，一張木床，泥地，毫無人氣，甚至無畜牲味。一個紀念遺址。大疤走了進去，我拒絕記錄更多這樣的畫面轉身走開。魚塘邊，酸水反胃劇烈乾嘔。反而孝總是不在乎的袋裡揣著幾毛錢一包菸，笑瞇瞇逢人遞菸上火，大家都喜歡他。我們走十幾里路去給陳奶奶上墳，孝走路飛快，但畢竟跛腳，重心不穩，幾次三番跌落水田，我手腳健全亦跟著跌狗吃屎翹首望天大罵：「什麼破路！老天爺！你到底會不會作天啊！」孝呢，全身爛泥，爬起自我調侃：「噢！瞎子嘍，幾十回了還走不攏。」這十年，我去了哪裡？

車體穿行晦暗路間，宛若灰白鬼影，（也許徒勞的仍想）給孝找出路：「你爸自幼沒家人在身邊，死了還落個孤魂野鬼，為人子女，安葬父母，起碼的。」再逼近威脅：「你爸沒安葬，對你也不好。」只是孩子，映低泣流露這年齡該有的脆弱：「我會問明白我爸骨灰的事，我以前小不懂，不知道怎麼想的，真的很不應該，我一定會落實這件事。」時間快轉，我們的談話總濃縮，等待日後稀釋。

臨到家，映懂事地徵詢明天上寶鼎山看石刻否？他可當解說員介紹。職校旅遊科曾在那兒實習，得到師友的肯定，還參加全市導覽比賽獲獎，那刻，還原為撒嬌少女。亦如他父親說起跑馬教堂灰翳眼瞳透光。

「我們只是來看你，哪裡也不去。」

（不遠大足石刻群盤踞寶鼎山臂彎，巨型神龕陀螺陣形相連五里，佛釋道儒通俗民間故事教義，三十一座。其中石刻雕塑釋迦牟尼佛「大方便佛報恩經」的經變故事，王、后、太子跑反受飢挨餓，太子割肉供養父母還諸世緣，立地成釋迦牟尼佛。多年前，映四歲，纏鬧著非跟我們上大足石刻耍，門票一百元，孝捨不得：「映兒，在家裡陪爸爸。」做母親的喝斥他回去卻帶著姊妹淘同行，雨季後泥濘幹道，貨卡公交急馳噴濺得滿頭身髒泥，映不顧一切奮力跑向車站，映媽媽自顧自跟女友說笑歪打，我快步追上一把抱起他，避開不長眼的貨車，映扭動不停，蠻橫撒潑：「我要去大足！」做娘的上來就搧耳聒子不乾不淨咒罵：「媽屄，賠錢貨，你爸爸沒用不看見路，你也瞎啦！作死！」好悲哀的，當時想，這孩子遲早崩毀。）

映細心的讓車在教堂路口停，怕他媽媽守在門口。彼此揮手：「晚安。」欲說無言，我加一句：「別跟你媽說我住的地方，見了他，不知道自己會做出什麼事。」「我不會說的，我懂分寸。」映突然記起什麼：「我媽提過，我爸死前說想回萬古場。伯母，你知道那裡有什麼？」（胡嬸嬸電話急嚷嚷，孝吞農藥喉嚨重度灼傷，開不了口說話，公安問不出啥個名堂。）我深呼吸：「算是老家吧！」默默轉片初見孝深夜，「今天晚上是我解事來最幸福的一天」。還沒開始談對象。沒妻女。沒人放棄他。

我相信孝的確想回萬古場。（孝骨灰到底在哪裡啊！後來知道了，根本無等候撿骨家屬認領的被遺留在火葬場，以無名者滯留納骨塔。租金一年僅三十元。映補繳十年欠費：「還好沒被丟掉。我媽陪我去的，他也很自責。我會時常去祭拜爸爸。伯母放心。」）

映下車回頭揮手再見，大步朝有光的樓層走去。我們掉頭原路踅返。

我若晚來兩個月，那時候映已離家上大學。我仍然會找到郵局釐清一切，然後，快步離開。事件會以我想像的樣子落幕：我來過，映安然長大，孝好生安厝納骨塔，做女兒的依規習俗祭拜父親。

然後日子久了，我們會清楚感覺到，生命傾向大疤，也傾向孝。我們思念他們的時間越來越長。這安慰了我們。

逐漸遠離教堂街座標，這天，怎麼每趟都像逃逸。（只是現在要失去映的消息，恐怕不那麼容易。）

車外暗景忽忽掠過，（咔嚓—咔嚓—微距攝影，乍見，「你看得出這是什麼嗎？」都是日常生活隨處可見卻不察之生活物，放大了的現在式幻影。微距攝影照片焦糖攪拌棒原貌是火柴棒，六角形貝殼結構物是肥皂泡泡，網狀糖衣之是海綿，絨線網織之是茶包，印泥口紅，蟻穴效果瓦楞板……還原物質的本質，卻反而完全辨認不出真實面貌。）黑天陌地間隙處一陣陣空虛猛烈襲來，無心回擊。索然無味都不能夠。沒事了嗎？那瞌睡撞針猛地向記憶紅心擊發子彈之重力屈直動作完成，身體的連結點，寰椎，大疤與孝。現在，是映。唯一的活口。好悲哀的是，見到他那刻，這段旅程就結束了。

此時車速異常緩慢錯覺如推動旋轉門，不斷歸零。我漫聲也不知問誰：「我們明天坐早班車離開好不好？」

只有樵回應：「我沒差，可是姑姑明天不是會來找我們嗎？」

如果找不到呢？

第六章

家族時間V　這一年二〇一〇

遠方：漫長的告別

透析河床縱斷面般家族樹，

想像超高音頻時光掃描器發出嗡嗡葉落聲，最後的告別已經啟動？死後還再死？

所以，老的時候，去哪裡呢？答案早被定了，台北的外邊，台南。

進入二十一世紀第二道年輪撞針輕輕擊打四月，下課鐘聲刪節號似串起淡褐蘋婆，紅花珊瑚莿桐，白花海檬果，黃花銀樺，洋橘風鈴……機織校園立體生活迴路。

課程周期表每星期五最後一堂課。這學期在材料科學與工程系館上課，老式四合院結構長廊盡頭，兩隻深灰鐵鏽老貓伏蜷紅磚地上，物皆有結體。跨出系館，深呼吸四秒，之後就容易了。

電子遙控鎖，嗶——，後座放平電腦，側躬坐進駕駛座，調頻電台正報完台呼進新聞，任何發生，路上四小時會一再反覆如新事件。

我的固定游牧路線。光復校區大門紅燈待命，蹭擠大隊，機、單車騎士個個雙腳叉開支撐地面，與我車同行，複影疊映不同層交通網絡。

綠燈亮，右彎後直駛盡頭左拐國道三百二十七公里涵洞北上高速公路。沒月全蝕日全蝕流星雨颱風天象……意外，四小時，你將會先通過餘光囓食天地時光機，然後在冬季半小時、夏季一個小時的野放視線：田疇細徑、豔黃油菜花、三合院鐵皮屋農舍、亂葬崗、沙石裸露河床、水墨畫魚塭鴨寮、蛋捲花房、大型水泥廣告看板、雀榕巨陣……開放鏡頭，然後，車過新營進入嘉義系統，夏至約十八時四十八分日落時間；這年最後一天，約十七時二十四分日落時間。

之後視線便收束於車燈十公尺內，我和世界畫出一道邊界，對望位置。（很難相信，真有人在部落格以每五天區隔標出全台日出日落時間與方位表，四月十五日星期五，台北日落時間六點十六，高雄六點二十。默默回味這一切，時間之外頭之內，我的路上書。）如是南北雙向模式。我的交通史。

有一年時間，不在國道高速公路上，在因南科而盛極每小時皆對飛的北南航線，高鐵開駛，航班撐了半年終於停飛。捷運、接駁車掙扎了幾次，明明南走，卻逆旋北上，便由著看似被動其實很自主的手感挾持，我的節拍器。既清醒又癲狂，返復成癮症。（一路否想，開到何時會停下來？與你車同向，你領頭或跟在車後；對向車流光照掃過擋光板，刷刷刷掃描環境，如果過去有聲音，應該是這樣吧？）

（高鐵車體銀矢般與你車呈T字型瞬間飛掠消失，這畫面，每次都是新的視覺震撼，最有情感的形容是，像被世界級百米選手甩了記耳光未回神人已不見。）狹仄車腹宛如小型攝影機，將前後左右流動鏡頭，剪輯成一呎呎全景式幻燈片投映於天幕。但你就因為不是一名入戲的觀眾才落到單人駕駛，距離拉開了，反而產生一種疏離效果奇異感，你因此看見依時序運作的季節細節。不起眼的桃花心木，葉腋極小黃綠扇形花期剛結束，深褐卵殼果實自基部叭叭叭迸裂，張開螺旋槳翅膀肉眼可見的雲遊天空。或者雨豆樹，淡紅色粉撲花期結束結成木質莢果咔咔落地。接著淺藍或白大片隧道式洋桔梗溫室二十四小時透光綿延數公里。饒富興味的觀看這些，植物甬道。

如常十點前駛進台北，順暢的上下建國高架橋，過辛亥隧道循山路安全抵達山腳社區，停妥車，上眺臨巷邊間三樓透出暈黃燈光，一邊山頂高聳樓座支撐住往下傾倒的天幕。

這天，推門進家，咦，空蕩蕩無人。客廳電視螢幕定在運動頻道未關。（所以我婆婆次孫塵回來了）如果九十二歲婆婆和外勞米拉雙雙不在，可想而知突發狀況，老地方，社區醫院，急診室。

無物質變化不連序號地下室車輛，卡在時間暗層，怕得在這兒過夜了。掛號大廳緩慢挪移拖掛點滴架、尿袋巡夜病患，交織人影隙縫，加重了穿越的難度。

低氣壓急診室，一眼掃到角落我婆婆孫媳娟、塵孫、樵曾孫、米拉，皆枯立老人床邊。不在場我公公、我丈夫。長孫楷，公司加班電話遙控。娟見到我，意外極低聲驚呼：「樵，奶奶來了。」

恁誰都看得出這株家族樹成員不興旺，唯一在記最高老輩是誰呢？我婆婆。此刻，張氏宗長人形麵團捏壞似手腳癱輭顏面神經麻痺眼皮耷拉呼吸沉濁，高血壓心血管老病號。雙手圍成喇叭狀湊近重度聽障耳廓大喊：「媽——」沒反應。腦中風。塵發現奶奶忽然昏迷，七手八腳抬下樓自己開車送急診。已做了腦部X光、核磁共振攝影檢查。到那刻都還樂觀，以為又一次急診集點。如進入日常流程，「說不定媽回來時奶奶已經出院了。就沒打電話。怕你分心。」娟說。這些年，老人狀況，醫院家裡循環系統，成了常態。

對床刺青團，大口吐檳榔汁裸露龍頭刺青白肚腩老男人、兒子和女朋友、女兒、太太上演情節劇，彼此互槓吵鬧不休。壯碩頸項刺滿七彩龍珠女兒訓父：「那麼老了刺青個屁啦！起諳！燒錢！」紋黑眉眼線老娘撞回去：「你爸咧！不孝女，罵誰啊！看看你自己啦！」瘦個兒挑染金髮打耳洞滿臉青春痘兒子，吸血鬼尖指甲，手臂雕功粗糙的龍爪圖案，和露股溝寶藍丁字內褲女友一旁親熱忙和。女兒斜眼遷怒道：「去開房間啦！」好個龍紋身家族。就不知是啥急症？倒比較像雷射除疤，那不急啊！

斜對過溝通不良外傭又誤闖哪齣戲？垂閉雙眼嘟嘴聽柏金包細高跟鞋媳婦老闆交代糾正一串事情，不認識的人電話裡別亂講，婆婆女兒來時一問三不知，先生的衣物要單獨洗，婆婆尿布用太凶，晚上別睡死了……，終於：「先生有應酬，我明天下午才能來。婆婆要守好！再闖禍，我要向仲介提告！扣你錢！」黑暗大陸手足顫抖帕金森症，表情木然、有那一瞬息眼縫流瀉一道靈光的投向看不見的地方。貴婦訓示完轉身沒向老人打招呼偕沉默高大體面男人雙雙離去。（是兒子嗎？你太抽離了會不會？）外傭這才睜開眼追上大喊：「老闆，我飯錢。晚飯還沒吃！要補我。」（實在有戲。全盤推翻剛才訓話，簡直天生的演員。用最少台詞就能產生最大效果。）細高跟鞋嫌惡的打開柏金包，抽出一百元：「向我報帳。」發現大家都在看，才沒再說什麼離去。外傭連串問：「醫生問你什麼時候來咧？」「我要上廁所咧？」誰理你。

至於隔壁布簾未拉實的，怎麼都擋不住老太太扶著老伴下體對準尿壺雨漏聲，滴水嘴獸水管終端擬動物或鬼怪形狀用來接涓滴流水時間。女兒待在簾外。

默片上演這些患者的急診室集合。突然，好端端龍刺身男子驚天動地一陣「嗯—嗯—嗯」巨聲，七彩龍女尖叫救命，高速噴漿鮮血急射眾家人身上床鋪地面。答案揭曉，血管瘤爆開。急送開刀房。龍紋身家族魂飛魄散哭成一團。現場迅速清理完畢，那張床高效率立刻補實另名患者。

急診室是個生命極地，吵與安靜、緊張與漠然、生與死、哭與笑。終於粵語口音（白雪公主的小矮人）主治醫師喚七床家屬集合電腦螢幕前判讀X光片，右腦幹大規模溢血。醫生推測：「是持續中風。」「怎麼說？」「出血面積很大，不像一次出血。」心臟病引發的右腦血栓灰白區底片顯影，圖說：半身不遂、失語弱視、意識模糊、喪失吞嚥情感辨識表達能力（爾後恁是再傷心怕也哭不出半滴淚）。救回來也是一具骨架折斷的紙人風箏。我們亦極地化，沉默的震撼。一九九八年，死亡鳴笛，公公臨睡前失去心跳，救護車送進急診室。十餘年間，倆兒子我丈夫大疤我小叔孝相繼過世，反倒「病病歪歪」我婆婆活下來。原來，表面看不出來的，他接近過死亡。

醫生再開單做核磁共振。透析河床縱斷面般家族樹，想像超高音頻時光掃描器發出嗡嗡葉落聲，最後的告別已經啟動？死後還再死？

牆面看片燈田字形排列四張腦部核磁共振底片，（誰的一生都可能有一張這樣的屬於自己的片子）一種獨具透視，又極其大量可重複性低廉感，如普普教父安迪‧沃荷真人木乃伊防腐埋葬挖掘的絲網印刷技術重點大量複製，再現毛澤東、夢露、史達林、麥克‧傑克遜……影像。（安迪‧沃荷：「如果你想了解我，不要往深處想，我就在最表面的地方，背後沒有東西了。」）

安靜下來的軀體，自己發聲了。以切除子宮、聽障及高血壓慢性病史、怨懟身體超過半世紀的人來說，我婆婆長壽得出奇。眼前吃九十四歲的飯了。我有南方移動後，開始請外勞，米拉的來到似乎牽動老家茶來伸手飯來張口的年輕黃金歲月，胃口大開，三餐外帶點心蔬果飲料，但戒芒果、葡萄柚、牛奶、酒、菠菜，過敏或剋藥性理由。吃這事最見鄉愁、個性，否決粽子、湯糰不消化，又日日木瓜堅持促進腸道蠕動幫助排便的傳統療法。

從兩個月前，更是性情丕變，轉性粗獷扒飯重油重鹽的每餐三碗飯還時時喊餓，碗見底，即簡明伸長了碗大聲喚米拉：「添飯！添滿實來！」或者，碎唸道：「冒火哦！天哪箇黑還不開飯！要餓死哦（我）！光顧著耍！偷懶！瞞得住哦嘛？」（不原本白皙細緻皮膚急速塌陷焦黃，滿臉層霜如風乾物。家常日子卻荒年恐慌症的墊底了好上路。「不對勁，奶奶在吃完這輩子的飯。」我說。）

還是急診室。（不在場的楷沒閒著，不斷從現代科技配備齊全的新型手機搜羅各方資源，加護病房、醫生、病情、社會福利……。可內容再清楚，也只是資訊。）想起什麼問米拉：「奶奶最近胃口好嗎？」「昨天沒吃。」正等核磁共振報告，徵詢護理台七床病人能進食嗎？「可以試試。」買來果汁，以湯匙張開嘴唇小心送進去，又大半沿嘴角逆流出來。神經不支援吞嚥動作。

所以，「以前中過風嗎？」問題就是答案。（從不認錯的命運對一些小小的疏忽也可能毫不留情。——波赫士〈南方〉）若有感，那麼，盒裝果汁是婆婆最後的食物記憶。但，失憶沒有前奏曲，直接不記得最愛的孫子送他上醫院、病床邊定時為他灌食按摩抱進抱出、且告訴奶奶保證不會送他去養老院。（哥倆有記憶起，奶奶就不時重申不能送他到養老院。大疤活著時會說，「也不是你想去就去得了，養老院是做生意，沒錢進不了。」老太太機智反問，「這點錢你都不捨得出！」）而他現在，無感。

然後核磁共振影像出來了，確定大中風。改變診治方向，不送加護病房（楷電話交代，不急救插管氣切。）診斷血已止住未繼續擴大，今晚是關鍵，如果病情不惡化，沒有生命危險，現在的狀況就是結果了，穩定下來轉普通住院病房治療。（「早死早了早投胎」，婆婆老掛嘴上。）

我們的急診室時間似乎已到尾聲，而龍紋身男子始終沒被送回來，至於不易察覺流露澄澈眼光的失智老婦，兒媳離開後反在急診室熟睡得像個安全感十足的嬰兒，毫無防衛機制的大聲打鼾，滴水嘴獸老先生的兒子終於趕到接手照護，髮線後推額頭光亮倒映得眉眼下方一片陰影，陪著驗血照X光，但接尿，仍舊老太太，不斷以滬音問：「儂弗要尿囉？才尿一滴尼！」你不要尿了嗎？才尿一滴尿呢！滴滴滴慢慢流失。如是漫長的告別。

第二天，直接從急診室轉進神經內科雙人病房，之後，就不計畫了，每次只過兩天，昨天與今天。血壓徘徊降不下的，二百／一百四十，左腳較好會老習慣本能地拱起小腿，應該是支撐累了的尾椎。靠窗床位不明病患高分貝女毒蟲般亂嚷叫：「啊——不能呼吸了啦！王八蛋！給我止痛針啦！」護士無奈：「你再這麼亢奮，會中風！休息一下嘛。」「你們就是想整我出院啦！我出院就死了！去叫我兒子來！鬧失蹤，兩天沒見人影，看我給不給他半毛錢財產。」真有精神。「是不是進錯了科？」我和塵翻白眼。

兒子媳婦帶倆孫女出現了，高分貝旋起：「拋棄你媽！死哪裡去了。看護找到沒！要老一點的！印尼傭啦！要記得沒收手機！免得不管我光聊天。喂！醫院要餓死我！你知不知道！」前個看護被罵跑了。真是事無不可對人言之家啊，兒子：「有我顧就好，開冤枉錢無聊！醫生說你沒事明天可以出院了啦！」「不孝子！這裡有護士喊叫就來量血壓送飯！我出院幹嘛！你明天打包來醫院住。」孫女跑進喊出搶著吃阿媽餐點，媳婦走廊手機講不停，兒子老娘繼續對吼。一簾之隔這頭，我婆婆呼吸器、點滴瓶、抽痰機就是生命全部發聲。失語一族，安靜的像守靈。血壓慢慢往一百八十／九十降。失語族探病常識必戴口罩隨時洗手。高分貝病人則拖鞋聲趴趴走、甩廁所門、罵手機、二十四小時綜藝電視節目，（有時候吵瘋了，我不作聲過去拿起遙控器關掉）輪番上陣，甚至不管白天黑夜睡熟時安靜不下來猛大聲打呼、說夢話……

總佇站病床邊，俯視我婆婆，那個像被下蠱而一生怨懟命苦的人形紙偶被取出了嗎？塵問，奶奶有感覺嗎？感謝上天，「沒有」，醫生撥開眼皮，喚不醒任何視覺光，「會進步嗎？」上天啊，「醫生說會。」腦神經有修復的功能，但那才是最可怕的，我說：「奶奶以前動不動就掉眼淚，他有知覺，早哭了，可現在他一滴眼淚都沒有。記得嗎？他最怕痛了，一點小痛就受不了，現在不叫了，以前他最愛追著你們身影，現在……」刪節號，欲說還止的，千萬不要修復啊！能復原到可走路、視看、吃喝嗎？「不可能」，醫生搖頭。那麼，這樣的修復要它做什麼呢？（當然，這年九月你們知道為什麼要修復，娟在生樵九年後終於懷第二胎，他想回來，但時辰未到，得苦耗著等待去著床。）塌陷的右眼眨巴眨巴勉力撐開條細縫，抽搐空茫瞅著定點位置，我於是左右移動吸引他眼光，試測，看見了？沒看見？醫生說，僅僅是物理現象，睜開，投向虛無，再同方向收闔，閉上。患者本身並無知覺。

靜靜的潛進時間縐褶。大疤路倒那次同樣。

參加中學同學會，五天四夜遊覽車環島，成長於五〇年末的青春期感情是樸素直接的，物質缺乏，以熱情支撐，人和人的關係完整的走了一遍，完成了的關係像已經結束的歷史不再起變化，加進後來的生命時間便像廢墟一樣有味道。不管哪個年哪個月見面便少年原形上身，這些友朋在大疤內心有固定的位置，成功落魄窮富，同在一個階層。聚會時他每每非常投入，但這次，太過了。

八點多家裡電話響起，管區派出所通知大疤在急診室，路倒。明火熣亮急診室，值班醫師睡眼倦容，口袋插六角白星徽，哇！（什麼時候了，還能眼睛一亮）萬寶龍一九九二年限量發行大文豪系列的首支琥珀黑玉十八K金海明威鋼筆。（萬寶龍時光行者 Time Walker 腕表，香港機場見到，花五秒鐘考慮，這是他的錶，買下。他走後，我取回自戴。不時想起：放緩腳步，盡享生命。萬寶龍的時間哲學。）拿來寫病歷、診斷書，就像那是非常豪華的生命。安靜平躺的大疤胸部上下均勻起伏，進入非常非常深的睡眠，通常麻醉才辦得到。不知道喝了多少酒，跟麻醉同理。

微弱但節奏分明的呼吸聲，植物人似的意識迷航，只能等待他自己找到路。（大疤，你不想走出來嗎？）海明威筆醫師不帶任何道德批判：「單純的喝多了，我們會持續打點滴讓酒精排出。現在能做的只有等待。」又很禪意的玩笑道：「明天醒過來就醒了，否則就不會醒了。」一下就消解了危險指數。（酒癮未列入現代文明病那年頭，飲者無心理，就單純愛喝，沒什麼逃避現實、邊緣性格、抗壓性低、疑酒精性失智……心理，也很感激海明威醫生的心態開放。）多年後，大疤與酒的距離幾乎就是這次路倒與醒的距離。朋友見面高興放懷，與任何現代酒癮複雜心理相違。

一分一秒的過去，我盯著他不敢闔眼，深怕遺漏任何導引他醒來的蛛絲馬跡線索。但就如海明威醫師所言，能做的只有等待。急診室不辨晝夜，但大疤的生理時鐘知道，一夜飽睡，時間到便自然醒，望見我，訕訕笑了，明白不太對，但全不記得細節。辦好出院手續，載他回家。從未再提這事，像他醒來那般自然的從沒想過他可能醒不過來。（事後想起，當時急診室印象一片空白，沒任何有情節的畫面聲音，偌大急診室廢墟似只醫生、大疤和萬寶龍筆是有意義的。多年之後，意義果然浮現，我用一支萬寶龍墨水筆簽署了放棄急救同意書。又要多久時間，楷會想起，他用手機遙控奶奶不急救插管氣切。）

高分貝兒子真搬進病房，埋鍋造飯過起家常日子，吃不完的食物，紅燒肉、地瓜稀飯、鱸魚湯、蒸蛋、水餃……，廁所、窗框曬掛滿衣物。婆婆紙尿褲、鼻胃管餵食，用不上的屜櫃全數接收。究竟啥病呢？髖關節骨折跌倒頭部撞傷，是很痛，指名的醫師出國開會，硬拖著，邊等邊朝隔三間病房護理站狂哀：「醫生回來沒有！叫他緊吔啦！夭壽啦！救人啊！護士——」護士進來重複老話：「醫生交代可以先出院，等他回來再辦住院。」「不要！到時就沒床了！」醫病僵持。開始嫌棄擁擠，明明日夜防賊似的密實拉攏天花板垂地簾幕，開始半夜啼哭：「住沒慣啦！小得像老鼠窩！我要換單人房啦！」

這時，我婆婆已經偶爾撐開右眼皮，神色漠然，醫生說要多跟他互動，依科學觀點，中風對松果分泌腺體造成的損傷使他無調整睡醒模式、季節轉換、晝夜律動的能力。如酒醉路倒者，應該有個安靜的空間。我們很快獲得理解的調了病房。

空出來的那床，總是住進一兩天即撤，老鼠窩就地轉成單人房。「存心痛死我是不是！止痛藥打一下啦！」走廊這時是一個傳遞聲波的通道，以及擴音效應。指名醫師究竟什麼時候回來啊？

病房流轉歲月，如回到上個世紀八、九〇年代，有那麼十幾年，大疤和我帶看病二人組，定期帶公婆上醫院。看病，老去的代名詞。記得有次，公公抱怨視力模糊、腿腳水腫，婆婆則是心血管、疝氣。一大早南區出發穿越整座城市到北區榮總。門診大樓移動緩慢的人潮、推車，好容易見縫插針似逐格切進路邊計程車上客區暫停，（警衛人員狂吹哨子趕車）大疤負責慢動作扶倆老下車，路邊椅子沒空位，大疤唯雙手護著茫然狀隨時可能被撞的倆老。以前榮總榮民榮眷專屬，沒那股蠻力，全民健保後，病患結構變了，但他們習慣已養成，病歷也都在這兒，調整花了段時間。大疤快動作去辦借用輪椅，我豁出去了不要臉的下車擋人，（警衛過來叫我移車）人流經過我們分道，也有身體擦觸後仍無感繼續前行。僅僅數分鐘時間，幾步之遙院門口天橋老把式的大聲吆喝襪子、肩背捶捶爽、棉襖衛生衣褲、玉蘭花、山東大餅韭菜盒子、手錶、老花眼鏡……以及招徠代辦返鄉手續機票，把我們帶進一九九五年全民健保前的時光，口令明確可辨，引領同類回到定點集合。不辭路遠的榮民身影，無可避免的在爆滿診間黯淡萎縮。但不在這裡看病，在哪裡看呢？他們的病歷，X光片般說明了他們整個蹭蹬人生。

早期榮總醫師多半來自國防醫學院系統，榮民容易產生認同感，毫無頭緒的老兵可能身經大小戰役卻對醫生掏心掏肺：「滴尿不止，真丟人！醫官，這身體不聽使喚了啊！」「伯伯，我還不是一樣！自然現象。不過我們驗個尿看看。下禮拜看報告，有沒有打算幾月回老家探親？記得拿機票證明，可以開三個月的藥。」不識字老士官長：「我上次吃的藥不是這種，我怕副作用，醫官，這藥有問題嗎？」「沒問題，伯伯，這藥效比以前好，放心，沒副作用。」伯伯，老兵的統稱。且全方位服務處：照片子、檢驗科、領藥、調病歷、掛哪科、服藥方法、福利社、住院、尋人……皆有人解答。拿藥（家裡可能囤積不少帶帶回大陸老家）、打聽比較各種幣值旅行社機票、批評政府、巧遇老友……伯伯們定期報到之佛洛伊德診療室。住院，單人、雙人、四人、六人、八人病房，按階級分。一切清清楚楚。

我公公白內障，（想當然，公婆皆如每次的好戰士背口令似病說從頭）醫官排定下周做「囊外白內障摘除併後房人工水晶體植入」手術，植入？聽來像恐怖片，我婆婆立即就哭了，大疤請醫生說白話文。「眼睛水晶體用久了會老化，伯伯，小手術，不會痛，動完手術，休息一晚就可以回家了。」「你老實告訴我，我要聽真話，別安慰我。我知道我的肝腎都不成了。」「伯伯，你沒事，腳腫是坐太久了，你每天小酌兩杯對不對，能喝就喝，年紀大了，喝兩杯幫助血液循環。等眼睛好了，常動動就會消腫。」簡單的實話，老化。

輪椅推巍巍顫顫倆老下車處暫坐，我快步往巷內去開車，偏鑰匙卡死了怎麼試都無法發動引擎，十分鐘過去，我像個笨賊滿頭大汗，用力過大手掌壓到方向盤上喇叭長鳴，這才驚醒，急中生智攔下經過的計程車，一路紅海邊等著過渡的老邁伯伯們，然後望見人潮中三個癡癡等車的浮游生物，竟如天地之大，無岸可上。

後來走道、茶水間遇見高分貝兒子，不交集彼此調開視線。不確定仍在等醫生還是已經動過手術。病房休診中的周末下午，我和塵輪守病房，他買齊各大報打發時間，「奶奶好像在看你。」我對塵說。「奶奶！」他湊近奶奶耳邊，人拉遠左右移動如電玩遊戲封測奶奶視線反應，搖頭：「大概沒有。」之前有過一個月國外出差，我婆婆背著大家暗泣整夜鬧米拉：「這多久不歸家。是不是死了？他們瞞著我。」或飯吃一半，憂怨停住望筷子發呆自語：「塵兒死了。」要不間隔三、五分鐘窗口盯緊社區進出車輛。我去電話讓塵跟奶奶說幾句，「奶奶又聽不到。」「不是叫你跟他聊天，只是要他知道是你。」塵打來，奶奶接了：「嗯。噢。好。」無內容對話。掛電話，微笑著回房間。現在，塵就在身邊守全天，零感知。

我踱出病房透氣，無醫生穿梭巡房空出的走道，忽然擴音效果傳來厲吼與重捶床身巨響，「痛死啦——痛死啦——殺人啊！救命啊！啊！——」護理站眾護士急奔高分貝病房，「按住他！」並高喊：「先用繃帶綁住固定，免得撞傷。注射鎮定劑！」高頻率尖哨：「誰敢動我！不要活了啦！——救命啊！——」真崩潰了？我回病房和不好奇塵相視失笑，我婆婆睜大空洞的左眼水晶體全無映照任何情節的未被驚嚇的轉頭將目光移到塵臉上。「醫生你千萬永遠別出現！不要活就讓他去吧。我先殺了你！」我低聲叨唸，米拉噗哧笑出聲。

一個月後，我婆婆出院。那個月，大家都老了。

我說，老了。別怕，你就優雅從容的老去。很多年前，大疤這麼說。我回說，我知道了。

其實才不知道。

曳曳然國道車行器，曲水流觴。看似不再習慣固定關係，懶於定期聚會，心裡深知，要移動一點點，其實很難。對照我婆婆，自動遞補過世的丈夫兒子當了這個家的看守者，大把鑰匙用鞋帶串牢，日夜垂掛於蛛網血管泛青的脖頸胸口，三不五時掏出檢視。（明擺著不輕！怎麼就掛得住？）居然離奇失蹤了，急得口無遮攔：「媽的！哪箇偷走了我鑰匙嘛！」外帶咒罵：「王八蛋，不得好死！」翻箱倒櫃，六坪大房間，黑洞理論，無論如何找不到。卻緊緊收著最後忘年交陳媽媽電話。（可陳媽媽來，二人說不了三句話）是鑰匙失蹤後，意志急轉直下。才多久前，有條路線圖，每天穿馬路到公園散步（約十五年），以及社區幾個老人每天下午巷底聚會閒聊（這段時間維持最久，我公公逝後還延續了近七年。前後二十年。）失去鑰匙後，先是無興致下樓，鎮日困坐客廳，讓米拉搬張椅子前廊或後陽台窗口哨兵站崗，原以為已是最後馬奇諾防線，不是。時間倒帶，才知道，喊老那刻，還會更老。（可，我連門都不鎖啊！）

以前不怕老，怕老得太慢，於是，「好高興終於捱到了四十歲。」一點都不想回到年輕從前。是我婆婆那種老法，讓我想更快的，「可不可以直接死掉就好？」

優雅是很難的。我常對現在不知移動到哪兒的大疤說。在情感上依賴他人，使得從容更難。

醫生表示可以準備出院了。病人已經從昏迷中甦醒。（基本的會咿ㄚ發出單音，雖然多半打大大的呵欠，長期沉睡累極似的。醒的時間也越來越長。）有人移動時眼光會跟著，但一會兒便黯淡渙散。呼吸器、遙控自動床、鼻胃管灌食、家居護理師……（列名第一半山腰獨幢型公設民營養護中心，離家十分鐘車程。周末探親日，無日照大廳圍坐幾處祖孫三代闔家歡，應該都是可以自理生活安養者，小朋友空地追逐嬉鬧，但時序進入五月，卻感覺一股涼意。我、塵、娟、樵，中心社工負責接待解說，目前沒有空床，所以無法實境參觀。拿了書面資料，我們起身離開。快速經過安養者，回到車上，塵問：「為什麼要來看？」「多了解，哪種方式對奶奶最好。主要有專業醫護。」「兩天才洗一次澡。」我知道：「奶奶以前最排斥養老院。」塵點頭：「走吧！」結束了養護中心之旅。數十年耳提面命送奶奶進養老院「天打雷劈」那刻就結束了。）

重回到家的我婆婆，在原有旁氏面霜、萬金油、痱子粉、樟腦丸、沙威隆、腳氣藥膏、檀香扇、瑪莉香皂……十數種生活材料組成的獨門氣味基礎上，複製病房之氣墊床、氧氣機、輪椅、尿布、保潔墊、灌食器……另一個穴居場所。穴居人真的如醫師所言「他是心臟病導致中風，其他器官都很好，他會有進步」的開始有簡單認知。距離中風兩個月的六月吧？我走進他房間，他感覺被干擾的微側臉龐，送急診時木然渾濁視網膜此刻聚有光潤亮起來，但視覺和知覺仍對不上焦的陌生直視我，數分鐘後，忽地顏面抽搐發出不屬於人類那種哀嚎，節奏單調無淚水，此悲傷類別未命名，卻一再撞擊情感極限。我欠身伏低擁抱從未如此親近的衰敗軀體：「知道了，沒得事的。」睫毛稀疏乾涸的灰藍眼珠眨巴眨巴，釋出一抹清亮靈光急閃即滅。即使只一瞬間，他認出了我。（婆婆離開，知道他把積蓄全給了楷、塵。明白了。虧欠機制啟動，嗶——，有話要說，他們是屋頭裡的人……「媽，沒得關係。我理解。見到爸爸，幫我問好。」）

至此，似乎找到一種回聲定位模式，殘弱者僅存功能器官，無日無夜（失去了季節感、睡眠模式、晝夜律動能力）每天發出海底高頻鯨鳴二十小時。（據說嗓門最大的油鴟鳥鳴啼時，足以讓人失聰。多年前，父執輩江叔叔臨終前也這麼叫。）相反，家人皆因無法解讀愈發焦慮而沉默失語。他如這個家唯一的活人。

「奶奶一定是哪裡痛才這樣喊！」楷猜想。於是走一遍醫護解讀流程，大至拖去給醫生檢查，驗血、掃描；小至維持目前狀態的家居盥洗、陪伴、按摩……全沒用。這樣的病情，沒有座標。因為生還者稀。因為他們不知道從何說起。

如北南移動進入颱風圈。二〇〇九年八月七日，氣象局預報中颱莫拉克直撲台灣，晚上十一點五十分由東海岸登陸。那天，周五，照例最後一堂課結束後走出教室，細雨無風，現在上國道，應比颱風先到台北。車過北上三〇三公里麻豆交流道，好端端瞬間狂風濾雨，鬼撞牆似擋在前方。不是十一點才登陸嗎？此時寶血天空雲異象般厚攏壓低地平線上，該回頭嗎？正遲疑，前方頃而豁然開朗，風雨收歇。觀察對向南下車道流量正常，「這演得啥鬧劇？」車過二五〇公里嘉義大林交流道，倏忽迎面加重撞上古怪氣流的廣播頻道立時斷訊，車腹環繞一長串「嗞——」刺耳雜音，眼前是登高山峰迴路轉不意當頭照面之科幻狂草墨色山水風景如畫。暗叫，「不妙！」風雨腳步更快的，雨神降臨，打開魔力袋，放出惡水，彌封時空，剎那，我與外界斷絕所有聯繫的盲目前行，風神也沒閒著的用隻無影手拽著車體拖往暗境。毫無雨勢的雨勢，漫天覆蓋所視所見。（如果死在路上，恐怕也是或然率使然。朋友們早看不順眼如此上路的規勸接近詛咒：「徐志摩要不是因為頻頻往返京滬，也不會死於空難。」）進入隧道式自動洗車，車身不動，任由輸送器帶動前進，導入軌道，亦像穴居。自動感應噴灑清潔劑刷洗前後擋風玻璃車身底盤輪胎鋼圈，無視線情況僅見咫尺車燈外雨簾似密如條碼橋上護欄，糟糕！不會是二二五公里處跨越濁水溪長二三四五公尺中沙大橋吧？（橋時常是路途中的地標，這會兒成了某種隱喻。）窒息地困在一切不明車腹內，單一節奏雙閃燈，旅程作為延異，邊走邊錄邊放，龐大水幕巨大風阻效應，現場直播真人演出慢速撥格之高速公路恐怖片。就此，至一七八公里台中交流道的靠不了岸不敢變線的展開時速二、三十公里最慢蝸行十公里的五十公里國道移動。

掌穩方向盤固定駛於內線車道，以分隔島護欄導航。路上不時見到遠燈、閃燈雙重打開無從分辨壞掉或暫停訊號，甚至無法判斷是否停在路肩。（對向大燈過去的速度明顯說明車速不慢，奇怪，雨只下在北上車道？）時速十公里近乎停頓狀態無限長橋上，果然，毫無預警近到眼前了赫然兩輛車就這麼停車場打橫占用了三個線道，於是等於慢動作放映我與孤島駕駛視線交換，臉色慘灰鼓脹銅鈴大眼駭異欲絕的表情，無法轉譯的無聲話語。我緩緩經過，無能為力，（我們究竟怎麼會走上這個行程？我們都有查氣象報告啊！）逐格離開的後視鏡裡雙閃燈光點逐漸縮小，失去了這不知名的求救訊號。我知道他在哪裡，但我無法做什麼。（同感那種不敢下車不能移動，隨時會被撞上的恐懼威脅，揮之不去。後來知道了，颱風造成至少六百七十三人死亡、二十六人失蹤，史上傷亡最慘重。未來三天，氣象預報不斷上修降雨量兩千五百毫米仍跟不上雨勢。那天行經雲嘉地段時雨量已超過一千毫米。）全身僵硬發抖一片空白近兩小時，終於出隧道的前方雲開見月駛進台中段，僅偶有細雨和風。遠眺台中市區燈火，竟像苦尋多年失落的古城突然出土在眼前。都不知道，自己到底走對了什麼路線。

費時六個小時，進入台北系統，轉上銜接市區高架橋，平常日子，也無風雨也無晴，終於抵達社區，呆坐數分鐘，回過神，下車上樓。電視新聞，氣象局仍留在昨日的預估南部降雨量八百毫米。他們沒有見到你所見。空氣中隱約鯨鳴朝向二〇一一年元旦次日傳去，那天，我婆婆過世。八個多月困在海底，哪裡都無能去，蝸速撥格往時針分針秒針重疊十二點位置。（大疤一直想重返的貴陽，意外的東北好友邱調職貴陽，邀我去走一趟。漫遊天河潭溶洞，平底船緩慢駛進溶洞潭水，二公里岩壁潛划三十分鐘。一種幽室恐懼症者的旅程隱喻出現了。大疤過世後，追蹤他的足跡，如幽室恐懼症者一次次面對自身恐懼。那晚，夢見大疤說了句不像他會說的話：「周身好痛。」在夢中，悲喜交集地淚水直流，你的感覺復甦了嗎？你在哪裡呢？這話不是該一起老時才說的嗎？）

台南進入了四月，一個奇幻花季的開始，粉紫羊蹄甲、洋紅風鈴木喇叭口迎向陽光，之後，厚肉花瓣鮮橘木棉花、新外來種黃花風鈴、（花期後滿樹垂掛長條豆莢）華麗碎鑽明紫苦楝、太陽收山後一夜之間樹冠冒出複瓣鳳凰花，人們在季節裡放慢腳步，小城因此如新生之都，每一年都如此。停格。

遠樵出生前，大疤屬意為即將報到的家族排行遠字輩長孫取名「遠橋」，遠方的橋樑。我則喜歡字面意義簡單的「遠方」。結果，皆未用上。而是日後成為一種實踐。（命名十年後，意義浮現了，遠樵妹妹出生，取名遠漁。明月清風，物我兩忘。惟漁與樵。）

名字往往代表一種欠缺。是大疤的話。

大疤時間V　這一年二〇一五

家：（不可）同日而語

一定有那麼個時刻，同族者知道，有人將單獨離開遊樂場這道旋轉門。

也許人們並不知道，你不需要愛一個人才會對他念念不忘。

總在南北移動，久了，自以為哪裡都待不住，可，這次，申請了休假，意思是，一學期不用上課啦！回到台北的家，決定試驗「以為」，便在空置久矣（周期性家居短待，慣在自成一室一廳單人沙發、邊桌活動寫讀看電視）的書桌前坐下，升布簾、開窗，一切如昔，時間拉長後，視線被什麼吸引從桌面遠望出去，那裡的確有什麼被移動了，那刻，我有種錯覺，似乎畫面接續，誰都沒離開。

之前的家，不是這樣的。

活著的我們，哪裡知道什麼死亡。因此，只能以回憶敘事。

所以，是這樣的，你已經不在了，我硬要把你跟現在的世界綁在一起，甚至延續至孫輩樵，還真橫著來，諸如隱瞞路線帶他重慶找失聯的孝弟女兒、暑假讓他單人飛新加坡你乾女兒家、和我研究生逾齡瘋玩、縱容他夜貓子養成、混假文青咖啡店看書寫功課上網、深夜溜出去吃宵夜、亂跨電影分級制……也許壓根明白，這樣才有理由留在這個家，就當生活自然而然過著無有斷裂。（是啊，總是被問：「還住在原來的地方？」甚至樓上樓下鄰居偶遇時都好訝異：「以為你搬走了。」——多麼人之常情。）繼續家常日子當你現世的親人一員。寫這本書，我用了一個長拍鏡頭的眼光，落落長記憶全貌裡一些揮之不去的畫面、氣味、音樂、事件……皆錄下，再剪接。如果說長鏡頭保證事件的時間進程受到尊重，時間線消失了，可是，你看，經過剪接，每一組事件，都沒離開正在進行的現實裡。（所以，我們的日子無縫接軌啦！）

但還是不一樣了。好比，如果你還活著，我不可能重返台南，（不是說不陪伴老父，而是，不會那麼清楚的意識到，生命的界限與返復。）不可能遷出舊家，（剔肉還父剮骨還母的哪吒？）支離破碎不成形的被太上老君學校單身宿舍收留重塑自在魂魄。比我想像來得多的衣服盥洗寢具什物，立燈、單人沙發床（老鼠搬家一次挪一點，原來佛洛伊德的延挨），卻也都塞進 3000cc 四輪驅動五門休旅車腹，流暢無礙的現代吉普賽移動，每天都可能在城市發生。私人行程或隱私權，有時候真被高估了，獨居，已經是現代人普遍且時常的經歷。誰還藏得住自己呢？

七坪衛浴套房，選定面南落地窗東西向頂牆掀開沙發床，鋪好床單枕頭套被，組構好立燈放窗角，衣服上架入櫃，黃昏倏忽降臨，相隔兩百公尺距離學生宿舍平面圖窗對窗，有光的房間會有眼睛發現原本幽暗空窟窿有了光點？我一個人的房間。之前，和母親同住五年，忙著重建父後家庭。現在，竟有種自我放逐之感，奇異的比想像中輕鬆自在。至於台北那邊也有類似的進進出出掙扎，大疤死，一度；婆婆死，二度，孫女漁出生，三度。家庭重寫進行式。每一刻皆活生生於眼前無能透視默默轉動軸線，且持續轉動中。這頭，父逝後急遽凋零灰敗的舊家，不斷死去，兄弟姊妹自成家族排他性，孤獨，也就不那麼意外了。

現在是真的「單身宿舍」了，然後，少做選擇題，讓自己活成一張簡明的購物清單。非隱藏慾望，生活主導。（當時還不知道，獨居就像患了強迫症，盡量把自己在生活裡安頓好。）一切就定位，便急急地出門添置必需品，大賣場（後來大賣場不去了，批發概念包裝，用不完的）數大，反而不自由。少數，無忠誠度無契約關係，自由。煮水壺，3M可拋式馬桶刷，有機洗衣皂，洗髮精，洗衣籃，曬衣架，盒裝進口藍莓，單片披薩，啤酒，一一到位，家常生活購物單，因久違而有種刺激感。（很高興沒自動駕駛回到舊家的）回到宿舍，四樓透空天井廊燈廢墟似可疑的暗著，（住了兩個月也沒見過任何住戶，皆早我入遷作息底定，原來是我沒抓到節奏。終於斜對門有了動靜，門口陸續堆擺冰箱、電視、冷氣……紙箱，不久後撤去。門邊二欄塑膠鞋架排放四雙皮鞋、涼鞋、拖鞋、球鞋，偶爾聽見廊道腳步聲，數秒後門縫底滲進一線光，接著轉鑰匙開門，暗進暗出，一定也在想，這層宿舍有人嗎？就這樣長期守株待免，仍然沒建立任何成員的居住檔。有時夜晚宿舍四周散步，但無論從哪個角度，所住的樓層永遠我那間孤零零有光，像忘了熄燈。）面朝落地窗，吃簡單喬遷第一餐，長望對面燈火螢燦大樓，學生宿舍單一性質空間。這才想到，自己都以為獨居過，其實只是想像，最意識到具有獨居形式的是新加坡客座一學期，單人頻繁移動，其實掐頭去尾，三個月。總之，去戲劇性，內容即文體，單身宿舍即獨居，這樣，認知與實際統一了。環顧四周，半吊子女性主義者自嘲道：

「自己的房間呢！」

宿舍獨居成何種狀態呢？像任何的晚睡者，和所有人錯開了作息，因此，既未在大樓遇熟人，甚至沒跟任何人說起搬進單身宿舍，你的深夜活動清單：洗衣服（咦，和好眼熟的一組西裝褲襯衫內衣褲，待會兒晾一道會不會太曖昧？）、健走（午夜小賣場，十字路口轉角一對跳豆似母女坐矮凳，腳邊簡易菜籃裝大豆鹹菜辣蘿蔔乾水果口味銅鑼燒）、對街 Pub 喝小酒（憑啥啊！這仨胖瘦高組合簡直勞萊哈台＋大鋼牙，啤酒搭貴又難吃英式料理賣翻的咧！）、閱讀（xc#$%^&寫的啥！）、追蹤美國電視影集（我和我的電影演員一起老了，然後他們退到螢光幕的時光持續都還那麼有味道）……像我這樣的夜行者，有著自己的生活。只是，你是你自己以及一切的觀眾。

一如那天面南落地窗景，蘇迪勒颱風路徑。宿舍紅磚牆第一排水文中心，樓館空地散置數十座入夜持續閃爍紅燈的黃漆船形儀像觸礁的小艇，依傍植栽南方樹種雀榕、大王椰子、尤加利……，三棵高逾四層樓老榕組成高樹矩陣，阻尼器迎戰巨颱瘋狗浪狂飆橫掃如陷在百慕達海漩渦，（美國海洋與大氣管理局發布的即時氣流動態影像，台灣在地球上被一個明亮而明顯的氣流包圍住，宛如被捲入漩渦之中。）每一枝枒分崩離析拽往不止八方逃命又像波濤洶湧衝浪，（台北一〇一大樓上午六時五十九分阻尼器擺動幅度達一百公分，破二〇一三年蘇力颱風七十公分的紀錄。）南都風大雨小（你沒電視，樵說台北累積雨量八百毫米），風嘴在大氣吹出無數水珠泡沫、空中翻飛的各式樹葉塑膠袋小雜物（已經有數根男人腰粗樹枝斷裂摔倒地面）倏忽雨水像人臉被左勾拳重揮慢動作激發各形狀水花水珠水泡沫，隨著雨線快動作亂箭朝落地窗飛來，（晨起拉開窗帘乍睹從未見識過的畫面駭異極反抽口氣腳下一個倒退嚕）這使得你所在的房間像極船橋。午後，風雨一度合體，雨勢瞬間增強，能見度低，天涯咫尺，水氣濃霧瀰漫如有隻手拉下大幕。影影綽綽眾樹皆竭力表演顛狂，無意志，為無形的力量擺布。景框內各物姿態皆非主觀感覺，世界暫時毫無理性可言。（二點十二分，居然兩小時後，你就習慣了，斷枝飛跌到陽台撞到窗玻璃，抬頭看了眼又專注鍵按螢幕轉換畫面，幹嘛呢？搜索網路颱風新聞。）救護車笛旋聲呀伊呀伊颯沓來去。宿舍坐落在成大醫院動線區。不動如山。

無理性，卻有數據：

較大陣風地區：

蘇澳十七級以上，彭佳嶼十七級，蘭嶼十六級，……台北十三級，臺南十二級（咋地？才十二級？）……

累積較大雨量地區至八日十四時：

宜蘭縣太平山一千二百五十三毫米、新北市一千毫米……新竹縣八百毫米、……台南市八百毫米。（咋地？才八百毫米？）

傍晚，全台逐漸脫離暴風圈。蘇迪勒將由馬祖進入福建，好長的掠境之旅。風雨稍歇，（單身、罪惡感帶原者、逾齡湊熱鬧傢伙）開車出去覓食透氣，順便看熱鬧。校區南北向勝利路段紅色塑膠三角錐封路，東門城垣夯土殘段牆體盤根錯節多棵隨時間網織成茂密濃密樹冠群，鳳凰樹鐵刀木金龜樹芒果樹根向陽（生長）方向拔地塌倒，橫臥成樹壁。東西向大學路校門口到前鋒路亦局部封路，直挺挺三樓高巨榕、欖仁樹幹南北向當街橫跨，形成一個天險路障，仍有機車歪七扭八鑽縫隙往來。老樹死亡之颱。經過路倒大樹，有的根部呈蝕空狀，樹根各有長短但主根皆扎不深，有的甚至一百公分不到。怎麼這樣淺？

也就像這扎不深的樹根「偽」獨居於單身生活。類比，像極遷台國民臨時政府「一年準備二年反攻三年掃蕩五年成功」，因陋就簡一律不經營，是日本殖民台灣當自己國家那樣建設的對照組。

越來越多人出來活動。陀螺打轉似踅返宿舍，望遠宿舍樓群你的房澄暈燈火跳框而出，孑然如螢火嵌在荒漠岩壁上，就像家的原初畫像。

所以，敘事總是困難的。

太深層的事，只剩表面可說。那麼，你就像單口相聲說書，涉及家庭物語，就說形式，不說內容物了。

曾經，大疤給過你一個型制完整的家。而在給你之前，家庭成員已各自定位。而你哪裡意識到會是如此，待江山底定，將跨不跨大疤家門檻那刻，一觸即發的佛洛伊德潛意識浮現了，家成員老父母前妻倆兒子大楷、塵二（及相處十多年的街坊鄰居）一邊，多數。我呢，自覺在另一邊，少數。如果距離拉開了會不會比較好相處？（好像也來不及了）拉開多遠呢？這年楷十二、塵七歲，於是，只能是就地立定跳高那麼遠，是的，同位置（拉開的，是層次），卻是一個家到另一個家的距離，（當然，日後你知道了，很多事都是這樣的，感覺很遠，其實只是落差；也有的似乎近，離開後，才發現根本疏遠。）單位詞沒變，組員不同罷了，你內心清楚，直接刪掉所有可能導致水土不服因素：家庭生育、經濟、購屋……計畫。大疤很少數的反覆說過的一句話：「真心對人，久了，也就一家人。」話不是對我說，對兩岸開放探親回老家一票當大疤集體兒子的巴蜀父執輩，少年出三峽活到了前老年未客死異鄉，未談過戀愛，趕進度快馬加鞭結親，全無例外的離異喪偶一大家子兒女照單全數接收。「有點年紀才好，懂得安分過日子，花樣少。年輕的，老想著取樂，多累呵！」大疤總這麼安慰父執輩。

這回，輪到自己，如何安頓，他不勸，給立場：「一家老的老，小的小，要，就是這個家。」（潛台詞：真心對人，久了，……）不給任何承諾就是承諾，一向如此。而我，彷彿出腳踩到地雷，進退不得。那個家早已定型，不依任何人改變，誰進去都是後來者，外來者。（那時候，誰能想到大疤會先離開這個家呢？家庭是一個主題遊樂園，設下一道旋轉門，買了入場券的人們進進出出。現在，你手上有一張逾期的票。）婚期於是默劇般無話語無動作僵在舞台上。（大疤另一句不會說出口的潛台詞：「你之前的大氣呢！」是的，大疤，和你站同邊是一回事，和你的家站同邊，基礎是什麼？）那年，大疤三十九歲。（我三十九時，早沒有他那種從頭來的熱情。）

婚前曲實在太長了。（「爛命一條，我不在乎自己，怎麼過都過得去，但你不一樣，想好了，就是一輩子的事。」）直到那天清早，旋律有了缺口。大清早，我媽急聲喚醒我：「快起來，一個大男人就那樣躺在門口！嚇死人！」老娘大早出門買菜，此人打野外累翻似走道鞋櫃將就著半身騰空昏睡過去。

「不知道什麼時候來的？幸好沒出事。」已經連喝幾晚（「跟誰喝啊！」「還用問？當然是朋友，你會跟仇人喝酒嗎？」這樣的對話訂定了交談不長的模式。）

可這會兒喝掛了為什麼，不談。最後通牒：「別人不能替你結婚過日子。得自己來。對或不對，自己最清楚。所以，要不認了，要不拉倒！」居然如此理直氣壯。也居然理直氣壯之後，醉醉顛顛，還摸得著門，回家似的，且整個人沒醒透，卻有心情自嘲：「你記得王翰〈涼州詞〉？」是啊！醉臥沙場君莫笑，古人征戰幾人回。

之前的婚姻，自知不是結婚的料，但清楚必須結婚，在台灣成了這個家族的獨子，傳宗接代是換個說詞的愛情路徑，軍校畢業的中尉影劇官，不算好對象，眼前女孩話不多、勤勞、年輕……，不是沒感情，過了自己那關，情節展開。（敘事開始就是我的罩門，怎麼說？何時說？最後，只能當它是個普通故事。）

年輕的時候，我們或多或少犯著愛情狂躁症，（Ruth Ellis：「沒有你，我睡不著。」所以二十八歲時殺了二十四歲男友 David。）這症狀常以一種被迫害的形式出現。（我寧願是我。但依傳統界定，我可能是施害者。可怪的，從頭到尾，沒人承認自己被迫害。爭的居然是一口氣？）

（真希望有更表面敘事手法）愛情狂躁症者，頻頻出擊，查勤根本老招。多年習性了，老師長官朋友全面覆蓋，也全面有調侃有不耐有責怪：「噯！拿人當擋箭牌，也得事先通報一聲！懂不懂江湖規矩！」大疤無意辯解，笑罵由之。人生太複雜，我們因此渴望簡單，而不可得，回家淡然言明：「讓我難堪，我受得了，別找別人。就不能過兩天安靜日子嗎？」詞嚴往往是一種無情。如果安靜下來，就會感受到有什麼開始崩解。但那時，我太焦慮。（大疤最喜歡的老師編劇家張永祥《秋決》裡的台詞：「一天一夜就是一生一世。」詞麗，奇怪的很合大疤本性。但他們做徒弟的常拿這話半逗樂半反諷山東人大個兒張師父居然如此膩歪。）擱置愛情的婚姻，「放浪成性」好像國王的新衣服活生生的給穿上了，下一步，十之八九不離外遇一途。大疤仍那句：「我承認，我負擔後果。」

我其實從來不了解大疤情感性。我們結婚後多年，他外遇時期女友姊姊忽然出現，早婚的姊姊失聯的這些年歷經孩子長大丈夫過世做了外婆，再見，姊姊愛打麻將，就磊落自然的約在打小一塊長大的未婚好友家牌聚，人多了還帶插花，如是持續幾個月，打晚了吃宵夜，姊姊留宿好友家，大疤偶爾也夜不歸營，有回連著三天沒回家沒音訊，公婆竊竊私語，由公公出面說話：「沒得好事，你要去問切問切。」一票非賭徒，說穿了更愛吃吃喝喝，曾提到打牌後就近常去的一間餐廳晚餐，當我現身時，一夥人挺驚訝，他倒是笑得放懷：「神算喲！」我生氣寫在臉上：「你好歹打個電話。爸媽擔心。」怎麼就有人活著這樣放心？大疤和姊姊並坐，他看我的眼神和坐在那裡的姿態，彷彿回到從前，時間軸翻轉了愛情故事和角色，我知道我是誰，錯過了他們年輕時間，可我是現在時間他的妻，我確信一件事，此人真有背叛，在那刻來到之前，他不可能做讓我難堪的事，他不受威脅，一點都不怕失去什麼，這生，他唯對老父老母忠誠，所以，來找他的意義何在？我其實不知道。心境清朗了，望去大疤、姊姊、未婚好友、學弟……圍坐一桌，取笑鬥酒，在他們的中年時期，還有這等興致，大疤十足開懷滿臉笑敬我酒，我忽然懂了，這不愛打牌的人上桌少插花時候多甚至合夥，還如此興頭，是想湊合姊姊和未婚好友？

（不久，姊姊很少出現了，才知道和好友真成了對，好友牌桌上老被打趣，什麼「瞎貓碰上死耗子」、「王八對綠豆」、「老樹逢春」……最讓好友消受不了的：「欸，跟奶奶上床什麼感覺？」聽多了不像玩笑像提醒他什麼，越想越彆扭，「爸爸都還沒當過，就直接跳級當爺爺！」吹了。成年人的愛，沒有悲傷。然姊姊仍時不時單獨約大疤。大疤人際關係有股抽大煙上癮者習性，什麼都放手邊好使喚，老詞老地位的，飯局當然往熟人小弟開的館子去。知道他們吃飯，我也約了朋友，小弟以為大疤哥哥被逮到，傻了。我趨上前打招呼胡講幾句，便另桌各吃各，這樣就夠了。聊啥有何消息傳遞？兩國交兵，不斬來使。其實進門前，落地玻璃窗景框倆中年男女神情如年齡的表情交談畫面，大疤專注傾聽，姊姊動作不多顯得好家常，已就了然。那裡頭一點秘密也沒有，兩人同邊，哪種同呢？年齡，心境，記憶，關心同一對象⋯⋯種種氛圍，帶著影幕上角色扮演成分，心理醫生／病人、園丁／買花人、導遊／旅者、畫家／模特兒⋯⋯，生命出現特定問題時對話的對象。所以，被遇見和前女友家人同桌亦平常。在他，無關情感又是情感，生命中發生過的事否認也不會自動消失。）

拖沓乏味的後婚姻期，夜不歸營慣犯。從不說清楚每天昏天黑地去哪兒了，只給簡單的答案：「打牌，宵夜酒喝多了，沙發上小瞇一下，吃了早餐，回家。」熟了，聽他糗喝酒打麻將光棍性格杜老爺子，半夜倆人奔內湖杜家：「進屋烏漆抹黑，按電燈不亮，懶到沒時間繳費，給剪了電，摸黑湊合了一夜，天亮一看，杜老爺子，你是要搬家還是剛被偷？那亂的，小偷進來一看哭了，以為剛被偷過，沒戲。」（杜老爺子說了：「嘿！誰沒有個性啊！誰沒有個毛病啊！誰沒有個生活習慣啊！」大疤鼓掌：「說得好！得！」）最妙的還不是這個，早晨杜老爺子用條線離抽絲透光毛巾洗臉，先打濕了，抹上肥皂，慢條斯理搓揉出泡沫，才仔細的往臉上一寸寸按摩，都按到了，怕把帕子洗壞似輕揉，再拭臉，⋯⋯「身段之細膩，作張作致，都能賣門票了。」光棍日子長，不拖住時間，要幹嘛！還有杜老爺子沏茶，你喝過嗎？誰也沒喝過，沒喝到都渴死了。這才知道，根本哪兒都沒去，住老妻在加拿大的假光棍杜老爺子或者差不多的朋友處。

他們內湖（可不是，已經拆掉改建的影劇五村）不比現在捷運、快速道路，吭滋吭滋晃過去，還不如回家，想想，老父清晨四點起床，半夜吵醒了再睡不著，所以，鬧晚了，天亮再回去。還有，一切人子的後青春期，就是不想回家聽父母妻兒唸叨。

經典啊！有那麼一天，老父清晨散步，遇上才回家的兒子，清描淡寫：「能哦！沒問路就找到家了？」

夫妻之間，可就如強颱成形到登陸，被盯得死死的，颱風破壞了日常生活，離境警報便解除，但有時候颶風時時刻刻，每天處在離婚的邊界，也每天可推翻前議。

然後，他那兒且思離境我且趨近的調職（二〇〇〇年裁撤改隸政治作戰總隊一延再延二〇一五年仍在評估存廢的）國防部藝術工作總隊。都出身軍校戲劇系，之前，不認識，沒見過，報到前有人提點，總隊裡幾名得認識的人物之一。

菜鳥突然被告之出席周一上午總隊長主持的（閉門）編導會議，討論送（也裁撤的）新聞局拍片企畫。上個世紀七〇年代末，國防部中製廠的《寒流》以電影手法拍電視振奮了軍系影業，（一般咸認，一九七五年四月王昇升任總政戰部主任，是《寒流》真正的主導者，《寒流》可謂王大將時期文宣最佳代表作。）《寒流》正經八百講了一段國共合作、內戰滄桑史，故事背景國民黨已不在場的延安，那年頭就懂無非虛實，無非動靜之間情節、角色互滲手法，

（布烈東：「幻想並不存在，一切都是真實的。」崔斯坦・查拉：「我們所看的一切都是假的。」一拍了一輩子電影的布紐爾主張電影營造的應是某種接近睡夢的東西：影像，像在夢裡一般。擦去時間和空間。）信史人物林彪、彭德懷、老舍，和虛構酒糟鼻、馬臉、厚唇、大手大耳常楓常爸飾演的高揚在一場夢裡。一九七六年初《寒流》全國聯播，大疤的張師父，我的系主任，《寒流》的編劇，大個兒大腳，特別討厭穿小鞋，走路一派卓別林風，不管政治劇不政治劇，認的是這些興頭一道謀生的人。愛國劇《寒流》九點檔登堂入室，（別說呢，張師父結婚，無父無母，王大將當主婚人，能不賣命嗎？）大疤被推薦借調中製廠，擔任《寒流》副導。那年，大疤三十出頭，楷，三歲。

《寒流》之後，《風雨生信心》、《海棠血淚》、《山河春曉》、《煉獄兒女》、《大時代的故事》相繼登場，大疤後來加入編劇。總隊演員同時投入不少，過戲癮賺外快。才幾年，愛國劇拉下馬，大疤調總隊。中製廠從此草長門鎖塵封一九三八年創廠以來最完整的劇情片、大型紀錄片、新聞、紀錄片集資產，如廢墟。那些知名的老左派影人袁叢美、田漢、孫瑜、蔡楚生、夏衍……隨著片廠一九四八年八月遷台，成了影史黑暗另一面，之前，同邊，其實各唸各的經。《寒流》、《風雨生信心》、《海棠血淚》、《大時代的故事》等，不就是同個片廠一九三〇、四〇年代的《保衛我們的土地》、《熱血忠魂》、《火的洗禮》、《白雲故鄉》……（這場家國戰事，會不會到頭來，發現不鄉場私事？）一九八九年八月，中製廠改組「漢威」，正式走入歷史。（消失中，國軍單位，日後多了。）

失去了九點檔，軍系影劇單位氣氛低迷，欲重返螢光幕的總隊忙著開路，煞有介事編導會，周周排上行事曆，可大半瞎忙的都談皮了。會後，大夥聚餐才算正式對話。此周議題討論意識形態家國題材，「多新鮮，這樣折騰我們！上周講少了」話到唇邊的是非政戰系統老江湖孫二科。總隊不進化男權主流，新進女官與會，從未有過，大夥兒語多保留。（大疤事後說：「既要人當婊子，又要立貞節牌坊。」）正常風總隊一科科長中校資深演員朱磊人稱朱大爹、朱大屁，凸肚翹臀皮帶箍肚臍眼不時上提，其實一線演員，明明江蘇人滿口京片子：「馬箇尖屁股哪兒去了！每次等他！」如斯響應，有人拉門進來，「咿——啊——」對遲到者言，分外刺耳吧？偏偏，「這麼大的總隊，都能把清宮搬上舞台，就沒個活人給這門上點油！」瘦長，高鼻、橄仁頭、光鬚透青下巴瞌，倒是個大貝斯，慢條斯理不知哪科哪室繞了一圈才出現，手上點了支和口袋裡不同牌子的菸，灰藍條紋長襯衫牛仔褲，筆、皮夾、菸、打火機配備都在身上了，（所以，襯衫一定要有口袋，放菸，這習慣，害死了他。）「你廢話！少扯閒篇，你張得播有辦法，想出個主題報部啊！」拉開椅子坐我斜對面刺蝟似：早說了，政治寓言、反烏托邦、極權、共產主義，拾人牙慧，你拍得過《一九八四》、《波坦金戰艦》？沒錢沒資源，可你是藝總龍頭！沒點眼力架子像話嗎？朱西甯《八二三註》、趙滋蕃《半下流社會》、姜貴《旋風》、潘人木《蓮漪表妹》，哪位都成，找點這樣格局，有人性的作品，跟作家們談談死不了人。」我抿嘴暗笑，嗟，怎麼有人講這些文學常識像罵孫子，突然往我瞄來，說，還有尼洛《龍芋田畝》。（小說用尼洛，傳記用本名李明，《王昇——險夷原不滯胸中》：王昇，化行先生，是我的老師，是我的長官。……曾經隨侍在化行先生的身邊，……化行先生被外放……稱之為「已被逐出政治核心」，「靠邊站了」……但化行先生鍥而不捨的內心深處，究竟是什麼呢？就引起我對他作較深的探索的動機。當我很唐突的將這一動機向化行先生陳述時，化行先生十分坦蕩的問：「要寫嗎？值得寫嗎？」）咦，這書我倒不知道。也是日後，才明白，是李明先生和張師父，聯手調我去總隊。所以，「要寫嗎？值得寫嗎？」在李明那頭輾轉反覆數十年的書寫政治，那些不婆婆媽媽的內在家國，維持人生信仰之滲透壓！大派氣度，我永遠和他站同邊。（可那時，我一頭霧水，心想：「看，我們這兒也正上演《寒流》呢！尖屁股副導現身說法。」）

反位階被訓示，會不會尷尬啊？我直直盯著桌面記事本像那是一艘船，驀地聽到：「歡迎你來這兒。」抬頭，人已旋了出去。總隊長、朱大——嗯，朱課長，齊發恨聲：「尖屁股！看看，什麼東西！一秒鐘都坐不住！」又是個沒效率的一周開始，吃飯去吧！踏進餐館還沒到齊就賭，比誰最快飲盡 600c.c. 台灣啤酒，大疤輕鬆招供，忌酒：「陰囊積水，下個月得去開刀。怕麻藥不靈。」立刻惹來一頓冷嘲熱諷，「中標了吧！」「卵蛋沒用乾脆割掉省事，免得到處惹麻煩！」我倒抽口氣，他們以為你見過這陣仗，其實沒有。陰囊積水？中標？卵蛋？還真不是死老百姓那種見面語啊！大疤笑罵由人，不解釋不逞強，「朱大官，你說話。」上個紀錄保持人朱大官十秒，「怕？沒有三兩三，不敢上梁山！」「朱大官肚大有貨！難怪做大官！」眾人小學生爭按電梯開關權的手腳並用搶開瓶器，「我執壺。」尖屁股快手掃掠開瓶器。遊戲，極認真，雜在演員性格人群裡，不演，這讓他看起來，卓犖不俗。但那時，你和他們之間有道護城河，他們是老藝工了，你莫明其妙的才離開嚴肅陸軍總部來報到，你是紀錄者，長鏡頭般看著他們，最遙遠的全知距離。

並不知道，一條隱形的撲殺野放雌性動物路線比你報到早一步建構。（夜晚僻靜校區散步，颱風剛過，主要路線殘枝落葉橫七豎八，選繞曲徑通幽小路，校園裡總是暗，埋頭閃走，定神才發現誤闖喬木灌木枝杈結網沙道，錯落無章的雀榕、羊蹄甲、蘋婆、橡皮樹、小葉欖仁、銀合歡、黃槐、芒果樹……猝不及防一隻黑色大犬蜷臥樹影裡本身也像一隴矮叢，我提醒自己如常步履前行，鎮定複習一位外籍教師騎單車被野狗追吠驚慌跌落摔成植物人而發布校園版因應野狗之道口訣：不回頭不慌張不直視。偏偏越怕看見越看得清楚的樹腳、灌木叢下，到處採臥姿的咖啡棕、虎斑、土黃、赤褐……埋伏布椿似屏息反監看，皆大犬。原來有不識泰山，此處即校園十景之流浪狗家園。終於，穿過林間「有小口，彷彿若有光」，終於步至光口，志工隊立有告示牌：1.犬隻皆長期駐留實施TNVR：捕捉↓結紮↓施打疫苗↓回放原地。2.犬隻皆由本校志工定期餵食，故請勿隨意餵食。3.犬隻們體型雖大，但個性皆不親人，經過時不須驚慌也不要奔跑。4.犬隻吠叫通常為驅趕侵入地盤的外來犬隻，因此煩請主人們帶自己的寵物到別處散步。看樣子以後得放棄這路線。意外小旅程，水墨畫布局，皴擦土牆，尖利細筆獸毛、斜面樹幹皮，中有遠近，如弧形魚眼鏡頭，框架出生命小單元。）果然有志工，之後，被野放進入TNVR流程，辦公室，家，舊家無端連遭無聲電話或謾罵威脅恐嚇的半夜也不放過。（瘋魔會不會平行傳染，與大疤、姊姊同餐館考驗結束，我確定，不會。好高興知道，我免疫。）

日後看到照片冊，紀錄片似家居生活顯影，那個家，似乎也不為他打造，他亦像是個外人。喏，有張照片，爺奶媽媽倆兒子五人皆穿睡衣嬉鬧擠坐三人位橫條軟沙發望鏡頭，帶到單人沙發大疤衣著整齊低頭看書，整個不在場。全家都入鏡，沒有自拍器的年代，誰幫他們拍的？

太真實的事有時更戲劇性，那鞋櫃，諾亞方舟似的，帶我們過渡到家的彼岸。是外來者身分，使我能旁觀家庭時間斷面，看見他們的過去與自己的現在。

又有一張相片。新添購了台單眼相機，楷機械迷，拿了去，咔嚓—咔嚓—到處拍，多半風景空鏡頭，（沖洗一張四元的年代）自己也說在浪費底片，一日，家裡有牌局，我跟著哥倆社區拍照，照片送洗取回，先跳出這張，陰天的花岡石階梯，前排楷白T塵鴨黃短褲我墊後灰白條紋長襯衫正三角布局，光線反差小，兩側依山而升園落岩壁攀爬老紫藤、九重葛，或柵邊枝椏橫杈纍結黃綠萊姆檸檬，細節層次分明豐富，雲層垂翼般覆被天地，時空指向性低地顯影黑白照效果。明明一切都在景框裡，卻是此曾在，這三人什麼關係啊？為何一起拍照？那時真年輕因此不太有自我的期與所有關係合諧，卻有那麼瞬間，會洩底。譬如，為何你不摟著他們哥倆並排坐？他們母親就會這樣做吧？且一直記不起，究竟誰幫你們照的？大疤嗎？所以我們笑瞇了眼是被他逗弄出來的？不免就想起他的那張外人照片，我們是外人二人組呢！（從來沒有真正成為一個母親，就像沒有成為真正的女兒。總是節奏不對。有人天生做女兒做母親做部屬，你們不是。大疤再怎麼做足兒子、父親，也還不是。但最終，我知道做什麼了，我們做了真正的朋友：「歡迎你來這兒。」我才能為他看守一切。）

此永劫回歸時間。（一直到楷自己做了父親，講起老頭記憶，好悲哀，仍不同邊，不因做了父親更了解父親。）樵出生不久，大疤過世，我以為無法再通過大疤定位了，將徹底一個人，這才發現，樵是一個情感試紙時間旋轉門。我可以他來度量記憶和現在。他就像硬畫在時間牆柱的身高紀錄：三十六公分、……一百五十一公分。（二〇一五年夏，十二歲）有著大疤以前愛形容楷的天生快樂，你是他的人形身高尺。暑假過後，進國中，（現在還童稚殘留的）每日一動作，指尖從自己顱頂直劃到你眉間，興緻的：「奶奶，你看，我比你高了。」學我叫他：「奶奶小矮子。」我也比，誇張地從我下巴劃到他頭頂：「不客氣，比我高太多了。」年輪紀事。空中纜車，一山到一山，不等高，也能聯結。這個俊秀白皙十二歲小男孩，即將無法丈量距離的進入青春期。

這張臉更神似第一次見到的塵之童顏。唇紅齒白。四歲出頭。（啊，正是樵妹，漁，現在年齡。樵四歲，旋轉門啟動，肖塵。可沒見過的楷四歲的模樣，要等到漁出生，才有了對照本。拜把乾姊姊都說：「實在親不下去，簡直阿楷復刻女版。」）

多年前，街市路邊一間社區小型牙科診所，（越是現代牙科樵越喜歡，他甚至一步跨越兒童牙科診所來到市區新概念打造明亮候診室電腦飲料報章雜誌一應俱全空間，先進X光室、太空機械造型整體水平移動躺椅醫師椅治療頭燈……忙著使用，我總用好玩珍寵的眼光看他，時不時要他別一直上網玩電動，別碰醫師椅開關……他耍嘴皮子：「我想想看。」我：「人得有腦袋才能想！」眼見他奇天真的《神魔之塔》五色形狀各異光暗火水木符石一路點擊升級八·

〇版，手指低度思考的在手機介面上忙著將色塊滑來滑去。塵也喜歡電玩，夢幻逸品電視遊樂器連接電視機螢屏上打《小精靈》，可愛的黃色精靈迷宮中四處竄出張口吃掉小章魚，或者水管工活蹦亂跳《超級瑪利歐兄弟》逆襲人生，角色擬真卡通造型參雜，每經過客廳見他或夥同社區同齡小朋友戒不掉的賣力單、雙打，發出單音擬假啾—啾—啾—、湍—湍—湍—、咚—咚—咚—效果，不像大疤有時佇足觀賞，我只經過，他們的連續劇觀影口味跟隨爺爺奶奶走，（塵每和奶奶窩一張椅內看老三台聯播愛國連續劇，戲結束，演員表工作人員表列序出現，楷、塵老爸有名有姓但沒形象的活在螢幕上。）他們的觀影習慣在我進入這個家前就固定了。所以，有次陰錯陽差我和塵看電影，並排坐到廣告過，我才挪開自坐：「我習慣一個人看電影。」看的是湯姆漢克獨角戲《浩劫重生》，他演聯邦快遞公司員工飛機空難墜毀漂流到南太洋無人島，孤獨生活了四年自殺都有過的終於離開了孤島重返現實社會。）

帶楷和塵看蛀牙。魔音高速鑽孔器吱吱尖細銳響從一張張嘴裡冒出，賊亮聚光燈直射躺椅人臉上，我們沒經驗亦無預約制的看到好多小朋友嚇哭畫面，機器狂楷先補了牙，輪到塵，原本笑著的臉色煞白忽地抓緊我手臂好自然的朝我喊道：「馬麻——我想回去——」像未聽見喊我什麼，我輕聲安撫：「醫生會很小心，檢查看看，很快就好。」楷示威：「別怕，哥哥都不怕。」塵仍膽怯但恢復了禿頭句：「要看著醫生檢查噢！」那是一個命名儀式的初始化，密碼是這句：「嗳，我在。」（就此錯過。一個未完成的儀式）一直要等到樵出生成長，我得以追逐他成長時程拉出一條平行視角，這才有了比對畫面的歷歷如見楷、塵「原來是這樣長大的！」啊，大疤不在了，他不知道，用這種擬態手法，我終於看見。樵搖晃學步一歲餘，大疤就走了，第一次看樵表演走步，醫院病房大年初一，小獸衝跌失控，大疤少見的不耐：「這是醫院欸！」靈動的幼兒提醒了他將像我一樣沒趕上楷塵的來不及看見孫子長大。他將沒有這個記憶。動了氣。但以上比照皆尚未發生，所以，我不知道怎麼處理塵只是個小孩這事，我就像個小學老師讓他安心躺下，向醫生說明狀況，然後陪在旁邊。不，我做了別的，這家牙科診所我們後來沒再去，轉去找我熟的吳醫師，從此看了二十多年，直到塵、楷的「吳伯伯」、樵接棒「吳爺爺」胃癌過世。那間魔音高速鑽孔診所，無情感連接的，反而開業到現在。唯每次路過，都會想起塵小男孩語調叫「馬麻」的畫面，那一刻，牙科診所，默片。

初見楷和塵在大疤不久後開刀醫院（回想起來，遇見大疤後，時間空間場景轉換都好快，這使得事情往往失焦，不去想其實我們認識沒幾天。）大疤是我見過最能自在獨處的人，但在軍中好像沒這個權利，其實小手術，但軍醫院（通鋪）病床，一波波朋友、前後期學長（姊）學弟（妹）、長官同事，還有，（嚴重暈車的母親亦現身）家人。尖屁股這下，「就地逮捕，你小子總算哪兒都去不了。」軍醫院憲兵站崗，六歲以上才准入院，塵被擋在樓下，楷內雙單眼皮小平頭，藍T恤白短褲球鞋長腿比同齡高個頭，機靈地：「我有辦法。」我陪去試試可否通融。病房大樓門口，憲兵全副武裝端槍上刺刀持槍鋼盔綁腿長靴白手套站哨，一小人腳旁臉朝上盯牢不放，轉頭看見我們，滿臉笑。（哎，後來再沒見過塵超過這層次的笑。）真漂亮的小孩，大疤縮小版欖仁頭、淺栗色頭髮，額頭嘴角一層細汗毛，紅唇眼白漆黑瞳仁，俊美秀逸，紅T恤白短褲，意外極問楷：「你弟弟？幾歲？」想牽他，小人鬼靈精怪左躲右閃捉迷藏，楷忽然叫住他：「塵，你尿急嗎？」「急。」就這樣，衛兵默許的大方牽塵手雙雙進了病房。我殿後（渾不知覺將如此長跟著）跟著哥倆背影走向大疤。

父母叔叔撤，時髦濃妝高眺（前）妻偕朋友到。（當時反應，這家人俊秀、自信，真像一家人。）果然有志工。（艱難的敘事才要開始，還是那句，只說表面。）不早不晚的碰上，我們的對話毫無交集。（前）妻偕朋友離開，我們早告辭的詭異的被一再留下，大疤陪我們走樓梯，自己留在病房茶玻璃自動門內。（他止步時，竟像我遺棄了他，同族）我和同學分道，步出醫院，（前）妻等在大門外，夜襲似向我走來。

八線道馬路街景車流傾洩撲面淹沒眼前一切，三月春夜如水，居然一場探病改變了我的一生，誰說這場探病的時間拉得太長？那刻，即使大疤並不知道這些，我決定和他，同盟。不可思議的，趕早趕晚都會錯過認識日後的，（偽）家人。

一周後，大疤出院，行李綁摩托車後座，十分鐘車程的家變得更遙遠，（前）妻沒少繞過他，即使剛動手術。我們在雨季城市，流浪了三天。結緣，有時來自破壞。

此曾在，遙遠的告別，忽忽十年過去。（告別的方式有時候會自己生長，或者，滑稽。像是，夢見他在生前的世界外遇。畫質清晰明亮，像調整合度的螢光幕。美豔活潑的中學女同學和丈夫是商人，常在五星級酒店總統套房設宴邀生意對象喝酒打牌交誼，每次皆邀大疤和我當陪客撐場面。女同學熱於和大疤調情，丈夫跟著幫腔捧哏。我注意到，一旁總有位沉默纖弱秀麗女子。再邀，我就拒絕了。但大疤有次受邀，當晚失聯，我尋去飯店，退房了，整團人臨時興起搭私人飛機大陸旅遊。我電話（不合理）打到大陸至友晚輩那兒，「你早知情，大大是不是有外遇了？」默聲，認了。難怪找魂似的常往大陸跑。幾乎是瞬間，大疤隻身回來取行李，我禮敬成全：「你有外遇？要離開這個家？」他因想和解吧，遂老實道：「嗯！但不是你想的那女同學，我不可能當著人丈夫的面這樣沒品。」是秀氣的那位，我大概懂了。「你怎麼看出來的？」「我一出現有人就緊張。」我摟摟大疤肩膀：「沒關係，你去吧，給你一年時間。」又想起什麼，笑著問：「你還能打炮嗎？」他無謂道：「不能。」在夢裡就明白了，寧願用外遇送走他，也不希望，因為死亡把他交出去。）

一定有那麼個時刻，同族者知道，將單獨離開遊樂場這道旋轉門。我進場。

而還沒旋到定點的，塵，未達保護級探病年齡的延續了下來，總沒到結婚年齡。都以為，結不成了。

夏夜，近十點，和眾學生吃南部特色晚餐，樵打電話給（塵說，樵比較像我）最親愛的叔叔，講到後來，話機交到我手裡，像他父親一樣的低音，塵的聲音敘事從來沒有意外，可我卻聽見：「我向珮求婚了！」家庭旋轉門再度轉動抵達，快速上菜的現代餐廳裡，杯盤撞擊，與話筒延異斷續音波，在此異質空間營巢。

「求婚？」全桌靜默陪問。「你不是要我找個伴嗎？」除夕夜，大疤逝後一年年老問題重提：「怎麼樣？今年辭歲許個願結婚吧？」累積的答案庫裡：再看看，沒動力，沒女朋友……以及這兩年的新答案：「又沒人催。」我失笑：「不會吧？珮不說話，家長也沒意見？那你得小心點了。」他也笑：「是啦，珮爸媽稍微有提示。」結束電話前，自覺責無旁貸，對塵說，一定找時間登門拜訪珮父母，總不能喜宴上才見面。

收線，再傳家庭話語簡訊：「人生走到現在，要做的是最本能的選擇，希望理性與感性如你，知道自己的決定。其他，我們一概支持。」

回以：「這是最適合一起生活的對象。」

然後世界暫時安靜下來。

逆時，回到大疤臨終倒數時間，現在的你清楚看見旋轉門那時已經悄悄位移。和他們不同邊的父親也不在了。怎麼會走到這一步的做了不同邊者最後的家人。和青春軒昂學生們笑語漫淹至午夜，一逕延長回家的時程。和大疤不同，沒人在家唸叨或等我。

進入了旋轉門，動靜之間，不由人。而細節消解了，一切將明快起來。

等候確定拜訪日子同時，依早排進的文化參訪行程，往（十年來，依次償願似）大疤生前屢屢要去的大陸老友家鄉內蒙古訪問，如奔赴遠方去報信的車程、餐廳、旅館趕路似天天不同地方，總是在經過大草原、高速公路、邊境、雨中，瞬間照面被吸引了，便有應有求的路邊廣漠地毯錦織油菜花田、延伸至天邊的水中有大毛子游泳的中俄邊界河、深邃多元與草原共生的大濕地靠邊暫停、漫步，照相，（那些照片裡，怎麼看，都沒有同行的隱形大疤身影，是的，沒有一次靈異現象發生。「好可惜」，已經知道結果的情節最掃興。）另外，一路忙著如臨大敵防曬防黑鋏蠓防牛蜱蟲，（四A草原旅遊區嚮導介紹，牛蜱俗稱草別子，專門躲在丘陵草叢植物或牲畜動物皮毛裡。綠豆大，褐色，八隻觸角，嘴長倒刺，下錨似鑽進皮膚吸血很難拔出來，導致感染腦炎、神經、心臟、關節病變萊姆症，造成腦癱，嚴重者致命。他強調，我們園裡有個女員工的愛人就被咬了，拔除時斷在血管裡，很快就死了。「這麼容易？」「嗯，是啊！草原常發生的。」簡直是！日常生活最危險。）趕路中，與隱形大疤同行，自問自答，塵真的定下來了嗎？

回台，楷桃園機場接機，有一搭沒一搭談塵和他漫長的「婚前曲」，楷老實告白：「我真的和他不熟。」前座玻璃倒映平靜路途。兄弟姊妹感情好是額外的福分，熟不熟，用最通俗的話來講，家家有本難唸的經。建構家庭物語，把表面夯平，我們才好順利敘事。是的，太深層的事，只說表面。

休息一天，北二高開車載小學生樵最後暑假的往台南。午後陣雷，滂沱暴雨速至，能見度一個車身，彎下中和避雨。路邊下車買喝的，T字街頭等紅綠燈，午餐時間傘陣經過甩來一身水珠，大小車搶道轉彎織機似射出尺高水花，狼狽不堪不知該找喝的還是上車，忽然，電話響。「總不能喜酒宴席上才見面」的答案回傳。

雨中塵聲音遙遠竟有回聲效果，珮家裡說妥了，徵詢會面日子和形式，「任何時間都可以，中餐晚餐、是否到家裡拜訪，都聽從你們安排。」（隨口叮囑，記得親自邀請楷、娟、樵，禮貌，也是情感。尤其樵很失落，「叔叔以後就不會常回家了。」安慰一下他吧。覆述對話時，娟笑了，媽，你配合度真高。是啊，別讓我去唱早場卡拉OK就行。）順便提婚期流程亦定好，「明年三月去——嗯——沖繩舉行婚禮，八月請客。」好個馬路消息的不真實，「現在才七月，時間拉那麼長，不累嗎？不能一次辦好？」「不能。一次辦那麼多事才會累。而且，傳統迎娶、聘金、喜餅都不要，小亮你記得嗎？為這些和女方家鬧翻了。」（少數意見才是王道？傳統有種時間成分，可以代代相接，沒入生活；反傳統，聽起來，像一種絕緣體。）那頭不知我正站在不清楚位置何在的我亦平常提醒：「除非不結，既然要結，一定尊重女方。珮父母開口說都不要，才算數。」見雨勢稍緩，重上高速公路，掉頭轉回台北。簡訊一路追，塵下周出國出差，於是這周日登門拜訪後餐聚。三天後。不需要知道我才出門回來也不需要知道我其實正南下，（果然，距離拉開了比較好相處。）大疤，你在就好了。學生們紛紛跟著簡訊湊熱鬧：「塵哥哥珮姊姊臉書剛剛同步更新交友狀態噢！」（我要知道這個幹嘛？）

踅返台北，先繞去社區「有顆蕃茄暢貨小鋪」買有機染髮劑，輪值店員認識樵，「小張先生，你來了？」原本氣呼呼聽說要跟叔叔去「提親」又樂了的樵這會兒得意兮兮：「如果是胖阿姨，就叫我張同學。」那這是瘦阿姨囉？愛打招呼、樂天，個人性，知道自己喜歡什麼。大疤進化版。現代小孩，時不時來逛，帳篷、風衣、平底鍋、枕頭、內衣褲、球鞋、頸枕……。這是我和他發現後來全家都愛逛的小店。家庭生活的實踐場。

拜會前一天，家居時間，各忙各的，楷染剪髮，（大疤和公公不染髮，時間到了，順其自然或灰或滿頭銀髮。「白了就白了。」大疤說。我那時沒狀況，但有常識：「你是不知道白得難看的苦惱。」塵和楷，上三十就開始染髮了。）娟準備自己、小女生漁出門衣飾，樵自我主張派，「外馳內張。」我們玩笑道。這是大疤一輩子沒等到的輕鬆家常日子。你看，現在成員們節奏多接近。

晚上塵回家，我們往附近德國小館晚餐。塵偏愛的口味。哥倆負責點菜點酒，算是第一次全員圍桌正式討論婚事，如他所願，不訂婚不下聘不迎娶。（看看他爸，也強勢！但我們當時複雜得多。）「三不主義。」我和翠相視微有意見，喜酒呢？塵稍猶疑：「爸爸的朋友，也許不請。」我和娟又是無言一望。

是大疤過世深夜，我們離開醫院，不想回家，坐在西式餐廳露天庭院靠窗位子，（大疤，你都沒等上樵陪你喝個小酒。）小葉欖仁倒映窗面像玻璃畫，在那樣的子午線時間點，我們開始重新組合家庭成員，去大疤化。這次也是。（十年後遠漁加入。這對人數不多的家庭，是要非常相信生命，才會出現的奇蹟。）我淡淡道：「還早，再想想。」（一個沒有父母主持的婚禮，才什麼都省略？）

單一話題，多半乏味，這時就看出樵的「用處」了，樵：「叔叔結婚那天我可以坐主桌嗎？」我：「照理說不行，但是，叔叔有他的節奏，你自己問吧。」果然：「你當花童就讓你坐主桌。」「叔叔，我十二歲了嗳！有這麼老的花童嗎？」「不願意？那你吃飽了下桌吧！」「這裡是餐廳哩，我要下到哪裡去？」是這樣直楞紋豎條紋蟬紋雷紋魚紋參差錯落紋飾法，樵打小便自然而然多數大人主流的參一腳你一句我一句，「那種藍色看起來太年輕，不適合奶奶」、「這啤酒聞起有點廉價」、「我覺得那個人說話假假的」……屢遭大人斥笑：「是誰請你發言啦！」娟記起飯桌不擅閒聊的爸爸欲留下桌的兄弟倆的老話頭：「趕去哪兒？坐下來吃點水果聊聊最近狀況。」那時如果有樵，就好了。

「變相提親」早上，全家共乘。又來了：「幸好有樵跟漁，沒話說時就把他們推出去。」

「是啊，有小小孩的男人最易吸引女性。」豈不是，四歲的塵小精靈似的，把大疤拉回家常形象。

楷駕駛，輕車熟路，橫跨市區往內湖珮家，十分鐘！眾皆默契面面相覷的（像話嗎？如果把拔在……）無言交談。到早了，車裡靜等，塵和珮 line 來 line 去，另闢現場。楷閒不得打開引擎蓋散熱，車奴嘛！我們又相視一忘。突然不知打哪兒冒出一小男孩騎車貼上來搭訕楷，大人懶得理會，矮小身影追隨楷蒼蠅繞飛，X5 還是 X6，馬力？性能？雨刷保養耗油量……事事問，「兩個字，欠揍！」樵神頭鬼臉人小口氣大。「你能在嬸嬸家門口打人？」「不能，所以說『欠』。」不理我們胡言亂語，（明顯緊張但不欲表現的肖父）塵忽地推車門出去，「可以現身了，他們準備好了。」我們立刻左右分邊下車，魚貫而行隊伍跟著塵，高高低低笑臉一樓院門迎出走近來，眾手伸向我們且圍簇著珮，珮當先笑瞇瞇說道：「馬麻，你們來了。」餘光捕捉塵已不多的男孩氣質臉容，回游牙科時間，但，我現在知道怎麼做了，上前雙手環抱珮：「嗳，我們來了。」

「馬麻」。上一個還原時間點出現了。有一天你將有機會得以回應。

行禮如儀，奉茶奉果，一陣忙後賓主安坐。（塵挨著珮坐角落，笑容盈滿，一點都不反傳統）楷祭出長兄身分搞笑：「切好的水果，在我們家是不會以這種樣式出現的。」是啊——都直接餵到嘴裡！我湊興。大疤要在，少不了，「淨講老實話。這話該關起門來講。不過大家現在不是外人了——」套近乎。他最忌諱我一副事不關己如臉上寫著四個大字：高高在上。到娟家提親時一路壓著我像犯人，免得我突然：「我要是有女兒，一定勸，千萬別嫁楷，倒楣日子在後頭。」

餐後回家，楷當然主駕，路怒症，車檔前頭鐵定超：「白癡！」我們又是事後之明調侃詞：「我們沒要趕去哪裡，倒是你弟弟要結婚了，好歹讓他活過明年三月。」亦回以老話：「車不是這樣開的。」百變句型還有：「事情不是這樣辦的」、「話不是這樣說的」、「人不是這樣做的」……不走近在眼前穿越辛亥隧道就到家的繞路上了北二高，大夥面面相覷，樵輕拍叔叔肩膀，網路戲謔語，「要記得吃藥，不要放棄治療。」樵爸：「你皮癢。」場子熱了，回家無望，找個樂子吧！切換頻道吳兆南、魏龍豪講相聲，哥倆從前反覆聽熟的段子流瀉而出，歷史知識版《捉放曹》，錄音帶時期轉為光碟現代性。吳兆南音色圓渾有股調侃味兒，魏：「您這說相聲，說、學、逗、唱都得會吧？」兆：「說行，唱可唱不好，只能學一點。」逗哏一派雲淡風輕，這「說」，便帶出一種疏離感，真假摻合，表演性。《捉放曹》剛直多謀陳宮，與曹操反目輔助呂布，下邳之役戰敗自行求死，曹操惜才，抬出老母幼兒勸留，陳宮覆：「老母在公，不在宮也。」老母生死在你，不在我。史傳，曹操之後一直供養陳宮家人。老段子，從小聽相聲的魏吳兩人，來台後把一代宗師侯寶林相聲經典段子憑記憶下載，可以做到幾無偏差，只有時順應局勢，避換「陷匪」藝人名諱，像段子裡談到四大乾旦梅蘭芳、言慧珠就地改成顧正秋、張正芬。《捉放曹》的〈公堂〉一段，魏去曹操，吳兆南去陳宮，吳兆南的定場詩「頭戴烏紗雙翅飄，黎民百姓樂逍遙，雖然七品縣官小，一片丹心保漢朝。」意境高朗，「命我畫影圖形，捉拿刺客曹操，我也曾命王順等四門察看，未見到來。」輾轉反側。唱腔蒼厚雄沉，遍歷人生況味，十足陌生化，令人沉湎陶醉，拉開和舞台時空距離。知識版後跟著上《訓徒》，「吳兆南、魏龍豪、上台鞠躬——」此段加上吳曼竹去徒弟。塵問：「吳兆南活著還是魏龍豪？」「吳兆南」。車內安靜下來。一時之間，不想去知道車往何處？斯時斯地的只希望下車前能聽完整齣段子。不久出夢境似，滑下高速公路，都沒注意車速慢下來左轉駛進路邊十元洗車場。

楷下車投幣拿水槍自備海綿高速水柱專注沖洗。吳兆南繼續試探魏龍豪引為天才的徒弟斤兩：「今年貴庚啦？」徒兒慢條斯理：「我——吃——飽——了。」「什麼啊？」「我吃——的——是酢醬麵。」魏龍豪出面：「嗳！問你貴庚，不是問你吃——飽——了沒有，也不是吃的什麼，嗟——真給我丟人，人家問你貴庚，就是問你——結婚了沒有！」吳兆南：「駭，你這師父也不咋地，問你貴庚，不是問你吃飽了，也不是吃什麼，更不是問你結婚了沒有！貴庚——就是問你、打針了沒有！」塵爆笑，回到小學生那年。暫時忘了被拖在一個莫名其妙的洗車場。（暫時忘了吃飯，大疤伸頭進房間相聲詞催喚：「開飯了，走著走著站起來就走。」每回亦搖頭失笑，那年父子仨老重複擬仿段子：「不是問你結婚了沒有！貴庚——就是問你，打針了——沒有！」）

同車，這些年很少發生，除了每年掃墓。大疤在，老老小小三代擠不下一車，總是分乘兩輛。是如新成員漁再大點，要擠也難。塵：「真奇怪，為什麼每次他都要拖一大家子時洗車？」靜聲幾秒，楷舉水槍熟練的沖洗車體，像一種洗滌儀式。我安撫：「捨不得讓我們太快下車吧！」家庭物語。（真沒想到自己會如此耐性，像個長輩那樣說話。）

整層單身宿舍偶爾傳來開關門移步聲，如空谷迴音，心想：「有人的。」真是安靜日子。其實家居也這樣，樵嬰兒時抱他下樓，樓梯間遇見鄰居，以樵的眼光打招呼：「看，是彭奶奶呢！」「哇！這麼大了，要不是這裡遇上，真不知道你們家添了孫子。」

過兩天安靜日子。挺基本的。可大疤提早出場了。（所以，我們哪裡知道什麼死亡？）

塵喜宴之年，與他爸爸再婚時同歲。還原時間點。已不可同日而語。

第七章
後語

離心力

每一他去到或未及去之地，
運動慣性定律已自動設定完成，每「到此一遊」之證據清楚確鑿留著，
彷彿告訴我：「你現在知道了，我以前就向你展示了未來。」

高速運動是到未來的單向旅程——《如何建造時光機》

上個世紀末，卻也許是人生最好的時候，我和大疤正走在中國北方邊城丹東的河岸，一水之隔即北韓，九月的鴨綠江沉暗有著水銀斑鏽效果，月光在鏡面流變幻化鱗粼水紋，盪向地球少數共產國度兩岸，彼岸幽暗幾無建築物乾枯土地，像一塊多雜質披霞，倒入河道暗影處，可疑地蟄伏於世紀末蟲洞，時間到，甦醒，重設時間便可進入現代。

一時之間，丹東與我們已知去過之地，真有前塵往事之感，劃出臨界，成為跨越未知之地的閾限與黥面。

曾經問：「未來什麼圖樣呢？」

「心裡想。」

原來就如（我從來沒弄懂的）十二張老麻將，聽張後，胡那張「心裡想」。當然，也如人生，有殘局的時候。人生如果是正文，牌局就像附注。

這麼說吧，東西南北風順時鐘打牌且如是反覆多像模擬真實人生，而看似運氣的手風，其實科學，一切都離不開或然率。世事如局，一如算牌，出現過的牌叫「過去」，手上的牌，叫「現在」，埋伏砌牌裡的叫「未來」，暗嵌的牌，叫「創傷」。（但愛因斯坦說，過去、現在與未來的區分只是幻覺。）所有的牌都在檯面，每把牌都是當下所擁有的最小時景。誰先得到心裡想，推倒，贏家。最妙的是，旁觀者，亦可以加碼下注，叫「作夢」。

所以，那刻，我們繞城散步，地理邊界，（日後知道了，正在接近）生活的外緣，眼前靜好整座小城空氣中像散發墨西哥蘑茹，集體產生幻覺，而有一種疏離鮮奇之感。漫遊路徑就是推進器。這世界究竟有沒有相對時空同步事件可為鑑照提醒？「這簡單的問題並沒有適合的答案」，時光旅行發明者愛因斯坦如是說。

要驗證時間差，或者得仰賴離開。明天我將（如每一次難解的念念在心於現實）提前返台灣，大疤留下。月光水晶燈籠般照亮前方，亦步亦趨，我們的移步竟像在市容十字紋布面淡墨輕挪如鐘面指針。明天，如果相對時空不存在，我將暫時失去大疤路線。而我當時，毫無預感，無心裡想。不喜歡隱喻的朝向單向旅程。

是的，最後，真的留下成為自己的中心點，而我，這兒那兒的持續移防，從我的位置看他，如旋轉木馬繞轉離心力，老感覺：「要甩出去了！」其實沒有。他走一條無痕路線串起兩點之間，游牧運動，使他活化石逃逸達爾文定義逆現代性曲線不再進化，譬如說，一般人最難捱的宿醉，他完全不當回事，大家水腦症似頭昏失魂苦不堪言度秒如日滑出線性時間，他卻游牧族任何時空照常六點起床閒適家常端坐書桌前抽菸喝茶看報，紡綞機織內在畫像，抹去世俗定義的邊緣，馬背上的貝都因族，詮釋一種境界，坐著移動，一個靜止的過程，過程的靜止。

再沒想到，最不喜歡隱喻的人總是被賦予滿身隱喻配備。

我因此相信，有那麼瞬間，即使我們同處一室，他在我也在，但不同步。所以，不需要同步。

那次，大疤最欲清楚交代我離開丹東後他和邱的行程，結論是：「並不計畫。你知道邱的名堂多。」作為邱的異姓大哥，一是反動派大疤大哥大，一是反革命分子邱匪，上個世紀末長江輪上初識，角色就沒變過。吉大中文系研究所改修財經，「真有你的！」大疤搖頭。船行三峽，五月的月光比鴨綠江清麗百倍，甲板、船舷、客艙、餐廳……到處雜沓壅塞，八平米空間塞進四張上下鋪，以為訂的「標準套房」，上船才明白，八人一間，不理，我們或坐或立狹仄矮促下鋪飲二鍋頭，五月正是營運旺季，三千噸郵輪穿行北緯二十四度東經九十度河域北上，圓形舷窗抓不住全景山水畫面，平均二十八公里時速動感，比平原低攝氏一至二度季候風抵消了離心力，甩不掉的風聲引擎聲人聲形成巨大硤谷，唯大醉能離開。客輪瞬間化為游牧者邊界與靜止的馬背。十足神往。

（日後靈魂旅程之黃金豪華郵輪下水首航消息前，旅遊網亂逛，一條挺逗趣的「判斷長江郵輪是否為一條好船」評價：員工是否統一著裝且外語流利、水龍頭是否流出清水、毛巾是否白色、冰箱飲料是否過期、行程簡介是否印製精美、是否具備多功能酒吧間舞廳游泳池圖書館……不夠看的，被靈魂旅程總統套房會議室雪茄吧劇院網吧水療中心……且（如何）節能減碳低分貝布局直升機停機坪光幕電梯……超越了。「一座移動的城市」，報導形容。而只想把這些最現代化的部分去除。唯一一次長江船行，難忘之移動，常像小醉神遊，「朝辭白帝彩雲間，千里江陵一日還。兩岸猿聲啼不住，輕舟已過萬重山。」離心力，高速運動。那船沒有消失，日後易形停在邱的老家丹東鴨綠江邊。那是後話了。）

回到世紀末如手排檔航程。也有小灶點菜餐廳，我們約了邱某夫婦吃飯，光影晦暗人肉包子鋪似，兩小臉精短服務員飆聲飆氣川話鬥嘴，「眼睛長針眼瞎掉囉，管上老子，找死！」見我們進去，另一人斜眼瞟來不理睬：「膽子搞大了嘛！雞巴毛炒韭菜亂成一團！」大疤：「客人上門不招呼，擺譜，龜兒子越說越不像人湊的！菜單有得沒！拿來看看！」嘿，老鄉咧！上了勁兒：「龜兒子講四川話！」「要不要比劃比劃！才離家幾年，你不認得你老子囉？」我噗赤發笑：「還真有癮！」倆川娃「雄」起，大疤起身外頭迎客，果然，邱匪夫婦奇幻通道門口張望，知識分子理性加矜持，沒八千也五千里路田野調查後頭，灰撲撲塑料拖鞋裝備，明擺著難以為情，整個人比小灶餐廳更奇幻。大疤一看就懂，上前一把摟住邱匪胳臂，演起嚷嚷丑角：「酒蟲要造反了，快進來喝兩杯！」大疤打火機燃亮菜單，就著微光先選酒，再點菜，我們都知道，什麼臭魚爛蝦夾生飯，半點不重要，我們吃交情，這當然天真，沒這點天真氣，人與人相識準星會失焦，祇有窮交相引重。現代化哪來這味。這一路途一交友，成為日後移動慣性與原型。一時之間，慢駛在江心縱谷的船身，就像時空實驗室離心力分離器中繞本身軸線旋轉的試管，通過高速過濾作用，建立同質者指紋檔。看以慢其實快。

離開丹東，哥倆一路集安、長白、敦化、延吉、通化、吉林、鏡泊湖、哈爾濱、霧松島、松原、長春……趁封山前直攻長白山頂天池，再赴牡丹江峻嶺間鏡泊湖，踅返長春會邱匪老戰友拜把二哥景芳。（景芳一見，又是一輩子事，不過這一輩子太短的景芳車禍先走，接著大疤病故。景芳稜線俐落國字臉，筆直鼻樑，小眼，粗髮，一口山東諸城土話，低沉慢活平聲腔調，政府單位工作，「四大扛整，薩達姆，鄧小平，三陪小姐，老貧農，見著躲遠點！」呲笑微露小虎牙不挺認真。景芳仗義寡言極男性化，奇怪他酒量忒好，可任何名目聚餐必醉，不是整夜打電話整邱匪，或彼此十八相送，或七樓邱匪家天台矮牆表演平衡特技，或脫了褲衩河溝裡夏夜游水、領導家樓下放鞭炮……沒見倆人翻過臉的回回全身而退，卻是滴酒未沾往外市公幹，高速公路失速翻車，一車全沒了。邱匪不見人消失了幾天，「我也死了一樣！」景芳老家來了大批親戚，老娘、哥嫂、姪子、姊妹……裂縫親人網，喊喊喳喳耳語，各有哀苦，邱匪只能只是外人，隱形關係網，最紮實的結。邱匪不止一次鬧嗑，「景芳要是個女的，我準娶他！」景芳：「我要是個女的，能看嘛？」出殯那天，他簡直不知站哪兒，單位、家屬、寡母寡妻孤哀子都有個身分，寡友？他說：「長春沒意思了。」他祖輩闖關東落腳遼寧丹東、寬甸一帶，就失了根，流離因子種在血液裡了，過三年，真的離開了長春，他抵中心之途，也是大疤的。

這趟哥倆一路往北往高處走。這晚夜宿延邊朝鮮族自治州長白山北坡二道白河鎮打算從裡上山，山頂雲蒸霧繞終年積雪，等千里北方通道回到長香，應已立冬，待得夠久，就能見識北國林海雪原。冷風獵獵吹過霧淞，無聲地泉流過萬物凍結，一成不變的世界。人冷靜了下來。

已近封山，整座山空寂，碰見幾個北韓人拜山朝聖，天池「就那麼回事，鏡子似的，天光雲影倒映，百聞不如一見。倒是如果有魚，煮了下酒，多美。」人家禁釣，鏡像看久了頭昏，就下山了，兩人小鎮待了下來，主要沒特別趕著去的地方事物，還因碰到個「長得不賴」的假道姑，也不拆穿，傳道算命還跟著吃喝。「沒想到遇見邱半仙，比他還能扯。」大疤調侃。我不耐煩了，手機不普及但就算人手一支大疤亦抵死不用的年代（成天帶著具電話，躲都躲不掉。）得抓準時間打去房間才找到人，因為滅班，沒車票，我笑了，二道白河三戶人家嗎？包車離開吧，要不找個星級酒店，至少有像樣的餐館，朝鮮族自治區，滿街韓式口味，他不愛。山高皇帝遠，他挺怡然：「隨遇而安，也就事緩則圓，你別瞎操心，掃興！」沒名目的停留。

大疤之走，難道也是這樣簡單理論：「我們就愛這樣甩出去似的晃蕩晃蕩。」那裡有什麼？

卻是在他死後，不時剪輯一段他簡裝二鍋頭民宿小館瞎走運動畫面頻頻切換鏡頭，但是，我手上這些證據到底是什麼情況下留下來的？上個世紀吉林省賓館信封（上頭不知誰的手跡寫下景芳名字電話），上頭好奇怪的一概繁體字，地址：中國長春斯大林大街（一九九六年更名人民大街），以及通訊方式：電話、電掛、電傳、傳真，還有邱的某段航程的人身意外傷害保險單（因此知道他奇長的身分證號碼），印泥時期咸陽場日期糊掉的有效登機牌……，不像他的感覺把整個旅程帶了回家，收進抽屜。（等著有一天出土？）也許大疤已經明白走上看不見如此行之北方通道，難以言說，只能以行動實踐，而我當時，一點也不知道。

這一次次的精密力學地圖骨牌效應設下重重關口，每一他去到或未及去之地，運動慣性定律已自動設定完成，每「到此一遊」之證據清楚確鑿留著，彷彿告訴我：「你現在知道了，我以前就向你展示了未來。」一如他所言，隨遇而安，也就事緩則圓。

丹東那回，主要陪邱深入寬甸山城探望他父母，兩地相距一百公里，山溝裡急駛，也得兩小時，我們竟每日來回，才有夜間難得清閒江邊散走，走著走著，不遠青濛夜色下，河道偏北韓岸邊，一艘歪斜支解大塊鏽斑鐵殼幽靈船般出現了，空氣中一股腐草汙泥腥濕味，時間亦像那船不再流動，景框內邊境小城，宛如電影手法超現實封閉形式，快速有力向移動以及無內容停留意義其實相違吧？可那刻，我真覺得有什麼關係呢？巨大的反差真讓人疲累，我於是非常渴望離開，重新回到日常家居，睡在固定的床，坐在固定書桌前看書或試著寫點什麼，整個人已經抽離現場了，然後，幽靈船出現了，如長江輪記憶反光體，看見當年三峽月色，我們其實並看不清楚各自的遠眺，少頃大疤淡淡說道：「你好久沒寫了，你不寫，我看什麼？」異鄉漫遊，乍然聽聞，另一種「馬上相逢無紙筆，憑君傳語報平安」之安慰著刺激著，竟像封閉太久受極大委曲小孩，我雙手撫面淚流無聲，大疤倒笑了：「真沒用，寫就是了，又不是不會寫。」

寫什麼呢？他的心裡想。寫現世的發生，即大疤的未來，他的聽張。意思是，高速運動不僅被假設可以到未來，也會使世界翻轉。都因為，「你不寫，我看什麼？」

丹東成為與大疤同遊，唯一沒有再重返之地。

「爺爺病好了？」

「嗯，他很好。他回來看我。」

文學叢書 478

INK PUBLISHING

旋轉門

作　　者	蘇偉貞
總 編 輯	初安民
責任編輯	宋敏菁
美術編輯	黃昶憲　陳淑美
校　　對	吳美滿　蘇偉貞　宋敏菁

發 行 人	張書銘
出　　版	INK印刻文學生活雜誌出版有限公司 新北市中和區建一路249號8樓 電話：02-22281626 傳眞：02-22281598 e-mail : ink.book@msa.hinet.net
網　　址	舒讀網http ://www.sudu.cc

法律顧問	巨鼎博達法律事務所 施竣中律師
總 代 理	成陽出版股份有限公司 電話：03-3589000（代表號） 傳眞：03-3556521
郵政劃撥	19000691　成陽出版股份有限公司
印　　刷	海王印刷事業股份有限公司

港澳總經銷	泛華發行代理有限公司
地　　址	香港新界將軍澳工業邨駿昌街7號2樓
電　　話	852-27982220
傳　　眞	852-27965471
網　　址	www.gccd.com.hk

出版日期	2016年 1 月 31 日　　初版
ISBN	978-986-387-087-6

定價　360元

國家圖書館出版品預行編目資料

旋轉門 / 蘇偉貞著；--初版，
--新北市中和區：INK印刻文學，2016. 01
面；公分. --（文學叢書；478）
ISBN 978-986-387-087-6（平裝）

857.7　　105000697